MICHEL BIRBÆK

Das schönste Mädchen der Welt

Autor

Michel Birbæk, geboren in Kopenhagen, lebt seit vielen Jahren in Köln. Als Sänger war er 15 Jahre mit Rockbands unterwegs. Danach arbeitete er unter anderem als Kolumnist für mehrere Frauenmagazine und seit 20 Jahren als Drehbuchautor für einige der erfolgreichsten deutschen TV-Serien. Seine bisherigen fünf Romane haben sowohl die Kritiker, als auch eine große Fanbase erobert. Als 2016 sein Idol Prince starb, begann er einen Roman zu schreiben, um seine Gefühle zu kanalisieren. Daraus wurde »Das schönste Mädchen der Welt«, Birbæks persönliche Danksagung an die beiden schönsten Dinge auf der Welt – Liebe und Musik.

Weitere Informationen unter: www.birbaek.de

Von Michel Birbæk bereits erschienen

Was mich fertig macht, ist nicht das Leben, sondern die Tage dazwischen · Wenn das Leben ein Strand ist, sind Frauen das Mehr · Nele & Paul · Beziehungswaise · Die Beste zum Schluss · Das schönste Mädchen der Welt

Michel Birbæk

Das schönste Mädchen der Welt

Roman

blanvalet

FSC
www.fsc.org
MIX
Papier aus verantwortungsvollen Quellen
FSC® C014496

Verlagsgruppe Random House FSC® N001967

1. Auflage
Taschenbuchausgabe 2020 bei Blanvalet,
einem Unternehmen der Verlagsgruppe Random House GmbH,
Neumarkter Straße 28, 81673 München

Umschlaggestaltung und -abbildung: semper smile, München
NG · Herstellung: wag
Satz: Uhl + Massopust, Aalen
Druck und Einband: GGP Media GmbH, Pößneck
Printed in Germany
ISBN 978-3-7341-0824-2

www.blanvalet.de

0

08. September 1988

Die Autobahn rast unter uns hindurch wie eine endlose Straßenrolle. Unser alter Bandbus lässt sich nur auf hundertzwanzig Stundenkilometer hochtreten. Dennoch habe ich das Gefühl dahinzufliegen. Egal wie alt ich werde, den heutigen Tag werde ich nie vergessen: der achte September 1988, der Tag, an dem mir die Augen geöffnet wurden. Stellas linke Hand ruht auf meinem rechten Schenkel. Von Zeit zu Zeit schaut sie vom Beifahrersitz zu mir rüber. Vier Jahre sind wir zusammen, und ich brauche sie immer noch bloß anzuschauen, um Lust zu bekommen, aber für die Energie zwischen uns gibt es heute einen anderen Grund.

Hinter uns bleibt die Westfalenhalle in Dortmund zurück und damit der Ort, an dem vor drei Stunden die beste Liveshow zu Ende gegangen ist, die ich jemals gesehen habe. Ich habe Prince bei jeder Europatournee live gesehen und habe viele seiner US-Gigs auf Video, aber so etwas wie sein Auftritt vorhin bei der *Lovesexy*-Tour in der Westfalenhalle, ehrlich, ich wusste nicht mal, dass so etwas möglich ist. Eine *Rundbühne*! Und dann kam er in einer

Limousine auf Schienen auf die Bühne gefahren, begann mit Cat und Sheila E. zu tanzen und stand zwei Stunden eigentlich nicht mehr still. Die Band war unglaublich, das Licht fantastisch. Prince wechselte dauernd die Kostüme, warf zwischendurch Körbe auf einen Basketballkorb und spielte seine Gitarre mit einer Leichtigkeit, als wäre das neben seinem Tanz, Gesang und Schauspiel überhaupt kein Ding. Eine künstlerische, technische und körperliche Highperformance auf einem Niveau, die ich erst mal sacken lassen muss.

Unsere Band Funkbandit gibt es seit vier Jahren, wir proben drei Mal die Woche und spielen mittlerweile fast jedes Wochenende. Die Gigs werden mehr und die Gagen höher. Wir haben uns, von Prince inspiriert, Bühnenoutfits machen lassen und sogar die Choreografin vom Staatstheater dazu bekommen, uns eine Bühnen-Choreo zu machen, die wir uns in wochenlangen Proben draufgeschafft haben. Ja, diese Band will was. Und sie kann was. Und dann sieht man plötzlich so was. Wir machen Fortschritte – Prince macht Quantensprünge. Gitarre, Gesang, Bass, Tasten, Schlagzeug, Performance, Komposition, Text, Tanz. Er ist gerade mal zehn Jahre älter als ich, wie kann man in dem Alter in so vielen unterschiedlichen Bereichen so dermaßen gut sein? Es geht das Gerücht, dass er nur vier Stunden Schlaf braucht, aber wenn ich vier Stunden mehr Zeit am Tag zum Proben hätte, wäre ich in zehn Jahren in keinem Bereich so gut wie er. Wurde ihm die entscheidende Begabung vom musikalischen Vater in die Wiege gelegt? Auch da könnte ich dann nicht mithalten. Den Beat, den mein Erzeuger mir mitgab, hatte mit Kunst nichts zu tun.

Als wir vorhin nach der Show aus der Westfalenhalle herauskamen, waren alle erst mal perplex. Wir standen eine Zeitlang herum und schüttelten die Köpfe, keiner wollte sich von diesem magischen Ort entfernen. Nicht dass wir dachten, es passiert noch was, wir wollten bloß noch ein bisschen Sternenstaub einatmen. Erst jetzt auf der Rückfahrt schlägt die Fassungslosigkeit so langsam in Euphorie um.

»Unglaublich!«, sagt unser Sänger Olli zum wiederholten Mal. Obwohl er hinten sitzt, weiß ich, dass er seinen Kopf mit den langen Locken schüttelt.

»Was für eine Show!«, stimmt unser Keyboarder Kees ein.

»Die Kostüme!«, staunt Rickie, unsere Gitarristin, die auch unser Bühnenoutfits schneidert. »Habt ihr den Frack und die hohen Stiefel gesehen?«

»Unglaublich!«, wiederholt Olli.

Ich drehe meinen Kopf etwas nach hinten. »Sag mal, Olli, wie fandst du das Konzert?«

Er steckt seine Faust durch den schmalen Gang zwischen den Vordersitzen hindurch und haut mir auf die Schulter. Ich lasse den Bus einen kleinen Schlenker fahren. Auf dem Beifahrersitz leuchten Stellas Zähne auf, gleichzeitig drückt ihre Hand meinen Schenkel kurz. Genug geärgert.

»Wir müssen noch mehr üben«, sagt Olli.

»Keine Amateurband übt mehr als wir«, meint unser Bassist Martin.

»Nenn mich nicht Amateur«, mischt Rickie sich ein. »Ich bin Profi, die Gagen haben es nur noch nicht gemerkt.«

»Aber, Rickie«, widerspricht Martin ihr. »Wir können fast davon leben. Nenn mir eine Amateurband, die mit eigenen Songs mehr Gigs hat als wir.«

»Jetzt hör mit dieser Amateurscheiße auf«, flucht sie.

»Im Ernst, Leute«, sagt Kees, »Prince spielt morgen noch mal hier, und wir fahren weg??«

»Morgen haben wir den Gig in Hannover«, erinnert ihn Martin.

»Mann, er spielt morgen hier noch mal!«, sagt Kees hinten im Bus immer lauter. »Was, wenn er stirbt und wir sehen ihn nie wieder?«

»Halts Maul«, blafft Olli, »Prince stirbt nicht.«

»Ja, okay, aber trotzdem, er ist in der Stadt, und wir verlassen die Stadt?? Das ist doch scheiße! Das war ein völlig neuer Level an Show! Und wir waren *dabei*! Wir haben es *gesehen*!« Kees drängelt sich in den engen Gang nach vorn und schaut mich an. »Wir müssen umdrehen.«

»Und dann?«, frage ich und konzentriere mich auf die Straße. »Wir haben kein Geld für die Eintrittskarten, und selbst wenn, wäre die Show morgen immer noch ausverkauft. Hast du die Kennzeichen auf dem Parkplatz gesehen? Die kamen aus Italien, Holland und Dänemark angefahren, da verkauft keiner spontan sein Ticket.«

»Scheiße …«, stöhnt er und verschwindet wieder nach hinten.

Er hat recht. Es fühlt sich total falsch an, von hier wegzufahren. Ich hoffe, Prince wird sehr, sehr alt und ich sehr, sehr reich, dann können wir ihm eines Tages durch die halbe Welt nachreisen und ihn spielen sehen, sooft wir wollen. Manchmal spinnen wir herum, vielleicht für ein paar Monate nach Minnesota zu gehen, ein paar Clubgigs zu spielen, ihn dazu einzuladen oder irgendwie durch die Tür vom Paisley Park zu kommen, um ein einziges Mal mit dem für uns größten Musiker unserer Zeit zu jammen. Eines Tages.

Wenig später halten wir an einer Tankstelle. Rickie und Olli holen Bier, Kees und Martin bleiben im Bulli. Stella und ich sind draußen und tanken. Wir machen fast alles zusammen, seit dem Moment, als sie sich vor vier Jahren bei der Kinopremiere von *Purple Rain* neben mich setzte. Ich traute meinen Augen nicht. In keiner meiner Schulklassen hatte es einen Schwarzen gegeben, in meinem ganzen Viertel kannte ich keinen, und jetzt saß plötzlich diese schwarze Frau neben mir und war so schön. Während die Werbung lief, kamen wir ins Gespräch, und ich erfuhr, dass sie die Tochter eines amerikanischen Soldaten sei, den sie nie kennengelernt hatte. Wir waren tatsächlich in derselben Stadt geboren. Doch ich kam trotzdem nicht damit klar, dass sie meine Sprache sprach. Meine Augen sahen Fremdes, aber meine Ohren hörten Vertrautes, und mein Hirn war einfach nicht in der Lage, das stimmig zusammenzubringen. Natürlich musste ich Depp ihr sagen, dass sie echt gut Deutsch spricht, was so ungefähr der Satz ist, den sie in ihrem Leben am seltensten zu hören bekommt. Wenigstens fummelte ich ihr dabei nicht am Afro herum. Das tat ein Typ in der Reihe hinter uns, und dann gab es Stress. Kein Ding. Gewalt ist eine gute Bekannte, ich habe sie quasi mit der Muttermilch aufgesogen. Aber für Stella war das furchtbar. Nicht nur Gewalt direkt vor ihren Augen, sondern Blut, das ihretwegen floss. Den Film verpassten wir dann auch, weil die Bullen kamen und mal wieder eine Anzeige fällig war, aber anschließend durfte ich sie wenigstens zu ihrer Haustür bringen. Zu einem Wiedersehen sagte sie auch ja, und nach dem ersten Kuss nahm sie mir dann das Versprechen ab. Und so habe ich nun zum ersten Mal in meinem Leben vier Jahre am Stück ohne Gewalt erlebt. Niemand hat mir etwas Böses getan, ich habe niemandem etwas Böses getan. Gelernt habe ich das von einer Frau, der Fremde immer noch ungefragt in die Haare fassen oder ihr manchmal allen Ernstes über die Haut rubbeln und immer und immer wieder sagen, dass sie nicht fassen können, wie gut sie unsere Sprache spricht. Ich weiß nicht, wie Stella es schafft, immer ruhig zu bleiben, aber wenn sie das kann, muss ich es auch können. Vier Jahre und kein Stress in Sicht. Und das mir. Sie befriedet mich.

Im selben Moment schaut sie mich an. Sogar in dem kalten Neonlicht der Tankstelle wirken ihre Soulaugen warm. »Woran denkst du?«

»Dich.«

»Und?«

»Gut.«

Sie lächelt und schaut zur Zapfsäule, wo ein Klicken uns meldet, dass der Tank voll ist. Sie zieht die Zapfpistole aus dem Tank. »Ich frage mich, wie er wohl in einer Beziehung ist.«

»Prince?«

Sie nickt, hängt die Zapfpistole ein und reicht mir den Tankdeckel. »Er versucht, sich nie zu wiederholen, jede Show ist anders, jedes Album ist anders, neuer Stil, neue Sounds, neuer Look, nicht mal Erfolgsmuster wiederholt er. Aber Beziehung basiert zum Großteil auf Wiederholung.«

Ich schraube den Tankdeckel drauf und denke darüber

nach, dann zucke ich die Schultern. »Du würdest mit ihm klarkommen.«

Sie schaut mich überrascht an. »Ich?«

Ich nicke. »Du kommst mit Typen klar, die eigen sind.«

Sie mustert mich wieder mit diesem Blick. Dann macht sie ein paar Schritte auf mich zu und umarmt mich. »Es ist gar nicht so schwer mit dir, wie du glaubst«, flüstert sie.

Immer wenn sie das sagt, will ein Teil von mir es glauben. Ich stecke meine Nase in ihr krauses Haar, das nach warmem Holz riecht. Während wir so dastehen, sehe ich, dass Martin uns aus dem Heckfenster beobachtet, und spüre einen kurzen Stich der Eifersucht. Wenn man Stella ins Gesicht schaut, während sie trommelt, wie sie lacht, wenn es gut läuft, oder wie ihr Gesicht sich verzerrt, wenn die Band einen harten Break spielt, wie die Muskeln ihrer Arme hervortreten, wie sie schwitzt, stöhnt und keucht… Beim Sex sieht sie nicht viel anders aus, niemand weiß das besser als ich. Wenn die Rhythmussektion allein probt und Martin stundenlang all das zu sehen bekommt, bin ich eifersüchtig auf das, was die beiden haben. Es fühlt sich an, als würde sie fremdgehen. Aber ich muss das akzeptieren, denn wenn ich das nicht kann, verliere ich sie, und dieser Gedanke ist so unrealistisch wie eine Welt ohne Musik. Ich werde alles tun, damit ich nie wieder morgens ohne sie aufwache. Alles.

Ich küsse ihre weichen Lippen, dann steigen wir wieder in den Bandbus und warten, bis Olli und Rickie das Benzin bezahlt haben und lautstark mit zwei Tüten Bierdosen zum Bus zurückkommen. Die beiden wären hundertpro ein Paar, wenn Olli nicht seit der Grundschule mit seiner Maria liiert wäre. Sie poltern in den hinteren Teil des Wagens, ziehen die Schiebetür zu und beginnen, die Bierdosen zu verteilen. Ich lasse den Motor an.

»Hey, warte mal!«, ruft Rickie von hinten. Sie erscheint im Durchgang und schaut Stella an. »Wir müssen was tun.«

»Genau!«, rufen Olli und Kees hinten im Bus.

Ich werfe Stella einen Blick zu, sie bleibt noch neutral.

»Und was genau?«, frage ich.

Rickie wendet mir ihr Gesicht zu. Ihre blonde Haartolle verdeckt ihr halbes Gesicht. Von der unbedeckten Gesichtshälfte starrt mich ein Auge weit aufgerissen an und verpasst dem Moment eine dramatische Note. »Das war größer als alles, was wir jemals gesehen haben. Ich will das morgen noch mal erleben.« Sie dreht ihren Kopf wieder, um Stella anzuschauen. »Wir *müssen* morgen dabei sein!«

»Und der Gig in Hannover?«, mischt sich Stella endlich ein.

»Lotte soll den Gig verschieben wegen irgendwas, ist mir egal. Wir sind Musiker, und das vorhin war die vielleicht größte Show, die es je gegeben hat. Wir werden noch in hundert Jahren rumheulen, wenn wir jetzt nicht zurückfahren.«

»Und wie willst du morgen ohne Ticket in die Halle reinkommen?«, frage ich sie.

Sie schaut mich wieder an und nickt beschwörend. »Ich komme da rein«, sagt sie. »Wir kommen da alle rein. Bandabstimmung!«

Wenn sie sich was in den Kopf gesetzt hat, ist sie schwer zu bremsen. Zum Glück müssen unsere Bandabstimmungen einstimmig sein.

»Also wir hier hinten sind alle dafür!«, ruft Olli.

»Martin, du auch?«, fragt Stella nach hinten.

»Ich mache, was die Mehrheit macht«, sagt unser Bassmann.

»Stella?«, fragt Rickie beschwörend.

Auf dem Beifahrersitz überlegt Stella einen Moment, dann nickt sie. »Du hast recht, wir müssen es versuchen, es war einfach zu groß.«

Rickie dreht ihren Kopf und schaut mich an. »Dann überrede mal deinen Loverboy hier, damit wir verdammt noch mal endlich umdrehen.« Sie gibt mir lächelnd einen Klaps auf die Wange und verschwindet nach hinten.

Stella wirft mir einen Blick vom Beifahrersitz zu.

»Okay«, sage ich.

Hinten im Bulli brandet Jubel auf.

Ollis Gesicht erscheint zwischen den Vordersitzen, er grinst breit und schlägt mir auf die Schulter. »Unglaublich, hä?«

Ich nicke. »Unglaublich, Olli.«

Er grinst breit und verschwindet nach hinten. Ich weiß, dass alle denken, dass ich unterm Pantoffel stehe, aber das ist okay. Seitdem ich tue, was sie sagt, lebe ich ein Leben, das ich nicht für möglich gehalten hätte. Seit vier Jahren habe ich eine Liebesbeziehung und eine Band. Es ist, als hätte jemand plötzlich den Vorhang aufgezogen und man begreift, dass draußen die ganze Zeit die Sonne geschienen hat – man muss nur mal aus sich herausgehen.

Ich fahre wieder auf die Autobahn und halte nach einer Wendemöglichkeit Ausschau. Hinten wird bereits aufgeregt debattiert, wie wir morgen ohne Tickets in das Konzert reinkommen. Stellas Hand ruht warm auf meinem Bein.

Ich werfe ihr einen Blick zu. Sie lächelt, und in mir breitet sich das absolut sichere Gefühl aus, dass morgen etwas unglaublich Großes passieren wird.

28 Jahre später …

1

15. April 2016

Wenn du wissen willst, was mit der Welt nicht stimmt – mach ein Tinder-Date. Viele Frauen müssen einen falschen Namen angeben, um sich vor Verrückten zu schützen. Andere geben ein falsches Alter an, weil man ihnen suggeriert hat, dass man zu alt sein kann, um geliebt zu werden, und manche, tja, manche tun das, was Su37 gerade tut, aka Susanne, dreiundvierzig. Wir sitzen in der Trattoria Napoli Da Salvatore, einem guten italienischen Restaurant in Frankfurt, und unser Kennenlernen erweist sich als zunehmend einseitige Angelegenheit. Die meisten Begegnungen entscheiden sich in den ersten Minuten, manche auf den ersten Blick. Wenn es da schon nicht passt, könnte man theoretisch auch gleich wieder aufstehen und gehen, oder? Manche tun das tatsächlich. Es gibt mittlerweile sogar Bars, die mit Tinder-Fluchtwegen werben, und das sagt mehr über unsere Welt aus, als ich wissen möchte. Natürlich gibt es manchmal gute Gründe, gleich wieder zu gehen. Einmal erkannte ich mein Date nicht wieder, weil ihre Fotos auf Tinder zu alt waren. Ein anderes Mal waren es nicht mal die eigenen Fotos. Meist stimmt das Alter nicht, aber auch mit allem anderen wie Kinder, Ehe und Job wird getrickst, und manchmal entwickelt man erstaunlich schnell eine These, wieso der andere Langzeitsingle ist. Dennoch habe ich nie ein Date vorzeitig abgebrochen, mich durch die Hintertür davongestohlen oder mich durch gefakte Anrufe von Freunden in Not abkommandieren lassen. Und warum nicht? Weil mein allererstes Tinder-Date mich in ein Café bestellte und dann nicht auftauchte. Dachte ich. Doch als ich nach dreißig Minuten Warterei über Tinder nachfragte, ob sie unser Date vergessen hätte, schrieb sie: »Dein Look gefällt mir nicht. Auf deinen Fotos bist du besser angezogen.« Ich brauchte ein paar Momente, bis ich verstand, dass sie im Café gewesen war, mich begafft hatte wie ein Tier im Zoo, um dann wortlos wieder zu verschwinden. Ich habe mich selten so erniedrigt gefühlt.

Trotz solcher Erlebnisse hat das Daten mir überwiegend schöne Erfahrungen beschert, weil ich eine Sache verinnerlicht habe: Vor ein paar Jahren wurde ich morgens bei einem One-Night-Stand wach und wollte verschwinden, bevor sie aufwachte. Beim Abendessen hatten wir herausgefunden, dass wir unterschiedliche Auffassungen vom Leben hatten, aber wir waren uns sympathisch und hatten beide ein Zärtlichkeitsdefizit. So landeten wir bei ihr und teilten diese eine Nacht miteinander. Als ich mich morgens leise anzog, um sie nicht zu wecken, blieben meine Augen an einem Zettel hängen, der an der Wand hing: »Everyone you meet is fighting a battle you know nothing about. Be kind. Always.« Statt davonzuschleichen, nahm ich also ihren Haustürschlüssel und holte Frühstück. Nicht mal, dass es ihr wirklich in den Kram passte, sie musste zur Arbeit, und morgens waren wir uns fremder, als wir uns in der Nacht gewesen waren. Doch ich denke, dass diese halbe Stunde Frühstück, inklusive ein paar Komplimente, eine Abschiedsumarmung und das Zauberwort Danke, wertvoller für uns waren als die Nacht zuvor. Ich mag es einfach, wenn Menschen gut miteinander umgehen. Ich finde, wir sollten alle viel mehr aufeinander aufpassen und jede Begegnung nutzen, um offener mit unseren Bedürfnissen nach Liebe, Zugehörigkeit und Zärtlichkeit umzugehen. Wir könnten jede einzelne Begegnung als Bereicherung ansehen, anstatt ein Date negativ zu bewerten, nur weil man sich nicht wiedersieht. Die unterschiedlichen Bedürfnisse und Eigenarten meiner Begegnungen haben mir jedenfalls gutgetan. Je mehr unterschiedliche Menschen ich traf, desto verständnisvoller und nachsichtiger wurde ich auch mir selbst gegenüber. Dieselbe Wertschätzung versuche ich meinen Dates entgegenzubringen, doch das heutige macht es mir nicht leicht…

Susanne sieht gut aus, vor allem, wenn sie von ihrem Hobby erzählt, lateinamerikanischer Standardtanz. Sie ist Deutsch- und Geschichtslehrerin und hat den Hang, einem die Welt so zu erklären, als sei man einer ihrer Schüler. Zudem ist sie Frühaufsteherin, deshalb treffen wir uns bereits am späten Nachmittag zu einem sehr frühen Abendessen. Schon am Telefon fand ich, dass sie ein bisschen viel redete, schrieb es aber ihrer Nervosität zu. Auch als wir uns vorhin vor dem Restaurant trafen, wirkte sie nervös. Doch seitdem wir hier sitzen, hat sie sich nach und nach entspannt – und redet immer mehr. Am Anfang erkundigte sie sich nach meinem Beruf, Wohnort und Familienstand, und wir smalltalkten ein bisschen. Doch seit mehr als einer Stunde redet sie ununterbrochen über ihren Berufsalltag, ihre kranken Eltern, ihre Katze und ihren Ex. Am Anfang habe ich noch Fragen gestellt, aber als sie die ignorierte, habe ich mich darauf verlegt, seltsame Kommentare zu machen, in der Hoffnung, dass sie mal nachhakt, wie ich das meine.

Sie schüttelt ihren Kopf entnervt. »Wenn ich von Klassenfahrten zurückkomme, melde ich mich jedes Mal eine Woche krank, um mich zu erholen. Trotzdem muss ich immer wieder mit, die Schulverwaltung besteht darauf.«

Ich nicke. »Stell dir vor, es ist Krieg, und keiner geht hin.«

Sie lächelt kurz und redet weiter. Als ich vor elf Jahren aus beruflichen Gründen in die Provinz zog, kam mein Liebesleben für mehrere Jahre fast schlagartig zum Erliegen. Früher war alles besser? Beim Daten schon mal nicht. Vor Tinder beantwortete ich Kontaktannoncen, die man mühsam bei der Post aufgeben musste, und wartete dann tage-, manchmal wochenlang auf Antwort. Am Wochenende fuhr ich in die umliegenden Städte. Oft verschwendete ich da bloß einen weiteren Abend meines Lebens. Doch seit ein paar Jahren läuft es besser, Grund dafür ist die Tinder-App und ein Buch, das fast jeder kennt: *Wie man Freunde gewinnt* von Dale Carnegie. Als Teenager hatte ich es schon mal gelesen und langweilig gefunden, doch vor ein paar Jahren fiel es mir noch mal in die Hände. Zusammengefasst gibt's drei goldene Regeln, wie man Freunde gewinnt …

1. Zuhören.
2. Interesse zeigen.
3. Komplimente machen.

Und genau so gewinnt man auch Frauen. Wir leben in einer Welt, die so nachdrücklich verlernt hat zuzuhören, dass Menschen Psychologen und Coaches für die Dienstleistung bezahlen, ihnen ein wenig Aufmerksamkeit entgegenzubringen. Mittlerweile basiert eine ganze Industrie auf der Kunst des Zuhörens, und wenn ich eines kann, dann das. Ich bin Backgroundsänger.

Wenn man Backings singt, hört man den ganzen Abend dem Leadsänger und den Musikern zu, während man auf seinen Einsatz wartet. Mehrere Jahrzehnte meines Lebens habe ich damit verbracht, anderen zuzuhören und ihren Sound mit meiner Stimme zu unterstützen. Man sagte mir nach, dass ich vielleicht nicht der beste, aber einer der anpassungsfähigsten Sänger war. Ich konnte ziemlich schnell eine besondere Stimmfarbe auf fast jeden Gesang legen und war bekannt dafür, nur wenige Takes zu brauchen. Es war, als könnte ich *fühlen*, was dem Song oder der Produktion fehlt. Wer hätte gedacht, dass mir das eines Tages beim Daten nützt. Ob Zuhören bei Susanne etwas bewirkt, weiß ich allerdings nicht. Sie ist ganz in ihrer eigenen Welt gefangen und scheint mich nicht wahrzunehmen oder sich gar für mich zu interessieren. Stand jetzt, ist das Date nach dem Dessert beendet.

»Und dann die Hausarbeiten, an die denkt keiner. Da heißt es, ach, gehst du schon nachmittags nach Hause? Und dann sitzt man noch bis spät in die Nacht da und korrigiert. Diese Stunden hat dann keiner auf dem Zettel.«

Ich nicke. »Fliegt der Vogel gegen den Baum, merkt der Stamm es kaum.«

Diesmal stockt sie dann doch kurz und mustert mich.

Man kann ihr richtig ansehen, wie sie mich noch mal neu abschätzt. Wie wird sie reagieren? Mich fragen, wie ich auf einen solchen Stuss komme? Leider nicht. Sie beginnt ausführlich die Klassenfahrt zu schildern. Was ist es nur, dass manche Frauen so unglaublich viel reden und es scheinbar nicht einmal bemerken? Vielleicht muss ich sie ja mal damit allein lassen, also unterbreche ich den Augenkontakt und lasse meinen Blick durch das Lokal streifen. Er bleibt an einer Adriano-Celentano-Gedächtnis-Wand hängen. Über einhundertfünfzig Millionen verkaufte Alben haben ihm Ruhm und Reichtum beschert. Hätte seine Karriere heute stattgefunden, würden seine »Fans« die Alben für lau illegal runterladen, oder Flatrate-Portale würden ihn ruinieren. Adriano müsste wahrscheinlich mit einer Gitarre drüben in der Ecke neben dem Klo stehen und von der Hand in den Mund leben. Die Gnade der frühen Geburt.

Susanne berichtet von einem Lehrerkollegen, der sie auf der Klassenfahrt angebaggert hat. Mein Stichwort.

»Und, hattet ihr was miteinander?«

Sie schüttelt ihren Kopf abschätzig. »Ist nicht mein Typ.«

»Was ist denn dein Typ?«

Ein aufmerksamer Mensch würde diese Einladung nutzen, um den Tag in die richtigen Bahnen zu lenken, aber Susanne verliert sich in den Begegnungen aus ihrer Vergangenheit und zählt vor allem auf, wer nicht ihr Typ ist. Negative Einstellungen ziehen negative Tatsachen nach sich, aber wer bin ich, sie deswegen zu belehren? Ich kenne sie nicht, und wir werden uns vermutlich auch nicht wiedersehen. Ehrlich gesagt, finde ich es ziemlich schräg, wenn ein Erwachsener sich so unreflektiert verhält wie sie, aber bereits nach den ersten Tinder-Dates habe ich beschlossen, »schräg« nicht mehr ganz so schräg zu definieren, sondern in allen Momenten des Lebens nach den schönen Dingen zu suchen. Ihre Begeisterung zum Beispiel, wenn sie vom Tanzen spricht. Nicht zu vergessen ihren schwungvollen Gang und ihren vom Tanz geformten Körper. Sie hat bestimmt ein gutes Rhythmusgefühl und ist wahrscheinlich leidenschaftlich im Bett.

Etwas berührt mich an der Hand. Ich zoome zurück ins Jetzt. Zwei Finger ihrer rechten Hand ruhen auf meinem Handrücken. Ich lächle automatisch, denn Frauen berühren Männer nicht zufällig. Nicht einmal an der Hand. Sie mustert mich fragend. Leider habe ich die Frage nicht verstanden, also …

»Entschuldige, was ich dich die ganze Zeit fragen wollte, hast du einen Musiktipp für mich? Zu welcher Musik tanzt du am liebsten?«

Sofort verschwindet alles Kummervolle aus ihrem Gesicht, und sie lächelt mich an. Der erste kleine Frau-Mann-Moment zwischen uns. Dann beginnt sie über ihre Lieblingsmusik und das Tanzen zu sprechen, und alles an ihr verändert sich. Ihre Körpersprache wird energisch, ihre Augen sind weit geöffnet, ihre Hände untermalen ihre Worte, wobei sie unentwegt lächelt. Jetzt weiß ich, wo wir nach dem Dessert landen werden: auf einer sehr lauten Tanzfläche einer Afterworkparty.

Fünfundzwanzig Minuten später läuft die Sache langsam aus dem Ruder, aber der Grund ist nicht Susanne, sondern die Musik im Hintergrund. Als Musikfan rege ich mich tierisch über Musikmissbrauch auf. Heutzutage kann jeder das Lebenswerk eines Musikers für weniger Geld streamen, als er wöchentlich für Kaffee to go ausgibt, und das gilt in unseren Zeiten als *normal*. Aber wehe, man hat ein Problem mit Flatrate-Portalen und ist nicht auf Spotify, schon steht man als gestörter Freak da. Dabei versuche ich der Musik nur entgegenzubringen, was sie verdient: Wertschätzung, Dankbarkeit und oft Liebe. Musik ist meine älteste Freundin. Sie half mir als Kind, da ich durch Kopfhörer das ausschließen konnte, was meine Erzeuger für Familie hielten. Ich begann überhaupt erst zu klauen, weil ich so viele Batterien für meinen Kassettenrecorder brauchte. Später bei den Pflegefamilien begleiteten mich Santana, Marvin Gaye und Leonard Cohen fürsorglicher durch die Hölle, als es meine Freunde konnten. Als ich im Jugendheim lebte und dachte, ich ersticke, kam Udo Lindenberg daher und zeigte mir, dass man über alles frei texten kann, und so begann ich Songs zu schreiben, und dann …

… dann knallte vor vierunddreißig Jahren Prince in mein Leben.

Ich hörte ihn – und gehörte ihm. Ich weiß genau, wie viele Prince-Gigs ich bis heute gesehen habe – zu wenige. Und egal, wie viele ich noch sehen werde, es werden nie genug sein. Er. Haut. Mich. Um. Ich liebe seine Performance, seine Attitüde, seine künstlerische Freiheit, seine Eleganz, seine Texte, sein Gitarrenspiel, seine Gitarrensounds, seine Art sich zu kleiden, seine Dancemoves, seine Musiker, seine wunderbare Stimme und über allem: seine unglaubliche Experimentier- und Spielfreude. Welcher Künstler gibt denn nach seinen Konzerten noch Aftershows, auf denen zum

Teil länger gespielt wird als während des regulären Auftritts? Seine Spielfreude scheint nie zu versiegen, und mir fällt kein passender Superlativ für seine Kreativität ein, vor allem auch für seinen Mut, sich jedes Mal auf dem Höhepunkt seines Erfolges neu zu erfinden. Ich wünschte, ich könnte das wenigstens an meinen Tiefpunkten, wenn ich es eigentlich müsste. Er muss nicht – und tut es dennoch. Es war der totale Wahnsinn nach *Purple Rain*, wo ihm die Welt zu Füßen lag, nicht *Purple Rain II* nachzulegen, sondern ein so völlig anderes Album wie *Around The World In A Day*. Als er das tat, hatte er mich endgültig. Wenn Beethovens, Bachs und Mozarts Schaffen halbwegs korrekt überliefert ist, würde ich Prince in diese Reihe stellen. Ein musikalisches Genie, das sich weder kaufen noch im Schaffensprozess aufhalten lässt. Und egal, nach welchem Gig ich die Halle verließ, egal, wie platt und befriedigt ich war, oder sogar damals, direkt nach der Skandalshow 2011 in Köln, freute ich mich bereits an der Ausgangstür auf seinen nächsten Live-Gig.

Und da sind wir dann auch schon beim Problem. In dem Restaurant, wo ich gerade mit Susanne Tortellini Gorgonzola esse, läuft seit einiger Zeit Prince im Hintergrund. Zum Glück stehen die Tische in dem Restaurant traditionell eng beieinander, und dank den Steinwänden und der niedrigen Decke ist es hier drin ungefähr so laut wie in einem Fußballstadion. Dennoch fräste sich das Gitarrenriff von »Lets Go Crazy« vorhin durch den Akustikbrei wie ein Hai durch einen Fischschwarm. Ab da lief der Song in meinem Kopf mit, auch wenn die Lautstärke des Restaurants sich immer wieder über die Musik legte. Normalerweise höre ich meine

Lieblingssongs nur, wenn ich zu Hause bin oder bei Konzerten oder auf Kopfhörer. Mit den Jahren habe ich mich aber daran gewöhnen müssen, dass manche Lieder jederzeit an den seltsamsten Orten auftauchen können. Wie jetzt. Die viereinhalb Minuten, die »Lets Go Crazy« brauchte, konnte ich absitzen, doch danach begann allen Ernstes »Take Me With You.« Zufall? Um auf Nummer sicher zu gehen, wartete ich den nächsten Song ab, und dann, dann begann tatsächlich »The Beautiful Ones.« Ein Lied, das hier so dermaßen deplatziert wirkte, dass es mir die Sprache verschlug. In diesem Song hat Prince den vielleicht intensivsten stimmlichen Kontrollverlust seiner gesammelten Werke, und es war total absurd zu sehen, dass der Betrieb im Laden normal weiterlief, während er im Hintergrund seine Wut und Eifersucht herauskreischte. Noch schlimmer war allerdings die endgültige Gewissheit: Die lassen hier doch tatsächlich das Album durchlaufen.

Das Album *Purple Rain*. In einem Restaurant.

Hitler wurde mal für den Friedensnobelpreis vorgeschlagen. Immerhin bevor er Polen überfiel, aber dennoch, oder? Stalin wurde sogar zweimal vorgeschlagen. Was das bedeutet? Das bedeutet, dass die Welt manchmal verdammt noch mal seltsam ist, und ich versuche irgendwie damit klarzukommen, aber …

Das Album Purple Rain! *In einem Restaurant!*

Vor zehn Minuten steuerte ich die Toilette an, passte dabei den Kellner ab und fragte freundlich, ob man die Musik ändern könne. Er lächelte und nickte, doch seitdem hat sich nichts getan. Mittlerweile sind wir bei »When Doves Cry« angekommen. Noch ein Song, den ich nie in einem Restaurant hören wollte. Vor zwei Minuten habe ich Susanne vorgeschlagen, das Dessert woanders einzunehmen. Das verstand sie wohl falsch, denn sie meinte, sie würde vorher gerne noch ein Eis essen, also winkte ich den Kellner an unseren Tisch und bat ihn etwas nachdrücklicher, doch bitte die Musik zu wechseln. Er versprach, sich darum zu kümmern, und verschwand daraufhin in der Küche. Das Album läuft immer noch.

Ich sitze da und weiß nicht so richtig, was ich tun soll, aber auch wenn es heißt, dass nichts im Leben sicher ist, so ist eine Sache todsicher: Ich werde mir nicht in einem Restaurant »Purple Rain« anhören. Es geht nicht. Es geht einfach nicht. Mit manchen Songs verbindet man einen besonderen Menschen, mit manchen einen Lebensabschnitt, mit »Purple Rain« verbinde ich *den* einen besonderen Menschen in *dem* einen besonderen Lebensabschnitt. Dieses Lied ist der Soundtrack zu der glücklichsten Zeit meines Lebens. Es gehört in eine Konzerthalle, wenn Prince oben auf der Bühne steht und man unten mit Tausenden anderen Fans singt, oder zu Hause, laut, wenn ich unbeobachtet bin, aber ganz sicher nicht in ein verdammtes Restaurant als Spaghetti-Begleitmusik.

Der Kellner kommt vollbeladen wieder aus der Küche zurück, ich winke. Er nickt und serviert erst mal den anderen Gästen das Essen. Susanne spürt mittlerweile, dass irgendwas schiefläuft. Es wäre typisch Frau, den Fehler bei sich selbst zu suchen, daher setze ich gerade an ihr zu erklären, dass ich etwas schmerzempfindlich bei Musik bin, da endet »When Doves Cry« und wird durch »I Would Die 4 U« ersetzt. Sieben Minuten noch.

Ich winke dem Kellner noch einmal. Er nickt freundlich.

Bloß, dass ich diesmal energisch weiterwinke. Sein Gesicht verliert für einen Moment die Contenance, ein paar Gäste schauen zu mir rüber. Susanne mustert mich irritiert.

»Alles in Ordnung?«

Bevor ich es ihr erklären kann, steht der Kellner vor unserem Tisch. Sein Blick huscht automatisch über Teller und Gläser, auf der Suche nach dem Problem. »Alles zu Ihrer Zufriedenheit?«

»Sie wollten die Musik wechseln.«

Er lächelt servil. »Die Musik wechselt gleich von alleine.«

Ah! Natürlich. Da hätte ich ja auch drauf kommen können. Ich wühle in der Innentasche meines Anzugs nach meiner Brieftasche und deute so lange mit der linken Hand auf die Adriano-Celentano-Gedächtnis-Wand. »Was ist denn aus Adriano geworden, hört ihr den nicht mehr? Oder diese Rockröhre damals, wie hieß die noch mal?«

Der Kellner mustert mich verständnislos.

»Gianna Nannini«, sagt jemand hinter mir.

Ich werfe einen Blick über meine Schulter. Am Tisch hinter mir sitzt eine Frau um die vierzig. Sie trägt ein dunkelrotes Kleid, das einen schönen Kontrast zu ihren langen schwarzen Haaren darstellt, die sie sich links und rechts hinter die Ohren geklemmt hat, wodurch die leicht abstehen. Um die Augen hat sie ein paar Lachfalten und um den Mund einen festen Zug, der von Willenskraft zeugt. Aber der wirkliche Hingucker ist ihr Blick. Ein wissender, spöttischer Blick aus verblüffend grünen Augen, die scheinen, als hätten sie schon alles gesehen, was es zu sehen gibt, und trotzdem beschlossen haben, nicht wegzuschauen. Auf Tinder bekäme sie ein Superduperlike von mir.

»Gianna Nannini«, wiederholt sie.

Ich merke, dass ich sie anstarre, nicke ihr zu und wende mich wieder dem Kellner zu. »Genau die meinte ich«, sage ich und öffne mein Portemonnaie diskret im Schoß. »Zwanzig Jahre lang konnte man keine Pasta essen gehen, ohne ihre Musik zu hören. Sie haben doch bestimmt ihre Greatest Hits da, die würden hier doch jetzt viel besser passen.«

Ich bin wohl ein bisschen laut. Von den anderen Tischen schauen immer mehr Restaurantbesucher zu uns rüber. Susanne lehnt sich peinlich berührt in ihrem Stuhl zurück und wünscht sich jetzt vielleicht, sie hätte auf Tinder nach links gewischt. Ich schiebe dem Kellner unauffällig einen Zehner über den Tisch.

»Wären Sie so nett?«

Er mustert mich irritiert. »Mögen Sie Prince nicht?«

Ich starre ihn an. In Uruguay ist es verboten sich zu duellieren, außer man ist registrierter Blutspender. Hier und da ist die Welt also noch in Ordnung. Aber nicht in der Trattoria Napoli Da Salvatore. Es ist mir wirklich peinlich, aber mir fällt keine Möglichkeit ein, wie ich halbwegs elegant aus dieser Sache herauskommen kann. Soll ich für acht Minuten und vierzig Sekunden auf der Toilette verschwinden? Einen Anruf vortäuschen und rausrennen? Mich als Nichtraucher mit einer Zigarette vor die Tür stellen? »Baby, I'm A Star« beginnt, und vor meinen Augen laufen die Tanzszenen aus dem Film ab, den ich in einem früheren Leben fast wöchentlich gesehen habe und bei dessen Kinopremiere ich die Liebe meines Lebens kennenlernte. Ich werfe einen Blick in die Runde. Außer mir scheint sich hier niemand an der Musiksituation zu stören. Eines der vielen Rätsel des

Lebens. Susannes Eis kommt, und in viereinhalb Minuten beginnt das Lied, zu dem ich geheiratet habe und zu dem ich geschieden wurde. Susanne löffelt ihr Eis, der Kellner kassiert einen Tisch ab, und die Musik läuft weiter. Ein ganz normaler Tag in einer verrückten Welt, in der Menschen daten, ohne sich für einander zu interessieren, und in der das erfolgreichste Werk eines der größten Künstler unserer Zeit in einem Restaurant erniedrigt wird.

Ich atme einmal tief durch, dann rufe ich das Wort, das schon so viele Konflikte gelöst hat. »Zahlen!«

2

Ich stehe an einem Taxistand und schaue zu, wie Susanne im Taxi aus meinem Leben verschwindet. Datus-Interruptus. Als wir das Restaurant verließen, versuchte ich es ihr zu erklären, doch sie wich meinem Blick aus, als hätte ich eine blutige Axt hervorgeholt. Also begleitete ich sie zum Taxi und brachte dort den Klassiker, dass ich wohl doch noch nicht ganz über meine Ex hinweg bin.

Während ich darauf warte, dass ein weiteres Taxi kommt, frage ich mich, ob ich durch bin. Hat mich das viele Daten zu routiniert werden lassen? Glaube nicht. Oder doch? Ich weiß nur, dass ich mich gerade ziemlich bescheuert fühle. Ein Date wegen der Hintergrundmusik in einem Restaurant platzen zu lassen, das geht bestimmt auch international in die TOP 100 der beknacktesten Datingstorys ein. Oder vielleicht ja auch nicht. Vielleicht passiert das ja öfter, als man glaubt? Vielleicht geht es ja noch anderen Musikliebhabern gegen den Strich, wie Musik heutzutage behandelt wird. Wir leben in einer Zeit, wo Politiker Werke der größten Musiker missbrauchen, um ihre Umfragewerte zu verbessern. Konzerne machen ungestraft Werbung mit John Lennons »Imagine«, um ihre Umsätze zu steigern. Neulich war ich im Supermarkt, und da lief »Gran Torino« von Jamie Cullum. »*Gran Torino!« Im Supermarkt!* Ich habe dieses Lied noch nie bei *Tageslicht* gehört, und dann läuft es auf einmal, während ich zwischen gestressten Mitmenschen an der Salattheke herumwühle. Ist das in Ordnung? Nein. Es gibt Songs, die sind zu wertvoll, um sie in den falschen Umgebungen mit den falschen Menschen zu hören, und Prince gehört zu den Künstlern, die sich am vehementesten dagegen wehren, dass ihre Musik respektlos behandelt wird. Wollen wir mal im Paisley Park anrufen und ihn fragen, wie er es findet, dass seine erfolgreichste Platte in einem Restaurant *nebenbei* abgespielt wird – und das auch noch *leise*? Wie man hört, hat er aufgehört zu fluchen. Das lässt sich sicher wieder ändern.

»Haben Sie es mit der App probiert?«

Ich drehe den Kopf. Die Frau vom Nebentisch steht ein paar Meter neben mir. Jetzt fällt mir ein, an wen sie mich erinnert, an Alanis Morissette in diesem »Thank-you«-Video, nur dass sie grüne Augen hat und nicht nackt ist. Sie trägt nun einen langen schwarzen Mantel über dem roten Kleid. Im Tageslicht wirkt ihr grüner Blick noch intensiver.

»Was?«, sage ich und schaue allen Ernstes weg.

»Die Taxi-App. Haben Sie die probiert?«

»Äh, nein.«

»Soll ich Ihnen eines mitbestellen?«

»Ja, klar, also, warum nicht?«, holpere ich und sehe aus dem Augenwinkel, dass sie beginnt, auf ihrem Smartphone herumzutippen. Ich stehe einen Moment da und lausche in mich rein. Ich habe ausreichend Therapeuten und Psychologen kennengelernt, um zu wissen, dass niemand wirklich in den Kopf des anderen hineinschauen kann, dennoch fühlte ich mich von ihr eben einmal komplett durchgecheckt. Eine Gesamtanalyse, geprüft und katalogisiert, und das mit einem einzigen Blick. Meine Güte. Während sie tippt, kann ich sie in Ruhe betrachten. Ohne die Lachfalten würde sie nur willensstark und durch den harten Zug um den Mund vielleicht sogar streng wirken. So wirkt sie wie eine starke Frau, die einiges erlebt hat und beschlossen hat, einen gesunden Teil davon mit Humor zu nehmen. Mein Blick huscht zu ihrem Ringfinger. War ja klar. Die Konkurrenz schläft nicht, und bei ihr müsste sie schon im Koma liegen.

»Bestellt.« Sie packt ihr Handy in ihre Handtasche, hebt ihren Blick und schaut mich an. »Er hat eben noch ein neues Album gemacht.«

Ich schaffe es gerade noch, nicht schon wieder »Was?« zu fragen. Prince kann sie ja nicht meinen, das wäre keine Nachricht, er macht ja ständig ein Album. »Celentano?«

Sie nickt. »Hab's gegoogelt«, sagt sie und mustert mich mit ihren grünen Augen. »Wollten Sie wirklich wegen der Musik da raus, oder war das eine Notlüge?«

Jeder Künstler fürchtet Blackouts auf der Bühne, aber ohne Bühne sind sie auch nicht besser. Mein Sprachzentrum scheint sich verabschiedet zu haben. Ich starre in diese Augen, für einen Moment ist es, als könnte ich ihren Blick *fühlen*, und ich weiß, dass das Quatsch ist. Sie mustert mich und nickt, als hätte ich etwas bestätigt, was sie sich schon gedacht hat.

»Also wegen Prince. Er bedeutet Ihnen so viel, dass Sie ein Date beim Dessert sausen lassen, und das nach der ganzen Quälerei zuvor …« Sie lächelt, und der leichte Spott ist wieder da.

»Tja«, sage ich.

Sie nimmt meine lahme Entgegnung zur Kenntnis und schaut sich um. Kein Taxi in Sicht, also heftet sie ihren Blick wieder an meinen. »Ich stand früher mehr auf Michael Jackson«, sagt sie und schaut genau hin, wie das bei mir ankommt.

Ich räuspere mich, um sicherzugehen, dass ich noch eine Stimme habe. »Ich habe nie verstanden, wieso man sich zwischen den beiden entscheiden sollte. Ich meine, ›Man in the Mirror‹, da schmilzt doch jeder.«

»Also hätten Sie das Lokal auch bei Michael Jackson verlassen?«

»Bei ›Man in the Mirror‹? Hundertpro. Dieses Lied sollte im öffentlichen Raum nur abgespielt werden, wenn vorher die schriftlichen Einverständniserklärungen sämtlicher Zuhörer vorliegen.«

Ihre Mundwinkel streben nach oben. »Muss anstrengend sein, mit Ihnen essen zu gehen.«

»Nee, wieso? Ich maile dem Laden vorher eine Liste mit vier- bis fünftausend Songs, die ein absolutes No-Go sind, die halten sich dran, alle haben einen schönen Abend.«

Sie lächelt zum ersten Mal richtig, und alles Strenge verschwindet aus ihrem Gesicht, bis sie ihre Lippen wieder zusammenpresst und das Lächeln unterdrückt. Einige Haare lösen sich und fallen ihr ins Gesicht. Sie schiebt sie mit beiden Händen hinter die Ohren und schaut sich um. Immer noch kein Taxi. Als ihr Blick wieder auf mir ruht, ist das Spöttische in ihn zurückgekehrt.

»Vielleicht war der Kellner ja Prince-Fan. Vielleicht wollte er bloß bei der Arbeit gute Musik hören.«

Herrje, diese Frau disst mich gerade. Und hat Spaß dabei. Ich wette, sie macht irgendeinen Psychojob.

»Verstehe. Sie meinen, er wollte seinen Gästen etwas Besonderes bieten, und dann kommt plötzlich so ein Irrer daher?«

Sie nickt, zieht gleichzeitig ihre Schultern hoch und versucht, unschuldig dreinzuschauen. Sie hat nicht ganz unrecht, ich hätte mich entschuldigen können. Ich werfe einen Blick zum Restaurant rüber.

»Gehen Sie sich entschuldigen?«, fragt sie.

»Ich habe einem Kerl, der ›Purple Rain‹ beim Essen laufen lässt, Trinkgeld gegeben. Wenn ich da noch einmal reingehe, dann um mir das Geld zurückzuholen.«

»Gut«, sagt sie und nickt mehr für sich selbst. »Sollte ich auch mal wieder.«

Ich schaue sie fragend an. »Bei Ihnen wären erklärende Untertitel ganz nett.«

Ihre Augen weiten sich überrascht. »Das sagen *Sie?*« Ein Lachen platzt aus ihr hervor. Einen Moment lang lacht sie unbeschwert mit geschlossenen Augen, dann kriegt sie sich wieder ein. »Fliegt der Vogel gegen den Baum, merkt der Stamm es kaum?«, zitiert sie mich, wobei sie mich kopfschüttelnd mustert. »Das muss das Schrägste sein, was jemals bei einem Date gesagt wurde…«

Ich starre sie an. »Sie haben das ganze Gespräch belauscht?«

»Welches Gespräch?« Sie verzieht ihren Mund etwas und schüttelt ihren Kopf wieder. »Mein Gott, so datet man heute? Einer textet ohne Punkt und Komma, und der andere verharrt in Duldungsstarre? Was ist denn aus Flirten geworden? Macht man das nicht mehr?«

Gute Frage. Bevor mir dazu eine gute Antwort einfällt, kommt ein Taxi auf uns zu. Mein Puls beschleunigt sich. Lange her, seitdem mir eine Frau auf den ersten Blick so gefallen hat. Mein Blick gleitet noch mal zu ihrem Ringfinger. Immer noch verheiratet. Tja, was nun? Ich saß mal in einem Restaurant in München und erkannte plötzlich Sananda Maitreya in der Nachbarnische, einer meiner Lieblingssänger und -performer der Achtziger, damals noch unter dem Namen Terence Trent D'Arby. Ich wollte ihm unbedingt sagen, wie großartig ich ihn finde und wie gerne ich mal mit ihm arbeiten würde, doch er war in ein intensives Gespräch verwickelt, und so kämpfte ich den Kampf aller Kämpfe – Ethik versus Egoismus. Ich saß eine Stunde am Nebentisch und schaffte es, ihn nicht zu stören. Dann ging er, bevor ich reagieren konnte. Danach wusste ich, dass ich das Richtige getan hatte, dennoch fühlte ich mich tagelang, als hätte ich etwas falsch gemacht. Zu den weiteren Ethikprüfungen des Lebens gehört es, keine verheiratete Frau nach ihrer Telefonnummer zu fragen, nur weil sie interessanter ist als jede Frau, die ich in den letzten Jahren traf. Und irgendwie mit mir flirtet. Tut sie doch, oder? Und gut sieht sie aus. Und Humor hat sie. Und schnell im Kopf ist sie. Und immer noch verheiratet.

Das Taxi hält neben uns. Ich öffne die Hintertür und nicke ihr zu. »Bitte schön.«

Sie rührt sich nicht. »Sie waren vor mir«, sagt sie und macht eine Handbewegung, dass ich einsteigen soll.

»Ladies first.«

»Nein, der Reihe nach.«

»Typisch moderne Frau. Erträgt keine Bevorzugung, kann keine Galanterie annehmen.«

Sie hebt eine Augenbraue. »Ich bin Halbitalienerin, wir lieben die Galanterie.«

Ich schüttele den Kopf. »Sie sind keine Halbitalienerin.«

Sie schaut mich überrascht an und holt Luft, doch ich bin schneller.

»Eine Halbitalienerin wäre längst mit einem ›Grazie amore‹ auf den Rücksitz gerauscht, als wäre Lenny Kravitz persönlich mit einer Kutsche vorgefahren, um ihr einen Antrag zu machen.«

Von einem Moment auf den anderen wird ihr Gesicht ausdruckslos. »Sie glauben, ich bin keine Halbitalienerin, weil ich mich nicht vordrängle?«

Ich studiere ihre Mimik. Sie macht das wirklich gut. Ich kann nicht erkennen, ob sie tatsächlich beleidigt ist. Plötzlich lächelt sie, und wieder verschwindet jegliche Härte aus ihrem Gesicht.

»Grazie amore, sei molto buffo e un po' pazzo, oltre a ciò hai della salsa di gorgonzola sulla camicia.« Sie gleitet auf den Rücksitz des Taxis und schaut durch die offene Tür zu mir hoch. »Sehen Sie sie wieder?«

»Nein.«

»Sie sah gut aus.«

»Ja.«

»Hätte eh nicht gepasst.«

»Danke für die Analyse, Dottore.«

Sie lächelt. Ich warte, dass sie die Tür zuzieht, aber sie

verharrt so und lächelt zu mir hoch. Wir schauen uns in die Augen, und man weiß ja, wie es mit Augenkontakt so ist, nach ein paar Sekunden kriegt die Sache Subtext. Ich spüre, wie mein Lächeln immer breiter wird, während wir uns anschauen.

»Danke«, sagt sie schließlich. »Vielleicht ist Flirten ja doch noch nicht ganz tot.«

Sie greift nach der Türklinke, doch meine Hand schießt automatisch vor und hält die Tür fest. »Ich möchte Sie wiedersehen.«

»Nein!«, stöhnt sie und verzieht ihr Gesicht, als hätte sie auf etwas Saures gebissen. Drinnen im Taxi fragt der Taxifahrer etwas. »Alles in Ordnung«, sagt sie zu ihm, doch als sie wieder mich anschaut, schüttelt sie ihren Kopf und wirkt ehrlich enttäuscht. »Mussten Sie das kaputtmachen?«

»Ich weiß, tut mir leid, aber ich hätte mich unheimlich dumm gefühlt, wenn ich nicht gefragt hätte. Geben Sie mir bitte Ihre Telefonnummer, ich rufe Sie an, wir unterhalten uns.«

»Das haben wir gerade. Und dann haben Sie alles kaputtgemacht.«

Sie ruckelt leicht an der Tür. Ich lasse den Türgriff los, zeige ihr meine Handflächen und versuche es noch ein letztes Mal. »Ich bin nicht von hier. Wenn Sie jetzt wegfahren, sehen wir uns nie wieder.«

Sie schaut einen Moment regungslos zu mir hoch. Dann hält sie ihre Hand mit dem Ehering hoch. Alles klar, das war's, und wenn es vorbei ist, ist es vorbei. Ich bin gut darin, so etwas zu akzeptieren. Aber echt schade, denn ich weiß, was die Leute sagen, und es stimmt nicht; im Leben kriegt man selten eine zweite Chance. Meistens gibt es nur diesen einen Moment. So wie jetzt. Jetzt oder nie. Tja. Ich schaue mir diese schöne Klugheit noch mal genau an, und mein Puls reagiert unrhythmisch. Ich lächle. Verdammt lange her.

»Alles Liebe«, sage ich und drücke die Tür ins Schloss.

Sie sitzt einen Moment regungslos da und mustert mich durch die Scheibe. Dann wendet sie ihr Gesicht nach vorn, um dem Fahrer die Zieladresse zu geben. Bevor das Taxi losfährt, schaut sie wieder zu mir raus. Für einen Augenblick schaue ich ein letztes Mal in diese unglaublichen Augen. Sie winkt kurz, ihr Ehering blitzt befriedigt auf. Weg ist sie. Und schon stehe ich mal wieder da und schaue einem Taxi nach, nur dass ich mich diesmal tatsächlich blöder fühle als vorhin. Aber ich hätte mich noch blöder gefühlt, wenn ich sie nicht nach ihrer Nummer gefragt hätte. So gesehen habe ich alles richtig gemacht. Fühlt sich deswegen nicht minder blöd an.

3

Als wäre ich heute nicht gestraft genug, bedient im Speisewagen der Deutschen Bahn nicht die ironische Mandy aus Leipzig, sondern der mürrische Hans aus Weiden. Bei einer Weltmeisterschaft in verpasstem Trinkgeld wäre Hans meine persönliche Medaillenhoffnung. Ihm scheint sein Leben, sein Job und jeder einzelne Speisewagengast zu viel zu sein. Je länger ich Bahn fahre, desto besser kann ich das nachvollziehen, denn bei männlichen Geschäftsreisenden scheint die Speisekarte abends zu neunzig Prozent aus Alkohol zu bestehen. Ich weiß nicht, ob es an dem monotonen Schienengeräusch oder dem permanenten Kommen und Gehen von Menschen liegt, mit denen einen nichts verbindet, jedenfalls hat die Atmosphäre abends im Speisewagen etwas an sich, was die Leute tief ins Glas gucken lässt. Was man dann an Einsamkeit zu sehen bekommt, sollte kein Single auf dem Heimweg nach einem missratenen Date erleben müssen.

Am Wochenende ist der Speisewagen immer voll, so auch heute. Fast alle Plätze sind von Vertrieblern einer Versicherungsfirma belegt, die gerade von einer Tagung kommen und sich lautstark über Kunden, Provisionen und Vorgesetzte auslassen. Ich habe einen der letzten freien Plätze an einem der Vierertische ergattert, den ich mir mit einem jungen Backpacker-Pärchen teile, das vermutlich zum Frankfurter Flughafen unterwegs ist. Beide starren auf ihre Handydisplays. Hinter mir grölen die Vertriebler. Heute ist der Kühlschrank kaputt, daher gibt es nur heiße oder ungekühlte Getränke, und wer weiß, wie ein lauwarmes Weizen reinknallt, kann sich die Stimmung vorstellen. Draußen zieht die Welt mit zweihundert Stundenkilometern vorbei, und im Speisewagen erinnern mich betrunkene Männer, die eine Überdosis Hotelübernachtungen hatten, an die Textzeile der Band Nationalgalerie: »Wenn man zu lang allein ist, kommen komische Ideen.« Eine These, die im Speisewagen begutachtet werden kann. Zum Glück gibt es Kopfhörer und Musik. Die Fahrt von Köln und Frankfurt nach Montabaur dauert ungefähr 45 Minuten, eigentlich perfekt für ein Album, doch heute höre ich mir mal wieder das Prince-Livealbum *One Nite Alone* an. Schon beim Intro zu »Joy In Repetition« hat er mich. Wie kann man nur so lässig so gut Gitarre spielen? Wenn Jimi Hendrix ordentlich von der Muse geknutscht wurde, muss es bei Prince wochenlanger Beischlaf gewesen sein.

Ich nippe seit ein paar Minuten an einem schlechten Alibi-Kaffee, starre aus dem Fenster und lausche der Musik, während der Zug mich mit 200 km/h Richtung Montabaur bringt, das laut Wikipedia für drei Dinge bekannt ist:

1. Das Schloss.
2. Das Fashion-Outlet-Center.
3. Den Bahnhof mit ICE-Anbindung zur Schnellfahrstrecke.

Wenn auf Wikipedia extra vermerkt werden muss, dass in deinem Wohnort sogar der Zug hält, dann weißt du als Single: Fuck, das war's mit dem Liebesleben. Wenn ich eine Frau kennenlernen möchte, muss ich also außerhalb der engen Stadtgrenzen suchen. Darum habe ich vor ein paar Jahren begonnen zu tindern und date am Wochenende manchmal in Köln oder Frankfurt. Sextourismus mal anders. Apropos … Ich checke mein Handy und stelle zu meinem Erstaunen fest, dass *Su37* und ich immer noch auf Tinder gematcht sind. Sie hat mich nicht sofort gelöscht? Steht sie derart unter Schock? Ich schreibe ihr gerade eine Entschuldigung, dass ich noch nicht ganz über meine Ex hinweg bin, als mir einfällt, dass ich ihr das schon bei der Verabschiedung gesagt habe und dass es sogar stimmen könnte. Auch heute noch muss ich bei »Purple Rain« jedes Mal an Stella denken. Die erste und einzige wirklich große Liebe meines Lebens, mit der ich die Band und ein fast perfektes Leben hatte. Wir waren jung und taten nichts als Musik machen, Musik hören, abhängen, Pläne schmieden und miteinander schlafen. Es heißt, Menschen können sich nicht wirklich ändern, doch in der Pädagogik gilt die Faustregel: Genetik prädestiniert – Umfeld realisiert. Und durch Stella veränderte sich mein Umfeld und damit ich mich nachhaltig. Vor ihr spannte mein Körper sich automatisch an, sobald mir jemand nahekam, nach ein paar Jahren mit ihr konnte sich sogar jemand hinter mir aufhalten, ohne dass mein Körper anfing zu prickeln. Durch sie begann ich die Welt anders wahrzunehmen. Ich sah hellere Farben und hörte wärmere Töne. Es war, als hätte ich ein zusätzliches Sinnesorgan bekommen. Sie brachte mir bei zu atmen, mit ihrer Hilfe fand ich meine Stütze und wurde ein guter Sänger. Sie lehrte mich, dankbar zu sein, und hat mein Leben um mehr Dinge bereichert, als ich aufzählen kann. Aber nichts bleibt beim Alten. Das ist das Fatale am Leben: Egal was passiert, egal was wir erleben, egal wie sehr wir es lieben, egal wie sehr wir es festhalten wollen – das Leben lässt sich nicht konservieren. Es lässt sich nicht mal einen noch so klitzekleinen Augenblick zurückdrehen. Manchmal … manchmal passt man kurz nicht auf, nur einen winzigen Moment lang, und schon verändert sich das Leben urplötzlich direkt vor deinen Augen. Man steht da und ist mit dem Gefühl noch in dem alten Leben, doch man *weiß* bereits, dass es vorbei ist und dass nun etwas Neues begonnen hat. Und nichts und niemand wird daran etwas ändern können. So ging es mir damals mit Stella. In meinem Leben ragt sie mit mehr Alleinstellungsmerkmalen hervor als alle anderen Frauen zusammen. In Beziehungen fühle ich mich schnell eingeengt. Mit ihr nie. Wir konnten jahrelang jede freie Minute zusammen verbringen, ohne dass sie mir meinen Raum nahm. Ich habe so etwas nie wieder erlebt, und ich mache mir nichts vor: Viele Menschen treffen nie ihren einzigen und wahren Seelenverwandten. Ich lebte mit meinem fast zehn Jahre zusammen, wovon neun die glücklichste Zeit meines Lebens waren. Mehr kann man nicht verlangen.

Wie immer im Zug befeuert Tinder mich mit neuen Match-Vorschlägen. Das Digitale wird uns als Heilsbringer und Multiplikator verkauft, aber alles, was ich durch Tinder-Fotos und Endlos-Chats erfahre, weiß ich in zehn Sekunden, wenn ich einer Frau im Supermarkt in die Augen schaue. Das Problem ist bloß, dass ich in Montabaur nie eine attraktive, ledige Frau beim Einkaufen treffe. In den letzten Jahren ist der hiesige Singlemarkt endgültig auf etwas zusammengeschrumpft, das ungefähr die Größe von Hitlers humanitärer Seite hat, also mustere ich die interessanten Profile zwischen 35 und 48 in einem Umkreis von hundertsechzig Kilometern und versuche den Menschen hinter den Fotos zu erahnen.

Etwas erregt die Aufmerksamkeit der Geschäftsreisenden. Sogar durch den Sound auf meinem Kopfhörer höre ich ihre Stimmen. Bier alle? Ich werfe einen Blick rüber zu den Vierertischen. Alle recken die Hälse und mustern etwas hinter mir. Ich drehe den Kopf und sehe im Eingangsbereich des Speisewagens eine schwarzhaarige Halbitalienerin in einem unverwechselbaren dunkelroten Kleid stehen. Sie hat den Mantel über ihren rechten Arm gelegt und hält ihre Handtasche in der linken Hand. Ich blinzele. Sie steht da immer noch. Ich fasse den Tisch vor mir an. Er fühlt sich echt an. Sie entdeckt mich und kneift ihrerseits überrascht die Augen zusammen. Sie zögert kurz, dann kommt sie auf mich zu.

»Ist hier noch frei?«, höre ich sie fragen, während ich mir die Ohrenstöpsel rauszupfe.

Sie setzt sich, nickt dem Backpacker und seiner Freundin zu und mustert mich dann mit ihren grünen Augen, in denen die Überraschung geschrieben steht. Ich starre sie an, und mein Hirn bastelt wie wild Möglichkeiten zusammen. Von Zwillingsschwester bis Stalkerin ist alles dabei. Es braucht dafür wohl ein bisschen lang, denn ihr Lächeln verblasst und ihr Gesicht wird ausdruckslos.

»Das fragt man, bevor man sich setzt?«

Ich räuspere mich. »Nein. Gratuliere. In der Deutschen Bahn etwas mit Verspätung zu fragen, Respekt.«

Der Backpacker lacht neben mir. Ich lächle ihn an.

»Meine Frau tut im Zug immer, als würde sie mich nicht kennen. Nicht wahr, Schatz?«

Ihre Augen verengen sich etwas, ansonsten bleibt ihr Gesicht neutral. Ich lächle den Backpacker wieder an und schaue dann seine Freundin an.

»Entschuldige«, sage ich und warte, bis sie ihre Augen von dem Handy löst. »Darf ich euch fragen, wie ihr euch kennengelernt habt? Meine Frau und ich lieben solche Geschichten.«

Sie lächelt überrascht, und schon beginnen beide zu erzählen, wie sie sich im Supermarkt trafen, sie einen Gipsarm hatte und er ihr den Einkauf in ihre Wohnung hochtrug – und blieb. Ich frage, wie sie sich ihren Arm gebrochen hat. Es folgt eine epische Geschichte, wie sie vom Rad fiel, weil es an einem späten Apriltag plötzlich doch noch mal schneite und sie ausrutschte. Ich hake sofort ein, dass das doch Schicksal war, dass es so spät im Jahr noch einmal geschneit hat, sonst hätten die sich ja nie kennengelernt. Beide sind meiner Meinung: Schnee im April ist auf jeden Fall Schicksal.

»Schicksal«, sage ich und lächle meine Halbitalienerin an, die unser Gespräch schweigend verfolgt. »Ist das nicht romantisch, Schatz?«

Das Spöttische um ihren Mund ist wieder da, aber sie lässt mich machen. Das Backpacker-Pärchen fragt uns nun, wie wir uns kennengelernt haben. Ich tische die Story auf, die ja halbwegs der Wahrheit entspricht: dass wir uns kennenlernten, als ich ein Date im Restaurant hatte, während sie am Nebentisch saß. Obwohl sie damals noch verheiratet war, kamen wir zusammen, denn wahre Liebe lässt sich nicht aufhalten. »Nicht wahr, Schatz?« Ich strahle sie an. Sie lächelt leicht.

Als das Pärchen wenig später am Frankfurter Flughafen aussteigt, um nach Thailand zu fliegen, tausche ich mit ihnen Nummern. Wir sollten mal essen gehen, wenn sie wieder da sind, war ja vielleicht Schicksal, dass wir uns getroffen haben, nicht wahr? Der Zug setzt sich wieder in Bewegung. Wir sitzen nun zu zweit an dem Tisch und mustern uns. Ihre Stirn ist leicht gekräuselt.

»Was haben Sie davon, denen was vorzugaukeln?«

»Ich versuche bloß, mit Ihnen zu flirten. Ich dachte, Sie mögen das.«

Das Spöttische vertieft sich. »Ach, diese an den Haaren herbeigezogene Geschichte war flirten?«

»Ist es immer noch. Wir haben bereits gemeinsame Freunde und sind zum Essen eingeladen, es geht voran.«

»Lassen Sie sich schon mal eine Ausrede einfallen, wieso ich nicht mitkomme.«

»Sie wollen dieses nette Paar enttäuschen?«

»Nein, das tun Sie.«

Ich zucke meine Schultern und stelle endlich die Frage. »Sagen Sie mir bitte, wie um alles in der Welt kommen Sie jetzt in diesen Zug?«

In ihren Augen zeigt sich ein bisschen Irritation. »Mit dem Taxi? Vom Restaurant?«

»Ja, klar, aber …« Ich versuche mich zu erinnern, ob ich

im Gespräch vorhin mit Susanne irgendwann erwähnt habe, wo ich wohne, aber in den wenigen Sätzen, die ich zu unserem Gespräch beisteuerte, fielen weder die Worte Montabaur noch Bahnhof. Oder doch? »Wussten Sie, dass ich zum Bahnhof wollte?«

»Nein.«

Ich lächle. »Dann ist dieses Wiedersehen schon ein unheimlich großer Zufall, finden Sie nicht?«

Sie verzieht ihr Gesicht. »Kommt jetzt wieder die große Schicksalsleier?«

»Sie glauben nicht an Schicksal? Woran dann?«

Sie schiebt sich ihre Haare mit beiden Händen aus dem Gesicht und klemmt sie sich hinter die Ohren. »An Logik. Dass wir uns hier treffen, war zwar unwahrscheinlich, ist aber berechenbar. Das würde auffallen, wenn wir die Milliarden Male hochrechnen würden, wo Menschen sich nicht wiedertreffen.«

Sie meint das ernst. Glaube ich zumindest. Es ist wirklich schwer, ihre Mimik zu deuten. Vielleicht veräppelt sie mich auch nur. Das fände ich genauso schön. Eigentlich finde ich gerade alles ziemlich schön.

»Also war der späte Schnee im Frühling unserer Backpackerfreunde auch kein Schicksal? Da werden sie beim Abendessen aber enttäuscht sein.«

Ich beginne leise die Titelmelodie aus *Love Story* zu pfeifen. Sie lächelt. Dieses Mal dauert es ein bisschen länger, bevor sie es unterdrückt. Dann sitzen wir einfach da und mustern uns. Wieder Augenkontakt. Wieder zu lange. Doch sie hält den Blickkontakt gelassen, als wäre sie es gewohnt, Menschen in die Augen zu schauen.

»Sie sagten vorhin: Das sollten Sie auch mal wieder. Was denn?«

Ihre Stirn kräuselt sich etwas. Eine kleine Pause entsteht, während sie darüber nachdenkt. Als sie darauf kommt, weiten sich ihre Augen ein bisschen.

»Ah, das! Wieder Musik in meinem Leben haben. Früher ging ich oft tanzen, aber dann kam Techno …« Sie verstummt und zieht ihre Schultern hoch.

Ich nicke. »Techno war hart.«

»Man hätte das ganz anders machen müssen, mit Gesang und Gitarre.«

»Dann wäre es aber nicht mehr Techno gewesen.«

»Gut!«, sagt sie energisch.

Ich weiß, verheiratet, aber ich kann nicht das Geringste dagegen tun, dass mein Lächeln ein bisschen zu breit ausfällt. Sie schaut sich das in Ruhe an, und ihr Gesicht bleibt dabei jetzt wieder ausdruckslos. Irgendwo unterwegs auf ihrem Lebensweg hat sie lernen müssen, ihre Gefühle zu verstecken. Das konnte ich früher auch, weil ich musste. Die Frage ist, ob sie es lernen musste – oder wollte.

»Was machen Sie beruflich? Psychologin? Therapeutin? Gefängniswärterin?«

Statt zu antworten, scannt sie mich wieder.

Es ist ein bisschen wie beim Optiker, wenn der die Augen mit dem Licht ableuchtet und damit hinter die Pupille schaut, was manchmal ein eher unangenehmes Gefühl auslöst. Das hier löst auch Gefühle aus, meine Güte und wie.

»Wohin fahren Sie?«, fragt sie.

»Montabaur.«

Sie hebt überrascht ihre Augenbrauen. »Was machen Sie denn da?«

»Wohnen. Ist herrlich da.« Ich zähle an den Fingern ab. »Wir haben das Schloss, das Fashion-Outlet-Center und den Bahnhof mit ICE-Anbindung zur Schnellfahrstrecke.«

»Warum daten Sie dann in Frankfurt? Wollen Sie zu Hause von der Frau nicht erwischt werden?«

»Das sage ich Ihnen, wenn Sie mir verraten, was Sie beruflich machen.«

Sie mustert mich, als würde sie sich fragen, wie viel sie preisgeben darf, damit ich sie anschließend nicht stalken kann. Dieser Blick … Prüfend, selbstbewusst, intelligent und spöttisch. Man kann sich gar nicht daran sattsehen.

Am Nebentisch grölen die Geschäftsreisenden über einen sogenannten Herrenwitz. Die Hälfte von ihnen schaut dabei auffällig unauffällig zu uns rüber. Meine Gesprächspartnerin schaut zu denen rüber, woraufhin die noch lauter lachen. Paarungsverhalten ohne Paarung. Kommt bei denen häufiger vor. Hans kommt dennoch gucken, was der Aufruhr soll, und sieht sie an meinem Tisch sitzen. Er nähert sich unserem Tisch und stellt sich schweigend dazu, ohne einen von uns anzuschauen. Statt sie zu fragen, was sie trinken möchte, steht er einfach nur da. Man könnte ihn mal ordentlich zusammenscheißen, aber … everyone you meet is fighting a battle you know nothing about.

»Sagen Sie Ihre Bestellung«, rate ich ihr.

»Ich hätte gerne einen Kaffee.« Als ich auf meine halbvolle Kaffeetasse deute und den Kopf schüttele, schwenkt sie elegant um. »Oder lieber einen Prosecco.«

»Zwei, bitte.«

Hans verschwindet wortlos in seinem Service-Kabuff. Sie schaut ihm nach.

»Haben Sie dem was getan?«

Ich schaue sie überrascht an. »Warum sollte ich?«

»Er ist Kellner.«

»Meine Güte!«, lache ich. »Wie soll man denn da nicht nach Ihrer Nummer fragen?«

Sie verzieht ihr Gesicht. »Können Sie mal für ein paar Sekunden aufhören, mich anzumachen?«

»Haben Sie vielleicht Probleme, Komplimente anzunehmen?«

»Nur weil Sie etwas damit bezwecken.«

»Woher wollen Sie das wissen?«

»Und wann haben Sie zuletzt einem Mann ein Kompliment gemacht?«

»Autsch«, sage ich und lächle sie an. »Ich möchte doch nur ein bisschen mit Ihnen flirten, was ist daran schlimm? Ich meine, Sie haben sich doch zu mir gesetzt.«

»Es war der letzte freie Platz.«

»Ja, schon, aber wenn ich Sie vorhin wirklich genervt hätte, hätten Sie sich nie im Leben hierhergesetzt. Ich glaube, unbewusst wollen Sie mit mir flirten.«

Sie holt Luft und öffnet ihren Mund für eine schnelle Antwort, doch unterwegs holt sie anscheinend ein Gedanke ein, denn sie schließt ihren Mund wieder und heftet ihren Blick auf die Außenwelt, die draußen vor dem Fenster mit Tempo zweihundert an uns vorbeizieht. Hans kommt und serviert den Prosecco beziehungsweise stellt zwei Piccolo und zwei Gläser auf den Tisch, dann kehrt er wieder wortlos in sein Service-Kabuff zurück. Meine Tischnachbarin sitzt regungslos da, starrt aus dem Fenster und scheint nachzudenken. Ich schraube meine Flasche auf, fülle unsere Gläser, nehme eines an mich und proste ihr zu.

»Prost.«

Ihr Blick löst sich von der Außenwelt. Nach einem Moment nimmt sie ihr Glas, doch bevor sie trinken kann, stoße ich meines leicht dagegen.

»Leo.«

Ihre Augen verengen sich, während sie die Gläser mustert. Anscheinend muss sie erst durchdeklinieren, was ich mit ihrem Vornamen anstellen könnte. Ich halte ihr weiterhin mein Glas entgegen und nicke ihr aufmunternd zu.

»Mona«, sagt sie schließlich.

»Schön, Sie kennenzulernen, Mona.«

Wir trinken und stellen die Gläser wieder ab. Wir fahren ein paar Kilometer. Sie spielt ein bisschen mit ihrem Glas, stellt es mal ein bisschen nach links, dann mal nach rechts.

»Das Rot steht Ihnen wirklich gut.«

Sie verzieht erneut ihr Gesicht und macht eine kleine Abwehrbewegung mit ihrer linken Hand. »Hören Sie damit auf.«

»Wieso? Was kann daran falsch sein, jemandem etwas Schönes zu sagen? Vielleicht haben wir ja Rekordscheidungszahlen, weil Ehepaare aufhören, mit anderen zu flirten? Ich meine, Sie mögen doch Musik, ja?«

Sie scheint kurz über den Themenwechsel nachzudenken, dann nickt sie vorsichtig.

»Und«, setze ich mein Argument, »singen Sie immer dasselbe Lied? Oder sind Sie der Meinung, dass es einen Haufen großartiger Songs gibt?«

Sie lächelt kurz, als sie merkt, worauf ich hinauswill, wendet aber gleich ihren Blick ab und schaut wieder aus dem Fenster, wo eine Schrebergartenanlage vorbeizieht. Sie scheint über etwas nachzudenken und kaut dabei ein wenig auf ihrer Unterlippe. Anscheinend lässt sich dabei besser denken. Würde ich zu gerne mal ausprobieren. So, und jetzt mal schön durchatmen. Ich trinke einen Schluck. Und noch einen. Vorhin dachte ich, ich sehe sie nie wieder, und jetzt sitzen wir hier. Es ist Wochenende und so, wie sie sich zurechtgemacht hat, hat sie noch was vor. Der Zug fährt bis nach Berlin, aber sie reist ohne Gepäck, nächster Großstadthalt ist Köln, also …

»Na gut, keine Komplimente mehr. Aber unterhalten können wir uns doch, oder? Was machen Sie heute in Köln, Mona?«

Sie schaltet ihre Mimik auf neutral und nimmt einen kleinen Schluck aus dem Glas. An diesem Zögern merke ich, dass sie sich noch nicht sicher ist, ob ich vielleicht nicht doch ein Irrer bin, der sie für immer stalken wird.

»Wir können auch über Gesäßvergrößerungen sprechen. Laut Studien stehen immer mehr Frauen Gesäßvergrößerungen positiv gegenüber. Statistisch gesehen legt mittlerweile aber auch jeder dritte Mann Geld für Schönheitsoperationen zurück, dabei sollen Penisvergrößerungen …«

Sie hebt eine Hand, damit ich aufhöre. »Ich wollte mit einer Freundin ins Musical, aber sie musste kurzfristig absagen, daher gehe ich alleine.«

Mein Blick huscht automatisch wieder zu ihrem Ehering. Immer noch verheiratet. Dennoch geht sie allein. Ich lächle.

»Was ist daran komisch?«, fragt sie.

»Ich kenne überhaupt keine Frauen mehr, die alleine weggehen. Frauen sind immer mindestens zu zweit, und dann gefällt dir die eine, aber man will nicht unhöflich sein, also ist man auch zu der anderen nett, und schon muss man mit beiden tanzen, und das ist echt ganz schön anstrengend.«

Sie lächelt leicht. »Sie können einem wirklich leidtun.«

Ich nicke gestresst. Sie schiebt sich wieder Haare hinter die Ohren und mustert mich mit milder Neugierde.

»Erst Schicksal, dann Komplimente, jetzt die Mitleidstour, ist das Ihr übliches Vorgehen? Na, dann zeigen Sie mal Ihr Repertoire, aber schnell, Montabaur kommt immer näher.«

Sie lehnt sich auf ihren Platz zurück, verschränkt die Arme und hebt eine Augenbraue. Alles klar. Statt einer Antwort lehne ich mich zurück, verschränke ebenfalls die Arme und schaue aus dem Fenster.

Als der Zug in Montabaur einrollt, mustert sie mich schweigend. Wir haben seit zwanzig Minuten nicht mehr gesprochen, außer als Hans abkassierte und ich gegen ihren Willen die Rechnung übernahm. Ansonsten habe ich ein bisschen am Handy gespielt und aus dem Fenster geschaut. Sie hat kein Mal nachgefragt. Während der Zug ausbremst, stecke ich mein Handy ein. Sie hebt ihre Augenbrauen.

»Kein letzter Versuch? Gar nichts?«

Ich meine in ihren Augen ein bisschen Enttäuschung zu erkennen, also verpasse ich ihr ein müdes Lächeln und lehne mich wieder zurück. Der Zug kommt zum Stillstand. Sie mustert mich wartend. Menschen steigen aus dem Zug.

Menschen steigen in den Zug. Einige Geschäftsreisende verlassen den Speisewagen. Je länger es dauert, desto unruhiger wird sie. Ihre Augen weiten sich, als sie dahinterkommt.

»Ach, nein … das ist Ihr Supertrick?«

Ich schaue sie unschuldig an. »Was denn?«

»Sie steigen nicht aus.«

»Aber klar steige ich aus.«

Sie kneift irritiert die Augen zusammen und wartet. Draußen pfeift der Schaffner.

»Jetzt aber schnell.«

»Ich steige ja nicht hier aus.«

»Nein!« Sie schließt ihre Augen und schüttelt ihren Kopf. »Mein Gott, ist das billig!«

Doch ich meine ein kleines Lächeln auf ihrem Gesicht zu sehen. Der Zug setzt sich in Bewegung und rollt auf Köln zu. Diesmal bleiben mir vierundvierzig Minuten. Sie öffnet ihre Augen wieder.

»Glauben Sie wirklich, Belagerung führt zum Erfolg?«

»Nein, ich fahre nur mit bis nach Köln, dann sind Sie mich los.«

Sie hebt die Augenbrauen und schaut zweifelnd drein. »Sie fahren mit bis nach Köln und lassen mich dann in Ruhe?«

»Wenn Sie das in Köln so möchten. Aber ich wollte auf jeden Fall noch ein bisschen Zeit mit Ihnen verbringen. Sie sind verheiratet, ich hab's ja verstanden, und ich verspreche Ihnen, ich werde nicht nach Ihrer Nummer fragen. Ich werde auch alle Komplimente einstellen und Ihnen nicht mehr sagen, wie großartig Sie aussehen, aber ich möchte mich trotzdem wirklich gerne noch vierundvierzig Minuten lang bis Köln mit Ihnen unterhalten. Ist das in Ordnung für Sie? Ein kleines Gespräch? Oder dürfen Verheiratete auch nicht mehr mit anderen reden?«

Sie scannt mich ein paar Momente. »Sie kriegen meine Nummer definitiv nicht. Also, was versprechen Sie sich davon?«

»Jetzt fragen Sie schon wieder nach dem Nutzwert. Manchmal muss man einfach Dinge tun, die sich richtig anfühlen.«

Wieder setzt sie an, eine spontane Antwort auf den Lippen. Wieder schließt sie ihren Mund und denkt erst mal nach. Ein Bauchmensch, der Kopf gelernt hat. Das ist so unglaublich attraktiv.

Als sie mich wieder anschaut, zieht sie ihre Schultern hoch. »Na gut, worüber wollen Sie reden?«

»Sie gehen in Bodyguard, richtig?«

Ihre Augen verengen sich wieder. Sie überlegt kurz, dann lächelt sie zufrieden. »Das war nicht schwer. Es läuft nur ein Musical in Köln.«

»Haben Sie selbst die Karten gekauft oder Ihre Freundin?«

»Warum wollen Sie das wissen?«

»Ich frage ja nur.«

Sie beißt auf ihre Unterlippe und zögert. »Ich«, sagt sie schließlich.

»Also haben Sie vielleicht die zweite Karte dabei? Falls ja, kaufe ich Ihnen die gerne ab, ich bin ein Riesenfan von Whitney Houston.«

Sie lächelt spöttisch und schüttelt ihren Kopf langsam.

»Prince-Fan, Michael-Jackson-Fan, Whitney-Fan … Wie es gerade passt, hm?«

»Bei Gesang bin ich polygam«, sage ich und lächle sie gewinnend an. »Wollen Sie den ganzen Abend wirklich alleine verbringen? Mit wem wollen Sie nach der Show über die Aufführung sprechen? Kommen Sie, Sie wollen die Karte doch sowieso verkaufen. Wenn Sie sie mir geben, genießen wir die Show zusammen, und danach bringe ich Sie sicher zum Zug zurück. Wie klingt das?«

Sie lächelt kopfschüttelnd. »Sie sind wirklich hartnäckig.«

Statt zu antworten, schaue ich sie bloß an und lasse ihr alle Möglichkeiten, mir zu signalisieren, dass hier und jetzt Schluss ist. Sie sagt nichts, und die folgende Pause ist schon mal kein Nein. Ich glaube, sie würde gerne über ihren Schatten springen, und da sie anscheinend gewohnt ist zu bestimmen, fällt mir eine Möglichkeit ein, wie ich ihr helfen kann.

»Wenn ich Ihnen im Laufe des Abends mit irgendwas auf die Nerven gehen sollte, sagen Sie einfach ›Geh!‹, dann stehe ich wortlos auf und gehe.«

Ihre Augen weiten sich etwas, als ich ihr die Kontrolle anbiete. »Ich sage ›Geh‹, und Sie gehen wortlos?«

»Auf der Stelle.«

Für einen Moment habe ich Sorge, dass sie es sofort anwendet, wie so viele Menschen, die noch nicht Ja sagen können und deswegen zu früh Nein sagen. Doch sie sitzt einfach nur da und mustert mich.

»Mein Vorschlag«, sagt sie schließlich, »wir unterhalten uns bis Köln, und dort entscheide ich, ob Sie die Karte kriegen.«

Ich nicke und versuche unschuldig dreinzuschauen. Soeben sind meine Chancen gestiegen, heute mit einer besonderen Frau einen besonderen Abend zu erleben. *One moment in time…*

4

Zwei Stunden später sitze ich im Musical Dome links neben einer schönen Halbitalienerin in Reihe 12. Wenn ich die Augen schließe, ist es wirklich gut. Ich mag den Film und liebe die Songs, aber den meisten Coverversionen fehlt es an Covervisionen. Natürlich ist eine Künstlerin, die Whitney zu fünfundneunzig Prozent covern kann, eine sehr gute Sängerin, aber was Gesang angeht, bin ich leider ein hundertprozentiger Nerd. Mich stören die fehlenden fünf Prozent, die nicht wie Whitney klingen. Ehrlich gesagt, wollte ich nie »I Will Always Love You« oder »Greatest Love Of All« von jemand anderem hören als von ihr. Für manche Menschen ist der Gesang nicht so wichtig, sie achten mehr auf den Song. Meine Freundin Laureen zum Beispiel kann sich jede Version von »Stand By Me« reinziehen. Es ist ihr völlig egal, ob die Nummer von Ben E. King, von Adele oder von Gottlieb, dem miesesten Alleinunterhalter der Welt, gesungen wird: Sobald der Song beginnt, trällert sie mit und ist glücklich. Mann, wie ich sie darum beneide, denn wenn ich mich einmal in einen Song verliebe, hänge ich meistens bis in alle Ewigkeit an der Version, die ich zuerst gehört habe. Eine der Ausnahmen von dieser Regel ist

»Somewhere Over The Rainbow.« Ich *liebe* die Version von Ray Charles. Die von Israel Kamakawiwo'ole berührt mich aber tatsächlich noch mehr. Sinead O'Connors Version von »Nothing Compares To U« haute mich um, doch dann hörte ich das Original von Prince. Roberta Flacks »Killing Me Softly« war einer meiner Lieblingsballaden der 70er und wurde in den 90ern brillant von The Fugees weiterentwickelt. Und dann gibt es natürlich noch Jamie Cullum, der Meister der Coverversionen, der Klassikern wie »Singin In The Rain«, »Don't Stop The Music« und »If I Ruled The World« zu neuem Glanz verhalf. Doch eine Whitney-Houston-Nummer habe ich noch nie von einer anderen Sängerin lieber gemocht als von ihr selbst.

Das Musical nähert sich so langsam seinem Ende. Seit vier Songs singt Mona neben mir leise, aber textsicher mit. Als der Zug vorhin in Köln einrollte, gab sie mir das Ticket mit der Bitte, sie nicht dazu zu zwingen, mich mitten im Konzert vor allen Leuten wegzuschicken. Im Zug hatten wir uns über Musik unterhalten, dann wollte sie wissen, wie ich an Susanne gelangt war, und ich erklärte ihr schließlich die Tinder-App. In der Zwischenzeit hatte Susanne mich gelöscht, aber ich ließ mich von Mona dazu verleiten, eine Frau zu superliken, mit der sie mir dann viel Glück wünschte. So ungefähr lief die ganze Fahrt ab; Spaß, Interesse, bisschen flirty, aber ich erfuhr nichts Persönliches aus ihrem Leben. Ich weiß nicht, wo das hier hinführt, aber zuerst dachte ich, ich sehe sie nie wieder, und jetzt bin ich mit ihr auf einer Musikveranstaltung. Ich kann mich wirklich nicht erinnern, dass ich mich seit meiner Ehe jemals mit einer Frau vom ersten Moment an so gut gefühlt habe wie mit ihr. Und sie fühlt sich definitiv auch wohl mit mir, sonst säße ich jetzt nicht hier. Vorhin war sie immer auf der Hut, nicht zu viel von sich preiszugeben, doch seit das Licht ausgegangen ist und die Musik begann, ist nach und nach jede Reserviertheit von ihr abgefallen. So etwas kann Musik.

»Saving All My Love For You« endet im langgezogenen Chor des Publikums und geht in einen Riesenapplaus über. Fast jeder im Saal hat soeben mitgesungen. Auch nach all den Jahren auf der Bühne gibt es keine Möglichkeit für mich, nicht von einem Publikumschor berührt zu werden. Manchmal frage ich mich, ob die Menschheit mit Gott nicht völlig falschliegt. Vielleicht ist Gott keine übersinnliche Instanz, sondern ein Gefühl, das von Musik ausgelöst wird? Denn wann sind Menschen seliger, als wenn sie zusammen singen?

Ich wische mir gerade über die Augen, als Mona mir ihr Gesicht zuwendet.

»Wunderschön, oder?«

Ihre Augen leuchten in dem schwachen Saallicht, wer kann da etwas anderes als nicken? Sie mustert einen Moment lang meine feuchten Augen, dann schaut sie wieder zur Bühne. Ich tue, als würde ich ebenfalls nach vorn schauen und mustere sie unauffällig aus den Augenwinkeln, bis es rechts neben mir leise schnieft. Ich drehe den Kopf und schaue zu dem älteren Paar rüber, das uns vor der Show sehr förmlich begrüßte, als es die Plätze einnahm. Die ältere Dame schnieft dezent in ein Stofftaschentuch. Der Herr sitzt regungslos neben ihr, seine Hand auf ihrem Arm. Ihre Aufmachung würde auch zum Wiener Opernball passen. Sie stammen aus einer Zeit, in der man noch nicht in Jeans und Turnschuhen zu einer Abendveranstaltung ging. Er merkt, dass ich rüberschaue, und wir tauschen einen Blick unter richtigen Männern, die nie eine Miene verziehen, dann schaue ich wieder nach vorn, wo »One Moment In Time« beginnt.

Solange ich lebe, wird dieses Lied mich an mein Staunen erinnern, als ich zum ersten Mal das Cover von Whitney Houstons Debüt-LP sah. Bis dahin kannte ich nur ihre Stimme und konnte einfach nicht glauben, dass jemand, der so sang, gleichzeitig so aussehen konnte. Sie wirkte so unschuldig. Ich kann immer noch nicht fassen, wie schnell ihre Karriere später kippte. 2006 sah ich einen Auftritt von ihr in einer TV-Show, und auch wenn sie ihre Songs in einer tieferen Tonlage singen musste und ihre Stimme ein bisschen kratziger geworden war, so war es eindeutig Whitney. Als ich sie vier Jahre später in Kopenhagen live sah, stand sie bereits so neben sich, dass das Publikum sie erst auspfiff, um dann in Scharen das Konzert zu verlassen. Ich stand fassungslos im Publikum und fühlte mich, als hätte ich etwas Wertvolles verloren. Und schon muss ich an Amy Winehouse denken, und schon muss ich an die Mädchen früher im Jugendheim denken. Zwei von ihnen hatten Talent. Eine sang unglaublich gut, die andere war die beste Sandmalerin, die ich je gesehen habe, eine Zauberin, die allein mit ein bisschen Sand Menschen zu Tränen rühren konnte. Beide hätten ihre Berufung zum Beruf machen können, hatten aber ein zu niedriges Selbstwertgefühl, daher Drogen, um das emotionale Defizit auszugleichen, plus einen fiesen Hang zu Arschlöchern, da sie die guten Jungs ja nicht verdient hatten. Die Sängerin, ich weiß ihren Namen leider nicht mehr, sprang mit siebzehn von einem Hochhaus. Die Sandmalerin, Hanne, begann als Fünfzehnjährige anzuschaffen und war mit sechzehn auf Heroin. Die Muster sind bekannt, sie zu brechen schaffen die wenigsten. Nicht mal die Stars. Ich hätte dennoch nie gedacht, dass es mit Whitney so zu Ende geht, bei Amy Winehouse schon eher. Ich wünschte, dass Amy mehr Zeit gehabt hätte, das Leben kennenzulernen und vielleicht jemanden zu treffen, der sie befriedet. Vielleicht hätte sie uns mehr solcher Alben geschenkt wie *Back to Black*. Ich hätte sie auch so gerne mal live gesehen, habe es aber immer wieder aus Gründen aufgeschoben, und nun ist es für immer zu spät. Das ist das Problem mit uns Menschen, wir glauben immer, wir haben noch Zeit.

Neben mir singt Mona das Lied mit. Ihre Stimme hat Kraft, und als die Sängerin unten auf der Bühne in diesem großartig arrangierten Finale *I will be – I will be freeeeeee* singt, kullern Mona ein paar Tränen über die Wangen. Sie weint wegen Musik. Mein Herz fliegt ihr zu.

Als das Lied endet, springt sie auf und gibt stehend Ovationen. Ich stehe ebenfalls auf, klatsche und werfe einen dezenten Blick nach rechts, wo es wieder schnieft. Die ältere Dame steht und klatscht, während auch ihr Tränen über die Wangen laufen. Neben ihr steht ihr Mann und klatscht etwas verhaltener. Wieder tauschen wir einen männlichen Blick, doch dann muss ich lachen. Mein Gott, Musik, oder? Sie hat mich schon so oft glücklich gemacht, Livekonzerte zählen zu den schönsten Erinnerungen meines Lebens – und es hört einfach nie auf! Hier stehe ich mal wieder, während die Energie einer Standing Ovation durch mich hindurchschießt. In diesem Augenblick bin ich eins mit mir und der Menschheit. Ich applaudiere und pfeife so laut ich kann. Ab jetzt ist alles Zugabe.

5

Als wir in einer milden Aprilnacht inmitten Hunderter Menschen aus dem blau angestrahlten Musical Dome herausströmen, lassen wir uns in der Masse ruhig mittreiben. Einmal mehr fällt mir auf, wie zufrieden Menschen wirken, wenn sie aus einem Konzert kommen. Nach einem Fußballstadionbesuch oder einem Kinofilm gehe ich meistens direkt nach Hause – nach einem Livekonzert so gut wie nie. Anscheinend kriege ich irgendetwas von der Bühne oder vor der Bühne, was geteilt oder weitergegeben werden will, und exakt so wirkt diese Menschenmenge, in der wir uns befinden. Links von uns geht das ältere Paar, das uns formvollendet noch einen schönen Abend wünschte, als das Saallicht anging. Er geht dicht an ihrer Seite, hält ihren Arm und nickt mir höflich zu, als unsere Blicke sich treffen. Sie lächelt entspannt, wie nach einer guten Massage. An was die Welt auch immer krankt, hier ist von alldem nichts zu spüren. Es sollte Musik auf Krankenschein geben. Traurig? Burn-out? Weltschmerz? Versuch mal ein Konzert von Maceo Parker. Was er dir in drei fetten funky Stunden verpasst, daran beißt die Pharmaindustrie sich immer noch die Zähne aus. Und die Nebenwirkungen sind *gesund*! Es gibt unzählige Studien darüber, welch positive Auswirkung Musik auf uns hat. Zudem werden beim Singen ähnliche Hormone ausgeschüttet wie beim Orgasmus. Das erklärt vielleicht die tiefe Zufriedenheit, die ich oft hatte, wenn ich aus einem Proberaum oder von der Bühne kam.

»Das war großartig«, sagt Mona neben mir. »Wie kann man nur so gut singen?«

»Ihre Stimme ist auch nicht schlecht.«

»Ach was«, sagt sie und macht eine abwertende Handbewegung.

»Ganz sicher. Ich habe Sie ja eben gehört. Sie sind untrainiert, aber mit Unterricht und Übung – Sie würden staunen.«

Sie wendet mir ihr Gesicht zu und mustert mich aufmerksam. »Meinen Sie das etwa ernst?«

»Ja.«

Darüber denkt sie kurz nach. »Sie sind Musiker?«

»Ja.«

Sie lächelt, und anders als vor dem Musicalbesuch unterdrückt sie es nicht mehr. »Haben Sie eine Band?«

»Nicht mehr.«

»Kannte ich die?«

»Nein.«

»Haben Sie ein Album gemacht?«

Es sticht kurz. »Nein.«

»Wie hieß die Band? Vielleicht kenne ich sie ja doch?«

»Funkbandit.«

Sie denkt kurz nach und zieht ihre Schultern dann leicht an. »Sie waren der Sänger?«

»Der Backgroundsänger.«

Sie mustert mich neugierig. »Wollten Sie nicht nach vorne?«

In der schwachen Straßenbeleuchtung kann ich ihre Augen nicht richtig erkennen, aber ihrer Stimme nach will sie es wirklich wissen.

»War nicht so meins.«

»Zu viel Verantwortung? Oder wollten Sie nicht gesehen werden?«

Ein paar Gespräche mit ihr, und ich hätte mir damals einhundert Stunden Analyse ersparen können.

»Muss ich mal drüber nachdenken.«

Sie mustert mich einen Moment, als würde sie kommentieren wollen, dass ich ausweiche, doch statt weiter zu fragen, holt sie ihr Handy hervor und drückt eine Zeitlang darauf herum. Wir lassen uns weiter auf den Bahnhof zutreiben, bis sie das Handy wieder wegpackt.

»Der nächste Zug nach Frankfurt geht in fünfzig Minuten.«

»Dann haben wir ja noch Zeit. Haben Sie Lust, die Sängerin kennenzulernen? Sie ist eine alte Freundin. Wir sehen uns viel zu selten. Nur kurz Hallo sagen, das schaffen wir locker, bevor der Zug kommt.«

In dem hellen Licht auf dem Bahnhofsvorplatz kann ich deutlich erkennen, wie skeptisch ihr Blick ist. Wer nichts wagt, der nicht gewinnt, also nicke ich ihr zu, lege zwei Finger leicht auf ihren Rücken und führe sie mit sanftem Druck nach rechts, heraus aus der Menge. Und schon sind wir auf dem Weg zurück zum Musical Dome. Sie wirft mir mal einen Blick zu, hält sich aber sonst prima. Es ist keine Kleinigkeit mit einem Mann, den man erst ein paar Stunden kennt, nachts zu der Rückseite der Veranstaltungsstätte zu gehen, wo es nichts als eine spärlich beleuchtete Tür gibt. Vor der allerdings ein Security steht. Wir bleiben vor ihm stehen.

»Guten Abend. Wären Sie so freundlich, backstage Bescheid zu geben, dass Leo Palmer hier ist.«

Er checkt meine Augen, meine Hände, meine Schuhe, dann nickt er, verschwindet ins Gebäude und zieht die Tür hinter sich zu. Wir warten eine Minute. Mona wirft mir wieder einen Blick zu, sagt aber nichts. Die Tür öffnet sich, der Security lässt uns rein und wünscht uns viel Spaß. Ich lege meine Finger wieder leicht auf Monas Rücken und führe sie ins Gebäude. Wir gehen einen dunklen Gang entlang, der mit Notlichtern beleuchtet wird, und steuern eine weiße Sicherheitstür an. Sie sagt immer noch nichts, scheint jetzt aber dann doch etwas unruhig zu werden. Ich beeile mich die Metalltür aufzuziehen, und schon hört man den Geräuschpegel. Irgendwo im Gebäude läuft laut Musik, und Menschen schreien sich über die Musik hinweg an. Es hat nicht die Energie einer Band nach einem Clubgig, aber für ein Ensemble auf Zeitvertrag klingt es schon spaßig. Wir gehen den kahlen Gang hinunter und steuern einen Raum an, aus dem der Krach kommt. Kurz bevor wir ihn erreichen, lächle ich sie an.

»Egal was jetzt passiert, wenn Sie gehen wollen, sagen Sie einfach laut: ›Scheiß Amateure!‹«

Sie lacht nicht. War vielleicht nicht witzig. Ich bin ein bisschen nervös.

In dem Raum steckt ein Handy in einer Soundbox und krächzt auf voller Lautstärke. Timberlake verpasst uns

»Senorita.« Zwei Frauen im Bühnenkostüm tanzen ein paar einstudierte Schritte mit Sektgläsern in der Hand. Ich meine, in der einen Frau eine der Tänzerinnen wiederzuerkennen, und die andere war die Schwester der weiblichen Hauptrolle. Überall liegen Kostüme herum, spärlich angezogene Menschen schminken sich vor einem großen Spiegel ab, Männer und Frauen gemischt, obwohl es hier verschiedene Garderoben gibt.

»Das gibt's doch nicht!«, ertönt eine weibliche Stimme durch den Soundteppich.

Ich drehe mich nach links und sehe die weibliche Hauptrolle auf mich zukommen. Salena trägt immer noch das rote Kleid, das sie im Finale trug. Sie strahlt von einem Ohr zum anderen und setzt an, mir in die Arme laufen zu wollen, doch dann sieht sie Mona neben mir. Sie bremst ab, bis sie schließlich vor mir stehen bleibt.

»Ich glaub's nicht! Warst du etwa in der Show??«

Ich nicke. »Hi Sal.«

Sie lacht ungläubig, küsst mich gesittet auf die Wange, tritt einen Schritt zurück, mustert Mona und streckt ihr ihre Hand entgegen.

»Hallo. Ich bin Salena.«

Mona stellt sich ebenfalls vor und schüttelt Salenas Hand. »Sie waren großartig. Wirklich fantastisch. An manchen Stellen haben Sie mich zu Tränen gerührt. Was für eine Stimme. Whitney wäre bestimmt genauso begeistert wie ich.«

Salena blinzelt ein paar Mal überrascht, dann wirft sie mir einen komischen Blick zu und mustert Mona dann genauer.

»Ich … Danke schön. Das ist das schönste Kompliment, das ich seit Langem bekommen habe.« Sie lächelt Mona ein paar Momente herzlich an, dann schaut sie mich an. »Und der Fachmann? Auf einer Skala von 8 bis 10, wie war ich?«

»Gute Arbeit.«

Sie grinst breit, ein genauso schöner Anblick wie früher. Sie wendet sich wieder Mona zu. »Hat er Sie schon vollgejammert, dass fünfundneunzig Prozent noch lange nicht das Original sind?«

»Nein.«

»Kommt noch.« Sie schaut zwischen uns hin und her. »Leo Palmer im Musical … Wer hätte das gedacht. Wollt ihr was trinken? Es war heute die hundertste Show. Getränke gehen aufs Haus, und gleich gibt es ein kleines Sponsoren-Gelage in der Hyatt-Bar. Ihr seid herzlichst eingeladen.«

»Wir müssen einen Zug erwischen«, sage ich.

»Verstehe.« Sie lächelt. »Aber ein Getränk auf die alten Zeiten …«

Sie zwinkert mir zu und zieht los, um Getränke zu besorgen. Mona und ich schauen ihr nach, und ich warte auf Monas Frage. Bloß, dass sie nicht fragt. Als ich sie deswegen fragend anschaue, findet sie das wohl komisch, denn sie lächelt, als wüsste sie Bescheid, und verdammt, vielleicht weiß sie ja Bescheid, irgendwas weiß diese Frau jedenfalls, und ich würde zu gerne mehr darüber erfahren. So, und jetzt mal schön durchatmen. Sie hat sich zu mir gesetzt, sie hat mir das Ticket verkauft, sie ist hier. Irgendeine Tür ist auf. Haustür? Schlafzimmertür? Drehtür? Keine Ahnung, aber eins weiß ich: Eine solche Begegnung hat sie auch nicht jeden Tag, und mit jeder Minute steigt die Wahrscheinlichkeit, dass sie mir nachher ihre Nummer gibt. Eine süße kleine warme Handynummer, eine Chance auf ein Wiedersehen, mehr will ich heute ja gar nicht. Außer sie will mehr. Dann will ich alles, was ich von dieser Frau kriegen kann.

Wenig später stehen wir zu dritt herum und plaudern bei einem Sekt. Als ich mit Musik anfing, trank noch keiner Sekt. Man trank Bier, Whiskey und Gin-Tonic, und irgendwann krochen alle betrunken ineinander. Vielleicht hat man das deswegen geändert. Ich nippe an dem etwas zu süßen Zeug und wehre Salenas Fragen nach meinem Privatleben ab, während ich versuche, mehr über Monas in Erfahrung zu bringen, aber sie redet ausschließlich über die Aufführung. Salena stellt uns ihre Kollegen vor, und Mona verteilt fleißig Komplimente. Mag sein, dass sie sich damit schwertut, Komplimente anzunehmen, aber austeilen kann sie ordentlich, und die meisten Künstler dieser Welt sind Komplimenten schutzlos ausgeliefert. Zudem hat sie nicht nur ein gutes Ohr, sondern anscheinend auch ein scharfes Auge, denn sie lobt die Tänzer für Nuancen, die ich nicht bemerkt habe. Schließlich packt die Truppe zusammen, und wir kassieren ein halbes Dutzend Einladungen ins Hyatt. Mona bedankt sich herzlich für jede einzelne und beteuert, dass sie leider nicht bleiben kann. Ich halte mich bedeckt, auch als Salena mich auf der Toilette abfängt und nachhakt, wann denn dieser Zug fährt, den ich mit Mona erreichen will, und wo genau er uns hinbringen soll. Ich grinse über ihren plumpen Bohrversuch und umarme sie.

»Geht es dir gut?«

»Ja. Und dir?«

»Gut.«

Sie löst sich ein bisschen aus meiner Umarmung, um mich besser anschauen zu können. »Gut wie in: Frag nicht?«

»Nein, mir geht es wirklich gut.«

»Kein Wunder bei dieser Begleitung. Ist ihr Ring echt?«

»Ich fürchte schon.«

Sie lächelt bekümmert und mustert mich mit ihren dunklen Augen, die leuchten können, wenn sie singt. »Ach Leo … Immer noch in der zweiten Reihe?«

»Was? Ach so, nein, der Ring ist von mir. Ich habe sie geheiratet.«

Sie mustert mich konsterniert. Vielleicht hält meine Mimik nicht dicht, vielleicht kennt sie mich auch bloß zu gut, jedenfalls beginnt sie ihren Kopf zu schütteln. »Nie im Leben! Und seit wann gehst du überhaupt mit verheirateten Frauen aus?«

»Es klang, als hättest du manchmal am Ende der langen Töne noch Spielraum. Das war wirklich gut. Vielleicht das Beste, was ich jemals von dir gehört habe.«

Der Themenwechsel lässt sie blinzeln. Sie kennt mich gut genug, um zu wissen, dass ich gerade vom Thema ablenke, aber sie weiß auch, dass ich ihre Stimme gut genug kenne, um ihr ein solches Kompliment machen zu können. Als wir zusammen waren, sangen wir viel und machten ein paar Demos. Leider hielt das Duett nicht bis zu einer seriösen Aufnahme.

»Danke«, sagt sie. »Das weiß ich zu schätzen. Auch wenn du bloß von meiner Frage ablenken wolltest.«

»Und wann machst du was Eigenes?«, lege ich nach.

»Da bin ich noch nicht«, sagt sie und schaut weg.

Mit diesem Thema habe ich sie schon genervt, als wir zusammen waren. Ungefähr so, wie sie mich mit dem Frontsängerthema genervt hat. Das Gute daran ist: Bei dem Thema stellt sie keine Fragen mehr. Wir versprechen uns, dass wir uns nicht wieder so lange aus den Augen verlieren werden und gehen in den Raum zurück, in dem Mona sich mit dem Hauptdarsteller unterhält, der die Rolle von Frank Farmer aka Kevin Costner gespielt hat. Ich bleibe bei den beiden stehen und nicke ihm zu.

»Gute Arbeit.«

Er schaut mich an, als hätte ich ihn angespuckt. Das ist das Problem mit Dauerlob, es versaut die Leute für normale Komplimente. Ich lächele Mona an.

»Falls wir den Zug erreichen wollen …«

Sie verabschiedet sich von ein paar Leuten und wirkt dabei gelöst und entspannt. Sie umarmt Salena zum Abschied, dann verlassen wir den Raum, während man uns wieder von allen Seiten mit Einladungen zur Party eindeckt. Draußen angekommen, wünschen wir dem Security noch eine ruhige Nacht, dann spazieren wir wieder Richtung Bahnhof.

»Vielen Dank fürs Mitnehmen. Das war wirklich interessant. Ich war noch nie backstage.«

»Gern.«

Sie wirft mir einen Blick zu. »Sie hätten das Ticket gar nicht benötigt.«

»Doch, ich musste ja neben Ihnen sitzen. Es war wirklich schön, Sie da drin singen zu hören.«

Sie sagt nichts dazu. Wir schlendern nebeneinander.

Manchmal weht ein kleiner Hauch ihres Parfüms zu mir rüber. Manchmal berühren sich unsere Schultern. Sie zieht nicht zurück. Besonders eilig scheint sie es auch nicht zu haben. Fällt mir schwer, ihr deswegen böse zu sein. Ich mustere den Mond, der fett und hell über dem Kölner Dom hängt. Der Wind ist frisch, kündigt aber in den Zwischentönen den Spätfrühling an. Meinetwegen könnten wir ewig so weitergehen, aber der Bahnhof rückt immer näher, daher lege ich meine Finger kurz auf ihren Arm und bleibe stehen. Sie bleibt ebenfalls stehen und schaut mich fragend an.

»Entschuldige, aber ich muss dir das jetzt sagen …«

Als sie hört, dass ich sie duze, senkt sie ihr Gesicht und weicht meinem Blick aus.

»Ich möchte, dass du weißt, dass es für mich ein ganz besonderer Abend ist, und ich möchte nicht, dass er jetzt endet. Ich weiß, du bist verheiratet, aber ich will mehr Zeit mit dir. Hier und jetzt. Nur du und ich. Ich könnte dir jetzt erzählen, wie gerne ich mit dir in eine Bar gehen und reden würde. Aber die Wahrheit ist, in diesem Moment gibt es nichts auf der Welt, was ich lieber tun würde, als dich zu küssen …«

Sie steht mit leicht geöffnetem Mund da und schaut zu Boden. Der Wind spielt mit ihren Haaren, aber sie wischt sie sich nicht aus dem Gesicht. Im Laternenlicht erkenne ich, wie ihre Zunge mehrmals über ihre Lippen huscht. Mein Gott, sie ist genauso nervös wie ich. Sie hebt endlich ihr Gesicht und schaut mich an.

»Keine Telefonnummern, kein Wiedersehen.«

Es steht sowieso nicht zur Diskussion, also nicke ich und schaue in diese unglaublichen Augen. Wieder habe ich das

Gefühl, dass ihr Blick weiter in mich dringt als biologisch möglich. Als ich meine Handfläche auf ihre Wange lege, atmet sie tief ein. Ich fühle ihre Wärme in meiner Hand und versuche mir den Moment zu merken. Ich stehe nachts an einem Bahnhof mit einer intelligenten, erotischen, gutriechenden Frau, die ich gleich zum allerersten Mal küssen werde. Ich lasse meine Hand in ihren Nacken gleiten, ziehe sie an mich und schließe meine Augen. Als unsere Lippen sich berühren, stößt sie stoßartig ihren Atem aus, und ihr Mund öffnet sich bereitwillig. Als unsere Zungen sich berühren, bewegt sich irgendetwas tief in meiner Brust, jemand stöhnt. Endlich.

6

Wir liegen auf dem Hotelbett und blicken aus bodentiefen Fenstern über den Rhein zu dem beleuchteten Dom auf der anderen Rheinseite. Sie liegt vor mir auf der Seite. Ich liege hinter ihr auf Tuchfühlung und genieße das Gefühl von Haut auf Haut. Auf der ganzen Länge unserer Körper berühren wir uns. Was man viel zu selten erwähnt, wenn über Sex gesprochen wird: die Momente danach. Seit zehn, fünfzehn Minuten liegen wir ruhig da und genießen die Nachwehen. Der Sex war persönlich. Wir hatten die ganze Zeit Augenkontakt, bis die Sache zum Schluss etwas aus dem Ruder lief. Seitdem liegen wir da. Bloß zwei Menschen, die friedlich miteinander atmen. Wenn die Menschheit eines Tages den Weg zum Weltfrieden findet, wird es irgendwas mit Kuscheln zu tun haben. Vielleicht ist Löffelchen ja die größte Anti-Gewalt-Waffe der Menschheitsgeschichte? Liegen gewaltbereite Arschlöcher einfach zu selten an den Hintern ihrer Frauen? Hm, schwule Männer üben ja eklatant weniger Gewalt aus als Heteromänner. Macht es vielleicht *noch* friedlicher, an Männerhintern zu liegen?

Mona dreht ihren Kopf ein bisschen und schielt mich über ihre rechte Schulter an. »Worüber lachst du?«

»Ich fühle mich gut.« Ich küsse ihre Schulter. »Und du?«

Sie atmet einmal tief ein und aus, bevor sie antwortet: »Als Frau, gut. Als Ehefrau, schlecht. Das war mein erster Seitensprung. In meinem ganzen Leben.«

»Was sich so schön anfühlt wie das eben, sollte keine schlechten Gefühle auslösen dürfen.«

Dazu sagt sie nichts. Wir liegen weiter da. Meine Nase ruht an ihrem Nacken. Ich atme den Geruch ihrer warmen Haut ein und mache nichts, außer fühlen und genießen. Sie hat eine Hand auf meine Hüfte gelegt und streichelt mich entspannt. Als sie die Narben berührt, die sich seitlich an meinem Bauch abzeichnen, zögert die Hand kurz, dann streichelt sie mich weiter. Unter ihren Berührungen fängt es an zu kribbeln. Ich denke an ihren Lovesound, ihre Küsse, ihre Hände in meinen Haaren, und schon richtet mein Schwanz sich wieder auf, um zu schauen, ob er noch irgendwo aushelfen kann. Sie spürt die Bewegung an ihrem Hintern und drückt sich gegen mich.

»Haben wir noch ein Kondom?«

Ich muss grinsen, als sie in den Krankenschwester-Plural verfällt. »Ja. Gut, dass wir dran gedacht haben, was?«

Ich rolle mich aus dem Bett, um in unserer Kleidungsspur nach einem weiteren Gummi zu suchen, und sehe, dass sie mich vom Bett aus betrachtet. Die meisten sagen etwas, wenn sie die Narben zum ersten Mal sehen. Meistens etwas Dummes. Sie sagt nichts. Als ich mit dem Kondom zurückkomme, bleibe ich noch einen Moment vor dem Bett stehen und schaue sie an. Bloß eine nackte Frau im Mondschein auf einem Bett. Die Sache verschafft mir noch einen Herzinfarkt. Als die Schöpfung die Frau erschuf, musste sie sichergehen, dass sie diese so attraktiv gestalten würde, dass Männer niemals das Interesse an Übungen zur Fortpflanzung verlieren. Exzellente Arbeit.

Als ich aufwache, beginnt der Horizont sich draußen vor dem Fenster langsam aufzuhellen. Im Zimmer ist es noch dunkel. Ich liege wieder an ihrem Rücken. Ihr Hintern ist kühl, der Rest von uns ist warm. Sie liegt im Löffelchen an mich gedrückt, als hätte uns ein Spezialistenteam in stundenlanger Handarbeit zusammengeklebt. Ich könnte ewig so liegen bleiben. Ob sie wach ist? Ob sie voller Schuldgefühle an ihren Mann denkt? Oder denkt sie an vorhin, als wir uns spielerisch durch die gängigen Stellungen groovten, bevor wir schließlich wieder bei Augenkontakt und Küssen landeten? Irgendwo im Zimmer beginnt mein Handy tonlos zu summen. Ich werfe einen Blick auf die Uhr am Hotelfernseher. Fünf Uhr vierundfünfzig. Mein Magen zieht sich automatisch zusammen. Wann hat das letzte Mal ein Anruf mitten in der Nacht irgendetwas Gutes bedeutet?

Sie regt sich leicht in meinen Armen.

»Guten Morgen.« Ich küsse ihren Nacken. »Brauchst du irgendwas? Kaffee, Tee, Wasser?«

Sie dreht sich etwas, bis sie mich über ihre Schulter anschauen kann. Ihre Haare fallen ihr übers Gesicht und bedecken es zur Hälfte. Wenn ich eines Tages sterbe, sind das die Momente, die vor meinem inneren Auge ablaufen sollen. Eine besondere Frau, die mich nach einer besonderen Nacht anschaut. Ich hole gerade Luft, um mein Kompliment-Versprechen nachdrücklich zu brechen, als sie Richtung Handysummen zeigt.

»Gehst du nicht ran?«

Ich versuche, das Summen zu ignorieren, aber schlechte Nachrichten werden noch schlechter, wenn man von ihnen weiß, ohne sie zu kennen, daher …

»Entschuldige, nur schnell mal hören, wo es brennt.«

Ich rolle mich aus dem Bett und sehe, wie sie wieder die Narben mustert. Ich finde das Handy in meiner Anzugjacke, die hinter der Zimmertür auf dem Teppich liegt. Ich werfe einen Blick auf das Display. Anonyme Nummer.

»Ja?«

»Hast du es gehört?«

Eine Männerstimme. Rau, tief und nuschelnd.

»Wer ist da?«

»Hoffentlich stirbt er nicht.«

In meinem Kopf rauschen die Adressbücher durch. Meine Freunde haben keine anonymen Nummern, also hat sich jemand verwählt oder … Und schon rastet es bei mir ein. Mein alter Sänger von der Band in Wolfsburg, aus einem anderen Leben. Er ruft alle paar Monate an und will über die alten Zeiten reden. Die letzten Male war er dabei betrunken.

»Olli, was ist los, wer stirbt?«

»Prince!«

Mein Puls explodiert. »Prince stirbt??«

Mona richtet sich im Bett ruckartig auf und schaut zu mir rüber.

»Seine Maschine musste notlanden, er ist nach einem Gig zusammengebrochen und musste ins Krankenhaus!«

»Scheiße …«, flüstere ich. Meine Beine sind plötzlich schlapp. Ich muss mich kurz an der Wand abstützen. »Krankenhaus …?«

»Ja, und jetzt ist er wieder zu Hause im Paisley Park, die sagen, er hätte 'ne Grippe, aber Mann, ich sag dir, da stimmt was nicht!«

Ich schließe die Augen, atme tief durch und versuche ruhig zu bleiben. »Eine Grippe … Und er ist bereits wieder zu Hause?«

»Ja«, sagt Olli mit seiner tiefen Stimme, die früher vier Oktaven umfasste, »aber er war im Krankenhaus! Mann, scheiße, da stimmt doch was nicht!«

Ich werfe einen Blick zum Bett, wo Mona aufsteht, sich in ein Bettlaken wickelt und auf mich zukommt. »Olli, es ist mitten in der Nacht. Leg dich wieder hin, wir reden morgen.«

»Du Penner rufst doch eh nicht an!«

Mona bleibt vor mir stehen und mustert mich fragend. Ich gebe ihr ein Zeichen, das alles in Ordnung ist. Sie verschwindet ins Bad.

»Dann rufe ich halt später an. Sorry, ich habe gerade viel zu tun.«

»Schon wieder?«

Ich kriege ein schlechtes Gewissen. Er hat neulich auf die Mailbox gesprochen, und ich habe nicht zurückgerufen, weil er mir in letzter Zeit wieder verstärkt Vorwürfe gemacht hat, dass ich die Band auf dem Gewissen habe.

»Ich rufe dich an. Und wenn du dann Zeit hast, komme ich dich mal besuchen.«

»Mann, ich bin der Zeitmeister«, nuschelt er.

Ich frage mich, wie es wohl für Maria ist, dass er jetzt so viel säuft. Ich muss mich echt mal wieder blicken lassen. Bereits während ich es denke, fällt mir auf, wie oft ich das schon in den letzten Jahrzehnten gedacht habe.

»Hey, was hältst du davon«, lenke ich ein, »Prince kommt bald mit ›Piano & A Microphone‹ nach Europa. Lass uns doch eine Show zusammen anschauen. Du bist herzlichst eingeladen.«

»Arschloch«, sagt er und unterbricht.

Ich stehe einen Moment mit dem Handy in der Hand da und versuche herauszubekommen, ob ich mit der Einladung arrogant rüberkam. Die Dusche hört sich zu verlockend an, doch ich bleibe stehen und checke erst mal das Internet. Laut mehreren Nachrichtenportalen ist Prince zu Hause, und es geht ihm gut. Allerdings musste er anscheinend tatsächlich nach einem Gig notlanden. Manche Medien meinen wegen einer Grippe, andere behaupten, man hat ihm einen safe shot verpasst, dabei nimmt er nie im Leben Drogen. Er war wegen einer Grippe im Krankenhaus und flog nach drei Stunden wieder nach Hause? Hm. Die Sache klingt dubios, aber er hat keinen einzigen Tourtermin abgesagt, also scheint, zum Glück, alles in Ordnung zu sein. Ich spreche mir einen Reminder aufs Handy.

»Olli zurückrufen.«

Ich lasse das Handy auf die Kleidung fallen und folge den Wassergeräuschen wie ein Verdurstender dem Klang einer Quelle.

7

Vor ein paar Minuten hat sich die Sonne gezeigt. Wir liegen in Handtücher gewickelt nebeneinander auf dem Hotelbett. Das Kinn auf den Armen, starren wir über den Rhein. Die Luft ist klar, und auf der anderen Rheinseite wuseln Menschen wie Miniaturfiguren herum. Autos hupen leise zu uns rüber. Wir sind weit weg, in einer vakuumverpackten Welt, in der Frieden herrscht. Doch der Frieden wird nicht mehr lange halten. Bald wird sie aufstehen und gehen.

»Hast du noch ein bisschen Zeit?«, flüstere ich und drücke gegen ihre Schulter, bis sie sich auf den Rücken drehen lässt. Ihr Handtuch klappt auf, und sie winkelt ladylike ihre Beine an. Ihr Haar fällt ihr in Strähnen übers Gesicht, was so verrucht aussieht, dass sich meine Mundwinkel automatisch wieder nach oben ziehen – nie zuvor ist eine nackte Frau breiter angegrinst worden. Ich lehne mich vor und presse meinen Mund auf ihren. Als meine Zunge zwischen ihre Lippen drängt und jemand leise stöhnt, will ich nichts anderes auf der Welt, als dieser Frau möglichst viel Freude zu bereiten. Ich bewege mich streichelnd und knabbernd an ihr herunter, doch als ich an ihrem Bauch ankomme, greift sie mir in die Haare und hält mich fest.

»Ich bin dran«, flüstert sie.

»Was?«, frage ich und schiele zu ihr hoch.

»Du hast mich im Bad verwöhnt. Jetzt verwöhne ich dich.« Sie versucht mich an meinen Haaren hochzuziehen.

Ich rühre mich nicht, schiele immer noch zu ihr hoch und versuche, es ihr zu erklären. »Wenn du dich danach revanchieren willst, gern, aber ich war zuerst, also lass bitte meine Haare los und entspann dich, ich mach das schon.«

Sie mustert mich, und ihre Mundwinkel zucken. »Du machst das schon?«

Ich nicke. »Ja, ich krieg das hin.«

Sie presst ihre Lippen aufeinander und atmet gepresst, ihr Oberkörper beginnt leicht zu beben. Sie verzieht ihr Gesicht und stößt rhythmisch Luft durch ihre Nase aus. Für einen Moment klingt es, als würde sie weinen, dann platzt ein lautes, dreckiges Lachen aus ihr hervor. Sie stößt mich zwischen ihren Beinen weg, rollt sich auf die Seite, schlägt sich prustend die Hände vors Gesicht und lacht. Was es auch immer ist, was da aus ihr hinausbricht, es will auf jeden Fall raus und entlädt sich in einen unheimlich ansteckenden Lachanfall, der mich ansaugt wie ein Wirbelsturm.

Der Lachanfall und ihr anschließender Schluckauf sind zwanzig Minuten her, und damit ist jede sexuelle Energie aus dem Raum verschwunden. Meine Mundwinkel schmerzen noch, aber die Augen sind wieder trocken. Nachdem wir uns beruhigt hatten, checkte ich mein Handy. Olli hatte nicht mehr angerufen, doch zur Sicherheit ging ich ins Netz. Vor ein paar Stunden hat man Prince in Chanhassen auf dem Fahrrad gesehen. Die Medien sind sich zwar uneinig, warum er im Krankenhaus war, aber eines melden sie allesamt: Seine Tour ist bestätigt. Kein Konzert wurde gecancelt. Es scheint ihm gut zu gehen. Oh Mann, wie ich die Amis beneide. Würde ich in den USA leben, hätte ich ihn wahrscheinlich schon zweihundert Mal live gesehen.

Ich packte das Handy weg und bestellte den Zimmerservice, um noch ein bisschen Zeit rauszuschlagen. Der Zimmerservice brachte Kaffee und Croissants. Seitdem liegen wir kaffeetrinkend in einem vollgekrümelten Bett und verfolgen schweigend das Treiben unten am Rheinufer. Ich rechne jede Sekunde damit, dass sie aufsteht und sich anzieht, aber sie rührt sich nicht. Vorhin hat sie eine SMS verschickt, ansonsten macht sie keinerlei Anstalten, in die Gänge zu kommen. Sie schaut über den Rhein und scheint nachzudenken. Ich liege still neben ihr und genieße jede Sekunde. Eine verheiratete Frau ist zum ersten Mal fremdgegangen, es könnte daher auch ein anstrengender Morgen sein, aber zwischen uns herrscht Frieden. Ich atme dieses wunderbare Gefühl möglichst tief in mich ein und hoffe, es verewigt sich in einem Jahresring.

»Ich muss los«, flüstert sie.

Ich wende ihr mein Gesicht zu. »Wir sollten uns wiedersehen.«

Sie schüttelt ihren Kopf, ohne den Blick von dem Fenster zu lösen. »Das geht nicht.«

»Wir sollten uns unbedingt wiedersehen.«

Diesmal atmet sie tief ein und langsam wieder aus, bevor sie antwortet. »Es geht nicht.«

Ich schließe meine Augen und spüre, wie sich in mir die vertraute Enttäuschung ausbreitet, wie jedes Mal, wenn ein Mensch sich von mir abwendet oder mich zurückweist. Ich öffne meine Augen wieder und wende mich ihr zu.

»Mona. Ich will dich wiedersehen. Um jeden Preis.«

Ihr Gesicht verschließt sich. »Wir hatten eine Abmachung«, sagt sie und rollt sich aus dem Bett.

Ich bleibe liegen und schaue zu, wie sie ihre Kleidung zusammensucht und damit im Bad verschwindet. Ich lasse meine alte Bekannte, die Enttäuschung, einen Augenblick lang ungestört durch mich hindurchfließen. Sie ist ein Gefühl, das in einer frühkindlichen Phase durch permanente Zurückweisung etabliert wurde, und auch nach all den Jahren kann ich nichts dagegen tun, dass ich immer noch so empfänglich dafür bin. Was ich aber tun kann, ist aus dem Gefühl herauszutreten. Eine Übung, die ich mittlerweile perfekt beherrsche. Egal ob Trauer, Wut oder Angst, wenn mich ein Gefühl übermannt und mein Verhalten bestimmen will, erkenne ich das mittlerweile. Ich stelle mir dann vor, das Gefühl wäre ein Schlafsack, den ich am Reißverschluss öffne. Ich krieche aus dem Schlafsack heraus und lasse ihn hinter mir auf dem Boden liegen. Früher habe ich ihn noch mit den Händen imaginär zusammengeknüllt und weggeworfen, doch das brauche ich schon lange nicht mehr. Mittlerweile trete ich aus dem Gefühl heraus, und ab dem Moment verliert es seinen Einfluss auf mich. Heute nicht.

Als sie einige Minuten später aus dem Bad kommt, ist sie angezogen. Als ich sie sehe, sticht es in meiner Brust, denn sie wirkt jetzt verschlossen und fern. Man merkt ihr an, dass ihre Entscheidung steht. Wir werden uns nicht wiedersehen.

Sie bleibt ein Stück vom Bett entfernt stehen und schaut zu mir runter. In dem schwachen Licht im Zimmer kann ich den Ausdruck ihrer Augen nicht erkennen. »Ich weiß nicht, was man in solchen Momenten sagt, also … danke, es war schön.«

Ich atme tief durch. »Nimm wenigstens meine Nummer mit.«

Sie mustert mich ein paar Atemzüge, dann senkt sie ihren Blick, nickt einmal mehr für sich selbst und geht zur Zimmertür. Sie öffnet sie, doch als sie einen Schritt aus dem Zimmer raus ist, bleibt sie stehen. Für einen Moment steht sie draußen im Flur und bewegt sich nicht. Dann macht sie einen Schritt zurück ins Zimmer, und mein Puls macht etwas Asynchrones. Sie bleibt an der Tür stehen und schaut zu mir rüber. Ich richte mich auf dem Bett auf und ertappe mich dabei, die Luft anzuhalten.

»Ich habe Eheprobleme«, sagt sie in die Stille rein. »Meine Ehe ist momentan schwach, sonst wäre das hier nicht passiert. Eine Affäre würde sie nicht aushalten. Deswegen können wir uns nicht wiedersehen.« Sie fährt sich mit beiden Händen durch ihre Haare und wischt sie nach hinten. »Bevor ich gehe, möchte ich dir aber sagen, dass das der schönste Tag war, den ich seit Langem hatte. Ich weiß gar nicht, wann ich das letzte Mal so gelacht habe wie eben. In einem anderen Leben würde ich dich unbedingt wiedersehen wollen, aber ich habe Familie, und ich kämpfe gerade um meine Ehe.«

Ich lecke meine trockenen Lippen und warte darauf, dass

sie weiterspricht. Tut sie nicht. Stattdessen senkt sie ihren Blick, atmet tief aus, und dann geht sie. Hinter ihr fällt die Tür ins Schloss.

8

Alle reden über Schicksal. Ich ja auch. Doch im Leben entscheidet meistens schlicht das Timing. Niemand weiß das besser als ein Musiker. Als ich damals gerade frisch mit Stella zusammen war, lernte ich beim Sport Liza kennen, die mich tatsächlich für ein paar Sekunden darüber nachdenken ließ, wie es mir mit Stella ging. Es konnte mir gar nicht besser gehen, aber vergessen habe ich Liza bis heute nicht. Sie war klug, hatte einen dreckigen Humor und eine herzliche entwaffnende Art. Ich bin mir sicher, dass wir eine gute Zeit gehabt hätten, wenn ich sie vor Stella getroffen hätte. Tat ich aber nicht. Und so lernten wir uns nie kennen. Wie schon Gorbatschow sagte: »Wer zu spät kommt, den bestraft das Leben.« Wer zu früh kommt, aber auch. Mona hat Eheprobleme. Vielleicht trennt sie sich irgendwann von ihrem Mann. Das hilft mir jetzt aber herzlich wenig.

Nach einer frustrierenden Heimfahrt gehe ich vom Bahnhof zu Fuß nach Hause und ertappe mich mehrmals dabei, wie ich meinen Kopf schüttele, während ich an diese unglaubliche Vertrautheit denke, die zwischen uns herrschte. Ich betrete den Hof des Studios und gehe über den Parkplatz zu meinem Haus. Kaum bin ich drin, schalte ich zum ersten Mal seit Wochen den Fernseher an. 130 Kanäle, aber auch hier keine neuen Informationen. Ich schalte wieder aus, gehe ins Netz und klicke mich durch die Nachrichtenportale. Nach zehn Minuten weiß ich, dass immer noch keiner genau weiß, wieso Prince im Krankenhaus war, aber es ist kein Konzert abgesagt. Ich freue mich so dermaßen auf seine Europatour. Seit mehr als dreißig Jahren träume ich davon, ihn einen Abend lang ohne Show, nur als Musiker erleben zu dürfen. Als ich im letzten Jahr von »Piano & A Microphone« erfuhr, sprang ich zehn Minuten jubelnd durchs Haus. Ich hatte Karten für das letztjährige Konzert in Wien, aber dann kam der verdammte Terroranschlag in Paris, weshalb Prince alle Europatermine verschob. Aber jetzt holt er alle Termine nach. Und ich werde dabei sein. Und schon denke ich an Olli. Ich nehme mir vor, ihn die Tage mal anzurufen, und schalte den Fernseher wieder an. Auf einem Nachrichtensender behauptet ein Moderator, dass die Welt immer verrückter wird. Das braucht er mir nicht zu erklären. Wie oft trifft man Menschen, mit denen man sich sofort wohlfühlt und die auch noch klug und sexy sind? Und die man dann nie wiedersieht? Edith Piaf sagte mal: »Moral ist, wenn man so lebt, dass es gar keinen Spaß macht, so zu leben.« Da war sie bestimmt gerade in einen verheirateten Mann verknallt.

Ich mache den Fernseher aus, gehe zur Küchenzeile und werfe Spinat, Bananen, Nüsse und Ingwer in einen Mixer. Mit dem Smoothie in der Hand schreite ich anschließend einige Male das Wohnzimmer ab. Ein Hauch von Parfüm erreicht meine Nase. Ich schnuppere ein paar Mal an meinem Hemd und überlege für einen Moment… Blödsinn.

Ich ziehe es aus und stecke es in den Korb für die Reinigung. Ich mache den Fernseher wieder an. Derselbe Nachrichtensprecher. Jetzt erklärt er mir, dass das Wetter immer verrückter wird. Ich mache den Fernseher wieder aus und gehe die Treppe hoch zum Badezimmer. Als ich hier einzog, kloppte ich ein paar Wände heraus, und so existiert nun unten nur ein großer Raum mit offener Küche und einer kleinen Studioecke mit meinem Flügel, wo ich seit hundert Jahren an meinem ersten Soloalbum herumschraube. In der oberen Etage befinden sich Schlafzimmer, Abstellkammer und ein sechzig Quadratmeter großes Bad mit Blick über die Bäume. Der vorherige Besitzer wollte das Haus abreißen lassen, um Platz für leerstehende Büroflächen zu schaffen, aber als ich mich bei meinem Studiopartner Harry einkaufte, konnte ich einen guten Preis für das Haus herausschlagen – und kaufte. Wenn man von Instrumenten und Alltagssachen wie Kleidung absieht, ist das Haus das allererste Eigentum meines Lebens. Seit elf Jahren wohne ich hier, und wenn irgendetwas kaputtgeht, ist mein erster Reflex immer noch, beim Management anzurufen, damit sich jemand darum kümmert. Zu lange auf Tour.

In der Dusche denke ich an Mona auf dem Hotelbett. An ihren Blick und ihre Hände in meinen Haaren. Schon bekomme ich eine Erektion. Timing. Ich hätte ihr viel deutlicher machen sollen, wie sehr ich sie wiedersehen will. Wenigstens ist es nicht unmöglich für sie, mich zu finden, denn es gibt nur ein großes Musikstudio in Montabaur. Doch auch als ich wenig später frisch geduscht die Treppe wieder hinuntergehe, hat sie immer noch nicht angerufen. Ich bin kurz davor, die Haustür zu öffnen, um nachzusehen, ob die

Arme vielleicht draußen steht und sich nicht traut zu klingeln. Hatte ganz vergessen, wie bescheuert man wird, wenn man sich verliebt hat.

Ich mache mir noch einen Smoothie, setze mich auf die Couch und versuche an etwas anderes zu denken. Mein Blick bleibt an dem Prince-Aufsteller hängen, den ich auf der *Sign-Of-The-Times*-Tour von seiner Europa-Pressefrau geschenkt bekam. Es wäre eine hübsch versaute Fan-Anekdote, dass ich mit ihr geschlafen hätte, um backstage zu gelangen. In Wahrheit erfuhr ich erst vier Wochen nach unserem ersten Date, dass sie seine Europatermine promotete. Ich kann mich noch genau an den Moment erinnern, als sie mich fragte, ob ich auf der Tour mal backstage kommen wolle. Während der ganzen Show stand ich seitlich auf der Bühne und sah alles, inklusive Auf- und Abgänge. Ich bekam mit, wie aufgedreht er vorher war. Als die Bodyguards ihn zur Bühne brachten, ging er in zwei Meter Entfernung an mir vorbei und machte plötzlich einen Luftsprung, eine Mischung aus Ballett- und High-Kick, für einen Moment befand sich sein Fuß auf meiner Kopfhöhe. Wie athletisch er ist, geht normalerweise etwas unter, weil er sich zu elegant bewegt. Bei ihm sieht einfach alles mühelos aus. Doch an diesem Abend sah ich aus nächster Nähe, wie viel Arbeit geleistet wurde. Der Lichtkegel war immer auf ihn gerichtet, aber auch neben ihm machten seine Musiker Meter wie die Frontsänger einer normalen Band. Manche Musiker schenken ab, sobald sie nicht im Scheinwerferlicht stehen – hier wurde nichts abgeschenkt. Ein Abend, den ich nie vergessen werde, ich war noch tagelang geflasht von der Intensität. Danach bedankte ich mich so oft bei der Pressefrau, bis es ihr unangenehm wurde. Eine tolle Frau, die unbedingt Familie wollte, mein permanentes Problem: Irgendwann stellt sich immer die Kinderfrage. Als ihre Uhr lauter tickte, trennten wir uns, und wenig später war sie von ihrem neuen Freund schwanger. Ich muss wirklich mal rauskriegen, wie es ihr heute geht, man verliert einfach zu viele Menschen aus den Augen. Ich nehme mir mal wieder vor, alte Freunde zu googeln, dann checke ich mein Handy. Laureen hat mit ihren Kids furchtbar und süß auf die Mailbox gesungen, dazu eine Kollegin, die wegen Jobs anfragt, und Salena, die sich erkundigt, ob ich denn eine schöne Nacht hatte. Ja, hatte ich. Seitdem nicht mehr ganz so schön. Ich rufe Laureen zurück. Wir reden kurz über mein Leben und lange über ihr Eheleben, inklusive Kinder, Müdigkeit und Sexmangel. Jedes Mal, wenn wir uns über ihre Ehe unterhalten, klingt es eher nach Pflichterfüllung als nach Liebe. Ich muss sofort an Mona denken, die in ihrer Ehe lange nicht mehr gelacht hat. In vielen Ehen gilt Durchhalten als Leistung, und vielleicht ist es das ja auch, fragt sich nur, was das mit Liebe zu tun hat. Ich verspreche Laureen, mich bald mal wieder blicken zu lassen, was ich auch wirklich tun sollte, denn wir haben uns viel zu lange nicht mehr gesehen. Als ich volljährig wurde und der Staat seinen Zugriff auf mich verlor, verließ ich sofort das Jugendheim und ging auf Zimmersuche, was sich für ein Heimkind schwierig gestaltete. Bis ich Laureen in ihrer WG traf und sie mir ein Zimmer gab. Wie ich hatte sie kein Glück mit ihren Eltern gehabt, doch die Verletzungen, die ihre Eltern ihr zufügten, waren psychischer Natur. Mit zwölf versuchte sie sich umzubringen, erst dann wurde das Amt aufmerksam.

Wir liebten uns vom ersten Tag an, platonisch, und wohnten drei Jahre in der WG zusammen, was mich nachhaltiger stabilisierte als alle Sitzungen mit den Psychologen. Freundschaft – eines der besten Heilmittel überhaupt. Aber heute wirkt es nicht, denn nach dem Telefonat ertappe ich mich wieder dabei, unruhig durchs Haus zu tigern. Ich fühle mich, als hätte ich mitten in einem Konzert die Bühne verlassen. Schließlich gehe ich zu der Studioecke rüber und schnappe mir die Ibanez. Songs zu komponieren ist, wie eine Beziehung einzugehen. Zuerst kommt die Idee/die Begegnung. Wenn die gut war, bleibt man an der Idee dran, verbringt Zeit zusammen, die Sache entwickelt sich, es kommt Struktur rein, und schließlich hat man etwas Konkretes, einen Song/eine Beziehung. Manche davon sind Hits, manche davon hat man bald wieder fast vergessen. Manchmal sind die Strophen/der Alltag perfekt, aber der Kehrreim/das Wochenende funktioniert irgendwie nicht. Das eine Lied ist zu kurz, weshalb man versucht, es mit einer Zusatzbridge künstlich aufzublasen. An manch anderem Lied hält man viel zu lange fest, obwohl man eigentlich von Anfang an weiß, dass das Ding nie funktionieren wird. Manche Songs/Beziehungen versucht man wieder und wieder neu zu arrangieren, bis man sich schließlich eingestehen muss: Da hilft weder die Harmonielehre noch ein kurzes Solo, irgendetwas Grundsätzliches stimmt da nicht. Man trennt sich und versucht etwas Neues. Komponieren hat mich schon immer perfekt von den Umständen abgelenkt, aber heute will so gar nichts klappen. Ich verliere ständig den Faden, und schließlich stelle ich die Ibanez wieder weg. Ich könnte Olli anrufen, aber er ist vielleicht wieder blau und macht mir Vorwürfe, dass ich damals weggezogen bin, statt mit der Band die Welt zu erobern. Während ich überlege, ob ich dem gewachsen bin, klingelt das Handy. Es sticht kurz, als die Hoffnung aufleuchtet, dass es *sie* ist. Doch auf dem Display steht der Name meines Studiopartners. Wahrscheinlich hat seine Frau hinter der Gardine gesessen und sah mich die Straße hochkommen.

»Hey, Harry, was gibt's?«

»Wir haben einen neuen Auftrag«, sagt er aufgeregt.

»Cool, wer kommt?«

»Keine Band, aber schnelles, einfaches und garantiertes Geld vom Staat.«

Ich stutze. »Inwiefern vom Staat?«

»Es sind, ähem, Schulungsvideos.«

Ich lasse ihn mein angestrengtes Ein- und Ausatmen hören.

»Ich weiß«, sagt er und erklärt mir dann ausführlichst, dass ein deutscher TV-Sender ein deutsches Voiceover über englische BBC-Clips haben möchte. Wir kassieren gleich doppelt, das Einsprechen plus die Übersetzung. Vierundfünfzig einstündige Clips. »Sicheres Geld« nennt Harry das und schlägt mir vor, an unsere Ausgaben zu denken. Ich versuche es, denn einer muss ja, denn er ist nicht in der Lage, ein Haushaltsbuch auf seinem Rechner zu führen, der ihn an jährliche Zahlungstermine erinnert. Das erklärt, wieso einer der besten europäischen Toningenieure sein Studio so herunterwirtschaften konnte, dass ich mich vor elf Jahren als gleichberechtigter Partner einkaufen konnte. Seitdem ist die Auftragslage immer dünner geworden, was man daran erkennt, dass eine Legende wie Harry sich über verdammte

Lehrvideos freuen kann. Dank illegaler Downloads, Streamings und Flatrate-Portale wird für Musik nicht mehr bezahlt, deswegen können viele Bands sich nicht mehr Studios inklusive gute Ton-Ings leisten. Dazu die Entwicklung in der Technologie, jeder heutige Rechner kommt einem Ministudio gleich. Allerdings besitzt keiner davon einen eingebauten Magic-Harry-Moment, von dem alle Bands schwärmen, die hier waren. Harrys magische Finger, sein außerirdisches Gehör, seine Ideen und sein unheimlicher Erfahrungsschatz, so etwas kann kein Computer. Die Räumlichkeiten und die Historie im Red-House sind ein weiterer Pluspunkt für uns. Den Namen hat es am 16. Januar 1969 erhalten, als Jimi Hendrix vor einem Gig in Frankfurt hier ein paar Stunden stoned Gitarre spielte. Diese Historie macht etwas mit Künstlern, die hier aufnehmen. Viele Bands klangen hier wacher und intensiver, als würden sie hier noch mal 10% mehr Energie freisetzen, aber wir leben in Zeiten, in der viele Menschen Musik ausschließlich auf Youtube hören. Es dreht sich schon lange nicht mehr um Qualität. Also gut, Lehrvideos. Es ist nicht die erste Peinlichkeit auf unserer Studio-Agenda und wahrscheinlich nicht die letzte.

Ich lasse ihn noch ein bisschen zappeln und stimme dann zu. Wir beenden das Gespräch, damit ich wieder ein bisschen durchs Haus laufen und an Mona denken kann. Dabei fühle ich mich tatsächlich einsam. Und das nach einer einzigen Nacht. Macht das Sinn? Nein. Tut das gut? Nein. Dennoch: Jedes Mal, wenn ich an sie denke, sticht es in meiner Brust. Gefühle sind manchmal ein Arschloch.

Schließlich schlüpfe ich in meine Sportklamotten und verlasse das Haus. Schon als ich die Haustür zuziehe, entdecke ich die Hundeohren. Sie erscheinen kurz über der Hecke zum Nachbargarten und verschwinden wieder: Billy freut sich bereits. Ich laufe die Straße runter und klingele an Trudes Haustür. Als sie die Tür öffnet, schlägt mir ein intensiver Geruch nach deftiger deutscher Küche entgegen sowie Richard Clayderman, der im Hintergrund versucht, einen Jazz-Evergreen in einer Notenschwemme zu ersäufen, die die EZB vor Neid erblassen lassen würde. Trude trägt eine beige Stoffhose zu brauner Bluse und hat ihre mittellangen weißen Haare mit einem Reif hochgeklemmt, damit ihr beim Kochen nichts in die Augen fällt. Eine unverwüstliche, meist gut gelaunte Dreiundsiebzigjährige, die als Pastorentochter ihr ganzes Leben hier verbracht hat. Ich habe noch nie gehört, dass jemand sie anders nennt als Trude. Es geht das Gerücht, dass mal eine Briefsendung ankam, auf der nur *Trude, Montabaur* stand.

Ihre blassblauen Augen mustern mich. »Nimmst du ihn jetzt endlich ganz?«

»Er gehört mir nicht.«

»Dann hol dir einen eigenen.«

»Ich bin doch nie da.«

»Doch, du bist ständig da, und dann holst du meinen.«

»Ich dachte, er gehört deiner Enkeltochter.«

»Jaja«, brummt sie und verschwindet im Haus.

Bei dem Geruch beginnt mein Magen zu knurren, aber nach dem Genuss von Trudes Küche ist es unmöglich, Sport zu machen, also bleibe ich vor der Tür stehen und freue mich auf später, während sie Billy draußen im Garten fragt, wo sein Halsband ist. Früher hatte fast jeder Haushalt eine Trude. Überall wo ich in meiner Jugend geparkt wurde, ob in Pflegefamilien oder bei Freunden, überall gab es diese Frauen, meine Ersatzmütter. Sie gaben viel, erwarteten wenig und sind – neben meinen ehemaligen Lehrern – die einzige Sorte Mensch, bei denen ich per se Schuldgefühle habe, weil sie so viel für mich getan haben, ohne dass ich jemals etwas zurückgeben konnte. Heute ist Trude die einzige ihrer Art, die ich noch kenne. Die Zeiten ändern sich, eine Sorte Mensch geht, eine neue kommt. Bald wird es keine Trudes mehr geben, die den Haushalt schmeißen, Enkelkinder miterziehen und, ohne zu murren, ein bis zwei Mäuler aus der Nachbarschaft mitstopfen. Ein großer Gewinn für die Selbständigkeit der Frauen. Ein herber Verlust für die Menschheit.

Als sie zurückkommt, hat sie Billy an der Leine, ein einjähriger Beagle-Labrador-Mix, den ihre Enkeltochter seit Beginn ihres Auslandsjahres bei ihr geparkt hat. Seit drei Monaten hole ich ihn zum Laufen ab, damit die deftige deutsche Küche ihn nicht zum Frühinvaliden macht.

»Bleibst du nachher zum Essen?«

»Hat er schon wieder die Telefondose gefressen?«

Sie mustert Billy, der neben uns hechelt wie eine Dampflokomotive. »Ja, auch.«

Irgendwas in ihrer Stimme. Ich warte einen Moment, aber sie sagt nichts mehr.

»Klar, gern, bis gleich.«

»Gut«, sagt sie nach einem Moment und schließt dann die Tür.

Ich werfe Billy einen Blick zu, der aus irgendeinem Grund regelmäßig ihre Telefondose aus der Wand zieht und sie zerkaut. Wir haben den Klingelton geändert, aber daran lag es nicht, er verputzt weiterhin die Dose, wenn das Telefon klingelt. Sperrt man ihn aus, landet sie halt das nächste Mal in seinem Maul, wenn die Tür offen steht.

»Frauen müssen Gespräche führen können. Wann kapierst du das endlich?«

Er streckt mir hechelnd die Zunge raus und wartet, dass es endlich losgeht. Um ihn zu ärgern, spaziere ich zunächst gemächlich die Straße runter, während ich mir die Ohrenstöpsel reinstecke und Solomon Burke aufdrehe. Als ich am Haus meines Geschäftspartners vorbeigehe, werfe ich einen Blick auf Harrys Hof. Vor dem Hauseingang steht sein alter Ford Taunus TC 2, Baujahr 1978, Originallack, keine 15 000 Kilometer gefahren. Ich habe das Ding die »Wanderdüne« getauft, weil Harry es nur benutzt, um die zweihundert Meter zum Studio und zurück zu fahren. Eigentlich parkt er das Ding die ganze Zeit zwischen Studio und Haus um. Wie immer sind im ganzen Haus die Vorhänge zugezogen, Harry hat es nicht so mit Tageslicht. Früher, als wir noch viele Bandproduktionen hatten, hat er am liebsten nachts gearbeitet. Er behauptet immer noch felsenfest, dass manche Alben deswegen gut klingen, weil sie uhrzeitgerecht gemischt wurden.

Billy hechelt und zerrt an der Leine. Als ich schließlich den iPod am Arm festgeklemmt habe und loslaufe, kläfft er begeistert und zieht mich hinter sich her. Am Ende der Straße biegen wir auf die Feldwege ab. Als ich ihn von der Leine lasse, saust er wie eine Granate über die Äcker. Ich jogge hinter ihm her und lausche Solomon Burkes einzigartiger Stimme. Ich entdeckte ihn erst spät, bei der *Don't-give-up-on-me*-Tour. Kurz vorher hatte ich eine Frau namens

Hannah gedatet, die die großartige Idee hatte, beim zweiten Wiedersehen nicht ins Restaurant zu gehen, sondern ein Solomon-Burke-Konzert zu besuchen. Nach dem legendären Gig von Solomon scherzten wir, dass, falls es mit uns schlecht laufen würde, ich wenigstens einen neuen Künstler für mich entdeckt hatte. Und genau so kam es. Neben unserem Musikgeschmack verband uns wenig. Wir konnten auf Konzerte gehen, ins Kino und ins Bett, aber keine Gespräche führen. Sie fand mich etwas zu nachdenklich, ich fand sie etwas zu oberflächlich. Nach acht Wochen sahen wir es schließlich ein: Sie ging, Solomon blieb, und das ist eines der Dinge, die man vergisst zu erwähnen, wenn es mal wieder heißt, dass aus einer Begegnung nichts Ernstes wurde: Hannah schenkte mir Solomon, ich brachte meiner ehemaligen Yogalehrerin Teddy Pendergrass, und Melanie, eine Sängerin, mit der ich vor einer Ewigkeit auf einer Phil-Collins-Tour gemeinsam Backings sang, öffnete mein Herz für Judy Garland. Was Mona wohl für Musik hört? Tja. Und tut diese Frage mir jetzt gut? Wohl kaum. Kann ich dann bitte aufhören, an sie zu denken? Auch nicht.

Wir drehen eine mittellange Runde, und irgendwann komme ich in den Lauftrott. Kein Runner's High, aber immerhin denke ich nur noch alle 5 Minuten an sie. Auf einem der Feldwege kommt uns Billys Tierärztin mit ihrem Riesenschnauzer entgegen. Ihre Praxis liegt drei Kilometer von meinem Haus entfernt, und wir treffen uns mehrmals die Woche auf der Strecke. Manchmal halten wir an und unterhalten uns, aber heute winkt sie mir schon von der Ferne zu, dass sie durchlaufen wird, wird aber dann doch langsamer, damit die Hunde sich begrüßen können. Billy schnüffelt dem Riesenschnauzer zur Begrüßung am Hintern. Ich begnüge mich damit, seiner Besitzerin die Hand abzuklatschen.

»Wie läuft's zu Hause?«

»Super«, keucht sie.

»Menno.«

Sie verpasst mir ein schönes Lächeln und läuft weiter. Eine tolle Frau, die Tiere auf eine Art liebt, die mich lächeln lässt. Wir flirten immer fröhlich, und zu Hause muss es ihr Mann dann ausbaden. Wenn man den Statistiken glaubt, brauche ich nur sechs Jahre zu warten, dann ist sie mit fünfzigprozentiger Wahrscheinlichkeit wieder zu haben. Ziele.

Ich laufe weiter und stelle mir vor, wie ihr Mann sie verlässt, ich für sie da bin und wir uns höllisch verlieben und sehr, sehr glücklich werden. Ich versuche mir vorzustellen, wie wir wohl im Bett wären, aber heute helfen nicht mal schmutzigste Gedanken – ich denke an Mona, Mona, Mona. An ihren Lachanfall auf dem Hotelbett, ihren grünen Blick, die Art, wie sie sich Zeit nahm, um nachzudenken.

Als wir zu Trude zurückkommen, stehen in ihrer gemütlichen Küche die Teller schon auf dem Tisch. Leider läuft auch immer noch Clayderman, den sie verehrt, »weil der so tolle Lieder macht…« Neben ihrem CD-Player stapeln sich CDs, mit denen ich versucht habe, sie zu bekehren. Ich repariere die Telefondose und kommentiere dabei die Musik so ausführlich, bis sie schließlich die Clayderman-CD auswirft und stattdessen eine von Oscar Peterson einlegt. Dann essen wir. Zu unseren Füßen fällt Billy über sein Fressen her. Ich versuche mich gesitteter zu geben, mache mich aber letztlich ähnlich über die Maultaschen mit Spinat her. So oft bin ich in den letzten Jahren in Restaurants gewesen, italienische, asiatische, französische, doch nirgends schmeckte es mir so gut wie hier bei Trudes Hausmannskost. Während wir essen, frage ich mich, ob Mona wohl gerne kocht. Macht die Frage Sinn? Nein. Wird sie mich je bekochen? Nein. Trotzdem frage ich mich, was sie beruflich macht. Macht das mehr Sinn? Nein. Tja.

Wir essen und plaudern nebenher übers Wetter. Trude scheint irgendwas auf dem Herzen zu haben, rückt damit aber noch nicht heraus. Als mein Teller leer ist, füllt sie ihn mir erst noch einmal, bevor sie das Dessert serviert. Als ich kurz davor bin zu platzen, setzt sie Kaffee in ihrer alten orangen Filtermaschine auf und rückt immer noch nicht mit der Sprache raus. Wahrscheinlich versucht sie mir gleich wieder Billy anzudrehen. Sie glaubt, dass ein Mensch, der seinen Hund ein Jahr irgendwo zwischenparkt, keinen haben sollte, nicht einmal, wenn es die eigene Enkeltochter ist.

Ich werfe einen Blick runter zu Billy, der direkt neben seinem Napf ins Fresskoma gefallen ist. »Toll, dass du den Hund hast, was? Ist doch schöner mit Gesellschaft, oder? Richtig?«

Trude heftet ihre blassblauen Augen auf mich. »Billy ist jetzt nicht das Thema. Wobei es eine Schande ist, dass du keinen Hund hast. Jeder der Hunde liebt, sollte einen haben.«

»Genau. Man sollte für den Hund ein bisschen mehr da sein als deine Enkeltochter.«

»Du bist viel mehr für ihn da als sie. Du holst ihn wie oft? Drei, vier Mal die Woche?«

»Also worüber wolltest du sprechen?«

Sie grummelt noch ein bisschen herum und lässt mich schmoren, bis der Kaffee fertig ist, dann sitzen wir uns an ihrem Küchentisch gegenüber, der wie immer mit einer geblümten Stoffdecke bespannt ist. Wir rühren uns Milch in den Kaffee, ich rühre immer weiter, bis sie mir einen Blick zuwirft.

»Ich habe einen Verehrer.«

Ich schaue sie überrascht an. Ihr Mann, Kurt, starb vor vier Jahren, seitdem hat sie das Thema neue Partnerschaft nicht ansatzweise angesprochen, nicht einmal dann, wenn sie sich über meine Tinder-Dates lustig machte.

»Ah, wie schön. Wen denn?«, frage ich und rattere in Gedanken die gleichaltrigen Witwer aus der Gegend durch.

Sie rührt in ihrem Kaffee und wirkt ein bisschen verlegen. »Schneiders Walter.«

Unser ehemaliger Postbote, der letztes Jahr in Rente ging.

Ich grinse sie an. »Stehst auf Jüngere, hm? Gut zu wissen.«

Noch im hohen Alter hatte Walter den Ruf, auf seiner Strecke viele Pausen einzulegen. Schnäpse bei den einsamen Männern, Kaffee bei den einsamen Frauen. Postboten mit Zeit für ein Gespräch? Schöne alte Welt. Wie bemisst man den Soft-Skill-Verlust, den die Gesellschaft durch den heutigen Paketversand hat?

Trude schaut in ihre Kaffeetasse. Ich warte.

»Ich vermisse Kurt immer noch. Wenn ich morgens aufwache, denke ich als Erstes an ihn. Aber ich will nicht den Rest meines Lebens alleine verbringen. Ich hätte gerne Gesellschaft.«

»Klingt gut«, sage ich und warte auf ihre Frage.

Sie nickt vor sich hin. Ihre weißen Hände mit den dünnen blauen Adern drehen die Kaffeetasse, das Porzellan knirscht leise auf der Untertasse.

»Schon als Kurt noch lebte, war Walter immer so aufmerksam. Wir haben viel miteinander gesprochen…« Sie hebt den Blick und schaut mich kurz an, als würde sie sichergehen wollen, dass ich ihr zuhöre. Dann heftet sie ihn wieder auf die Tasse und dreht sie wieder ein bisschen hin und her. »Walter traut sich nicht zu fragen, aber ich will nicht länger warten, ich möchte ein Rendezvous.« Sie hört auf, die Tasse zu bewegen, und schaut aus dem Fenster. »Ich mag aber nicht in einem Kino herumsitzen, und wenn wir ins Café gehen, sieht uns jeder… Ich weiß nicht, wie ich es anfangen soll.«

»Lad ihn zum Essen ein.«

Sie löst ihren Blick von dem Fenster und starrt mich überrascht an. »Hierher? Beim ersten Mal privat?«

Sie schaut sich in der Küche um, als würde sie sie zum ersten Mal sehen, und ich verschweige ihr, wie privat es heutzutage beim ersten Mal manchmal zugeht. Und schon denke ich wieder an Mona.

»Bekoch ihn. Wie einen Freund.«

»Wie einen Freund«, sagt sie und scheint auf dem Satz herumzuschmecken. »Und dann?«

Ich denke an ihre Generation und versuche mir vorzustellen, was ich in ihrem Alter gerne machen würde.

»Spazierengehen? Kleine Runde, bis hinten an der Bank? Dann seid ihr an der frischen Luft. Kannst ihm dabei gleich zeigen, wo das Feuerholz für den Kamin ist.«

Sie denkt darüber nach. Wegen ihrer Hüfte ist sie nicht mehr so gut zu Fuß, aber sie nickt schließlich. »So mache ich das«, sagt sie in ihrer praktischen Art, die ich so mag, und gießt mir Kaffee nach. »Du warst heute Nacht weg, nicht? Wen hast du getroffen? Die von neulich? Die Ärztin?«

»Nein.«

»Warum nicht?«

Ich zucke mit den Schultern. »Sie mochte meine Witze nicht.«

»Vielleicht waren die nicht witzig«, sagt sie und stellt die Kaffeekanne ab.

»Autsch.«

Vor einem Jahr ist mir herausgerutscht, dass ich eine Chemikerin nicht wiedersehen wollte, weil die Chemie nicht passte, seitdem drückt sie mir genüsslich Sprüche rein. Ich trinke meinen Kaffee und lasse mich ausfragen, was mit den heutigen Frauen nicht stimmt, wie es sein kann, dass ich so lange keine kennenlerne. Sie wartet seit fünf Jahren darauf, dass ich ihr mal wieder jemanden vorstelle, aber diesmal dann bitte eine normale Frau, nicht wie diese Dings da. Mia war eine hochintelligente und leicht neurotische Software-Vertreterin einer IT-Firma: hübsch, selbstzerstörerisch und mit einem fiesen Hang zu teilweise haarsträubenden Rollenspielen. Sie war viel in der Welt unterwegs, landete dann samstags meist in Frankfurt, ich holte sie am Flughafen ab, wir feierten das Wochenende durch, bevor sie Montagmorgen wieder loszog. Als ich merkte, dass mir das nach einem halben Jahr langsam zu eng wurde, bekam sie von einem chinesischen IT-Unternehmen ein CEO-Angebot. Ich konnte sie bestärken das Angebot anzunehmen und so ihrer Karriere elegant nicht im Wege stehen, und so trennten wir uns fast perfekt mit einem krachenden Abschiedswochenende: Sie war glücklich wegen ihres Karriereschritts, und ich freute mich darauf, vielleicht auch mal wieder normalen Sex zu haben. Und schon denke ich an Mona.

Ich stehe auf und räume den Tisch ab. Als alles in der Spülmaschine verstaut ist, werfe ich Billy einen Blick zu, der sich seit Minuten nicht mehr bewegt hat.

»Tschüss Hund.«

Er hebt kurz den Kopf, aber nach dem Essen reicht seine Kraft nicht für mehr als ein kurzes Schwanzwackeln, dann lässt er seinen Kopf wieder zu Boden sacken.

Trude bringt mich zur Tür. »Danke fürs Zuhören. Jetzt mach du aber auch mal voran, ja?«

»Heute Nacht hätte es fast geklappt«, sage ich. »Sie war klug und schön, und sie hat über meine Witze gelacht.«

»Siehst du sie wieder?«

Es sticht kurz.

»Es geht leider nicht.«

Sie tätschelt meinen Arm. »Das wird schon. Gott hat die Welt erschaffen. Da kann er dir auch die richtige Frau besorgen. «

»Na, klar«, lache ich.

Sie hat wirklich nicht die geringste Ahnung von Langzeitsingles.

Wenig später sitze ich mal wieder frisch geduscht auf meiner Couch und denke an Mona. Ich muss irgendwie diesen verdammten Tag eins nach ihr rumkriegen, und für solche Situationen wurde Alkohol erfunden, also stehe ich auf und stöbere in meiner Hausbar. Schließlich bleibe ich an einer Flasche Whiskey hängen, die seit Ewigkeiten auf den richtigen Moment wartet und mir als Dank für Backings bei einem spontanen Studioeinsatz überreicht wurde. Weder Song noch Band will mir einfallen. Damals gaben sich die Bands noch die Studioklinke in die Hand. Wir hatten Gary Moore im Studio A, und im B nebenan brauchte eine Band eine zusätzliche Stimmfarbe. Ich half auf die Schnelle aus, und zwei Monate später kam die Flasche mit der Post. Ich probiere einen Schluck und schalte aus Langeweile den Fernseher ein. Eine Nachmittagsrealityshow. Zwei Menschen schreien sich an, weil sie zu blöd sind, ihre Konflikte normal zu lösen. Es sollte verboten sein, nachmittags dumme Menschen auszustrahlen, während Kinder und Jugendliche zuschauen. Genau. Prost. Alle meckern über Computerspiele, aber TV-Shows voller dämlicher Asozialer ohne Umgangsformen und Streitkultur beschädigen die Gesellschaft viel nachhaltiger als jedes Ballerspiel. Genau. Prost. Schmeckt gut, das Zeug. Menschen, die in solchen Sendungen mitmachen, sollte man für drei Jahre den Umgang mit Kindern verbieten, ach, was sage ich: für zehn. Mindestens. Genau. Prost! Ich trinke noch ein paar Schlucke und schaue den Böseblöden zu, dann schalte ich den Fernseher wieder aus, schreite zur Abwechslung mal den Raum ab und versuche es mit Dankbarkeit. *Noch eine unglaubliche Begegnung, an die ich mich mein Leben lang erinnern kann, eine Klassefrau, eine wunderschöne Nacht, das Leben ist ein Geschenk* … Ach scheiße! Ich trinke einen großen Schluck. Der Whiskey brennt in meiner Kehle. Warum sterben so viele Rockstars jung? Weil sie nach einem intensiven Gig ins Hotel kommen, wo sie dann etwas brauchen, das genauso intensiv ist wie ein Konzert: Drogen zum Beispiel. Darum sind die Aftershows von Prince auch doppelt sinnvoll; in den nächtlichen Shows kann er nicht nur herumexperimentieren und spielen, wozu er Lust hat, sondern er bekämpft zusätzlich auch noch den Hotelzimmerkoller. Den Konzertentzug kuriert er quasi mit einem neuen Konzert. Clever! Und wie bekämpft man dann am besten den Entzug nach einem Date? Genau!

Ich schnappe mir das Handy und wische mich durch die Tinder-Match-Ahnengalerie auf der Suche nach einer bestimmten Frau, und da ist sie auch schon. Wenn du auf E-Bay etwas sehr Wertvolles für kleines Geld findest, dann ist es selten von der alten Dame, die ihren Dachboden ausgemistet hat und dabei einen verschollen geglaubten alten Meister entdeckt hat. In fast allen Fällen sind Superschnäppchen fake, und so ähnlich ist es auch auf Tinder. Wenn unglaublich schöne Frauen dich superliken, ist es selten die naive Schönheit, die sich auf den ersten Blick in dich verguckt hat. In den meisten Fällen sind es Professionelle oder Hobbystudentinnen auf der Suche nach einem Sugardaddy. Was *RoCh* bedeutet, weiß ich noch nicht, aber auf den Fotos sieht sie so gut aus, dass bei mir sofort der Fakeprofilalarm schrillt. Sie sieht aus wie ein Filmstar, und Frauen, die so schön sind, kriegen von morgens bis abends ausreichend analoge Angebote. Es muss einen verdammt guten Grund geben, warum sie auf Tinder ist. Aus Neugier habe ich ihr vor zwei oder drei Wochen ein normales »like«

geschickt und staunte nicht schlecht, als wir sofort matchten. Ich schrieb ihr einen Gruß, und als sie auch darauf sofort reagierte, stellte ich ein paar Fragen, die sie ignorierte; stattdessen schrieb sie mir ihrerseits Fragen, wer ich sei, was ich mache, Job, Freunde, Wohnort. Sie selbst rückte nicht mal mit ihrem richtigen Namen raus. Datensammlerin? Verrückte? Promi? Massenmörderin auf Freigang? Jedenfalls hielt ich mich von da an bedeckt, und da sie weiterhin allen Fragen auswich, blieb unser Chat kurz, oberflächlich und unpersönlich. Seitdem hat sich keiner von uns mehr gemeldet, sie hat mich aber auch noch nicht gelöscht.

Hey! Ich gehe heute Abend essen. Hunger? Kannst Ort und Lokal bestimmen. Nur ein paar Stunden, muss morgen früh raus, fühl dich eingeladen. Bis später? Leo.

Ich schicke die Einladung raus und durchsuche bereits das Archiv nach anderen Möglichkeiten, den Abend herumzubekommen, als *RoCh* antwortet.

Hallo Leo. Essen klingt gut. Passt dir ein frühes Abendessen 18 Uhr in Köln? Suchst du bitte das Restaurant aus? Grüße. Ronny.

Köln. Schon sticht es.

Perfekt! Ich schicke dir gleich den Restaurantlink. Bis nachher, ich freue mich dich kennenzulernen. Leo.

Ich schicke ihr die Adresse eines Lokals, in dem man sich ungestört unterhalten kann, und rufe im Restaurant an, um einen Tisch zu reservieren. Nach einer kurzen Begrüßung werde ich beiseitegelegt und darf zuhören, wie der Kellner Gäste willkommen heißt. Durch den Hörer schwappt leise Musik aus dem Lokal zu mir. Die Musik wird heute kein Problem werden, irgendeine unpersönliche Electronic-

Suppe, die klingt, als hätte ein Informatiker betrunken mit einem Musikprogramm herumgespielt. Ich versuche mich auf das Date einzustimmen: kleine Ablenkungsaffäre mit bildschöner Frau in schöner Entfernung? Es könnte alles so einfach sein. Wenn ich bloß nicht die ganze Zeit an Mona denken würde. Schließlich gestehe ich es mir ein. Ich will heute weder mit einer Fremden zu Abend essen noch über mich reden noch zuhören. Das Einzige, was ich wirklich will, kann ich nicht haben. Ich unterbreche die Verbindung und tippe eine SMS.

Entschuldige bitte! Hier ist etwas dazwischengekommen. Ich kann nicht. Tut mir leid. Leo.

Ich hole die Flasche wieder aus der Bar und schiebe die DVD von *20 feet from Stardom* in den DVD-Player. Dann haue ich mich auf die Couch und proste ihnen zu, den großen Unbekannten, den Weltstars der zweiten Reihe.

9

Zwischen 1995 und 2005 tourte ich als Backgroundsänger mehr oder weniger durchgehend um die Welt. Studiotermine, Tourneen und TV-Promo-Termine. Ich konnte nicht nur singen, sondern auch etwas tanzen und Gitarre spielen. Mit meinen langen blonden Haaren, wie ich sie damals trug, stach ich ins Auge, so sehr, dass ich manchmal den Verdacht hatte, ich diente eher als Shownote, wenn ich mal wieder mehr Tanz- als Gesangseinlagen hatte. Doch mit der Zeit durfte ich großartige Künstler auf Tour begleiten. Jahrelang lief alles bestens, doch dann kam Techno und versaute den Backgroundsängern dieser Welt das Leben. Als wäre das nicht hart genug, folgte darauf Electronic. Meine Buchungen brachen ein, gleichzeitig nervten mich meine langen Haare, also ließ ich sie abschneiden. Seitdem hatte ich nie wieder einen Job fürs Fernsehen noch für ein Musikvideo. There's no biz like showbiz.

Zum Glück begann dann der glorreiche Goldrausch der Hörbücher und Hörspiele, und ich stieg als Sprecher ein. Ich sprach Hunderte von Hörbüchern ein, verdiente ein paar Jahre gut, erfuhr von Harrys finanziellem Engpass und kaufte mich mit einem Großteil meines Ersparten im Red-

House ein. Wieder lief es einige Jahre gut, dann ging auch der Hörbuchmarkt den Bach runter. Es gab zwar noch Aufträge, aber dank den Flatrate-Portalen gingen unsere Honorare mit Lichtgeschwindigkeit in den Keller. Von einem Tag auf den anderen mussten wir uns durchschlagen. Meine Stimme ist wandlungsfähig und durch unzählige Aufnahmesessions auf Punktlandungen trainiert, also konnten wir oft den ersten Take nehmen und punkteten mit Schnelligkeit und Effizienz. Dennoch gab es eine Phase, in der wir sechs Tage die Woche zwölf Stunden im Studio waren und dennoch nicht wussten, ob wir überleben würden. Als Harry eines Tages ein Erotikhörbuch anschleppte, meckerte ich daher nur kurz herum, dann nahmen wir den Job an. Das war ein paar Monate bevor *50 Shades Of Grey* erschien und die Welt komplett durchdrehte. Plötzlich suchte jeder Verlag verzweifelt nach einer Hausfrau-kompatiblen SM-Serie, mit der er auf den Zug aufspringen konnte – und wir hatten sie. Schicksal? Eher wieder ein gutes Beispiel für Timing. Dieselben Hörbücher ein Jahr früher oder später, und sie hätten niemanden interessiert, doch so verfügten wir plötzlich über die erfolgreichste Hörbuchreihe auf dem Markt. Dadurch stabilisierten sich unsere Einnahmen, und das in einer Welt, in der Backgroundsänger und große Studios schon fast völlig aus der Musiklandschaft verschwunden sind. Mittlerweile geht es uns ganz gut, aber niemand weiß, wie lange. Mache ich mir Sorgen, wie es weitergeht? Ja. Dominieren diese Sorgen mein Leben? Nein. Wenn ich im Leben eines gelernt habe, dann: Man weiß nie. Manche Menschen richten ihr Leben so ein, dass sie möglichst viel Planungssicherheit haben. Im Kleinen mag das vielleicht sogar funktionieren, doch im Großen weiß man nie. Ich war als Backgroundsänger ein paar Mal oben mit dabei und einmal danach ziemlich schnell wieder unten. Einmal rutschte ich in den Eventbereich ab und musste auf der Bühne etwas tragen, das aussah wie ein Ganzkörperkondom, und darin auf einem Kreuzfahrtschiff sechs Wochen lang täglich zwei Stunden tanzen und singen. Nur zwei Jahre später sang ich in London nachmittags im Wembley-Stadion bei einem Benefizkonzert und teilte mir das Mikro mit Paul McCartney, danach ging es ins Studio, um mit Paul Young einen Song einzusingen. Ich habe also nicht nur das Licht des Olymps gesehen, sondern auch die düsteren Funzeln des Orkus. Und jedes Mal, wenn ich oben angekommen war, konnte ich mir nicht vorstellen, dass es wieder bergab gehen konnte. Tat es aber. Wenn ich unten war, konnte ich mir nicht vorstellen, wie es wieder raufgehen sollte. Tat es aber. An diese Lebenserfahrung halte ich mich seit Jahren und hoffe nur, dass SM-Hörbücher-Einlesen schon ganz unten ist.

Zu Beginn war die Erotikreihe von S.M. Unger noch ganz harmlos. Männer und Frauen trafen sich und taten es mit ein bisschen Bondage. Das mit Abstand Perverseste war der Herr Nachbar, der dem Ehepaar von nebenan heimlich zuschaute. Doch seit *50 Shades of Grey* kaufen die Leute alles, wo SM draufsteht, und S.M. Unger – nomen est omen – wurde zur Bestie. Der Blümchensex wurde mit Peitschen, Dildos, Ketten und perversen Ehemännern garniert. Ich sang schon Backings auf Studioproduktionen, die waren so sinnbefreit, dass ich nicht mal herausfand, wovon die Texte überhaupt handelten. Aber S.M. Unger ist eine wirkliche

Prüfung. Die Storys sind immer nach denselben Mustern aufgebaut. Weiße Hausfrau? Gerät an schwarzen Vergewaltiger. Dummer Handwerker? Schnappt sich intelligente Managerin. Erfolgreicher Unternehmer? Erpresst arme Studentin. In der Welt von S.M. Unger tobt der Klassenkampf, und auch wenn der Verlag felsenfest behauptet, dass ein Autorenteam die Bücher wöchentlich rausfeuert, so entsprechen die Erzähl-Mechaniken denen einer Programmierung. Ich arbeite wahrscheinlich für ein Computerprogramm. Das bedeutet, irgendwo sitzen Menschen, die mit einer empirischen Studie nachgewiesen haben, wozu Hausfrauen am liebsten onanieren – und deren Umfrageergebnisse lese ich ein.

Als ich Harry am Montagmorgen draußen vor dem Studio vorfahren höre, sitze ich bereits mit dem zweiten Kaffee in unserer Chillzone und markiere die schlimmsten Stellen im Wochenmanuskript. Wenig später geht die Studiotür auf, Harry kommt rein und blinzelt gegen das Studiolicht. Als erste Handlung schaltet er eines der beiden Deckenlichter aus. Er ist eins siebzig groß, wiegt um die hundert Kilo, hat einen roten Walrossbart und trägt eine grüne Latzhose, Bauernhemd und Clogs. Damit wäre geklärt, wie wichtig für ihn die Außendarstellung ist.

»Morgen«, sagt er und steuert gleich die Kaffeemaschine an.

»Morgen.«

»Wie war dein Wochenende? Hast du wieder gezwinkert?«

Er hat Tindern mal falsch verstanden, und ich habe ihn nicht korrigiert. »Ja.«

»Und, jemanden kennengelernt?«

Schon sticht es. Ich nicke. »Bin verliebt.«

Er hatte sich schon halb Richtung Kaffeetassen abgewendet. Nun bleibt er überrascht stehen und lächelt unsicher. »Ach wirklich?« Er mustert mich seltsam, dann fängt er sich. »Wie schön. Erzähl doch mal.«

»Naja … Sie ist klug, witzig und schön.«

»Das klingt ja großartig!« Er freut sich wirklich für mich.

»Und verheiratet.«

»Oh …«, sagt er, und für einen Moment weiß sein Gesicht nicht so richtig, was es machen soll. Er ist Christ, geht sonntags in die Kirche und glaubt wirklich, dass man in die Hölle kommt, wenn man sich scheiden lässt. Wir haben einmal versucht, uns über Religion zu unterhalten, und uns anschließend darauf geeinigt, das nie wieder zu tun.

Er steht da, kratzt sich am roten Kinnbart und mustert mich. »Seht ihr euch wieder?«

»Nein.«

Er versucht, nicht zu erleichtert zu wirken. »Tut mir leid«, sagt er dann mir zuliebe, was so ziemlich das Weiteste ist, wie er sich aus seinem Katholikenfenster lehnen kann, ohne direkt runter in den Abgrund der Hölle zu fallen.

»Danke«, sage ich und denke an das Wochenende, das hinter mir liegt. Jede Minute so zäh wie Kleber. Ich checkte hundertmal mein Handy, ob sie angerufen hatte, checkte ebenso oft das Internet, ob es Neues von Prince gibt – beides vergeblich. Also war ich mit Billy im Wald, hackte für Trude Holz, telefonierte stundenlang mit Laureen, ich rief sogar Olli an, der aber nicht ranging. Ich putzte das Haus, machte den Garten und hatte dann irgendwann die glorreiche Idee, Joe Cockers sagenhafte Mad-Dogs-And-The-Englishmen-Konzert-DVD zu schauen, mit einem jungen Joe, als ich ihn leider noch nicht kannte. Was hätte ich gegeben, um bei dieser Tour mitsingen zu dürfen. Mit Leon Russel in der Band und Claudia Lennear in den Backings, in die ich mich jedes Mal neu verliebe. Es wirkte. Während ich mir das Konzert anschaute, dachte ich kein einziges Mal an Mona. Danach sofort wieder. Also schaute ich das Konzert noch zwei Mal und trank dabei Whiskey. Die Sache macht mich noch zum Alkoholiker.

»Hast du die Stelle mit dem Ehemann gesehen?«, fragt Harry und schiebt seine Lieblingstasse in unsere Kaffeemaschine.

Ich nicke und klopfe auf das Manuskript, das erste Kaffeeflecken aufweist. Auf Seite 51 hat der Ehemann der Managerin den interessanten Einfall, sich selbst zu fesseln. Unfähig, sich zu befreien, muss er hilflos zusehen, wie seine hochintelligente Ehefrau von dem strunzdummen Handwerker ausgepeitscht wird, was ihn insgeheim so erregt, dass er das für eine tolle Sache hält.

Ich zeige aufs Manuskript. »Ich weiß gar nicht, ob ich das lesen kann, ohne zu kommen.«

»Gut, gut, das machen wir schon. Du, wegen der Lehrvideos, also, hm …« Er legt sein Gesicht in Falten und mustert seine Tasse, die von der Maschine mit Cappuccino gefüllt wird.

Wir schauen gemeinsam zu, wie die Maschine seine Tasse füllt. Harry gibt ein Stück Zucker dazu, und obwohl er genau weiß, dass er immer zwei nimmt, rührt er erst mal umständlich um, probiert den Kaffee, um dann eine Grimasse zu ziehen und ein zweites Stück Zucker in die Tasse fallen zu lassen, das er dann wieder umständlich in den Kaffee rührt. Er probiert einen weiteren Schluck Kaffee und nickt anerkennend. Mit zwei Stück Zucker schmeckt es ihm einfach besser. Schließlich nehme ich mir ein Messer aus dem Besteckkorb und zeige es ihm.

»Die, hm, wollen eine Sprechprobe«, murmelt er, ohne seinen Blick von seiner Tasse zu lösen.

Ich starre ihn an. Er vermeidet Augenkontakt, während er weiterspricht.

»Ich weiß, ist doof, bist ein Profi, aber für die sind wir die Neuen, deshalb brauchen die etwas, das sie der Chefetage vorlegen können, um die zu überzeugen.«

»Nimm doch den S.M.-Unger-Text von heute, ist schön aktuell.«

Der Walrossbart bewegt sich, als er lächelt. »Ich suche dir ein paar Zeilen aus, die machen wir dann nachher, ja?«

Ich atme durch und denke an die Miete. »Okay.«

»Gut, gut.«

Er hat mit mehr Widerstand gerechnet und verschwindet erleichtert in sein Regie-Kabuff. Ich schnappe mir das Manuskript und gehe in die Sprecherkabine, die wir uns in Studio A mit Trennelementen gebastelt haben. Ich setze mich, ziehe den Kopfhörer auf, sortiere das Manuskript vor mir und schaue zum Regiefenster. Harry schaut mich durch die Scheibe an. Ich sehe, wie er sein Gewicht verlagert, um mit dem Fuß auf den Schalter zu tippen, mit dem er den Sprechkontakt herstellt.

»Bist du warm?«

»Was …?«

Er lacht zufrieden. Manchmal denkt er sich neue Sachen aus, um die Routine zu brechen. Was das für seine Ehe bedeutet, male ich mir besser nicht aus.

»Band läuft«, sagt er aus alter Gewohnheit.

Meine Stimme wird nur langsam müde. Ich kann vier, manchmal fünf Stunden am Stück ohne Spannungsabfall lesen. Außer natürlich, ich bin total desinteressiert am Text. Nach einer Stunde wird es höchste Zeit für eine Kaffeepause, nur ist das für Harry viel zu früh. Von den Bands ist er gewohnt, ganze Tage ohne Unterbrechung am Pult zu sitzen. Man muss ihn also dazu bringen, von alleine auf die Idee zu kommen.

»Er stieß sie über den Sesselrücken und drang gegen ihren Willen von hinten in sie ein«, lese ich. Ich hebe meinen Blick vom Skript und schaue Harry durch das Trennfenster an. »Verstehe ich nicht.«

Er verlagert sein Gewicht und drückt den Fußschalter. »Was denn?«

»Ist jetzt der Sex gegen ihren Willen oder das von hinten? Ich meine, bezieht sich ihr Widerwille auf den Akt an sich oder auf die Stellung?«

Er senkt seinen Blick hinter der Glasscheibe auf sein Textblatt. »Hm … Wieso lassen wir das ›von hinten‹ nicht einfach weg?«

»Einen Text von S.M. Unger verfälschen? Im Ernst?«

»Gut, gut«, sagt er. »Band läuft.«

Ich hebe eine Hand. »Entschuldige, aber denk doch mal an die Bibel.«

Er starrt mich durch die Trennscheibe regungslos an, gestählt durch Tausende Studiosessions mit drogenabhängigen Rockmusikern, oder schlimmer noch: zickige Popsternchen.

»›Wenn jemand bei einem Manne liegt wie bei einer Frau, so haben sie getan, was ein Gräuel ist, und sollen beide des Todes sterben.‹« Ich schaue zu dem Trennfenster rüber. »Klingt in meinen Ohren etwas homophob, was meinst du, stand das im Originalskript?«

»Das ist nicht witzig.«

»Sag ich ja. Vielleicht hat da jemand am Originaltext herumgepfuscht.«

Er starrt mich durch die Scheibe an. Als wir noch regelmäßig Bands hatten, war er manchmal von morgens acht bis nachts um vier im Studio und kaum zu bremsen. Einmal saß ich auf der Toilette, als es vor der Kabinentür laut krachte. Ich kam aus der Kabine gesaust, da kroch er fluchend auf allen vieren herum und fummelte mit unterschiedlichen Mikros, weil er unbedingt den Toilettenraum auf den Snaresound haben wollte. Noch Jahre später konnte er rummeckern, wieso er das Urei-Mikrofon genommen hatte, das AKG wäre perfekt gewesen, doch jetzt schiebt er lustlos Regler herum. Wenn ich ihn da hinter der Trennscheibe sitzen sehe, muss ich an einen traurigen Bären im Zoo denken. Allerdings wirkt er nun auch etwas gereizt. Er ist vieles von mir gewohnt, aber die Heilige Schrift verunglimpfen?

Er räuspert sich. »Kurze Pause?«

Ich schaue überrascht hoch zur Studiouhr. »Jetzt schon? Wirklich?«

Er lächelt gequält. »Na ja, nur kurz.«

»Also, puh, gut, okay, wenn du eine brauchst, machen wir eine.«

Während ich mir draußen in der Chillzone einen neuen Kaffee mache, checke ich mein Handy. Mona hat immer noch nicht angerufen, Überraschung, dennoch befällt mich eine leichte Enttäuschung. Gestern fuhr ein fremdes Auto auf den Hof, und mein Puls verdoppelte sich schlagartig. Es war nur ein Fremder, der sich verfahren hatte und auf dem Hof wendete. Einseitig verliebt? Willkommen in der Hölle.

Einen Kaffee später machen wir weiter, und die Wirkung der Pause verfliegt blitzartig im Strudel der Ereignisse. Die Ehefrau des Managers wird weiterhin vom Handwerker gepeitscht, wobei sie multiple Orgasmen hat, daher versucht sie den Handwerker zu motivieren, die Sache zu wiederholen, aber der will nun Geld dafür, also bittet die Managerin ihren Mann um Geld, wofür er sie zu Analverkehr zwingt, was sie ja eigentlich nicht so mag, aber wegen des Geldes lässt sie ihn ran und merkt, dass sie auch dabei multiple Orgasmen haben kann … Mein Gott. Wer denkt sich so etwas bloß aus? Und wer kauft das? Ich schaffe es nicht ganz sauber zu bleiben. In den kleinen, dunklen Ecken meiner Stimme dringt hier und da etwas Ironie ans Tageslicht. Irgendwann steigt Harry aufs Pedal und schaut mich durchs Trennfenster ernst an.

»Leo, bitte, etwas ernster. Stell dir doch mal vor, du bist alleine zu Hause und dein Handwerker peitscht dich.«

»Versuch nicht, lustig zu sein.«

Er hebt die Hand. »Gut, gut, Konzentration. Band läuft.«

Harry hat ein paar Kurse gewaltfreie Kommunikation besucht, was für einen Ton-Ing nicht die schlechteste Idee ist, dennoch möchte ich ihn zwei Stunden später durch die Trennscheibe ziehen, weil er mich für Passagen lobt, die ich nicht einmal mittelmäßig einlese. Er weiß, wie sehr ich es hasse, für schlechte Qualität gelobt zu werden, und zahlt mir den Bibelspruch heim. Mit diesem Trick schafft er es tatsächlich, dass ich mich wieder etwas konzentriere, aber alles in allem bleibt es ein miserabler Arbeitstag. Ich denke zweihundert Mal an sie, bin hibbelig, will einfach fertig werden, nach Hause gehen und nachschauen, ob sie drüben vor meiner Haustür liegt und auf mich wartet. Die ganze Sache erinnert mich daran, nie wieder einem Verliebten Vorwürfe zu machen, egal wie idiotisch er sich verhält.

In der Mittagspause eile ich rüber zu mir und verspüre einen Stich der Enttäuschung, weil dort tatsächlich niemand auf mich wartet. Ich entschädige mich mit einem selbstgezogenen Salat aus dem Gewächshaus. Gerade wenn man jahrzehntelang nur in Restaurants oder vom Cateringservice bekocht wurde, fühlt es sich ziemlich gut an, einen Teil seines Essens selbst anzupflanzen, aber heute hilft auch das nichts. Ich checke mein Handy. Viele Anrufe von den falschen Leuten, keiner von der Richtigen. Während ich den Salat esse, meldet Tinder ein Match, vielleicht ist es die Frau, die Mona mir vorgeschlagen hat. Es sticht, als ich wieder an sie denke. An den strengen Zug um ihren Mund, an ihren Geruch, an ihren wachen Blick und daran, wie entspannt ich mich mit ihr fühlte. Eine Entspanntheit, die ich bisher nur einmal in meinem Leben erlebt habe.

Als ich nach der Mittagspause wieder ins Studio komme, steht Harry in der Chillzone und telefoniert mit einem

Handy, was ein so seltener Anblick ist, dass ich ihn überrascht anstarre. Er ist nicht nur in Sachen Mode, Studio und Religion oldschool, er ist auch neben Prince der einzige Mensch, von dem ich sicher weiß, dass er kein Handy besitzt. Wenn er eines braucht, leiht er sich das von seiner Frau. Scheint also wichtig zu sein.

Als er mich sieht, winkt er und verschwindet ins kleine Studio C, damit ich nicht mithören kann. Ich gehe in die Musikregie, ziehe die Pegler von den Raummikros auf, die im C von der Decke hängen, und höre sein Gespräch mit. Wenn ich es richtig verstehe, verspricht er gerade den neuen Auftraggebern, dass wir uns in München treffen, um uns erst einmal kennenzulernen. Interessant ist, dass er immer wieder »Kein Problem« sagt, denn genau das ist es. Ich hasse es, wenn ich nett zu Leuten sein muss, nur weil sie mir Jobs geben. Nachdem Harry seinem Gesprächspartner noch ein paar Mal versichert hat, dass alles kein Problem ist, beendet er das Gespräch. Ich schaffe es rechtzeitig zurück in die Chillzone, bevor er aus dem Studio herauskommt und auf mich zugeht.

»War es was Wichtiges?«

Er weicht meinem Blick aus und steckt die Hände in die Hosentaschen. »Komm, lass uns arbeiten, wir liegen zeitlich hinten.«

»Die Auftraggeber für die Lehrvideos, klangen die nett?«

Er blinzelt mich überrascht an. Dann wirft er der Tür zur Musikregie einen Blick zu. »Hast du mich abgehört??«

Ich starre ihn wortlos an. Er findet einen Fleck auf der Küchenspüle, den er dringend mit einem Daumennagel bearbeiten muss.

»Das sind garantierte Einnahmen. Alles was wir tun müssen, ist am Freitag nach München zu fliegen und mit denen zu Mittag zu essen. Wir erzählen ein paar Anekdoten und fliegen wieder zurück. Das machen wir schon.«

»Die brauchen eine persönliche Beziehung für verdammte Schulungsvideos?«

Er kratzt weiter am Fleck. »Du weißt doch, wie die Leute sind. Wir bringen das Foto von dir und Joe mit, du setzt dein Autogramm neben seines, dann freuen die sich.«

»Du willst mein Joe-Cocker-Foto verschenken?«

»Wir machen eine Kopie. Leo, das ist die Gelegenheit, aus der Schmuddelecke herauszukommen und sicheres Geld zu verdienen. Schulungstexte werden immer gebraucht.«

Wenn ich mich bei der Menschheit festlegen sollte, was es länger geben wird, Schulungstexte oder Pornos, tja. Aber die Miete … »Okay.«

»Gut, gut«, sagt er erleichtert und verschwindet schnell im Regie-Kabuff.

Ich gehe in meine Zelle, setze mich und denke über mein Leben nach. Vielleicht … Hm. Bevor ich diesen superinteressanten Gedanken weiterverfolgen kann, klingelt mein Handy, und mein Puls dreht automatisch eine Runde. Ich werfe einen Blick aufs Display. Laureen. Ich drücke sie weg und schreibe ihr eine SMS, dass ich im Studio bin. Dann checke ich das Display noch mal. Nichts. Ich will das Handy gerade auf Flugmodus stellen, als es erneut klingelt. Ich warte, bis mein Herz sich davon erholt hat, und werfe dann einen Blick aufs Display. Unbekannte Nummer.

»Leo Palmer.«

Ein paar Sekunden lang höre ich zu, wie jemand atmet.

»Hallo«, höre ich dann ihre Stimme sagen. »Passt es gerade, kannst du sprechen?«

Mein Herz bockt wie ein Pony auf einer Frühlingswiese. Ich lege meine freie Hand flach auf den Tisch und versuche, mein galoppierendes Herz zu beruhigen, das munter eine Weide entlanghüpft. Harry winkt vom Regiefenster und deutet auf das Handy. Ich wende ihm den Rücken zu.

»Du ahnst nicht, wie schön es ist, deine Stimme zu hören.«

Daraufhin atmen wir ein bisschen. Ich strahle die Wand an, und mein Herz nimmt ein paar Hindernisse. Dann fällt mir ein, dass Harry alles mit anhören kann. Ich stehe auf und gehe raus in die Chillzone.

»Bist du noch da?«, fragt sie.

»Ja. Wie geht es dir?«

»Ich denke an dich.«

Meine Mundwinkel streben auseinander. »Ich denke auch an dich.«

»Nein, ich meine ... die ganze Zeit! Ich kann überhaupt nicht mehr ...« Sie verstummt und atmet schwer. »Mein Gott«, sagt sie und stöhnt. »Wie kann mir jemand fehlen, den ich nur einmal gesehen habe?«

Meine Mundwinkel versuchen, meine Ohren zu erreichen. »Ich checke permanent mein Handy. Gestern habe ich sogar in meinen Briefkasten geschaut, ob da Post von dir ist. Sonntags.«

»Ja?«

»Ja.«

Ich höre, wie sie wieder tief durchatmet.

»Heute früh wollte ich zur Arbeit fahren, irgendwann

klopfte jemand an die Scheibe, ob es mir gut geht. Ich saß einfach im Wagen und dachte an unsere Begegnung. Ich habe fast eine Gerichtsverhandlung verpasst. Mein Gott, ich bin Rechtsanwältin. Von meinem Verhalten hängen Existenzen ab, ich bin dafür bekannt, dass man mir im Job nie anmerkt, was ich denke. Ich habe vorhin in einer Verhandlung gelacht, vor dem Angeklagten und dem Richter!«

Sie klingt wirklich erschüttert.

»Tut mir leid, das zu hören«, sage ich und unterdrücke ein Lachen, das mir durch die Brust hochblubbert.

»Ich kann nicht mehr klar denken, ich mache seltsame Dinge. Ich bin … *albern*. Mein Sohn freut sich, dass ich so gute Laune habe. Meine beste Freundin sagt, sie hat mich noch nie so gesehen. Zum Glück ist mein Mann für ein paar Tage beruflich in Berlin, denn wirklich jeder merkt, dass ich jemanden getroffen habe.«

Jemanden getroffen. Ich grinse so breit, dass mein Gesicht weh tut. »Und, wie fühlst du dich?«

»Gut. Mies. Gut. Mies.«

Ich lache. Sie atmet wieder ein bisschen ins Handy. Im Hintergrund höre ich gedämpft Straßenverkehr. Klingt, als ob sie im Auto sitzt.

»Leo, wäre es in Ordnung für dich, wenn wir uns wiedersehen?«

»Nichts auf der Welt würde mich mehr freuen.«

»Nur ein Mal, und das meine ich ernst. Ich verspreche nicht, dass wir uns danach noch mal sehen. Ich muss dich nur einfach noch mal sehen und … dich sehen.«

»Wann?«

Harry steckt den Kopf aus dem Regieraum, um zu sehen,

wo ich bleibe. Ich zeige ihm zwei Finger, er verschwindet wieder.

»Ich könnte dich am Donnerstagmittag besuchen kommen.«

Ich stutze. »Du meinst … zu mir nach Hause?«

»Ja.«

Während ich darüber nachdenke, wie ich das finde, höre ich meinen Mund antworten: »Super. Donnerstag. Ich freue mich.«

»Ich simse dir die Zugzeit. Aber Leo, du hast jetzt meine Nummer, aber mein Sohn benutzt das Handy manchmal zum Spielen …«

»Verstanden. Wenn ich dir eine dreckige SMS schreiben möchte, schicke ich sie nicht ab, sondern zeige sie dir erst, wenn du da bist, worauf ich mich übrigens total freue.«

Es bleibt ein paar Atemzüge ruhig in der Leitung. Im Hintergrund hupt jemand.

»Ich mich auch«, flüstert sie dann und unterbricht das Gespräch.

Ich lasse das Handy sinken und versuche mein Herz zu beruhigen. Sie will mich nicht im Café oder Restaurant treffen. Sie kommt zu mir nach Hause. Schlagartig fallen die letzten Tage von mir ab. Von einer Minute auf die nächste lebe ich in einer völlig anderen Welt. Ehrlich gesagt, hab ich mich noch nie besser gefühlt, dumdidumdidei …

In den nächsten Stunden treibe ich Harry in den Wahnsinn. Ich kann an nichts anderes denken, als dass sie mich in drei Tagen besuchen kommt, was nicht nur meinen Gemütszustand etwas beeinträchtigt, sondern auch die Klangfarbe meiner Stimme. Die ganze Zeit kämpfe ich mit einer zu hohen Tonlage und meiner beschwingten Stimmung, die unpassend ist, wenn man gerade eine Szene liest, in der die hochintelligente Managerin immer noch von dem gutgebauten Asi-Handwerker ausgepeitscht wird – was sich im Nachhinein als abgesprochenes Spiel mit ihrem bisexuellen Ehemann herausstellt.

Schließlich platzt Harry der Kragen, und er grätscht mir in die Aufnahme.

»War sie das?«, unterbricht er eine spannende Stelle, an der kurz der Eindruck entsteht, dass die Managerin die Fesseln lösen kann, um zu flüchten, dann aber im falschesten Moment ein weiterer multipler Orgasmus dazwischenkommt, der sie zu sehr schwächt.

»Wer?«

»Die Verheiratete, eben am Telefon, die vom Wochenende.«

»Yup«, sage ich und strahle zum Regiefenster rüber.

»Ihr seht euch also doch wieder?«, fragt er, und es klingt irgendwie vorwurfsvoll. Wenn jemand Eva Braun vor Hitler gerettet hätte, wäre der in Harrys Wertesystem auch bloß ein mieser Ehezerstörer gewesen.

»Sie ist verheiratet und betrügt ihren Mann, wir werden am Donnerstag hinter seinem Rücken Sex haben. Vielleicht fessele ich sie und zwinge sie dabei seinen Namen zu rufen, während ich sie peitsche. Gosh, ich weiß gar nicht, wer ihre Eltern sind. Vielleicht sind wir ja Geschwister?«

Daraufhin starrt er mich hinter dem Regiefenster an wie ein schlechtgelaunter Seeelefant. Sein Bart bewegt sich, als er leise etwas murmelt. Ich strahle ihn an.

»Machen wir das noch mal? Das kann ich doch besser?«

Wir machen weiter, aber es ist sinnlos. Monas Anruf macht den Fesselsex wider Willen zu einer fröhlichen Sache. Schließlich bittet Harry um eine Pause. Wir treffen uns draußen in der Chillzone.

»So geht's nicht«, sagt er bekümmert. »Es geht so nicht, wir können das so nicht rausgeben.«

»Ich weiß, tut mir leid. Was hältst du davon: Wir ziehen die Hörprobe für München vor und machen dann Schluss für heute. Morgen und übermorgen machen wir Doppelschichten, damit ich am Donnerstag freimachen kann und wir am Freitag ohne Stress nach München fliegen. Touranekdoten und ein Autogramm von Joe, kein Problem. Wie klingt das für dich?«

»Sehr gut«, sagt er erleichtert.

»Dafür brauche ich am Donnerstag die Wanderdüne.«

Das bremst seine Freude. Er mustert mich vorsichtig. »Du weißt doch, ich verleihe ihn eigentlich nicht.«

»Und ich mache eigentlich keine Schulungsvideos.«

Darauf kaut er ein bisschen herum.

»Du willst also mit der Frau in meinem Wagen herumfahren …«

»Wir können ja nicht die ganze Zeit ihren Mann betrügen, wir müssen auch mal raus ins Grüne.«

Den lässt er erst mal sacken. »Wie weit?«

»Holzbachschlucht.«

Er nimmt innerlich Anlauf und springt über seinen Schatten.

»Kein Vollgas. Keine Kratzer. Danach wieder volltanken, sonst setzt der Tank Rückstände an.«

»Verstanden.«

Er nickt ein paar Mal, dann lächelt er schwach. »Es hat dich voll erwischt, was?«

Ich ziehe die Schultern hoch. »Aber hallo.«

»Und sie ist wirklich verheiratet? Ich dachte, das wäre tabu für dich.« Er schüttelt den Kopf. »Himmel, was bin ich froh, dass ich da raus bin.«

»Ja, mit dir und mir, das wäre derb eng geworden auf dem Zwinkermarkt. Wollen wir gleich mit der Hörprobe weitermachen?«

Er nickt und geht zum Kabuff. Wenig später haben wir unsere alten Positionen wieder eingenommen.

»Gut, gut, Band läuft. Nein, warte kurz mal«, er hebt einen Finger hinter der Scheibe. »Leo, das meine ich jetzt wirklich ernst: kein Sex im Wagen.«

»Bin ich zwanzig oder was?«

Er gibt sich damit zufrieden, und ich verschweige ihm, dass ich mich gerade wie fünfzehn fühle. Ich sehe sie wieder. In zweiundsiebzig Stunden presse ich sie an mich. Vielleicht kriege ich nur diese eine Chance, also muss es die Mutter aller Wiedersehen werden, eines, das sie nie wieder vergisst. In ihrem ganzen Leben nicht.

10

Drei Tage später stehe ich am Bahnhof, zwanzig Minuten zu früh, und warte. Die meisten Bahnreisenden lächeln mir zu. Man merkt mir wohl irgendwie an, wie es um mich steht, tja, in Wahrheit ist es noch viel, viel schlimmer. Ich trage meinen besten Anzug und weiß nicht, ob ich mich jemals gründlicher rasiert habe. Ich habe sogar das Haus noch mal geputzt. Frauen sehen ja Schmutz an Stellen, die man nicht für möglich hält. Sie haben da eine Art Röntgenblick, man kann nur staunen. Ich strecke meinen Rücken durch und schaue auf die Uhr. Noch neunzehn Minuten. Zwischendurch versuche ich, die Sache mal durchzudenken. Was, wenn das Wiedersehen sie enttäuscht? Was, wenn sie gleich wieder geht? Was, wenn … Es bleibt beim Versuch, denn meine Vorstellungskraft reicht nur bis zu unserem Wiedersehen, ab da lässt mein Denkvermögen rapide nach. Bis ihr Zug in den Bahnhof einläuft, sind Minuten eine klebrige Masse, die sadistisch zäh verlaufen und die nicht mal von Dali adäquat wiedergegeben werden könnten. Noch nie wurde Einsteins Relativitätstheorie besser belegt als in diesen Minuten, die sich über Tage und Wochen hinwegziehen. Doch dann fährt er plötzlich ein. Noch bevor der Zug zum Stillstand kommt, schmerzt mein Gesicht bereits vom Hochleistungsgrinsen. Ich suche die Türen ab und rufe mir den Plan ins Gedächtnis: erst mal ankommen lassen, ihr zuhören, keinen Druck ausüben. Ich wandere mit gestrecktem Hals auf dem Bahnsteig herum, drehe und wende mich, und dann entdecke ich sie endlich drei Waggons weiter hinten. Sofort poltert mein Herz herum wie eine Gruppe Hooligans am Spieltag.

Ich winke. Sie entdeckt mich, hebt kurz die rechte Hand und kommt mir entgegen. Diesmal trägt sie ein schwarzes Kleid, einen blauen Mantel und schwarze flache Schuhe. Mit ihren offenen Haaren sieht sie unverschämt attraktiv aus. Ich beginne schneller zu gehen, und je näher wir uns kommen, desto breiter grinse ich, bis mein Gesicht überspannt ist wie ein Flitzebogen. Ich sehe wahrscheinlich aus wie ein durchgeknallter Irrer. Mona schaut sich verhalten um und prüft die Mitreisenden, also versuche ich, mich etwas neutraler zu geben, damit meine Wiedersehensfreude wenigstens nicht bis zu den Astronauten auf der ISS zu sehen ist. Als wir voreinander stehen bleiben, versuche ich mich zu kontrollieren.

»Hi«, sage ich und umarme sie im selben Augenblick. Als unsere Körper sich berühren, platzt mir ein Lachen heraus. Ich presse sie an mich und schnuppere an ihren Haaren. Ich kann mich gerade noch beherrschen, sie nicht zu bitten, auf der Stelle mit mir durchzubrennen. Es geht echt zu Ende.

Sie löst sich von mir und wirft einen Blick in die Runde, bevor sie mich anlächelt. »Hallo.«

»Entschuldige, aber Gott, echt, du bist so unglaublich wunderschön!«

Himmel, bin ich hinüber. Aber sie kriegt ihr Lächeln jetzt auch nicht mehr richtig in den Griff. Ich räuspere mich, erinnere mich noch mal daran, es langsam angehen zu lassen, und zeige auf den Ausgang.

»Wollen wir?«

Wir gehen gesittet nebeneinander Richtung Ausgang, ohne uns zu berühren. Ich habe es geschafft, sie die ganzen letzten Tage nicht anzusimsen, und als sie mir die Zugzeiten schickte, schrieb ich nur »Termin bestätigt« zurück, obwohl mir danach war, ein mobilfunksprengendes Pamphlet zu texten. Auch die Blumen, die ich ihr mitbringen wollte, fielen den Umständen zum Opfer. Ich habe mir vorgenommen, nichts zu tun, was sie in eine kompromittierende Lage bringen kann, was schwieriger ist, als ich dachte. Immerhin erreichen wir den Ausgang, ohne dass ich über sie herfalle. Auf dem Parkplatz wittert sie noch mal in die Runde, doch als sie merkt, dass wir auf die Wanderdüne zusteuern, hat sie nur noch Augen für den alten Wagen.

»Wie schön«, sagt sie und lächelt mich an. »Deiner?«

»Geliehen. Für heute.«

Sie legt ihre Hand flach auf das Dach. »Für mich?«

Ich hebe vielsagend die Augenbrauen, während ich ihr die Beifahrertür mit dem Schlüssel aufschließe. Sie gleitet mit einem umwerfenden Lächeln auf den Beifahrersitz.

»Grazie, amore.«

Mein Gott. Erstes Wiedersehen, und wir haben bereits Insider. Mein Gehirn schüttet Tonnen an Hormonen in mir aus, ein wahres Wunder, dass ich es schaffe loszufahren, ohne ihr einen Antrag zu machen. Während der kurzen Fahrt muss sie alles mal anfassen, Armaturen, Fensterhebel,

Sonnenklappe, das Originalradio, das aussieht, als würde es Beatles spielen, wenn man es anmacht. Sie lacht, als sie mit dem mechanischen Hebel das Fenster herunterkurbelt.

»Ich mag den Wagen.«

»Ich mag dich.«

Ohne darüber nachzudenken, schiebe ich ihr meine rechte offene Hand hin. Nach einem kurzen Zögern legt sie ihre Hand in meine. Händchenhaltend fahren wir vom Bahnhof weg, und ich muss an Stella denken, wie sie damals im Bandbus immer eine Hand auf meinem Bein liegen hatte. Stella. Ich mache mir einen gedanklichen Reminder, mich endlich mal bei ihr zu melden, und weiß im selben Moment, dass ich es nicht tun werde. Irgendwann werden wir uns mal unterhalten müssen, aber das muss nicht jetzt sofort sein. Den richtigen Zeitpunkt haben wir sowieso schon um Jahre verpasst. Falls es je einen gab.

Ich lenke die Wanderdüne mit links und drücke Monas Hand mit rechts. Mir ist danach laut zu singen. Als wir auf den Studio-Parkplatz fahren und ich den Wagen direkt vor dem Haus parke, schaut sie sich neugierig um. Wir steigen aus, und sie mustert das Haus ebenso überrascht wie zuvor die Wanderdüne.

»Hier wohnst du alleine?«

»Ja.«

Ich weiß nicht, was sie gedacht hat, wie ich lebe, aber das hier war es wohl nicht. Während ich den Schlüssel aus der Tasche ziehe, schaut sie sich alles ganz genau an. Das Klingelschild, auf dem allein mein Name steht, die Laufschuhe neben der Tür, ausschließlich in einer Größe – ja, lebt der Kerl tatsächlich allein oder hat er bloß die anderen Namen von der Klingel gekratzt, alle Schuhe versteckt und die ganzen nackten Weiber in den Keller gejagt?

Ich öffne die Haustür und trete ein. Mona folgt mir langsam ins Haus und schaut sich um. Kaum sind wir drin, schiebe ich die Tür mit dem Fuß zu, lege ihr meine Hand in den Nacken, ziehe sie an mich und presse meine Lippen auf ihre. Sie zögert kurz, dann öffnet sie ihren Mund, und wir küssen uns, als wäre es das letzte Mal im Leben. Doch es fühlt sich nicht an wie ein Ende. Im Gegenteil.

Heiß und elektrisch. Ihre Beine halten mich umschlungen, ihre Hände sind in meinen Haaren. Mein Brustkorb pumpt, mein Herz schlägt hart, irgendwo zuckt ein Körperteil, und was mich betrifft, sind das letzte Zuckungen. Wieder hatten wir fast durchgehend Augenkontakt, und ich kann gar nicht genau sagen, was das ist, aber gleichzeitig in ihre Augen zu schauen und in ihr zu sein, scheint irgendeinen unsichtbaren Kreis zu schließen. Als wir vögelten und uns dabei ansahen, war es, als würde ich leicht unter Strom stehen, mein Körper zitterte und summte. Erst gegen Ende wurden wir wilder, und als sie meinen Namen sagte, schaffte ich es mit letzter Kraft in meinen Orgasmus. Danach war ich, glaube ich, kurz weg.

Sie bewegt eines ihrer Beine und stöhnt angestrengt. Ich verlagere mein Gewicht, damit sie etwas mehr Spielraum hat, und stemme mich auf einen Ellbogen, um sie anzusehen … ihr blasser Körper auf rotem Bettlaken, ihr schwarzes Haar um ihren Kopf ausgebreitet, als würde er in Flammen stehen. Sie öffnet die Augen. Ein leichter Schleier scheint auf dem Grün zu liegen. Kaum haben wir Augenkontakt, grinse ich wie ein Fünfzehnjähriger nach dem ersten Geschlechtsverkehr.

»Wow…«, sage ich und drücke ihr einen Kuss auf die Lippen.

Sie lässt ihre Beine mit einem befreiten Seufzen aufs Laken sinken und streckt sie durch. Wegen der Bewegung rutsche ich fast aus ihr heraus, also schiebe ich meine Hüfte wieder vor. Sie legt mir eine Handfläche auf die Brust und verzieht ihr schönes Gesicht.

»Pause…«

Sie ist echt süß, wenn sie glaubt, ich könnte jetzt noch mal. Meine Beine zittern, als hätte ich hundert Kniebeugen gemacht, und mein Herz spielt ein Doppelbasssolo. Sie schiebt mich weiter zurück, pustet ein bisschen Luft zwischen unsere verschwitzten Körper, sodass ich doch aus ihr herausgleite. Wir stöhnen beide zeitgleich und müssen dann über den Moment lachen. Und dann, dann grinse ich sie wieder an, wie ein verliebter Trottel. Tja. Aber ich kann nicht das Geringste dagegen tun. Als hätte ich mein verdammtes Gehirn im Nachtschrank liegen lassen.

»Möchtest du etwas trinken?«

»Gibt es Tee?«

»Ja. Magst du Ingwer?«

»Ja.«

»Kommt sofort.«

Als ich mich aus dem Bett rolle, mustert sie wieder die Narben. Ich finde im Regal eine kurze Sporthose und streife mir dazu ein Fußballtrikot von Fremad Amager über, einer Fußball-Mannschaft aus der zweiten dänischen Liga, mit der mich eine ziemlich schräge Geschichte verbindet.

Die ganze Zeit mustert Mona mich, aber wieder fragt sie nicht. Ich glaube, sie will ihre Fragen im richtigen Moment stellen. Ich mag das. Sehr.

Ich zeige auf die Badezimmertür. »Da, Badezimmer, ich bin unten, mache Musik und bringe gleich Tee.«

Ich gehe los, doch an der Treppe bleibe ich stehen und schaue zum Bett zurück. Sie liegt einfach da und sieht verboten gut aus. Als wir uns in die Augen schauen, beginnt sie zu lächeln. Schließlich stemmt sie sich auf die Ellbogen und lächelt fast so breit wie ich. Ihre Brüste hängen satt herunter, ihre Schlüsselbeine treten auf das Schönste hervor, ihre Schultermuskeln sind definiert, und am Bauch zeichnet sich ein schönes, saftiges Fettpolster ab. Wo sind die alten Meister, wenn man sie braucht?

Wenig später stehe ich an der Küchenzeile und schneide Ingwer. Der Wasserkocher blubbert, und im Hintergrund läuft Teddy Pendergrass. Unsere Kleidung liegt von der Haustür bis zum Bett die Treppe hoch verstreut, ein Indikator dafür, wie kurz wir uns kennen. Wird es in dem Moment zu etwas Festem, wenn man beginnt, seine Sachen vorher aufzuhängen?

Ungewohnte Geräusche. Ich brauche einen Moment, bevor ich sie zuordnen kann: Nackte Füße trappeln eine Etage über mir. Ich schaue zur Treppe und lächle automatisch, als ich sie sehe. Sie hat sich ein zu großes Basketballtrikot aus dem Regal geholt und sieht darin einfach total süß aus. Ihre Haare hat sie zu einem Dutt hochgesteckt. Der Anblick ihrer Brüste unter dem dünnen Stoff, das Wissen, dass sie darunter nackt ist… Mein Puls mal wieder.

Auf halber Strecke bleibt sie auf der Treppe stehen, geht

in die Hocke und sucht nach ihrem Slip, den ich ihr vorhin auf der Treppe ausgezogen habe. Sie wird fündig, und mit einem atemberaubenden scheuen Lächeln steigt sie anmutig in ihren Slip, streift ihn die Beine hoch, bis er schließlich unter dem Trikot verschwindet. Sie kommt die Treppe ganz herunter, stellt sich auf Tuchfühlung neben mich und mustert den Ingwer, die Tassen, den Wasserkocher. Sie wirkt ein bisschen langsam, als hätte sie heimlich etwas geraucht. Ich ziehe ihr einen Hocker hin.

»Alles in Ordnung?«

»Ja.« Sie bleibt neben dem Hocker stehen, lehnt sich kurz gegen mich und küsst meine Wange. »Gute Arbeit«, flüstert sie in mein Ohr.

Ich lache. »Tee ist gleich fertig. Schau dich ruhig um.«

Sie geht langsam los und mustert meine Einrichtung. Das Sofa, meine Bücher, die DVDs, ein paar afrikanische Holzschnitte, sogar die Deckenlampe aus zusammengeklebten Flaschenscherben wird begutachtet. Vor meiner Tourwand bleibt sie stehen und mustert die Bilder.

»Wer sind all diese Leu… Nein! Sting?« Sie wirft einen Blick zu mir rüber. »Du hast mit Sting gespielt??«

»Nur einmal auf einer Charityveranstaltung.«

Der Wasserkocher klackt. Ich kippe heißes Wasser in die Tassen. Sie zieht währenddessen ein paar Fotos weiter.

»Und wer ist die hübsche Saxophonistin hier?« Sie mustert ein Foto, das ein Fotograf von Candy Dulfer und mir in Amsterdam schoss, als ich nach einer Show backstage war, um zu gratulieren.

»Candy Dulfer. Kennst du das Video aus der US-Talkshow, in dem sie mit Prince ›Nothing Compares 2 U‹ spielt?«

Sie schüttelt ihren Kopf.

»Musst du dir echt mal anschauen! Wie sie da spielt, wie er sich bewegt, die Band, echt! Ich kann dir den Clip nachher mal zeigen, wenn du willst.«

Sie lächelt wegen meiner Euphorie, nickt, zieht weiter und mustert jedes einzelne Foto aufmerksam. »Rod Stewart, Phil Collins, wow, Tina Turner! Lieber Himmel, sollte ich dich kennen?«

»Ja.«

Sie kommt beim Prince-Aufsteller an und mustert ihn einen Augenblick, bevor sie die Pause merkt. Sie dreht ihren Kopf und schaut zu mir rüber, denkt kurz über das Gehörte nach, legt ihren Kopf dann schief und lächelt ein Lächeln, für das es einfach keine Worte gibt. So wie sie dasteht, nackt bis auf einen Rüschenslip unter einem Basketballtrikot und die Haare hochgesteckt, ist sie vielleicht die schönste Frau der Welt. Vielleicht bin ich aber auch befangen. Vielleicht aber auch beides.

Sie stöbert weiter und kommt zu der Musikecke. Sie checkt den Rechner, die Effektgeräte, die USB-Tastatur und den alten Rockman, den ich immer noch gerne benutze, wenn ich es krachen lassen will, ohne rüber ins Studio gehen zu müssen. Sie lässt ihre Finger über den Gitarrenhals der Ibanez gleiten und bleibt schließlich vor dem Flügel stehen.

»Du hast einen Steinway?« Sie streckt ihre rechte Hand vorsichtig aus, als würde sie einen fremden Hund streicheln.

»Spielst du?«

»Das ist ewig her«, antwortet sie, während sie mit ihrer Handfläche sanft über die glatte Oberfläche streicht.

»Lass was hören«, sage ich und stelle Tassen und Honig auf ein Tablett.

»Ach, nein«, sagt sie und windet sich so süß wie eine Zwölfjährige, der man ein Kompliment macht.

Ich gehe zu ihr rüber, stelle das Tablett auf den Beistelltisch, setze mich an den Flügel, klappe den Deckel hoch und drücke die Anfangsakkorde von »Didn't We Almost Have It All.« Sie kommt näher und bleibt neben mir stehen. Ich rutsche auf dem Schemel seitwärts und klopfe auf den freigewordenen Platz. Sie zögert kurz, dann setzt sie sich, und schon steckt sie in der Falle, denn in der gesamten Historie der Menschheit hat sich noch nie ein Klavierspieler an einen Flügel setzen können, ohne Klang und Anschlagsdynamik prüfen zu müssen. Ich lasse noch ein paar Akkorde folgen und schaue sie an.

»Ich glaube, das Ding muss gestimmt werden, was meinst du?«

Sie mustert mich belustigt. »Deine Befragungstechnik ist beeindruckend, du könntest Anwalt werden und vor Gericht Triumphe feiern, wirklich, solchen Suggestivfragen ist man einfach hilflos ausgeliefert.« Sie lacht ein kurzes, dreckiges Lachen.

Ich zucke die Schultern. »Jaja, aber hör doch mal, da ist doch was …«

Ich drücke ein paar Tasten und verziehe mein Gesicht. Sie giggelt, mustert aber die Tasten, die verlockend vor ihr liegen. Dieser Ausdruck in ihrem Gesicht, ich glaube, das Spielen hat ihr was bedeutet. Sie atmet ein, strafft sich und legt ihre Hände auf die Tasten. E-Dur. Was kommt jetzt? Und dann legt sie los. Sie spielt »In The Mood« von Glen Miller, die Klavierübung für Einsteiger. Sie spielt es auf eine mühelose Art, die man nur kann, wenn man mehr kann. Ich steige ein, und wir spielen vierhändig. Auch bei mir läuft es eigentlich ganz ordentlich, außer wenn mein Blick auf ihre nackten Oberschenkel fällt. Wenn sie die Pedale tritt, bewegen sich die Muskeln unter ihrer Haut. Ich schaffe es halbwegs im Takt zu bleiben, und wir enden zeitgleich wieder auf E.

»Du hattest Unterricht«, sage ich und reiche ihr ihre Tasse.

Sie lächelt mehr für sich selbst und nimmt die Tasse entgegen. »Ich musste zehn Kilometer radeln, um zweimal die Woche auf dem einzigen Klavier in der Gegend zu spielen, das bei der alten Frau Krause im Wohnzimmer stand, eine kettenrauchende Hexe, die mir auf die Hände schlug, wenn ich mich verspielte.«

»Also wieder aufgehört?«

Sie nickt langsam. »Und das gesparte Geld in eine Fender Rhodes investiert, auf der ich das Filigrane an das Rustikale verlor.«

»Wir haben eine 74er drüben im Studio. Wir können ja nachher mal rübergucken.«

Sie nickt und trinkt einen Schluck Tee und mustert die Tasten, als würde sie irgendetwas darauf erkennen. Ich stehe auf und nehme ihr den Tee wieder ab. Sie sitzt einen Moment regungslos auf der rechten Seite der Sitzbank, dann saugt die Tastenanziehungskraft sie in die Mitte. Sie atmet einmal durch, legt ihre Hände behutsam auf die Tasten und beginnt nach einem kurzen Moment zu spielen.

Als sie fünf Minuten später die Hände von den Tasten

nimmt, sitzt sie ein paar Sekunden regungslos da, dann schaut sie mich an, ihre Augen leuchten, und sie lächelt zufrieden.

»Hätte nicht gedacht, dass das noch da ist.«

»War das von dir?«

Sie lächelt verlegen, und alles, was ich denken kann, ist: Sie macht Musik. Sie hat komponiert. Sie hat stundenlang an den Tasten gesessen und Akkordfolgen ausprobiert. Hatte ein bisschen was von Les McCann, natürlich nicht in seiner Güteklasse, aber ruhige warme Jazz-Akkorde wie in »River High«, mit einem leichten Funk-Attack zum Schluss, der auf einer Fender Rhodes sicherlich noch schneidiger klingt. In meinem Hirn flackern Bilder auf: zu zweit auf Tour, zu zweit im Studio, zu zweit im Bett, zu zweit. Ich bin wirklich voll und ganz hinüber.

»Ich kann nicht glauben, dass ich dir das vorgespielt habe…«, murmelt sie mit einem Kopfschütteln.

»Gab es Texte?«

»Nein, die Stücke hatten nicht mal Namen, ich nahm immer das Datum als Titel. Spielst du was von dir?«

»Ich kann nicht spielen.«

Sie mustert mich verblüfft und legt automatisch eine Hand auf die Tasten. »Du hast einen Steinway und spielst nicht?«

»Du kannst jederzeit zum Spielen vorbeikommen. Du kriegst einen eigenen Schlüssel, und auf die Finger hauen tut dir hier auch keiner. Ich bin mehr für das Belohnungsprinzip.« Ich wackele mit den Augenbrauen.

Sie schaut wieder zu den Tasten, dann wieder zu mir. »Ehrlich? Du spielst nicht? Der steht hier nur rum?«

Ich ziehe die Schultern hoch. »Ich bekam ihn preiswert aus der Konkursmasse eines pleitegegangenen Studios. Damals dachte ich, ich würde darauf komponieren. Außerdem habe ich darauf gehofft, dass er eines Tages wertvoll ist. Zumindest das stimmt.«

»Dann hast du keine eigenen Songs geschrieben?«

»Doch, aber ich bin kein guter Songwriter. Ich stehe mehr auf Rhythmus als auf Struktur.« Ich lächele sie an und kann die Frage nicht länger zurückhalten. »Wie lange bleibst du eigentlich?«

Sie trinkt einen Schluck, dann zieht sie die Schultern hoch. Unter dem Trikot bewegen sich ihre Brüste aufs Schönste. Ich schaffe es irgendwie Augenkontakt zu halten.

»Ich habe nicht so weit gedacht. Ich wusste nicht mal, ob ich nicht direkt am Bahnhof umdrehe. Ich …« Sie verstummt. Es dauert ein paar Atemzüge, bevor sie mich wieder anschaut. »Ich musste herausfinden, ob es real ist. Ich dachte, ein solches Gefühl gibt es nicht, ich dachte, es war der Alkohol.« Sie schüttelt den Kopf. »Es ist verrückt, wir kennen uns doch gar nicht.«

»Lässt sich ändern.« Ich stehe auf und reiche ihr eine Hand. »Komm.«

Sie verpasst mir einen süßen Blick. Aber da liegt sie falsch.

Die Holzbachschlucht ist kein weltbewegender Anblick wie die Niagarafälle oder der Grand Canyon. Aber wenn man dem Wanderpfad folgt, über die kleinen Holzbrücken geht, an den Wildbächen entlang, durch den dichten Baumbestand, der oft das Sonnenlicht verschluckt und einzelne

Sonnenstrahlen nur in den mildesten Tönen auf die moosbewachsene Erde fallen lässt, dann entspannt man sich, ob man will oder nicht. Waldspaziergänge, eine unterschätzte Meditationstechnik. Seit zwanzig Minuten wandern wir. Meistens laufe ich mit Musik auf den Ohren hier entlang, aber Natur ist auch kein schlechter Sound. Vögel singen, Eichhörnchen schimpfen, und irgendwo klopft ein Specht. Mona geht neben mir und hält meine Hand. Sie trägt wieder den blauen Mantel über ihrem schwarzen Kleid. Für einen Waldspaziergang ist sie overoverdressed, doch ganz unten wird der modische Look von meinen Turnschuhen konterkariert, die sie dank Einlagen und zwei Paar Socken tragen kann. Nicht jede Frau würde ihren Style so zerschießen, um durch einen Wald zu gehen. Noch eine Sache, die ich an ihr mag. Seitdem wir in Harrys Wanderdüne stiegen und ich sie mit Tempo 100 über die Autobahn hierher kutschierte, haben wir nicht viel geredet. Irgendwann kurbelte sie das Seitenfenster hinunter und steckte ihre Nase in den Wind. Mit geschlossenen Augen hielt sie ihr Gesicht raus, und als wir am Wanderpfad ankamen, wirkte sie tiefenentspannt. Als ich vorhin ihre Hand nahm, lockerte sie ihren Griff, als der erste Wanderer uns entgegenkam, doch dann fasste sie gleich wieder zu. Seitdem grüßen wir entgegenkommende Spaziergänger und lächeln uns von Zeit zu Zeit an. Ihre Hand liegt warm in meiner. Die Luft schmeckt so rein wie Wasser aus einer Bergquelle. Ich könnte Lichtjahre einfach so weitergehen.

An einer Aussichtsbank bleiben wir stehen und schauen über das Gelände. Ich stelle mich hinter sie und lege meine Arme um sie. Nach einem Moment lehnt sie sich an meine

Brust und zieht meine Hände auf ihren Bauch. Ein Wind weht manchmal leicht übers Tal. Ihre Haare kitzeln mich im Gesicht. Ich spüre, wie sie in meinen Armen tief atmet.

»Ruhig hier draußen.«

»Ja.«

»Fühlst du dich manchmal einsam?«

»Nein.«

»Kriegst du oft Besuch?«

»Nein.«

»Hast du keine Familie?« Sie spürt, wie mein Körper sich anspannt, und dreht sich in meinen Armen, bis sie mein Gesicht sehen kann. »Ich frage nur, weil du ein Haus voller Erinnerungen hast, aber nirgends ein privates Foto.«

Kurz flackert etwas in mir auf und wird sofort routiniert eingedampft. Ich schaue in die Ferne, atme tief ein und lasse die Luft durch die Nase ausströmen. Ich spüre ihren Blick und weiß, dass sie meine Reaktion bereits analysiert.

»Wir müssen nicht darüber sprechen, wenn du nicht willst.«

Ich schaue in ihre grünen Augen, die mir schon so merkwürdig vertraut sind. »Ich bin ein Heimkind.«

Sie mustert mich aufmerksam. »Sind deine Eltern früh gestorben?«

»Leider nicht«, sage ich und sehe mal wieder, welche Reaktionen es hervorruft, wenn man so über seine Erzeuger spricht. Ihre Augen weiten sich erst, dann verengen sie sich, und ich kann spüren, wie sie innerlich etwas abrückt.

Ich schaue wieder in die Ferne. Auch nach all den Jahren verspüre ich immer noch nichts als Wut, wenn ich über sie spreche. Das ist das Problem, wenn man jemanden an sich heranlässt, irgendwann muss man immer über solche Dinge sprechen. Ist ja auch sinnvoll, sich bei Menschen mit einer reaktiven Bindungsstörung, wie es mir attestiert wurde, das Elternhaus genauer anzuschauen. Bei der Behandlung von reaktiven Bindungsstörungen stoßen die Möglichkeiten der Psychotherapie an ihre Grenzen, vor allem sind Psychotherapien ohne Einbeziehung der erwachsenen Bezugspersonen kaum erfolgsversprechend. Doch meine Bezugspersonen ließen sich nicht einbeziehen. Ich war ihnen nicht wichtig genug. Die ersten drei Lebensjahre sind die wichtigsten, da werden die Grundlagen für die Bindungs- und Vertrauensfähigkeit gelegt. In diesen drei Jahren haben sie mir den rechten Arm, die linke Hand, den Kiefer, das rechte Jochbein und drei Zehen an meinem linken Fuß gebrochen. So wie andere Kinder Sonn- und Feiertage mit ihrer Familie feierten, waren meine Feiertage die hämatomfreien.

Meine Lippen sind trocken. Ich versuche sie zu befeuchten. Mona legt eine kühle Hand auf meine rechte Wange und dreht mein Gesicht zu ihr. Ihr Blick ist so weich und voller Mitgefühl, dass ich wieder wegschauen muss.

»Wir müssen wirklich nicht darüber reden.«

Bei jeder anderen hätte ich das Angebot angenommen. Aber irgendwas in mir möchte unbedingt, dass sie mich kennenlernt. Ich möchte, dass sie mich versteht. Ich möchte, dass sie alles weiß. Fast alles. Ich hefte meine Augen auf einen Vogel, der in hundert Metern Entfernung auf einem Baumwipfel sitzt. Der Vogel ist klein und dunkel, ich kann nicht erkennen, welche Sorte es ist. Als würde er meinen Blick spüren, hebt er plötzlich ab und verschwindet.

»Meine Erzeuger haben mich gern verprügelt, vor allem,

wenn sie betrunken waren. Wenn sie feiern gehen wollten, da… Wir hatten einen Kleiderschrank. Er war aus Eiche und roch nach Mottenkugeln. Ganz oben rechts war ein kleines Loch, durch das etwas Licht einfiel, wenn sie vergaßen, das Licht auszumachen, bevor sie gingen.«

Ich höre, wie sie scharf einatmet.

»Einmal hab ich es geschafft, mich nachts aus dem Schrank zu befreien, und rief um Hilfe, weil ich Angst hatte. Die Polizei brach die Tür auf. Meine Eltern mussten mich von der Wache abholen. An dem Abend taten sie mir nichts. Aber eine Woche später brach er mir den Kiefer. Er schwitzte, wenn er wütend war, und schlug mich am liebsten mit Flaschen. In denen waren oft Reste drin, ich stank dann total nach Bier. Sie war flexibler, sie nahm, was gerade zur Hand war, Teller mit Essen, Töpfe mit kochendem Wasser…«

Meine Stimme bleibt mir weg. Ich schaue in den Himmel und lasse die Wut flackern.

»Die Narben«, flüstert sie atemlos, »sind von denen?«

Ich nicke und versuche zu akzeptieren, dass sie auch nach all der Zeit noch Macht über mich haben. Trotz Therapien, einseitiger Versöhnungsversuche, trotz all der verdammten Zeit. Es gibt Wunden, für die reicht ein Menschenleben nicht.

Mona umarmt mich und drückt mich an sich. »Das tut mir so leid«, flüstert sie an meinem Hals.

Wir stehen da und halten uns. Zwei Wanderer gehen an uns vorbei und schauen peinlich berührt zur Seite. Ich möchte sie anschreien, warum sie wegschauen. Der Vogel ist wieder da. Er hat einen Ast im Schnabel. Meine Augen brennen.

Mona lehnt sich zurück und mustert mein Gesicht. Vielleicht sucht sie Trauer darin, doch ich kann nur Wut. Ich bin wütend auf zwei Loser, die nie im Leben ein Kind hätten zeugen dürfen. Wütend auf das Jugendamt, das jahrelang zuschaute, bevor es ihnen nach dem fünften Krankenhausaufenthalt dann doch komisch vorkam, dass ich permanent Unfälle hatte. Wütend auf Nachbarn, die vieles mitbekamen und aus Bequemlichkeit weghörten. Wütend auf die Menschheit, die ihre Kinder nicht schützt und dadurch wütende Erwachsene schafft, die die Wut an ihren Kindern auslassen. So wie meine Erzeuger, die mir wieder und wieder sagten, ich solle mich nicht so anstellen, ihre Eltern hätten viel fester zugeschlagen, während ich weinend vor ihnen auf dem Teppichboden lag und sie anflehte, mich zu lieben.

Meine Kiefermuskeln sind angespannt. Vor meinen Augen flimmert es. Ich versenke meinen Blick in ihren. Sie wirkt weder geschockt noch abgestoßen, alles, was ich sehe, ist Verständnis und Mitgefühl.

Ich versuche ein Lächeln. »Die Waldluft, was? Hast du Hunger? Wenn du noch Zeit hast, könnte ich uns was kochen.«

Sie legt mir ihre Handflächen vorn auf meine Jacke und schaut mir ruhig in die Augen. Es ist, als würde eine Kraft von ihr ausgehen. »Ich mag das sehr an dir.«

»Wart doch erst mal ab, wie es schmeckt.«

Sie lächelt nicht. Ihre Augen wirken in dem Sonnenlicht hell, fast farblos, und ich meine, die Wärme ihrer Handflächen durch meine Jacke bis auf die Haut zu spüren. Wir stehen so da und schauen uns in die Augen. Und in dem

Moment fühle ich es. Das Gefühl ist ganz klar und groß in mir. Ich bin kurz davor, es ihr zu sagen, aber ich habe gelernt, dass Menschen manche Dinge erst glauben, wenn ausreichend Zeit vergangen ist.

11

Der Salat ist gewaschen, die Pasta köchelt auf dem Herd. Während ich den Salat zubereite, sitzt sie auf einem Hocker neben mir an der Küchenzeile und pickt in den Zutaten. Schon bald ist die rote Paprika gänzlich verschwunden. Zudem hat sie jede Menge gute Tipps für Dressing und Pastasoßen, bis ich ihr schließlich erklären muss, dass in meiner Küche nur einer kocht. Ich erfahre, dass alle Männer, mit denen sie zusammen war, nur die Küche aufsuchten, um Bier aus dem Kühlschrank zu holen. Nun sitzt sie neben mir und mustert jeden meiner Handgriffe mit Argusaugen, als würde ich eine Rakete zusammenschrauben, von der ihr Überleben im Weltall abhängt.

Zum Essenmachen habe ich Tony Bennett aufgelegt, der uns erklärt: »The Best Is Yet To Come.« Ihm glaube ich das unbesehen: Ich sah ihn 2014 im Admiralspalast, als er 88 war. Ein denkwürdiger Abend, für den ich 500 Kilometer Anreise in Kauf nahm. Zum Glück, ansonsten hätte ich eines der beeindruckendsten Konzerte des letzten Jahrzehnts verpasst. Alle reden über die Leistungen der Bolts, Messis und Klitschkos dieser Welt, aber wie bewertet man den Einsatz eines 88-jährigen Sängers auf Welttournee?

Als Tony dreizehn war, begann der Zweite Weltkrieg. Als Elvis starb, war er einundfünfzig. Bei Sinatras Beerdigung zweiundsiebzig, und noch einmal sechzehn Jahre später kam er nach Berlin. Ich versuchte die Erwartungen runterzuschrauben, aber ich wusste, ich würde mit ihm leiden, wenn er versuchte, die alten Zeiten aufleben zu lassen. Kein Mensch kann mit achtundachtzig das, was er mit dreißig, vierzig oder fünfundfünfzig kann, und ich wollte Tonys Stimme so kraftvoll in Erinnerung behalten, wie ich sie kannte. Anderseits war es vielleicht die letzte Chance, ihn live zu sehen. Der Saal war ein stilvoller Klassiker, genauso wie die Siebzigjährige, die neben mir saß. Sie hatte Bennett bereits neun Mal auf der Bühne gesehen, das erste Mal in der Carnegie Hall, kurz vor meiner Geburt.

Dann begann das Konzert. Tony kam auf die Bühne und lieferte sofort, mit einer wunderbaren, klaren Stimme, die ich ihm nicht mehr zugetraut hatte. Er sang zwar nicht mehr bei jedem Lied das hohe offene Ende aus, aber er gab von Anfang an alles. Ein feines Konzert, tolle Atmosphäre, richtig gute Musiker, schöne Kompositionen und Ansagen aus einer Zeit, als die Ansagen selbst noch ein Stück Kulturgut waren. Nach einem letzten Klassiker ging Bennett von der Bühne, er hatte neunzig Minuten performt. Standing Ovations. Die Siebzigjährige nickte mir mit feuchten Augen zu, während wir applaudierten – unser Tony lebte. Es folgte die erste Zugabe. Die Stimme schon etwas müde, egal, er gab alles. Wir durften seine Grenzen erkennen und liebten ihn dafür, dass er sie nicht versteckte. Dafür standen wir genauso auf wie nach der zweiten und dritten Zugabe. Tony war jetzt zwanzig Minuten über die Zeit, und bei einigen Tonlagen ging ihm jetzt etwas die Puste aus, aber er versteckte sich immer noch nicht. Seine Haltung – für sie bekam er nach der letzten Zugabe im Admiralspalast den emotionalsten stehenden Applaus, den ich jemals erlebt habe. In meinem ganzen Leben. Danach schüttelte er von der Bühne aus Hände. Das Konzert war vorbei, der Abend perfekt zu Ende gegangen, auf dem absoluten emotionalen Höhepunkt. Die ersten Zuschauer gingen bereits, als Tony anzeigte, dass er noch eins singen wollte. Die vierte Zugabe begann, aber irgendetwas störte ihn, er war anscheinend unzufrieden mit dem Sound oder vielleicht auch nur damit, dass ihn manche für sterblich hielten, also legte er das Mikrofon weg … und dann sang dieser Achtundachtzigjährige im Admiralspalast unverstärkt. Auf einmal schien seine Stimme voll da, als hätte die Technik ihn bisher gebremst. Vielleicht war es auch nur seine Urkraft, die jetzt roh und ungebremst herausdurfte. Menschen gingen, Türen klappten, jemand motzte jemanden an, nein, es war nicht leise im Saal, doch vorn am Bühnenrand stand ein Mann, der bereits vierundfünfzig Jahre alt war, als John Lennon starb, und sang aus voller Seele den letzten Song des Abends, als sei es der wichtigste Auftritt seines Lebens. Und dann war es vorbei. Nochmals Standing Ovations, diese dankbar und befriedigt. Tony Bennett ging mit der Band ab, der Saal leerte sich. Alle kamen lächelnd und kopfschüttelnd aus dem Saal, als hätten wir ein Wunder erlebt, und vielleicht hatten wir das ja. Eines der TOP-10-Konzerte meines Lebens.

Irgendwo im Haus summt mein Handy. Ich schiebe geschnittenen Lauch in eine Schüssel und falle dann mit einem Messer über die Tomaten her, die ich halbiere und ebenfalls in die Schüssel gebe. Zwischendurch halte ich Mona eine halbe Tomate hin. Sie knabbert sie mir aus den Fingern. Ich schaue zu, wie sie das Ding verschlingt und sich danach über die Lippen leckt. Ich hebe die Augenbrauen, aber sie starrt an mir vorbei ins Leere.

»Ich hätte nie gedacht…«, beginnt sie und verstummt.

»Hm?«, frage ich und ziehe mir den Schafskäse aufs Schneidebrett.

Sie schaut zu, wie ich die Verpackung aufschneide und einen Teil der Flüssigkeit über meiner Hose verteile. »Das hier, unsere Selbstverständlichkeit, dass es so etwas gibt. Auch wenn wir miteinander schlafen, dieses Vertrauen, woher kommt das? Glaubst du an Reinkarnation?«

»Vielleicht«, sage ich und denke an meine Begegnung mit Stella. Eine Seele, der ich mich von der ersten Sekunde so nahe fühlte, wie ich es nicht für möglich gehalten hätte.

Mona schaut zu, wie ich mir die Hose mit Küchenrolle säubere. »Also gut«, sagt sie und atmet tief ein. »Ich habe eine Affäre. Wie machen wir das? Wenn ich nachher wegfahre, wie geht es dann weiter?«

»Wenn es nach mir geht, sehen wir uns möglichst bald wieder.«

»Und dann?«

»Sehen wir uns möglichst bald wieder.«

Sie schaut an mir vorbei und schiebt sich ihre Haare hinter die Ohren. »Wirst du dich mit anderen Frauen treffen?«

Ich verpasse ihr einen Blick, doch sie hat ihren fest auf den Schafskäse geheftet. »Tja, was meinst du, steht es mir als Liebhaber zu, andere zu treffen?«

Sie schnappt sich noch eine halbe Tomate und kaut sie ruhig. Dann hört sie damit auf, hebt ihr Gesicht und mustert mich ruhig, ohne etwas zu sagen.

»Die Sache ist die«, fahre ich fort, »ich kann mir überhaupt nicht vorstellen, mit einer anderen Frau zu schlafen.«

Auf ihrem Mund erscheint ein kleines Lächeln. »Ach, wirklich?«, fragt sie langsam mit funkelnden Augen. Das gefällt ihr.

»Und du, wirst du weiterhin mit deinem Mann schlafen?«

»Wir schlafen seit zwei Jahren nicht mehr miteinander.«

Meine Mundwinkel verziehen sich zu einem breiten Lächeln. Das gefällt mir.

»Wirst du es ihm sagen?«

»Ich weiß es nicht. Wir wussten, dass so etwas in einer langen Ehe passieren kann«, sagt sie nach kurzem Nachdenken. Sie fährt sich mit der linken Hand durch ihre kräftigen schwarzen Haare, von denen ich schon den Geruch verinnerlicht habe, als hätten wir Monate zusammen verbracht. Ich schnappe mir zwei Karotten und schneide sie in Scheiben, einige hüpfen über die Schnittfläche. Mona schnappt sich die abtrünnigen.

»Wann war eigentlich deine letzte Beziehung?«

»Definiere Beziehung.«

Sie macht eine kleine Handbewegung. »Sich regelmäßig mit derselben Person treffen, Monogamie, Sehnsucht, Verbindlichkeit.«

Ich denke an Mia. »Vor fünf Jahren.«

»Lange her«, sagt sie.

»Es muss halt passen«, sage ich, während ich die Möhren

in die Salatschüssel schiebe. Ich spüre ihren Blick. »Und…« Ich zucke die Schultern. »Manche meinen, dass es manchmal schwierig mit mir ist.«

»Und was sagst du?«

»Ich finde es manchmal schwierig mit den anderen.«

Sie lacht nicht. Irgendwo summt das Handy wieder. Ich hole gekochte Eier aus dem Kühlschrank und beginne sie zu schälen.

»Ich war schon immer gerne allein. Ich verstehe nicht, wie man davor Angst haben kann. Wenn man alleine ist, passiert selten etwas Schlimmes.«

Sie sagt nichts dazu. Ich werfe ihr einen Blick zu. Sie knabbert wieder auf ihrer Lippe herum. Man muss nicht Psychologie studiert haben, um zu erahnen, woran sie gerade denkt. Der Weg vom Heimkind, das von den Erzeugern misshandelt wurde, hin zu einem bindungsgestörten Mann ist nicht weit. Sie schaut zu, wie ich die Eierschale entferne, die Eier viertele und sie in den Salat gebe. Dann öffne ich eine Dose Mais und kippe den ebenfalls rein. Sie sitzt ruhig neben mir und nimmt sich die Zeit nachzudenken. Wieder fällt mir auf, wie selten ich das erlebe, dass sich jemand im Gespräch Zeit nimmt.

Ich deute auf den Salat. »Magst du Thunfisch?«

Sie nickt wieder. »Wann warst du mit Salena zusammen?«

Ich bücke mich und hole zwei Büchsen aus dem unteren Schrank, während ich die Jahre zurückrechne. »Vor zwölf Jahren.«

»Und wie lange ging das mit euch?«

Ich lächle. »Ist ja eine richtige Fragestunde hier.«

»Stört es dich?«

Ich horche in mich rein, dann schüttele ich den Kopf. »Ist nur ungewohnt. Wir waren zwei Jahre zusammen, waren in der Zeit aber beide auch viel auf Tour.«

Sie nickt und schnappt sich noch eine Tomate. »Und deine längste Beziehung?«

»Zehn Jahre. Meine Ehe«, antworte ich und stutze im selben Moment. Ich rede eigentlich nie über Stella.

Mona hört auf zu kauen und mustert mich überrascht. »Du warst verheiratet??«

Ich lache über ihren Gesichtsausdruck. »Die schönste Zeit meines Lebens.«

Die Info muss sie erst mal sacken lassen. Ich öffne die Dosen und kippe den Thunfisch in den Salat.

»Du hältst mich für einen beziehungsunfähigen Waldschrat, der sein Leben lang hier draußen alleine rumgehockt ist, ja?«

»Warum habt ihr euch getrennt?«

Ich ziehe meine Schultern hoch und werfe die Büchsen in den Müll. »Das Leben.«

»Hast du sie verlassen?«

Es sticht kurz. »Ja.«

»Habt ihr Kontakt?«

»Sporadisch, SMS. Ich nehme mir seit Jahren vor, sie mal zu besuchen, aber es war damals am Ende schwierig. Und nach so vielen Jahren fand sich irgendwie nie der richtige Zeitpunkt.« Ich hole Senf und Öl und Honig aus den Schränken. »Wie lange bist du verheiratet?«

Sie schaut mit gerunzelter Stirn zu Boden. »Ich möchte eigentlich nicht über meine Ehe sprechen.«

»Also fragst du mich, aber ich erfahre nichts über dich?«

Sie überlegt wieder in Ruhe, nickt schließlich und setzt sich besser zurecht. In den nächsten fünfzehn Minuten erzählt sie, wie sie Henning im Studium kennenlernte, sich verliebte, sie zusammenzogen, gemeinsam für eine große Kanzlei arbeiteten, bevor sie ungeplant schwanger wurde. Sie machte Babypause, Henning musste plötzlich doppelt so viel Geld ranschaffen, und schließlich mündete es in der klassischen Ehefalle: Er war nie da, sie musste das Kind alleine großziehen und langweilte sich zu Hause ohne ihren Job. Nach drei Jahren begann sie wieder zu arbeiten, wegen der Lücke in ihrer Vita fand sie aber keinen Job, also eröffnete sie schließlich ihre eigene Kanzlei. Ab da sahen sie sich noch seltener, man lebte sich auseinander, blieb aber wegen dem Kind zusammen. Sie sind Freunde, er ist ein guter Mensch und ein fürsorglicher Vater … Sie bricht mittendrin ab, heftet ihren Blick auf meine erste selbstgekaufte Schallplatte von The Commodores, die an der Wand neben dem Kühlschrank hängt.

»Ich gehe fremd und rede über meine Ehe …« Als sie mich anschaut, wirkt ihr Blick irritiert, vielleicht sogar verunsichert. »Was ist das mit uns? Ich habe das Gefühl, ich kann dir alles sagen. Wie kann man jemandem vertrauen, den man erst vier Tage kennt?« Sie streckt mir einen Finger entgegen. »Und wehe, du pfeifst jetzt wieder diese Melodie!«

Ich lache und höre irgendwo das Handy zum wiederholten Mal summen.

»Finger weg vom Salat. Bin gleich wieder da.«

Ich folge dem Summen und finde das Handy in meiner Jackentasche auf der Treppe. Als ich es in die Hand nehme, hört es auf zu summen. Als ich das Display anschaue, um zu sehen, wer mich erreichen wollte, sehe ich zu meinem Erstaunen elf Anrufe, fünf Sprachnachrichten und vierundzwanzig SMS. Was zum Teufel…

Ich höre die erste Nachricht ab.

»Er ist tot!«, schreit eine Stimme, die verzweifelt und nach Olli klingt. »Die haben ihn gefunden! Tot!« Dann reißt die Verbindung ab. Mich beschleicht eine harte, kalte Ahnung. Sie kommt von ganz innen und breitet sich mit leichter Übelkeit in mir aus. Ich drücke wieder aufs Handy und höre die nächste Nachricht auf der Mailbox ab.

»Hey, Süßer, hier ist Rickie, was für 'ne Scheiße! Ich kann's echt nicht glauben! Ruf mich an!«

Nachricht drei und vier sind von Laureen, die fragt, ob es mir gut geht und ob sie mich besuchen kommen soll. Sie hat mich noch nie hier draußen besucht.

Anruf fünf ist wieder von Olli, er legt auf, ohne was zu sagen.

Mona kommt zur Treppe, stellt sich zu mir, legt eine Hand auf meinen Arm und mustert mich. »Ist was passiert?«

»Ich glaube…«, beginne ich, aber ich kann es nicht aussprechen. Es ist einfach zu unwirklich. Ich gehe schnell zum Rechner rüber, und da steht es: Das Internet verkündet es hundertfach in großen Buchstaben. Prince ist tot. Ich setze mich schwer auf den Stuhl und starre auf diese drei Wörter. Prince ist tot.

»Oh nein…«, sagt Mona neben mir. Sie beugt sich vor zum Monitor und liest. »Im Fahrstuhl… oh mein Gott.« Sie schaut mich mit großen Augen an.

Ich rufe Olli zurück. Es klingelt fünf Mal, dann springt seine Mailbox an. Ich höre mir seinen Spruch an. »Olli, ruf mich an.« Ich unterbreche und wechsele auf dem Schirm zum Guardian, dann zur New York Times, Politiken, Sun, Express, Zeit, alle berichten: The purple reign is over. Ich sitze da und starre auf diese Meldung. »Er kann doch nicht einfach …« Meine Stimme verschwindet kraftlos. Mona legt ihren Arm um mich. Ich rufe Olli noch mal an. Wieder Mailbox. Für einen Moment überlege ich mir, tatsächlich Stella anzurufen, dann wähle ich die Nummer von Martin, meinem alten Bassisten.

»Hallo Leo, schön, dass du anrufst«, meldet er sich.

»Hey, sorry, Olli hat auf die Mailbox gequatscht, und jetzt geht er nicht mehr ran.«

»Das macht er ständig. Er ist wahrscheinlich besoffen, hast du es nicht gehört?«

»Doch, eben gerade von ihm.«

»Na, dann weißt du ja, wie es ihm geht. Sie hat ihn verlassen, sie redet nicht mal mehr mit ihm.«

Ich nehme das Handy vom Ohr, um es anzuschauen, dann halte ich es wieder ans Ohr. »Wovon zum Teufel redest du?«

»Aber Maria ist doch ausgezogen. Was auch immer vorgefallen ist, diesmal scheint es ernst zu sein. Seitdem trinkt er wirklich viel und hört wahrscheinlich das Handy nicht, weil er sich deswegen hingelegt hat.«

Hinlegen? Olli? Wir haben mehr als ein Dutzend Princeshows zusammen besucht und Tausende Stunden damit verbracht, Prince zu hören und seine Live-Videos zu schauen, nie im Leben legt er sich jetzt hin. Und dann verstehe ich es endlich.

»Martin … Prince ist tot.«

Es klingt völlig unwirklich, es auszusprechen.

»Nein!«, ruft er. »Nein!!« Beim zweiten Mal klingen Geräusche durch den Hörer, als sei etwas umgefallen. Ein paar Hunde bellen im Hintergrund. »Warum denn? Was ist denn passiert?«

»Man weiß noch nichts.«

»Tot?«, fragt er, als hätte ich ihm gesagt, die Sonne gibt es nicht mehr. »Nein, nicht er!« Er atmet heftig in den Hörer. »Ist das sicher?«

»Alle berichten darüber. Es scheint zu stimmen. Kannst du rauskriegen, was mit Olli ist?«

»Olli!«, sagt er alarmiert. »Ich melde mich.«

Er legt auf. Ich lasse mein Handy sinken und starre auf den Bildschirm. Irgendetwas in mir hofft, dass die Meldung plötzlich wieder verschwindet und alles wieder normal wird. Mein Handy piepst, doch bevor ich auf die SMS schauen kann, summt ein Anruf.

Die nächste Stunde gehört zu den seltsamen Stunden meines Lebens. Mona und ich sitzen nebeneinander und verfolgen die Berichterstattung, während ich mich im Netz durch die Meldungen klicke und zuschaue, wie die Nachricht immer weiter zementiert wird. Während dieser Stunde ändert sich der Ton. Wurde zu Beginn noch über den Wahrheitsgehalt der Meldung spekuliert, wird sechzig Minuten später nur noch über die Todesursache gerätselt. Man hat seine Leiche identifiziert. Es ist keine Verwechslung, kein Fake, kein übler Gag, kein Trick – Prince ist tot. Manche meinen, es war diese Grippe, aber jemand wie Prince stirbt doch nicht an einer Grippe. Jemand wie Prince stirbt gar nicht. Er war doch immer da. Ich springe durch die Nachrichtenportale und dann in die Prince-Foren. Alle sind fassungslos, man versucht, sich gegenseitig Trost zu spenden, aber wie? Auf Twitter und Facebook bringen Musiker ihre Fassungslosigkeit und Trauer zum Ausdruck, während mein Handy nicht mehr stillhält. Menschen, die ich seit zehn, zwanzig und teilweise dreißig Jahren nicht mehr gesehen habe, melden sich, um mir mitzuteilen, wie fassungslos sie sind und wie leid es ihnen tut. Alte Kumpels, die sich daran erinnern, wie besessen ich früher von Prince war. Musikerkollegen, die ich auf Tour stundenlang mit seinen Songs beschallt habe. Ex-Freundinnen, die bei mir permanent Prince mithörten. Sogar mein Anwalt ruft an: Ein Mann, der dafür bekannt ist, sich klar und prägnant auszudrücken, sagt vier Mal in Folge, dass er es einfach nicht glauben kann. Ich antworte, ich auch nicht, worauf er sagt, dass er es einfach nicht glauben kann. Als wir auflegen, ruft Laureen an und fragt, ob ich okay bin, dann bricht sie selber in Tränen aus. Ich beruhige sie und verspreche, mich später zu melden, dann beende ich das Gespräch, um den Ex-Freund einer Bekannten aus Uraltzeiten zurückzurufen. Er hat auf der Mailbox dringend um Rückruf gebeten, und ich denke, er weiß vielleicht etwas über Olli. Doch er will nur mit jemandem reden, der Prince genauso verehrt wie er selbst. Während wir sprechen, meldet mein Handy immer wieder neue SMS und Anrufe. Ich weiß nicht, ob eine Nachricht sich in meinem Leben jemals schneller ausgebreitet und mehr Reaktionen ausgelöst hat. Von Zeit zu Zeit drückt Mona mich mitfühlend, aber irgendetwas hat sich verändert. Die Nachricht von seinem Tod überdeckt alles Schöne.

Ich beende das Gespräch, und mein Handy summt sofort wieder. Martin.

»Olli ist in der Notaufnahme, er hat sich in die Hand geschnitten.« Hinter ihm höre ich aufgeregte Stimmen. Seine eigene klingt belegt.

»Sag, dass es ein Unfall war.«

»Ich glaube schon«, sagt er zögerlich. »Aber seit Maria weg ist, geht es ihm wirklich schlecht, und jetzt, also das hier… Kannst du vielleicht herkommen?«

»Ich bin vierhundert Kilometer weg und habe Besuch. Was ist mit dir? Kannst du dich um ihn kümmern?«

»Leo, es tut mir wirklich leid, ich weiß, wie blöd das klingt, aber ich habe morgen tatsächlich die wichtigste Deadline des Jahres.«

Deadline.

»Kannst du nicht mit dem Laptop bei ihm arbeiten?«

»Ich kann die Hunde nicht die ganze Nacht alleine lassen, und zu Olli darf ich sie nicht mitbringen. Ich warte hier in der Notaufnahme und fahre ihn nachher nach Hause, aber dann muss ich wirklich weiterarbeiten.«

Ich nehme innerlich Anlauf. »Was ist mit Stella? Kann sie sich kümmern?«

»Aber Leo, ihr ältester Sohn heiratet doch übermorgen, sie steckt mitten in den Vorbereitungen.«

Ihr Sohn.

»Okay, also was machen wir mit Olli?«

»Ich weiß es nicht. Es geht ihm nicht gut.«

Ich merke, dass er mir etwas verschweigt.

»Herr Doktor! Bitte! Eine Sekunde!«, ruft er plötzlich. »Leo, ich rufe wieder an!«

Er unterbricht. Ich starre auf das Handy in meiner Hand und merke, dass Mona mich an meinem Arm berührt.

»Kann ich irgendwas für dich tun?«

Ich schaue sie an und fühle … nichts. Ich kann mich kaum an das großartige Gefühl erinnern, das ich vor einer Stunde hatte. Zwischen mir und meinen Empfindungen liegt ein leichter Schleier, eine Art durchsichtige Trennscheibe, durch die ich alles beobachten kann, ohne verletzt zu werden. Erzeugt von meinen Erzeugern. Die Scheibe war früher ein fester Bestandteil meines Lebens. Lange nicht mehr gesehen.

»Leo …«, sagt Mona eindringlich und drückt meinen Arm. »Redest du bitte mit mir?«

Ich nicke und lecke meine trockenen Lippen. »Ich weiß nicht, ich …« Ich reibe mir die Augen, und dann ist es da, das absolut sichere Gefühl. »Ich muss nach Hause.«

In dem Moment, als ich es ausspreche, fühle ich, wie sehr es stimmt. Ich muss dahin, wo jeder weiß, was Prince dem anderen bedeutet. Dorthin, wo Menschen sind, die ich länger kenne als vier Tage.

Fünfzehn Minuten später bin ich auf der Autobahn. Ich trete die Wanderdüne auf Höchstgeschwindigkeit und hoffe, dass mir der Motor nicht um die Ohren fliegt. So oder so werde ich es mir mit Harry verscherzen, so wie ich es mir vielleicht mit Mona verscherzt habe. Ich weiß nicht, ob sie es tatsächlich in Ordnung fand, jetzt nach Hause zu fahren, wie sie mir versicherte, aber schon lange war mir nichts mehr so klar – ich muss jetzt an einem Ort sein, wo man mich kennt. Einer der größten Schocks im Leben ist der Zeitpunkt, wenn man zum allerersten Mal realisiert, dass Menschen, die immer da waren, sterblich sind und von jetzt an nie mehr da sein werden. Der Tod, und dass wir alle sterben werden, ist nicht ohne Grund das größte Tabu. Das Ende des Lebens wirkt unvorstellbar, aber auch daran kann man sich gewöhnen, wenn man oft genug mit dem Thema konfrontiert wird – und das wurde ich. Aber Prince ist tot, und die Welt ist im Ausnahmezustand. Auf meiner Mailbox überrollt mich ein Stimmentsunami aus meiner Vergangenheit. Eine Nachbarin von früher meldet sich. Sie hat damals durch die Wand jedes Geräusch aus meiner Wohnung mitbekommen und denkt immer noch jedes Mal an mich, wenn irgendwo Prince läuft. Sie kondoliert, als hätte ich einen engen Freund verloren. Während wir sprechen, textet Rickie mir noch mal auf die Mailbox. Ich höre sie anschließend ab, aber ihre Stimme verschwindet in einem Funkloch. Danach ruft der Bassist unserer ehemaligen Konkurrenzband an. Damals lagen wir immer im Clinch, jeder wollte die Nummer eins der Gegend sein, doch 30 Jahre später denkt er als Erstes an mich und ruft an, um zu sagen, wie leid es ihm tut. Dreiundfünfzig weitere Textnachrichten, aber ich traue mich nicht, sie während der Fahrt zu lesen, weil der alte Wagen so unsicher auf der Straße liegt und keinen Seitenwind mag. Vielleicht fehlt bloß Luft in den Reifen, aber ich halte jetzt nicht mehr an. Ich rase gegen Norden, während das Radio mir erklärt, was ich schon weiß: Einer der größten Künstler unserer Zeit ist gestorben, und die Welt trauert. Ich muss permanent den Sender wechseln, weil auf allen Kanälen »Purple Rain« gespielt wird, doch ich kann jetzt nicht dieses Lied hören, es geht einfach nicht. Schließlich stelle ich einen Klassiksender ein und schalte halbstündlich zurück zu den Nachrichten. Eigentlich will ich mir den spekulativen Mist nicht anhören, aber ich komme nicht dagegen an. Tief in mir lauert weiterhin die irrsinnige Hoffnung, dass die ganze Welt sich geirrt haben kann. Bis vor zwei Stunden war Monas Besuch das schönste Ereignis seit Jahren in meinem Leben. Als ich sie zum Bahnhof brachte, verabredeten wir uns für das kommende Wochenende, doch wenn ich daran denke, sie übermorgen wiederzusehen, fühle ich nichts. Vielleicht stehe ich ja unter Schock. Es berührt mich nicht einmal, dass ich mit Vollgas auf die Stadt zufahre, die ich seit einundzwanzig Jahren versuche zu meiden. Ich habe auch keine Ahnung, was genau ich dort vorhabe. Den Sänger meiner alten Band retten? Mich mit meiner Ex-Frau versöhnen? Mit Prince-Fans trauern? Aber das Gefühl, da unbedingt hinzumüssen, ist klar und stark.

Seitdem ich aus Wolfsburg wegzog, war ich nie wieder privat da und nur zwei Mal beruflich. Gleich ein Jahr nach meiner Abreise hatte ich einen Job mit Joe Cocker in der Stadthalle. Ich setzte meine alte Band nicht auf die Gästeliste und sagte auch keinem Bescheid, weil ich einfach nicht wusste, was passiert, wenn sie alle oder Stella plötzlich vor mir gestanden wären. Gleich nach der Show ging es im Nightliner weiter nach Amsterdam, und ich war erleichtert, dass ich niemand traf. Das andere Mal spielte ich sechs Jahre später mit Rod Stewart dort und blieb über Nacht. Wieder gab ich niemandem Bescheid, doch nach dem Konzert rief Martin mich an. Wir trafen uns, hingen ein paar Stunden in der Hotelbar herum und gaben uns ein gegenseitiges Update. Er fragte mich, ob er von Stella erzählen sollte. Von einem früheren Telefonat mit ihm wusste ich, dass sie wieder geheiratet und Kinder bekommen hatte, daher winkte ich ab. Ich erfuhr, dass Olli und seine Jugendfreundin Maria geheiratet, sie aber keine Kinder hatten. Ich hatte die Hochzeit verpasst, weil ich auf Tour war. Martin war immer noch Single, hatte dafür mittlerweile sieben Hunde, die er allesamt nach Prince-Titeln benannt hatte. Unsere kleine Rickie machte Modekarriere in Paris. Rickie, die Kleidung so sehr liebte wie Martin Tiere. Wir sahen uns jahrelang täglich, aber außer im Sommer am See oder einmal, als sie mit einer Lebensmittelvergiftung flachlag, hat keiner sie – ähnlich wie Prince – je ungestylt oder ungeschminkt gesehen. Ob wir damals Deutschlands beste Funkband waren, weiß ich nicht, aber in Sachen Bühnenoutfits gab es kein Vertun. Wenn wir zu Prince-Gigs fuhren, trugen wir meistens Rickies Bandkostüme und ernteten vor allem in Holland, Skandinavien und Italien fette Resonanz. Auf den Konzerten war die Stimmung im Publikum einfach unglaublich. Kreativ gekleidete Partypeople, oft in Lila oder wie bei der *Sign-Of-The-Times*-Tour in Pfirsichfarben oder Schwarz, wofür Rickie uns extra neue Kostüme machte. Alle Fans im Publikum waren offen und freizügig, genauso wie Prince es mit seinen Musikern vorlebte. Auf seinen Konzerten gab es keine Grenzen zwischen Schwarz und Weiß, Mann und Frau, Hetero und Homo, alle befanden sich in einem fließenden Übergang, deren gemeinsamer Nenner die Musik war. Wenn die Leute im Publikum mitbekamen, dass wir hier und da zu sechst einige Tanzschritte synchron einstreuten, die damit endeten, dass Olli in den Spagat ging, dann war die Party aber eröffnet. Nach

Prince-Gigs haben wir so manche Anfrage reinbekommen, wir scherzten immer, dass wir ihn eigentlich an den Einnahmen beteiligen mussten. Das geht nun nicht mehr. Nie mehr. Ich werde nie wieder ein Ticket kaufen, um mich dann wochenlang auf seine Show zu freuen. Nie wieder werde ich voller Glückshormone aus einem seiner Konzerte kommen und die nervöse Aufgeregtheit genießen, weil Zehntausende Fans versuchen herauszubekommen, wo die Aftershow steigt.

Ich rufe Martin an. Er geht nicht ran. Als ich das Handy weglegen will, summt es in meiner Hand. Ich schaue auf das Display und versuche zu verstehen, was da steht. Mein Herzschlag erhöht sich schlagartig, und plötzlich wird es laut im Auto, als die Reifen auf der rechten Fahrzeugseite über die Geräuschmarkierungen der Autobahn rollen. Ich reiße das Lenkrad herum, der Wagen zieht dicht an den Leitplanken entlang. Ich bringe den Wagen in die Spur zurück und bremse ihn auf 80 runter, dann gehe ich ran.

»Hi.«

»Hi«, sagt die Frau, die mir von allen Menschen in meinem ganzen Leben am meisten bedeutet hat. »Ich kann es einfach nicht glauben.«

»Ja.«

Wir schweigen einen Moment. Mein Herz versucht, meine Brust zu verlassen.

»Ich bin bei Olli. Die wollten ihn über Nacht dabehalten, aber er wollte nach Hause. Ich muss gleich wieder los. Martin meinte, dass du dir Sorgen machst, also dachte ich, ich rufe mal an.«

»Ich bin auf halber Strecke.«

In der Leitung hört man es rauschen. Es dauert einen Moment, bevor sie wieder spricht. »Du kommst nach Wolfsburg?«

»Ja.«

»Zu Olli?«

»Ja.«

»Wahnsinn.«

Sie unterbricht. Von einem Moment auf den anderen wird mir schlecht. Ich bremse den Wagen hart ab und bringe ihn auf dem Standstreifen schlingernd zum Stillstand. Ich stoße die Tür auf, und erst als ich aussteige, merke ich, dass ich vergessen habe, in den Rückspiegel zu schauen, ob hinter mir ein Fahrzeug kommt. Mein Körper wird taub, während ich auf den Einschlag warte, doch nichts passiert. Ich mache einige unsichere Schritte, dann kotze ich über die Leitplanke. Als mein Magen leer ist, ist mir schwindelig, und ich muss mich setzen.

Ich weiß nicht, wie lange ich auf dem Standstreifen sitze. Autos und Lastwagen rauschen an mir vorbei und lassen meine Kleidung flattern. Manche hupen, manche kommen dem Ford viel zu nah, der halbschräg auf dem Standstreifen steht. Es beginnt zu regnen. Ich werde nass. Der Regen ist nicht lila. Schließlich steige ich in den Wagen und trete das Gaspedal durch. Der Motor, der ungefähr zu der Zeit gebaut wurde, als Prince die Musikwelt mit *Around The World In A Day* in Aufruhr versetzte, heult auf, und der alte Wagen bringt mich zu dem Ort zurück, wo ein Teil von mir für immer starb.

12

Als ich mit dem letzten Tageslicht die Wolfsburger Stadtgrenze passiere, beschleicht mich ein seltsames Gefühl von Heimat. Seit meinem Weggang hat der VW-Konzern sehr viel Geld in die Stadt gepumpt. Die Stadt hat sich dadurch verändert, aber der Straßenverlauf durch die Innenstadt ist derselbe geblieben, und so schlängele ich mich durch bekannte Fahrwasser, am alten Kino der Familie Kohl vorbei, mit deren Tochter ich zur Schule gegangen bin. Ich werde nie vergessen, wie sie weinte, als Elvis starb. Ich stand neben ihr auf dem Schulhof, als sie es erfuhr. Sie brach in Tränen aus und lief weg. Eine Woche kam sie nicht zur Schule, bei ihrer Rückkehr bat uns unsere Lehrerin, Elvis nicht zu erwähnen, was bei Jungs in dem Alter schwierig ist. Damals konnte ich nicht verstehen, wie man um jemanden trauern kann, der einen gar nicht kennt und den man selber nie privat getroffen hat. Doch später, als ich Prince entdeckte, lernte ich, wie viel Einfluss und Bedeutung jemand auf meine Welt haben kann, ohne dass der diese Welt kennt. Nächtelang lag ich wach, hörte seine Alben auf Kopfhörer, staunte, lernte und vor allem: fühlte. Seine Musik bestärkte mich mehr zu riskieren, und seine

Shows, Kostüme und Texte zeigten mir, dass Grenzen nur Behauptungen sind.

Ich komme an der Straße vorbei, die zum neuen Kulturzentrum führt. Hier probten wir eine Zeitlang mit der Band und spielten auch ein paar Gigs. Unsere Show hob uns von den anderen Bands in der Gegend ab und machte uns bekannt, noch lange bevor wir auch musikalisch gut wurden. Wir spielten erst vor hundert, dann vor dreihundert und zum Schluss im Schnitt vor tausend Leuten und wurden langsam auch als Band gut. VW fing an, mit uns zu werben, die Stadt Wolfsburg filmte ein Livekonzert von uns und baute Sequenzen in ihren Trailer zur Fünfzigjahrfeier der Stadt ein und verschickte den Clip hunderttausendfach in die Welt. Die ersten Anfragen aus dem Ausland trafen ein, alles lief bestens, und dann … Funkstille.

Als ich zu Ollis Stadtteil hochfahre, ragen die Lichter von Don Camillo und Peppone, die bekanntesten Hochhäuser der Stadt, in den Himmel. Das Don Camillo ist mit einundzwanzig Etagen neun Etagen höher als Peppone und war früher dafür bekannt, eine unheimliche Anziehungskraft auf Selbstmörder auszuüben. Ich kenne die offiziellen Zahlen nicht, aber alleine drei Jungs und ein Mädchen aus meiner Schule sprangen dort. Einer hatte Liebeskummer, ein anderer Depressionen. Das Mädchen hinterließ keinen Brief, genau wie mein Kumpel Rainer, der ein Auto geklaut hatte und erwischt wurde. Als die Polizei ihn nach Aufnahme seiner Personalien wieder gehen ließ, radelte er zum Don Camillo, fuhr mit dem Fahrstuhl nach oben und sprang. Kein Abschiedsbrief, nichts. So lernte ich von klein auf, dass Menschen von einem Moment auf den anderen für immer verschwinden können. Aber Prince … Seit sechs Stunden weiß ich, dass er tot ist. Ich weiß es. Aber ich glaube es nicht.

Ich lasse den Laagberg hinter mir und steuere Westhagen an. Schon bald rolle ich auf Ollis Hauseinfahrt zu. Die Weißwandreifen knirschen, als ich auf den Schotterparkplatz fahre. Laut Stella soll er zu Hause sein, doch nirgends brennt Licht. Ich stelle den Motor ab, sitze einen Moment da und mustere das Haus, in dem ich als Jugendlicher so oft übernachtet habe, dass ich irgendwann einen eigenen Haustürschlüssel bekam. Als das Jugendamt noch Pflegefamilien für mich suchte, schlich ich mich abends oft raus, und Olli bot mir seine Couch an. Weil Schlafzimmer und Bad seiner Eltern in der oberen Etage lagen, hatte Olli das Erdgeschoss mehr oder weniger für sich, inklusive Wohnzimmer, Küche und Gästeklo. Seinen Eltern war es meistens egal, wer da unten noch schlief, selbst später, als Marlies und Heinz ins Altersheim zogen und Olli das Haus übernahm, blieben das Wohnzimmer und die kleine Küche Treffpunkt der Band. Entweder hingen wir hier oder im Proberaum ab, oder bei gutem Wetter unten am Allersee. Als ich der Band damals mitteilte, dass ich aussteige, machte Olli mir schwere Vorwürfe, und als er realisierte, dass ich wirklich die Stadt und die Band verlassen werde, versuchte er mich zu verprügeln. Seitdem haben wir uns nicht mehr gesehen. Ich schaue noch mal zum Haus rüber, das ruhig daliegt, dann steige ich aus. Als ich das Gartentor öffne und den ungepflegten Garten durchquere, geht ein dünnes Licht neben den Steinplatten an, die zum Haus führen. Jetzt erkenne ich erst so richtig, wie heruntergekommen alles ist. Der Garten ist zugewuchert. Schrottreife Fahrräder liegen herum. Die Farbe blättert von den Wänden, neben der Haustür stehen mehrere volle Müllsäcke, die eine olfaktorische Apokalypse absondern. Wegen der Band sah der Bereich im Vorgarten früher auch schon mal ein bisschen zugemüllt aus, Pizzapappen und Altglas fielen zuhauf an, doch jetzt geht das Haus mit großen Schritten Richtung Verwahrlosung.

Ich bleibe vor der Haustür stehen und klingele. Mein Herz klopft, während ich auf das Geräusch von näherkommenden Schritten warte. Ich bin mir nicht sicher, wie die Begrüßung ausfallen wird, also nehme ich mir vor, den ersten blöden Spruch zu überhören. Falls er überhaupt da ist, denn im Haus regt sich nichts. Das Außenlicht schaltet sich wieder ab. Ich klingle noch mal.

»Unglaublich«, sagt eine tiefe Stimme neben mir.

Vor Schreck trete ich einen Schritt zurück. In dem dunklen Küchenfenster neben mir leuchtet ein glühender Punkt auf. In dem schwachen Lichtschein erkenne ich, dass das Fenster nach innen geöffnet ist und drinnen ein dunkler Umriss sitzt.

»Hat Stella nicht gesagt, dass ich komme?«, frage ich und höre, wie er den Rauch ausatmet.

»Ich dachte, das wäre Gelaber, wie alles andere von dir.«

Willkommen zu Hause. Olli. Mein Sänger, mit dem ich so oft aneinandergeriet. Der mit seiner Mittelpunktsucht und seiner selbstverliebten Art so derart nerven konnte. Doch wenn wir Musik machten, liebte ich ihn, seine Stimme und unseren gemeinsamen Gesang. Ich warte, dass er aufsteht, um mich hereinzulassen, doch er bewegt sich nicht. Meine Augen gewöhnen sich langsam an die Dunkelheit. Soweit ich erkennen kann, hat er seine wilde Mähne abgeschnitten und ordentlich Masse zugelegt. Außerdem ziert eine runde John-Lennon-Brille seine Nase.

»Lässt du mich nicht rein?«

Die Glut der Zigarette glüht wieder auf. Er hält die Luft kurz in der Lunge und stößt sie wieder aus. »Wir sind nicht in einer Scheißgroßstadt.«

Diesen Satz lasse ich einen Moment einwirken, dann drehe ich am Türknauf. Die Tür schwingt auf, ich trete in den Flur. Ein Geruchsmix aus kaltem Rauch, altem Essen und schalem Bier empfängt mich. Es riecht wie unser damaliger Proberaum, allerdings ist es hier wesentlich dreckiger. Der Flur ist voller Tüten, hingeworfenen Kleidungsstücken und Schuhen. Ich mache ein paar Schritte und gelange ins Wohnzimmer, das mit Kisten und Verpackungsmüll zugestellt ist, nur die große alte Ledercouch ist vor einem überdimensionalen Fernseher freigeräumt. Ein offener Koffer liegt auf dem großen Wohnzimmertisch, es sieht aus, als sei in dem Koffer eine Granate explodiert und hätte das Wohnzimmer mit Klamotten eingedeckt. In dem schwachen Licht, das von der Straße hereinfällt, erkenne ich drei Pflanzen, die alle tot aussehen. An der Wand hängt das Schwarz-Weiß-Plakat von der *Parade*-Tour. Rechts oben hat sich der Tesafilm von der Wand gelöst, der obere Teil hängt herunter und bedeckt das Gesicht von Prince. Aus der Küche dringt ein schwaches Licht. In dem Lichtschein erkenne ich meinen alten Sänger, der in der Tür lehnt und mich schweigend mustert. Früher sah er aus wie ein römischer Gott, wilde Mähne, Muskeln, und eine Stimme, mit der er Prince so nachsingen konnte, dass einem die Tränen kamen. Und tanzen konnte er. Auf der Bühne verdrehte er den Mädels den Kopf, und er schlief mit jeder, die er kriegen konnte, auch wenn er immer mit Maria zusammen war. Ich weiß nicht, wieso es sie nicht störte, dass er rumvögelte, aber es schien ihr egal zu sein. Mein Leben lang kannte ich die beiden nur als Paar, und als ich ihn jetzt da ohne sie stehen sehe, sehe ich ihn gefühlt zum ersten Mal in meinem Leben, allein in diesem Haus.

»Wie geht's?«, frage ich.

»Alles cool.«

Seine Stimme klingt weder wütend noch aggressiv, also gehe ich drei Schritte auf ihn zu. Als ich ihn umarmen will, streckt er mir die Hand entgegen, also schlage ich ein. Wir drücken kurz, lassen wieder los und mustern uns. Er trägt ein bekleckertes weißes T-Shirt, das über seiner Wampe spannt, eine graue Jogginghose und Hausschuhe. Seine restlichen Haare hat er zu einem langen dünnen Zopf zusammengebunden, der hinter seinem Ohr nach vorne kommt und ihm schlapp über die Brust herunterhängt. Zusammen mit dem Pornobalken über seiner Oberlippe sieht er unbeschreiblich verlottert aus.

»Hast dich kaum verändert.«

»Arschloch«, sagt er, dreht sich um und verschwindet in die Küche.

Ich folge ihm in die winzige Küche, wo wir unzählige Abende und Nächte zu siebt verbrachten, obwohl es nur vier Stühle gab. Stühlerücken vom Feinsten. Die Küchenzeile ist ebenso zugemüllt wie das Wohnzimmer. In einer Ecke stehen mehrere Bierkisten übereinander. Alle Stühle sind voller Klamotten, Taschen und Kabel. Nur ein Stuhl ist frei. Davor steht auf dem Küchentisch ein aufgeklappter Laptop, von dem die einzige Beleuchtung in der Küche stammt. Olli setzt sich auf den freien Stuhl. Ich räume mir einen anderen frei, dann sitzen wir da und mustern uns erneut. Ich nicke zum Laptop.

»Ich war vier Stunden auf der Autobahn offline. Was sagen die? Gibt es Neues?«

»Immer noch tot.«

Ich atme durch. »Hör zu, ich bin hier, weil Prince heute gestorben ist und du ihn genauso liebst wie ich. Wenn du dich über seinen Tod lustig machen willst, gehe ich wieder.«

Er starrt mich ein paar Sekunden an, dann schaut er weg und schnappt sich seinen Tabakbeutel. An seinem linken Handgelenk leuchtet ein weißer Verband auf. Vielleicht die einzige saubere Stelle im Haus. »Ich warte die ganze Zeit, dass jemand zugibt, dass alle sich geirrt haben, und ein Sender sich mit einer Liveschalte vom Paisley Park meldet, wo er gerade eine Liveshow spielt.«

»Das wäre schön.«

Er beginnt sich eine Zigarette zu drehen. »Ich glaube, es waren die Schmerzmittel wie bei Michael Jackson. Er wird sie gegen die Schmerzen in den Hüften genommen haben. Niemand tanzt vierzig Jahre auf hochhackigen Schuhen, ohne sich die Gelenke zu zerschleißen, schon gar nicht jemand, der so abgeht wie er.«

Ich nicke wieder. Olli zündet sich die Zigarette an und zieht den Rauch tief in die Lunge. Früher konnte er Töne so lange halten, dass es Sonderapplaus gab. Nun stößt er den Rauch gleich wieder aus.

»Wir machen uns Sorgen um dich.«

Er wedelt mit der verbundenen Hand. »Das war ein Unfall.«

»Genau so sieht es hier auch aus. Wenn die Pfandsammler deine Adresse herauskriegen, gibt's einen Run auf das Haus wie damals auf das Aftershowkonzert in Kopenhagen.«

Er rülpst. Stille kehrt ein. Zwei unsichere Männer in einer Küche. Schließlich aktiviert er den Laptop. Der Bildschirmschoner verschwindet, der Schirm wird heller, die Homepage des Guardian kommt zum Vorschein.

»Mit Bowie war schon scheiße«, murmelt Olli, »aber er? In dem Alter? Mann, er hätte noch dreißig Jahre spielen können. Hast du ihn in letzter Zeit gesehen?«

»Auf jeder Europatour. Ich hatte letztes Jahr auch Tickets für Wien, aber dann ...« Ich ziehe die Schultern hoch, kann immer noch nicht darüber sprechen, was am 13. November 2015 im Bataclan geschah.

»Warum bringen die beschissenen Terroristen immer Unschuldige um?«, schnaubt Olli. »Warum bringen die Wichser nicht mal die Schuldigen um? Die Arschlöcher aus der Rüstungsindustrie, die reichen Schweine, die Banker, die Fondsmanager, die Politiker ... So viel Auswahl, und sie töten immer Unschuldige, als würden die reichen Schweine irgendwas darauf geben, wenn ein paar von uns abkratzen! Idioten!« Er verstummt mit einem Kopfschütteln und zieht wieder an der Zigarette.

»Und du?«, sage ich, um ihn abzulenken. »Wann hast du ihn das letzte Mal gesehen?«

»2007 in London«, sagt er und pustet dabei Rauch aus. »Ich war am ersten Tag da. Das Konzert war unglaublich. Echt, unglaublich.«

Ich schaue ihn überrascht an. »Du warst beim Opener der ›21 days in London‹? Da war ich auch. Warum hast du nichts gesagt?«

Er stößt die Hand mit der Kippe in meine Richtung. »Warum hast du nichts gesagt, du Penner?«

»Weil du mir letztes Mal was aufs Maul hauen wolltest?«

»Wäre ich nicht besoffen gewesen, hätte ich dich fertiggemacht, und das hättest du verdammt noch mal auch verdient!«

Ich ziehe meine Schultern hoch. »Und was hätte das geändert?«

»Ich hätte mich dann nicht so verflucht beschissen gefühlt! Weißt du, warum ich nur eine der einundzwanzig Shows in London gesehen habe und nicht alle? Weil ich mir keine zweite Karte leisten konnte! Und warum konnte ich mir keine zweite Karte leisten? Weil ich kein verfluchter Star geworden bin. Und warum wurde aus der geilsten Liveband, die Deutschland damals hatte, so rein verflucht gar nichts? Weil du blödes Arschloch uns hast verrecken lassen, gerade als alles richtig losging!« Er starrt mich wütend an und atmet schwer.

Ich verlagere mein Gewicht, damit ich, wenn nötig, schneller vom Stuhl hochkomme. »Wo ist Maria?«, wechsle ich das Thema.

Er atmet scharf ein. Im schwachen Licht des Bildschirms sehe ich, wie seine Augen sich weiten. Ich spanne mich an, aber er bleibt sitzen und bewegt sich nicht. Er atmet aus, und ich erkenne, dass alle Wut plötzlich aus ihm verschwunden ist.

»Wenn du gekommen bist, um über meine Frau zu sprechen, verpiss dich.«

Er heftet seine Augen auf den Bildschirm. Ich bleibe sitzen und beobachte, wie er sich durch Nachrichtenportale klickt. Viele nicht so schöne Menschen leiden vor allem in jungen Jahren unter der fehlenden äußeren Attraktivität. Egal ob beruflich oder privat, attraktive Menschen haben es leichter im Leben, Schönheit erhöht die Auswahlmöglichkeiten. Doch alles im Leben hat Vor- und Nachteile. Schöne Menschen leiden auf eine Art unter der Last des Alterns, die Menschen nie erfahren, die nicht jahrelang für ihr Äußeres bewundert wurden. Olli ist alt und fett geworden, und ich kann mir nicht vorstellen, was das mit einem Menschen anstellt, der in einem Umfeld wohnen geblieben ist, wo ihn alle als strahlenden Überflieger kannten und dann Zeugen seines Verfalls wurden.

Draußen knirscht Schotter unter Autoreifen. Olli wirft mir einen fragenden Blick zu, ich schüttle den Kopf. Wenig später stirbt ein Motor, eine Autotür schlägt zu, Schritte kommen näher, dann geht draußen vor dem Haus das Licht an, und mein alter Bassmann wird vor dem Fenster sichtbar. Er lächelt tapfer, als er uns sieht. Ich stehe auf und gehe ihm entgegen. Als ich aus der Küche trete, kommt er gerade aus dem Hausflur ins Wohnzimmer, schon liegen wir uns in den Armen.

»So schön, dass du da bist, Leo, wirklich.«

Ich drücke ihn fest, dann halte ich ihn auf Armeslänge und schaue ihn mir an. Martin ist immer noch Martin. Stämmig, unmodisch, die Klamotten voller Hundehaare und der vielleicht freundlichste Mensch, den ich jemals getroffen habe. Auch jetzt hat er ein Lächeln im Gesicht, doch es wirkt verkrampft.

»Was ist mit deiner Deadline?«

Er schüttelt den Kopf, und seine Augen füllen sich mit Tränen. »Er ist tot. Ich kann jetzt nicht arbeiten…«

Ich umarme ihn wieder, und während wir so dastehen und Olli in der Küche wie ein Idiot auf seinem Stuhl sitzen bleibt, hört man von draußen eine Frauenstimme. Ich werde sofort durch ein Wurmloch in alte Zeiten versetzt. Ich lasse Martin los, wende mich dem Hausflur zu, und schon gibt es ein Durcheinander, als Rickie plötzlich im Flur auftaucht, ins Wohnzimmer kommt und mich angrinst. Während ich mich frage, ob ich unter Halluzinationen leide, schreit Martin neben mir auf und stürmt auf sie zu. Er schnappt sie sich, hebt sie hoch, umklammert sie und beginnt laut zu schluchzen.

»Ach, Süßer«, sagt sie und umarmt ihn fest, während sie mich mit blanken Augen über seine Schulter hinweg anschaut. Sie hat tiefe Raucherfalten bekommen, aber ihre Augen sind immer noch voller Energie. Meine alte Gitarristin mit der für sie typischen Scheißegal-Attitüde. Auch modisch hat sich nicht viel geändert. Wie früher bevorzugt sie Schwarz-Weiß. Ihr weißes Hemd hat einen Stehkragen, und aus ihren schwarzen Jackenärmeln schaut das Hemd weit hervor und endet erst auf den Knöcheln. Die obligatorischen Manschettenknöpfe trägt sie auch noch. Während ich sie mustere, bewegt sich etwas hinter ihr im dunklen Hausflur, und ich meine dort eine weitere Gestalt zu erkennen. Von einem Moment auf den anderen wird mir kalt, und ich beginne zu schwitzen. Olli kommt aus der Küche, während ich versuche, über Martins Schultern hinweg mehr im Flur zu erkennen. Ich trete einen Schritt vor und da … Für einen Moment setzt mein Herz aus. Hinter Rickie, fast unsichtbar im dunklen Flur, steht eine schwarze Frau in dunkler Kleidung. Als unsere Blicke sich treffen, tritt sie ins Wohnzimmer, breitet ihre Arme aus und umarmt Rickie und Martin, ohne mich aus den Augen zu lassen. Meine Beine machen zwei Schritte, dann umarme ich alle drei. Stella. Nur getrennt von Martins und Rickies Körper schauen wir uns in die Augen. Mein Herz klopft wie verrückt, und ich spüre, wie mir Schweiß den Hals hinunterläuft. So stehen wir ein paar Momente, dann dreht Rickie ihren Kopf und drückt mir einen Kuss auf den Mund. Endlich spüre ich auch Olli, der seine Riesenpranken um uns alle legt und uns zusammenquetscht. Wir wanken herum wie eine Gruppe betrunkener Bären, jeder klammert sich an jeden auf der Suche nach Halt in einer verrückten Welt, in der uns keiner vorwarnt, wenn geliebte Menschen einfach sterben. Und andere plötzlich vor dir stehen.

Rickie löst sich als Erstes. »Gibt es was zu trinken?«

»Klar«, sagt Olli und nimmt seine Pranken von uns. »Martin, komm.«

»Was?«, sagt Martin. »Ach so!« Er folgt Rickie und Olli schnell in die Küche.

Stella und ich bleiben allein im Wohnzimmer zurück. Ich spüre, wie abnormal schnell mein Puls schlägt, als ich zum ersten Mal seit all den Jahren meine Ex-Frau in Reichweite habe. Mir ist danach, sie zu umarmen, aber wir sind nicht mehr verheiratet. Sie ist nicht mehr meine Frau. Sie ist seit zwanzig Jahren mit jemand anderem zusammen.

»Schön, dich zu sehen.« Ich atme falsch. Meine Stimme trägt nicht bis zum Satzende, aber alles noch im Rahmen.

In ihren dunklen Soulaugen flackert etwas auf. Sie richtet einen Finger auf mich. »Ich habe mir solche Sorgen gemacht! All die Jahre! Warum hast du nicht mal wenigstens angerufen?«

Ein kleines wütendes Etwas flackert kurz in mir auf. »Du weißt warum.«

»Nein.« Sie schüttelt ihren Kopf entschieden, ohne mich aus den Augen zu lassen. »Ich weiß, warum du gehen musstest. Ich habe das akzeptiert. Aber *einundzwanzig* Jahre! Du hast mir einen Teil meines Lebens weggenommen!«

»Tut mir leid«, sage ich und höre, wie schlapp das klingt. Doch es stimmt. Mir tut alles mehr als leid, was ich ihr angetan habe. »Ich habe damals so oft daran gedacht, dich anzurufen, aber ich wusste nie, ob es der richtige Moment ist. Ich hatte Angst, er ist es nicht.«

Sie starrt mich eine gefühlte Ewigkeit an. Dann atmet sie tief aus.

»Wie lange bleibst du?«

»Ich muss morgen früh zurück.«

Sie tritt näher an mich ran. »Fahr nicht, bevor wir miteinander gesprochen haben«, sagt sie eindringlich. »Versprich mir das.«

»Versprochen«, sage ich und gebe endlich dem Sog nach. Ich trete einen Schritt vor und schließe sie in meine Arme. Kaum berühre ich ihren Körper, schon erwischt mich ihr Geruch, und eine Welle aus Empfindungen überrollt mich, die so verwirrend ist, dass mir die Luft wegbleibt. Ich presse mich an sie und versenke mein Gesicht in ihren Haaren, die immer noch nach Holz riechen. »Entschuldige, Baby«, flüstere ich.

Ihr Körper wird starr. »Nein«, sagt sie und versucht, sich aus meiner Umarmung zu lösen.

Ich halte sie fest. »Entschuldigung.«

»Lass mich los«, sagt sie leise. »Was wir uns zu sagen haben, sagen wir uns bestimmt nicht in Ollis Wohnzimmer. Heute dreht es sich nicht um uns. Prince ist tot. Und wir gehen jetzt zu den anderen in die Küche.«

Ich atme noch mal ihren Geruch ein, dann gebe ich sie frei. Sie tritt sofort einen Schritt zurück, und ich suche in ihrem Blick nach Wut oder Hass. Zu meiner Überraschung finde ich nichts von beidem.

Wenig später haben wir die Küche so weit entmüllt, dass es Sitzgelegenheiten gibt. Die alte Sitzordnung greift immer noch. Olli mit Martin auf der einen Tischseite und auf der anderen Seite Stella und ich. Rickie sitzt oben auf der Küchenzeile, wo früher immer Kees neben ihr saß. Sein Platz ist leer, genauso wie Marias Platz neben der Küchentür. Beides fällt weniger auf, weil die Küche mit Kisten und Tüten komplett zugestellt ist.

»Es ist so schön, dass wir alle hier sind«, sagt Martin.

»Finde ich auch«, sagt Rickie. »Hab's in Paris erfahren und bin gleich losgefahren, als ich es hörte. Muss morgen früh weiter nach Mailand. Und wo kommst du auf einmal her?«, fragt sie und schaut mich an.

»Olli hat ja versucht sich umzubringen, also dachte ich, ich klaue ein paar Sachen aus dem Haus, während er noch im Krankenhaus ist.«

»Das war ein Unfall, du Penner!«, raunzt er mich an.

»Wie lange bleibst du?«, sagt Rickie, ohne mich aus den Augen zu lassen.

»Bis morgen früh.«

»Scheiße, so kurz?«

»Bleib wenigstens bis zum Frühstück«, sagt Stella, »dann können wir uns alle noch mal in Ruhe sehen.« Ihre Stimme klingt fest und klar. Ich suche wieder in ihren Augen, und wieder entdecke ich dort nicht das Geringste an Abneigung.

»Okay.«

»Ich kann es einfach nicht fassen, dass er tot ist«, sagt Rickie.

Alle nicken, und jeder erzählt, wie und wo er es erfahren hat und was er als Erstes getan und gedacht hat. Während wir reden, berührt mein Bein manchmal Stellas. Es scheint sie nicht zu stören. Ich versuche damit klarzukommen, dass meine Ex-Frau neben mir sitzt und mich von Zeit zu Zeit anschaut. All die Jahre hatte ich Angst vor unserem Wiedersehen, und jetzt sitzen wir alle ganz friedlich hier in der Küche, wie früher. Vielleicht weil es heute nicht um sie und mich geht, sondern um einen Künstler, ohne den unser Leben völlig anders verlaufen wäre. Wir schütteln abwechselnd die Köpfe, aber er ist wirklich gestorben. Es steht auf dem Laptop-Bildschirm und auf allen Handydisplays, und egal wie oft wir die Portale wechseln, es steht da immer noch. Jedes Mal, wenn aus der Wiedersehensfreude so etwas wie ein Gespräch entsteht, schauen wir wieder auf den Bildschirm, und die Nachricht lässt uns verstummen. Es fühlt sich an, als sei man unglücklich verliebt, und irgendetwas lenkt einen kurz von dem Schmerz ab, für wenige Minuten atmet man auf, um dann umso heftiger wieder an den Schmerz erinnert zu werden. Die Netz-Soziopathen sind auch längst da und spielen ihre Spiele. Manche provozieren die trauernden Fans, indem sie sich über Prince lustig machen. Andere behaupten, er habe sich wegen einer HIV-Diagnose selbst umgebracht. Ich bin in Problemvierteln aufgewachsen und musste auf der Straße klarkommen, aber nichts hat mich darauf vorbereitet, wie Menschen sind, wenn sie zu Hause an ihrem Rechner sitzen. Jeder am Tisch regt sich auf, wie man so asozial sein kann, trauernde Menschen zu dissen, doch mitten in der Aufregung hämmert Rickie ihre Hand auf den Tisch.

»Das ist doch alles scheißegal! Versteht ihr nicht? Er ist tot!« Sie klappt den Laptop zu und schaut uns verzweifelt an. »Seitdem ich Musik mache, war er da! Ich habe doch nur wegen ihm und Wendy überhaupt angefangen zu spielen! Ohne ihn hätte ich nie angefangen, eigene Schnitte zu entwerfen, ich wäre nie in der Modebranche gelandet, ich hätte nie eine eigene Kollektion gehabt! Es ist scheißegal, was ein paar Spacken über ihn erzählen, alles, was zählt, ist: Er ist weg! Wir werden ihn nie mehr live sehen! Nie mehr! Sein schöner Körper ist nicht mehr da! Sein Lächeln, seine Augen, seine Hände, nichts mehr da …«

Neben ihr fängt Martin an zu schluchzen.

Olli legt einen Arm um ihn. »Life is a bitch, and then you're dead.«

»Halt's Maul, Olli!«, schnauzt Rickie ihn an. »Ich habe keine Lust, mir deinen depressiven Abfuck anzuhören! Wie siehst du überhaupt aus? Und was ist mit dem Haus passiert? Und wo ist Maria? Stimmt es, dass sie dich verlassen hat? Was hast du getan? Wieder in der Gegend rumgevögelt?!«

Olli schaut sie böse an. »Frag sie doch selber.«

Neben mir wirft Stella einen Blick auf ihre Armbanduhr, dann steht sie auf. »Ich muss leider jetzt nach Hause.« Sie schaut Rickie an. »Du kannst bei uns schlafen.«

Uns.

»Ich bleibe bei den Jungs«, sagt Rickie. »Einer muss ja auf sie aufpassen«, bringt sie den alten Klassiker.

Als Stella ihre Jacke angezogen hat, schaut sie mich an. »Kommst du mit raus?«

Ich spüre die Blicke von allen Anwesenden, als wir aus der Küche gehen. Ich folge ihr durchs Haus, hinaus in den Abend. Die Luft ist klar und frisch, ich fröstele etwas in meinem dünnen Anzug. Kann an den Temperaturen liegen.

Als wir durch die Einfahrt raus zur Straße gehen, wirft Stella der Wanderdüne im Vorbeigehen einen Blick zu. »Hast du dir den mit Schmuddelpornos zusammengestöhnt?«

Ich schaue sie an und denke nur: Sie weiß, was ich mache?

»Ist nicht meiner.«

»Hätte ich jetzt auch gesagt.«

Ihre Zähne leuchten im schwachen Licht der Straßenlaternen. Wir gehen raus auf die Straße und bleiben vor einem Saab-Kombi stehen, der die hintere Ladefläche komplett zugepackt hat.

»Hochzeitsvorbereitungen für deinen Sohn?«

Nun ist sie es, die überrascht dreinschaut. »Nein, Jakob und ich haben begonnen, Kajak zu fahren. Wir sind fast jedes Wochenende auf dem Wasser, daher …«

Sie verstummt. Ich nicke und versuche, mir nichts anmerken zu lassen. Mein Herz schlägt tief und laut in mir, als ich die Liebe meines Lebens in der Spiegelung des Seitenfensters ihres Saabs betrachte. Sie steht immer noch so aufrecht. Als würde sie mit allem klarkommen, was auch immer kommt. Und das ist sie.

Ich räuspere mich. »Wie geht es dir?«

»Sehr gut. Und wie geht es dir?«

»Auch gut.« Ich mustere sie und weiß einfach nicht, was ich sagen soll. »Arbeitest du wieder?«

Ihre Zähne leuchten auf. »›Wieder‹ ist gut. Seit zehn Jahren helfe ich Jakob im Geschäft. Wir haben uns ja vergrößert.«

Ich nicke und habe keine Ahnung, wovon sie spricht. Martin hat mir irgendwann mal am Telefon gesagt, dass ihr Mann Unternehmer ist und sie bei ihm arbeitet, aber ich habe nicht nachgefragt und sie auch nie gegoogelt. Ich wollte nichts lesen, sehen oder wissen, was mich an früher erinnert. In der Fensterspiegelung sehe ich, dass sie lächelt, als wüsste sie das.

»Schaust du mich bitte mal an?«

Ich nicke ihr im Autofenster zu und bewege mich nicht. Sie kommt ein bisschen näher.

»Leo, schau mich an.«

Ich atme durch und drehe mich, bis wir uns direkt gegenüberstehen. Ihre Augen glitzern leicht in dem Licht der Straßenlaterne.

»Ich hatte schon die Hoffnung aufgegeben, dass wir uns jemals wiedersehen. Doch jetzt bist du da. Du stehst wirklich vor mir. Ich kann das kaum glauben, dass du hier bist.

Ich dachte, ich würde wütend auf dich sein, aber ich bin einfach nur dankbar, dass du gekommen bist. Du hast mir so gefehlt.« Sie legt mir eine Hand auf die Wange. Automatisch küsse ich die Handinnenfläche, und wir erstarren beide. Reflexe einer alten Liebe. Wir stehen einen Moment so da, dann zieht sie ihre Hand weg und tritt einen Schritt zurück.

»Ich muss wirklich los«, sagt sie und wischt sich über die Augen. Sie öffnet ihre Wagentür, steigt aber nicht ein, sondern benutzt die Tür, um etwas Abstand zwischen uns zu bringen, bevor sie weiterspricht. »Mein Ältester, Jonas, heiratet am Samstag, es kommen einhundertzwanzig Gäste, und zu Hause erwartet mich eine Familie, die völlig am Boden ist. Jakob und die Jungs lieben Prince. Bei der Party sollte eine Coverband Songs von ihm spielen, jetzt müssen wir alles umstellen, damit das Fest nicht aus dem Ruder läuft.«

Sie erzählt von den Hochzeitsvorbereitungen, und wir tun, als sei es das Normalste der Welt, dass die Frau meines Lebens eine Familie mit einem anderen Mann hat. Sie liebt einen anderen, ziemlich lange schon. Aber ich liebe diese Frau seit unserer ersten Begegnung. Nachdem sie mich noch mal an mein Versprechen erinnert hat, nicht zu verschwinden, verabreden wir uns morgen früh um acht Uhr zum Frühstück und danach zu einem gemeinsamen Spaziergang, bevor ich wieder fahre. Ich will ihr sagen, wie schön sie ist, und wie schön es ist, sie zu sehen, ganz anders, als ich all die Jahre befürchtet habe, und wie sehr ich mich darüber freue, dass sie ein Zuhause hat und in Sicherheit ist. Stattdessen stehe ich stumm da und sehe zu, wie sie die Tür zuzieht. Der Wagen springt an. Nach einem letzten Winken rollt ihr Saab die Straße hinunter und biegt ab. Jemand sticht mir eine Lanze in die Eingeweide, was völlig okay ist. Wirklich. Ich bin damals gegangen, ich habe sie verlassen, und jetzt geht sie zu einem anderen nach Hause. Doch sie ist nicht böse auf mich. Ich habe das, was zwischen uns war, anscheinend nicht völlig zerstört, auch wenn ich nicht die geringste Ahnung habe, wie so etwas möglich ist. Ich atme tief durch, und es ist, als würde ein Gewicht von mir abfallen. Vor zehn Jahren war ich mir sicher, dass ich ernsthaft krank war. Ich war wochenlang kraftlos und fühlte mich schlecht. Ich ging zum Arzt, ließ mich untersuchen und litt Todesängste, bis die Ergebnisse vorlagen. Als der Arzt mir mitteilte, dass ich kerngesund war, durchströmte mich eine unbeschreibliche Erleichterung. Das hier fühlt sich ähnlich an. Nur besser.

Als ich zum Haus zurückgehe, kommt Martin mir in der Einfahrt entgegen.

»Gehst du wieder? Die Deadline?«

Er schüttelt seinen Kopf. »Die Hunde. Sie haben vorhin mitbekommen, dass ich traurig bin. Sie machen sich bestimmt Sorgen.«

Martin und seine Hunde.

Wir umarmen uns, und ich atme Hundehaare ein. Sie scheinen überall an ihm zu sein.

»Es ist so schön, dich zu sehen.«

»Dito.«

Er drückt mich noch mal, bevor er mich loslässt. »Wie war es?«

»Was.«

»Na ja«, druckst er herum, »du und sie, das Wiedersehen …«

»Gut.«

»Einmal im Monat frühstücke ich bei ihr. Sie hat die tollste Familie, die du dir vorstellen kannst. Ihr Mann ist ein guter Mensch, und ihre Kinder sind einfach toll.«

Ich starre auf seinen Pullikragen und versuche, freundlich zu bleiben. »Ich bin nicht hier, um ihr Leben durcheinanderzubringen, ich bin hier, weil heute das größte Idol gestorben ist, das ich je hatte.«

Er hebt entschuldigend seine Hände. »Aber das weiß ich doch, Leo. Ich wollte nur, dass du das weißt. Dass sie glücklich ist, meine ich.«

Ich atme durch und schaue ihm in die Augen. »Freut mich, dass du auf sie achtest. Wir haben uns alle viel zu lange nicht mehr gesehen.«

»Ja, das stimmt«, sagt er, blickt verstohlen zum Haus und senkt die Stimme. »Seitdem Maria ausgezogen ist, schaue ich abends manchmal kurz vorbei, bevor ich mit den Hunden gehe. Er sitzt immer am Küchentisch und trinkt, ich glaube, er sitzt da, bis sie zurückkommt oder …« Er verstummt, lässt das »oder« in der Luft hängen und presst die Lippen zusammen. Für einen Moment denke ich, er fängt wieder an zu weinen. Er war schon immer nahe am Wasser gebaut, unser Martin, die feine Seele der Band, die am Bass so fett drücken konnte und im restlichen Leben keinerlei Druck ausübte.

»Wie viele sind's jetzt?«, lenke ich ab.

»Was?«, sagt er und wischt sich über die Augen.

»Die Hunde. Wie viele hast du?«

»Elf. Wobei, Cream lebt nicht mehr lange, Krebs.«

»Das tut mir leid«, sage ich und schaffe es im letzten Moment, nicht nach Purple, Ladder und Bambi zu fragen. Die Hunde, die er damals besaß, lebten noch, als ich die Stadt verließ. Ich war länger als ein Hundeleben nicht mehr hier. In diesem Augenblick wird mir zum ersten Mal wirklich bewusst, dass ich die drei niemals wiedersehen werde. Die Erkenntnis zieht mir den Hals zu. Meine Augen beginnen zu brennen. Ich blinzele gegen die Tränen an und atme tief durch.

Martin legt seine rechte Hand mitfühlend auf meinen Arm. »Wir haben ja noch seine Musik und die ganzen Livemitschnitte.«

»Ja«, sage ich und wische mir über die Augen. »Mir fiel nur gerade ein, wie gern ich deine Hunde hatte. Purple war etwas Besonderes.«

»*Purple*…«, sagt er überrascht und nickt dann nachdrücklich. »Ja, das war sie.«

»Weißt du noch, wie sie…«, ich atme durch und kämpfe gegen die Tränen, »gebellt hat, wenn… wenn die anderen Hunde auf Jagd gingen?«

Er nickt. »Sie mochte alle Lebewesen.«

Ich nicke. Er nickt. Meine Tränen laufen mir warm über die Wangen. Und dann nehmen zwei Männer sich in einer Einfahrt in den Arm und weinen wegen eines Hundes, der vor mehr als zehn Jahren gestorben ist, und ich frage mich, ob ich je einen merkwürdigeren Tag erlebt habe. Ja. Einen.

Als wir uns beruhigen, drücken wir uns noch ein letztes Mal und lassen uns dann los.

»Bis morgen früh.«

»Ja«, sagt Martin, bleibt aber stehen und schaut zu Boden. »Vielleicht magst du ja mal Maria anrufen? Vielleicht redet sie ja mit dir?«

»Ich habe ihre Nummer nicht.«

»Aber Leo, die habe ich doch«, erklärt er mir mit seiner unverwechselbaren Art.

Als sein Transporter, in dem elf Hunde sicher Platz finden, wenig später die Straße runterrollt, schaue ich auf den Kontakt, den er mir aufs Handy geschickt hat. Wenn ich Maria anrufe, wird Olli noch wütender auf mich. Für ihn bin ich der Mann, der nicht nur seine Karriere, sondern sein Leben ruiniert hat. Aber ich bin es ihr schuldig, also drücke ich die Nummer. Nach zweimaligem Klingeln geht sie ran, als hätte sie auf einen Anruf gewartet.

»Ich sehe Ihre Nummer, und ich kenne Sie nicht. Wenn es um diese Uhrzeit ein Verkaufsgespräch ist, gibt es eine Anzeige! Ich habe Ihre Nummer! Und wenn du es bist, Olli, es reicht!«

»Hey, Mary.«

Für einen Moment herrscht Schweigen, dann höre ich sie einatmen. »Nenn mich nicht so. Eine Mary gibt es hier nicht mehr, hier gibt es nur Maria, die coole Singlefrau, frisch getrennt von einem Idioten.«

Idiot. Immerhin lässt er sie nicht kalt.

»Entschuldige«, sage ich.

Anscheinend besänftigt sie das, denn als sie wieder spricht, ist ihre Stimme etwas entspannter. »Also, auch mal wieder in der Stadt …«

»Ich hinke mit den Infos ein bisschen hinterher. Was ist passiert?«

»Was glaubt ihr eigentlich, wer ihr seid?«, fragt sie wütend.

»Wer?«

»Ihr alle! Stella und Martin haben auch schon angerufen! Wollt ihr jetzt den Bandfrieden retten, oder was? Bisschen spät, oder?«

»Ich würde nur gerne wissen, was Olli verbockt hat, um jemand so Tolles und Treues wie dich zu verlieren. Hatte er eine andere?«

Sie lacht böse. »Hat er das gesagt?«

»Nein.«

»Hast du ihn gefragt, was er getan hat?«

»Er sagt, ich soll dich fragen.«

»Dann frag ihn noch mal.«

»Prince ist tot.«

Sie schweigt kurz, und als sie weiterspricht, ist ihre Stimme weicher. »Ich weiß, tut mir leid. Wirklich. Hätte nie gedacht, dass er sterben kann.«

»Olli hängt deswegen ziemlich durch.«

»Gut.«

»Hey, komm schon, du bist weg, Prince ist tot, es ist gerade hart für ihn.«

»Soll ich mit ihm schlafen, damit ihr euch besser fühlt?«

»Mein Gott, Mary, ich will doch nur wissen, was mit euch ist.«

Die Verbindung ist tot.

Als ich wieder ins Haus komme, sitzt Olli allein am Küchentisch und spielt mit einem kleinen Spiegel herum. Man hört Geräusche aus dem Bad. Ich bleibe vor dem Küchentisch stehen.

»Was hast du ihr angetan?«

»Wem?«

»War es wegen einer anderen?«

Er deutet auf sich. »Sehe ich aus, als würde ich noch herumvögeln?«

»Was dann?«

Statt zu antworten, beugt er sich vor, senkt sein Gesicht über den Spiegel und schnieft einmal, zweimal. Er richtet sich wieder auf und reibt sich die Nase.

Ach du Scheiße.

»Seit wann kokst du denn, zum Teufel?«

»Geht dich ein Scheiß an«, blafft er und schiebt den Spiegel behutsam in eine Schublade.

Rickie kommt in die Küche und wirft einen Blick in die Runde. »Martin?«

»Musste nach Hause.«

Sie schaut uns unternehmungslustig an. »Und wir? Um den Block?«

Olli steht sofort auf. »Endlich passiert mal was.«

13

Egal wo man aufwächst, es gibt immer *den* einen Club, in den man reinmuss. Bei uns war es das Esplanade. Am Anfang blitzte ich oft an der Tür ab, doch als wir durch Funkbandit bekannt wurden, wurde das Esplanade für die Band zu so etwas wie einem zweiten Zuhause. Das lag vor allem an Lotte, eine regional bekannte Bookerin, die mit ihren ewiglangen roten Extensions, Silberschmuck am Hals und an allen Fingern und Ohren, in Wolfsburg ungefähr so unauffällig war wie Iggy Pop in einer Sylter Musikschule. Sie bookte einige kleinere Bands, und als sie eines Tages das Esplanade als Pächterin übernahm, ließ sie eine Bühne einbauen und bot den Bands aus der Gegend die Möglichkeit, abends vor der Disco eine halbstündige Show zu spielen. Die Bands, die ihr gefielen, nahm sie unter Vertrag. So entstand die damals erfolgreichste Bookingagentur der Gegend. Wir spielten hier oft spontan und schlossen uns schließlich auch Lotte an. Sie besorgte uns bessere Gigs und Konditionen und auch einige mittlere Festivals, doch ausgerechnet als sie sich aus dem Fenster lehnte und uns auf dem Roskildefestival unterbrachte, wo wir allen Ernstes vor George Clinton gespielt hätten, verließ ich die Stadt, und sie musste wahrscheinlich ein paar Konventionalstrafen begleichen. Ich bot ihr später schriftlich an, den Schaden zu übernehmen, aber sie reagierte nicht auf mein Angebot.

Als wir jetzt vor dem Esplanade aus einem Taxi steigen, weiß ich auch deswegen nicht, was mich hier erwartet, weder seitens Lotte noch von meinem ehemaligen Lieblingsladen. Das war damals die wichtigste Livebühne der Gegend, ähnlich dem First Avenue für Minneapolis, aber seit dem Siegeszug der DJs wurden in den meisten Clubs die Bühnen verkleinert und für eine Extratheke geopfert. Ich stelle mich also darauf ein, einen modernen Club vorzufinden, sprich: viele Theken, große Tanzfläche, Minibühne.

Wenig später stehen wir an einer Theke und stoßen uns die Ellbogen in Rippen, weil die Erinnerungen übersprudeln. Zudem gibt es hier nicht nur eine mittelgroße Bühne inklusive festinstalliertem Licht und einer Haus-PA-Anlage, sondern es spielt sogar eine Coverband, und vor der Bühne tanzen etwa hundert Leute. Und das an einem Donnerstag. Die Atmosphäre ist gut, das Publikum ist willig sich nicht nur selbst zu feiern, sondern auch die Band zu unterstützen. Szenenapplaus für Soli, ernstgemeinter Applaus nach den Songs. Wir bestellen Bier und fragen nach der Besitzerin. Wenig später taucht ein junger adretter Anzugträger hinter der Theke auf und lächelt uns freundlich an.

»Guten Abend. Ich bin der Geschäftsführer. Worum geht es?«

Rickie übernimmt das Reden. »Sag der Chefin, dass die Funkbanditen da sind.«

Er verpasst uns einen Ihr-wollt-eine-Band-sein?-Blick. Olli richtet sich auf und starrt ihn an. Es spricht für die Instinkte des Jungen, dass er ohne ein weiteres Wort von der Theke wegtritt und ein Handy hervorholt, während ich mir vornehme, Olli im Auge zu behalten.

Während wir warten, trinken wir Bier und spielen Musikerpolizei. Der Sänger hat eine ganz gute Stimme, setzt sie aber schlecht ein, vielleicht weil er sich gleichzeitig auf das Gitarrenspiel konzentrieren muss. Dafür stimmt seine Attitüde. Er performt, als sei es der Gig seines Lebens und unten würden zwanzigtausend Fans auf seine Unterwäsche hinfiebern. Die Groovesection ist okay. Der Drummer eiert ein bisschen. Würde er die harten Breaks weglassen, würde es weniger auffallen. Gut, dass Stella nicht dabei ist. Sie war so unglaublich tight, man durfte sich bei ihr alles erlauben, solange es auf dem Beat war. Sie hatte damals die Chance gehabt, auch international Karriere zu machen, denn damals gab es auch weltweit nicht viele Schlagzeugerinnen ihrer Güteklasse. Mit ihrem Talent, ihrem Fleiß und ihrem Aussehen hätte sie vielleicht ein Komet werden können, wie Sheila E. Und wenn man sich mal überlegt, wie gerne Prince talentierte Frauen um sich scharte und sie bei ihrer Karriere unterstützte, wer weiß. Aber mehr noch als die Vorstellung, sich durch die Welt zu trommeln, liebte sie die Idee, in einer Großfamilie alt zu werden. Schon in unserer zweiten Nacht sprach sie von einem Heim voller Kinder. Sie hat sich ihren Traum verwirklicht.

Rickie zupft mich am Ärmel. »Liebe Güte«, sagt sie neben mir. »Schau dir die Kleine an …«

Ihr Blick klebt an der Keyboarderin, und die haut es wirklich raus. Sie ist um die zwanzig, und obwohl gerade ein Gitarrensolo in einem Rocksong ansteht und der singende

Gitarrist vorn im Scheinwerferlicht vollverzerrt am Bühnenrand abgeht, legt sie sich dahinter im Schatten voll ins Zeug. Sie drückt die langen Akkorde mit dem ganzen Körper, steht gebeugt hinter den Tasten mit voll gestreckten Armen und nickt die Achtel nachdrücklich mit. Ihre Haare fliegen, das Board wackelt, sie übt einen Höllendruck aus, und ihre ganze Körpersprache ist: ICH! WILL! Und schon muss ich an Kees denken, unseren Keyboarder, den wir nur Keys nannten. Er hatte denselben Tick wie Dr. Fink in »Baby I'm A Star« und vielen anderen Prince-Songs, indem er gerne einen hohen Ton oder Akkord über eine ganze Bridge hielt. Er tat das so oft, bis wir ihn schließlich nur noch Dr. Finger nannten und ihn bitten mussten, es gelegentlich wieder als Effekt wegzulassen. Kees, der wegen des epischen Endes in »Purple Rain« aufhörte, klassisch Klavier zu spielen und stattdessen auf Keyboard umsattelte. Kees, mit dem wir nach einem gemeinsamen Konzertbesuch auf der *Parade*-Tour total überdreht aus Rotterdam zurückkamen, in das sturmfreie Haus seiner Eltern rauschten, in der Sauna Daiquiris tranken, um dann nachts stockbesoffen nackt im Garten zu liegen und die Setlist von dem Konzert nachzusingen. Ich liebte seine Stimme. Sie war kräftiger und klarer als meine, aber er trainierte sie kaum. Dennoch waren wir, zusammen mit Ollis Röhre und Rickies Stützstimme, eine Zeitlang der fetteste Background der Gegend. Ich merke, dass Rickie mich von der Seite beobachtet, und werfe ihr einen Blick zu. Sie lächelt, doch bevor sie etwas sagen kann, endet die Band mit einem Crescendo, bei dem die Keyboarderin ihr Rack so wild bearbeitet, dass sie damit fast seitlich von der Bühne kippt.

»Mann, ist die geil«, sagt Olli.

»Hast du ihr was von deinem Zeug gegeben?«

Rickie schaut erst mich, dann ihn an. »Welches Zeug?«

»Olli kokst.«

»Was?« Sie schaut ihn böse an. »Hast du mir nicht neulich gesimst, wie mies es dir geht?«

Er schaut böse zurück. »Das war bloß ein Hangover!«

»Du kokst und wunderst dich, dass du dich scheiße fühlst? Mann, Koks macht Leute zu Arschlöchern!« Sie streckt ihm die Hand entgegen. »Gib her.«

»Reg dich ab, Mama«, sagt Olli und trinkt einen Schluck aus der Flasche.

Rickie starrt ihn an, und ich weiß, auf wen ich mein Geld setzen würde. So wie ich Stella nie einen Wunsch abschlagen konnte, so gab Olli bei Rickie immer nach.

»Du gibst mir jetzt diese Scheiße, oder ich bin weg.«

»Mann, ist doch eh nur noch ein bisschen«, verteidigt Olli sich.

Rickie stellt ihre Bierflasche auf die Theke. Olli gibt sofort nach.

»Jaja, okay. Himmel, Arsch, echt!«

Er trinkt kopfschüttelnd noch einen Schluck. Rickie schnippt mit den Fingern. Olli hebt die Augenbrauen und schaut sich um.

»Jetzt sofort? Hier?«

Sie wartet bloß. Er reicht ihr verstohlen ein kleines gefaltetes Papier. Sie faltet es auf, kippt das Zeug auf den Boden, lässt das Papier ebenfalls auf den Boden fallen und tritt drauf. Olli leckt sich die Lippen, und ich will gerade einen Spruch über Pawlow machen, als sein Blick an der

Eingangstür hängen bleibt und sein Gesicht sich verhärtet. »Scheiße ...«

Ich folge seinem Blick, und mein Körper spannt sich an. An der Tür steht eine fast zwei Meter große Glatze seitlich zu uns. Er ist älter geworden, aber auch nach all der Zeit erkennt man ihn sofort wieder. Rüdiger Salzmann. Unser aller Peiniger. Schulhofsadist, Amateurboxer und Asi-Türsteher im Woby und Esplanade. In der Großstadt wechseln die Arschlöcher oft. Jemand hat dich auf dem Kieker? Geht man eben in einen anderen Laden oder wartet, bis der Arsch weiterzieht. Nur Menschen, die auf dem Dorf oder in einer Kleinstadt aufgewachsen sind, wissen, was es heißt, wenn das eine Oberarschloch dich auf dem Kieker hat und du nirgends anders hinkannst. Da steht er: Asozial, brutal, vorbestraft, aber vor Gericht meist freigesprochen, weil er es draufhatte, seine Opfer vorher so zu provozieren, bis die irgendetwas taten, das man als Angriff auslegen konnte. Zum Glück geht er nach hinten an die andere Theke und hat uns noch nicht gesehen.

»Wir gehen. Sofort.«

Rickie schaut mich überrascht an. »Was? Warum?«

Ich nicke Richtung Salzmann. Im selben Moment gibt der Sänger von der Bühne aus bekannt, dass heute der für ihn größte Musiker aller Zeiten gestorben ist, Prince. Als er es ausspricht, ist mein erstes Gefühl immer noch: *Nein! Unmöglich!* Dann sagt er ein Tribute an. Natürlich »Purple Rain.«

»Scheiße ...«, sagt Rickie und mustert Salzmann einen Moment mit großen Augen. »Raus hier!«, wiederholt sie gegenüber Olli.

Wir nutzen den Moment, in dem alle zur Bühne schauen, weil der Gitarrist diesen einen magischen Akkord anschlägt, den ich schon so oft gehört habe und nie wieder live hören werde. Wir gehen langsam zum Ausgang und dann schnell an der Kasse vorbei. Ich stoße die Außentür auf, und wir sind draußen. Als die Tür zum Esplanade hinter uns zufällt, atme ich auf. Wir wollen uns gerade aus dem Lichtkegel rausbewegen, als wir eine bekannte Stimme hören.

»Das gibt es doch nicht!!«

Wir schauen nach links. Lotte kommt uns aus einem Hauseingang entgegen. Immer noch lange rote Hennaextensions, immer noch Silberschmuck, immer noch dieselbe dreckige Lache.

»Waaahnsinn!«, ruft sie und lacht meckernd wie eine Ziege auf Strom. Sie strahlt und umarmt uns alle der Reihe nach. Mich hebt sie sich bis zum Schluss auf und mustert mich eingehend, während sie mich festhält. »Der verlorene Sohn, soso… Wo ist Stella? Ach, der Große heiratet morgen, nicht? Schön euch zu sehen, wirklich, kommt rein, ich schmeiße 'ne Runde.«

»Deine Band spielt ›Purple Rain‹, sagt Olli.

Die Fröhlichkeit in Lottes Gesicht verschwindet und wird von Überraschung ersetzt. »Ja, Mensch, Prince, nicht zu fassen, oder? So jemand stirbt doch nie im Leben an einer Grippe.«

»Glaub ich auch nicht«, sagt Olli. »Ich denke, dass…«

»Hey!«, unterbricht Rickie ihn. »Ich versuche hier gerade klarzukommen und habe echt keine Lust, über Todesursachen zu spekulieren!«

Olli verstummt.

»Okay«, schlägt Lotte vor. »Ich hole ein paar Pullen Schampus, dann gehen wir zu mir hoch und reden über die gute alte Zeit, ja?«

Sie verschwindet im Laden, die Tür schwingt hinter ihr ins Schloss. Wir entfernen uns von dem hellen Lichtkegel vor der Tür, passieren ein Pärchen, das in einer Ecke des Parkplatzes steht und knutscht. Wir gehen fünfzig Meter am Gebäude entlang zu der Haustür von Lottes Wohnung, die sie schon damals hatte. Wir sind gerade angekommen, als die Clubtür wieder aufgeht und einen Schwall »Purple Rain« herauslässt. Als wäre das nicht genug, kommt Salzmann mit raus. Er schaut sich suchend um, als wüsste er, dass wir hier irgendwo sind. Als er uns entdeckt, grinst er breit und kommt auf uns zu.

»Scheiße …«, flüstert Rickie.

Neben mir richtet sich Olli gerade auf und saugt hörbar die Luft ein. Mein Puls explodiert, während wir still dastehen und zuschauen, wie Salzmann näher kommt. Salzmann, der Michael Jackson immer nur den »fleckigen Kinderficker« und Prince »die kleine Schwuchtel« nannte. Was er heute von sich geben wird, kann ich mir denken. Ich versuche mich gegen das zu wappnen, was zwangsläufig folgt, wenn ein Soziopath eine verletzliche Stelle findet.

»Wir bleiben ganz ruhig«, sagt Rickie neben mir, aber keiner ist es. Je näher Salzmann kommt, desto mehr trippeln wir herum und atmen falsch. 1984 habe ich Stella versprochen, mich nie wieder zu prügeln. Wenigstens ein Versprechen, dass ich ihr gegenüber gehalten habe. Ich sollte besser dabei bleiben, denn gegen Salzmann sah ich schon schlecht aus, als ich noch trainiert war. Zwei Mal hat er mich verprügelt. Zwei Mal fiel ich auf seine Tricks rein. Zwei Mal lernte ich nichts daraus und steuerte geradewegs auf eine dritte Abreibung zu, als ich Stella traf und sie mir das Versprechen abnahm.

Er bleibt zwei Meter vor uns stehen, grinst breit und mustert uns in aller Ruhe. »Die Fuckbanditen … Und dann gleich alle auf einem Haufen, also bis auf die Schwatte und der Toast.«

Neben mir höre ich Olli schwer schnaufen, aber keiner bewegt sich.

Salzmann grinst immer noch breit. »Ah, kapiert, die kleine Schwuchtel ist verreckt, und ihr trefft euch zum Heulen, oder wie jetzt?«

Das helle Licht hinter ihm spiegelt sich auf seiner Glatze. Ich war als Zuschauer dabei, als er sich mit einem Judo-Kämpfer anlegte, der Salzmann fast besiegte, weil er seine Haare zu packen bekam. Seitdem trägt er Glatze, so wie er immer noch seine schweren Stiefel trägt, damit seine Tritte möglichst viel Schaden anrichten. Alles an ihm ist auf Gewaltausübung ausgerichtet, sogar den schweren Nietengürtel trägt er noch. Mit dem hat er Menschen aus sicherer Entfernung offene Wunden zugefügt, und vor Gericht galt ein Gürtel nicht als gefährlicher Gegenstand. Wer weiß, was er noch alles dabeihat.

»Ihr sagt ja gar nichts, musste doch so kommen, er hatte hundertpro Aids.«

Ich merke, wie etwas in meinem Körper zuckt, und konzentriere mich auf meine Atmung. Salzmann mustert unsere Gesichter grinsend und ist anscheinend ganz zufrieden mit der Wirkung.

»Der lässt sich da oben jetzt bestimmt schön die Kimme putzen.«

»Du glaubst an Gott?«

Rickies Stimme neben mir. Zu unsicher, zu schrill. Ich traue mich nicht, meine Augen von Salzmann zu lösen, der ein bisschen näher kommt und nur noch Rickie anstarrt. Das schwächste Glied in der Herde zuerst.

»Halt's Maul«, flüstere ich Rickie zu.

Salzmann kommt schnell auf mich zu und bleibt dicht vor mir stehen. »Meinst du mich, Bitch? Ich soll mein Maul halten?«

Ein bisschen Speichel trifft mich im Gesicht, und ich spüre, wie etwas an meinen Eingeweiden zerrt, das sehr lange sehr tief vergraben war. Spucken ist einer seiner alten Provotricks. Für Umstehende schwer zu erkennen. Für den Getroffenen schwer, regungslos wegzustecken. Eine Welle von Hass durchschießt mich. *Geh weg! Sofort!* Ich atme tief ein und trete langsam einen Schritt zur Seite. Dann noch einen. Er verfolgt meinen Rückzug verächtlich grinsend.

»Trägst einen Anzug, häh? Hältst dich jetzt für was Besseres. Aber vor mir hast du immer noch Schiss, häh?« Er macht ein paar hässliche Schmatzgeräusche mit seinen dicken Lippen. »Und was die tote kleine Schwuchtel angeht…«

»Red nicht so über ihn«, sagt Olli neben mir.

Salzmann wendet sich um und macht ein paar schnelle Schritte auf Olli zu. Er versucht denselben Trick wie bei mir. Sehr schnell viel zu nahe kommen und hoffen, dass der andere aus Reflex eine falsche Bewegung macht.

»Ich sage, was ich will, du Wichser. Hast du ein Problem? Klären wir das, oder bist du 'ne Pussy?«

Olli starrt ihn regungslos an und atmet dabei laut und schwer. »Okay«, sagt er dann und beginnt seine Jacke auszuziehen.

Ich schaue ihn an. »Olli!«

»Lass den Scheiß!«, faucht Rickie.

Nachdem er bekommen hat, was er wollte, hört Salzmann auf zu reden, tritt zurück und zieht ebenfalls seine Jacke aus. Alles Aggressive ist von ihm gewichen, er wirkt jetzt kühl und berechnend.

Ich schnappe mir Ollis Arm. »Deine Hand. Er gewinnt. Lass uns gehen.«

»Er ist alt geworden«, knurrt er und schüttelt meine Hand ab.

»Ach, und du nicht?«

Rickie boxt ihn auf den Arm. »Das ist das verdammte Koks!«

»Nein«, sagt Olli und drückt ihr seine Jacke in die Arme, »das ist dieses Arschloch! Aber mir reicht's jetzt!«

»Olli!«, raunt Rickie und hält seinen Arm fest.

»Nein!«, sagt er und reißt sich los. »All die Jahre muss ich mir diesen Mist anhören. Aber nicht heute! Heute nicht!!«

Sein Gesicht ist vor Wut verzerrt. Da ist nichts mehr zu machen. Ich schaue Rickie an, sie zuckt mit den Schultern. Ich schaue Olli wieder an. »Denk an seine Tritte.«

»Deckung hoch, pass auf deine Zähne auf«, sagt Rickie.

»Wenn er dich trifft, lass dich fallen und bleib unten.«

Er starrt mich mit wilden Augen an. »Mann, du Arschloch, ich mache den jetzt fertig! Heute ist Zahltag!«

Olli lockert seine Hals- und Schultermuskulatur, dann tritt er vorsichtig näher an Salzmann heran. Sie umkreisen sich ein bisschen, dann geht es schnell. Salzmann fintiert oben und tritt Olli unten hart auf den Oberschenkel. Olli knickt das Bein weg, er stöhnt und lässt die Deckung kurz sinken, doch Salzmann geht nicht in die Lücke, sondern grinst nur. Olli knurrt und versucht einen Oldschool-Schwinger mit seiner gesunden Rechten, den man so früh sieht, dass ich schon mein Gesicht verziehe, bevor Salzmann Ollis Hand zur Seite schlägt und diesmal hart in die Lücke stößt. Olli stöhnt und geht schwer zu Boden.

»Na, komm Dicker, steh auf«, höhnt Salzmann.

Ich schiebe mich zwischen Salzmann und Olli, während Rickie sich neben ihn kniet.

»Vorbei!«

»Verpiss dich, er kann noch.«

Salzmann wedelt mich an, ich soll aus dem Weg gehen. Ich werfe einen schnellen Blick runter. Rickie hat sich hingesetzt und Ollis Kopf auf ihr Bein gelegt. Er blutet aus dem Mund, und Rickie muss seinen Kopf festhalten, damit er nicht zur Seite kippt, aber er ist bei Bewusstsein.

»Zwei lausige Treffer…«, lästert Salzmann verächtlich. »Ihr seid schon ein Haufen Pussys, auch ohne die Pigmentmöse.«

Meine Fäuste ballen sich. In dem Moment geht die Clubtür auf. Lotte kommt heraus und trägt einen Korb mit Gläsern und zwei Flaschen Schampus im Arm. Sie erkennt die Situation sofort. Salzmann vor der Tür und jemand am Boden ist jetzt auch kein ungewohntes Bild für sie.

»Aufhören!«, ruft sie und kommt schnell auf uns zu. Sie schiebt sich zwischen uns und Salzmann und hält ihr Handy hoch. »Ich filme alles!«

»Vielleicht lasse ich dich ja filmen, wie ich alle plattmache, nehme dir dann das Scheißhandy ab und schiebe es dir in deinen fetten Arsch?« Salzmann wendet sich Rickie zu. »Sind seine Kinder nicht auch an Aids verreckt? Vielleicht hat er die ja …«

Ich gehe auf ihn los. Direkt und dämlich. Er ist dennoch überrascht, und vielleicht hätte ich einen guten Treffer setzen können. Leider muss ich erst um Lotte herum, so hat er genügend Zeit, einen Schritt zur Seite zu machen, und schon trifft mich ein Highkick seitlich am Kopf. Ich gehe zu Boden und rolle mich weg. Als er mir folgt, trete ich aus. Er nimmt den Tritt mit seinem Schienbein und stöhnt. Während ich mich weiterrolle, klatscht es dumpf, jemand stöhnt, und plötzlich liegt Salzmann neben mir auf dem Boden. Er stützt sich mit beiden Händen auf den Boden. Für einen Moment ist er blank, und ich trete ihm so fest ich kann ins Gesicht. Er stöhnt und sackt zu Boden. Ich springe auf die Beine, immer noch in Angst vor seinem Konter. Aber da kommt nichts. Salzmann liegt regungslos auf dem Asphalt und scheint tatsächlich genug zu haben. Ich verharre schwer atmend.

»Leo! Stopp!«, ruft Lotte. »Es reicht!«

Salzmann blutet aus der Nase und einer Kopfwunde. Ich beobachte ihn irritiert und sauge Luft in die Lunge, während ich versuche, die Sache zu begreifen. Da, vor mir auf dem Asphalt, da liegt der Tyrann meiner Jugend. Hier, vor diesem Club, wo er so viele arme Schweine zusammengeschlagen hat. Ich habe so oft miterlebt, wie er andere fertigmachte, doch da liegt er, und eins ist klar: Ich war das nicht.

Lotte schaut uns kopfschüttelnd an. »Himmelherrgott! Seid ihr in all den Jahren kein bisschen klüger geworden?!«

Ich schaue Rickie an, während ich immer noch versuche, Luft in die Lunge zu bekommen. »Was war das?«

Sie zieht ihre Schultern hoch. In ihrer linken Hand hält sie eine Champagnerflasche aus Lottes Korb. Die andere fehlt. Ich brauche einen Moment, bevor ich verstehe, dass sie ihm allen Ernstes eine Flasche an den Kopf geworfen hat. Sie mustert Salzmann, als könne sie es selbst nicht so richtig glauben. Zu unseren Füßen richtet Olli sich benommen auf. Er blutet noch ein wenig aus dem Mund. Wir helfen ihm hoch, bis er aufrecht steht.

»Was meinst du, neigt man auf Koks zur Selbstüberschätzung?«, fragt Rickie.

Er ignoriert uns, stattdessen wankt er auf Salzmann zu und hat irgendetwas in der rechten Hand. Ich trete vor und kriege seinen Arm zu fassen.

»Lass mich!«, nuschelt er, reißt sich los und stellt sich über Salzmann. Mit einem irren, breiten Grinsen im Gesicht filmt er den am Boden Liegenden. Salzmann beginnt sich zu regen. Ich entdecke die zweite Flasche im Gebüsch hinter ihm und hole sie aus dem Gestrüpp. Sie ist nicht zersprungen. Ich wische sie ab und zeige sie Rickie. Sie kratzt sich hinter ihrem rechten Ohr, ohne Salzmann aus den Augen zu lassen, der stöhnend versucht, sich zurechtzufinden, während Olli das genüsslich filmt. Lotte verschwindet in den Club. Dann stehen wir da, beobachten Salzmanns Bemühungen und hängen unseren Gedanken nach. Ich weiß noch, wo ich war und wie es sich anfühlte, als die Mauer fiel. All die Jahre stand sie unüberwindlich da, und wer rübermachen wollte, bezahlte oft mit Blut. Doch eines Tages fiel sie, und von einem Moment auf den anderen war alles anders. So ähnlich fühlt es sich gerade an. Als hätte sich plötzlich alles verändert. Ich denke an die Prügel, die ich von Salzmann kassierte, wie schwer es war, mit den Niederlagen umzugehen, denke an Kumpels von früher, die von Salzmann jahrelang terrorisiert wurden. Beleidigt. Verängstigt. Verprügelt. Erpresst. Zudem habe ich soeben ein dreißig Jahre altes Versprechen gebrochen. Ich könnte mir deswegen ein paar Gedanken machen, aber ich hatte ganz vergessen, wie geil es sich anfühlt, wenn man danach noch steht und der andere liegt. Vor allem wenn es ein asoziales Stück Scheiße wie Salzmann ist, der sich jetzt stöhnend aufsetzt und sich mit beiden Händen den Kopf hält.

Olli tritt gegen Salzmanns Bein. »Hey, Kumpel.«

»Olli«, sagt Rickie und wirft mir einen Blick zu. Für den nicht unwahrscheinlichen Fall, dass Olli gleich etwas Idiotisches macht, treten wir beide näher.

Olli wedelt mit seinem Handy vor Salzmanns Augen herum. »Falls du je wieder hier auftauchst, lade ich das hier auf Youtube hoch. Ich mache Flyer, ich lasse Plakate drucken, die ganze verdammte Stadt wird dich am Boden liegen sehen. Wenn du damit ein Problem hast, besuch mich doch, ist mir scheißegal! Kommst du in mein Haus, knall ich dich ab!«

Ich schaue Olli an. »Du glaubst, das macht ihn friedlicher?«

Olli schaut mich an. Für einen Mann, der vor fünf Minuten aufs Maul bekommen hat, wirkt er erstaunlich unternehmungslustig. »Wisst ihr noch, wie er den kleinen

Olaf an seinem Geburtstag zusammengeschlagen hat?« Er verzieht sein Gesicht und legt zwei Finger vorsichtig an die Stelle am Kinn, wo Salzmann ihn traf. »Oder die Betrunkenen, die auch nüchtern keine Chance gegen ihn gehabt hatten? Wie er die vor deren Freundinnen erniedrigt hat?«

»Pass trotzdem auf«, sage ich und zeige zu dem Pärchen rüber, das aufgehört hat zu knutschen und zu uns herüberstarrt.

Lotte kommt aus dem Club und bringt gestoßenes Eis in Geschirrtüchern. Sie reicht Olli und mir eines. Ich halte mir meines an den Kopf. Es pocht an der Stelle, wo er mich erwischt hat. Das Gefühl erinnert mich an eine Zeit, wo Prellungen, Schmerzen und Zementgeschmack im Mund Status quo war. Lange her.

»Warum hat der Arsch kein Hausverbot?«, will Rickie von Lotte wissen.

Sie zuckt die Schultern. »Türsteherszene. Wenn ich was mache, kriege ich am Wochenende keine Tür mehr.« Sie geht langsam in die Knie und schnappt sich den Korb. »Lasst uns zu mir hochgehen.« Sie richtet sich mühsam wieder auf, und ich versuche mich zu erinnern, wie alt sie ist.

Olli löst die Eispackung von seinem Mund. »Ich bleibe hier.«

»Das Zeug wirkt wohl noch«, sage ich zu Rickie, die nur Augen für Olli hat.

»Wir gehen, Olli, und zwar jetzt.«

»Nein! Wir haben gewonnen!«

»Genauso siehst du auch aus. Komm jetzt.«

Rickie starrt Olli böse an, doch diesmal scheint er gewillt

zu sein, die Sache durchzustehen. Und plötzlich verstehe ich ihn.

»Er hat recht«, stimme ich zu und schaue zu Salzmann runter. »Wir haben gewonnen. Heute gehört der Laden uns.«

»Genau!«, sagt Olli und wirft mir einen seltsamen Blick zu, vielleicht weil wir ausnahmsweise mal einer Meinung sind.

Rickie schaut erst ihn an, dann mich, doch dann beginnt ein Grinsen sich auf ihrem Gesicht auszubreiten. »Ihr habt echt ne Klatsche, wisst ihr das?«

Schon gehen wir in den Club zurück und lassen das Gespenst der Vergangenheit auf dem Asphalt zurück.

Ich konnte noch nie Schnaps vertragen, aber auch nachdem Olli die dritte Runde ausgegeben hat, merke ich keine Wirkung. Wir tanzen ausgelassen, bis zwei Uniformierte auftauchen und uns zur Sache befragen. Eigentlich wollen sie nur unsere Personalien aufnehmen, aber Olli schafft es, sich so bescheuert zu verhalten, dass ihnen schließlich nichts anderes übrigbleibt, als ihn mitzunehmen. Er steckt mir schnell sein Handy zu und bläut mir ein, es auf keinen Fall zu verlieren. Da wir ihn nicht allein lassen wollen, sitzen Rickie und ich wenig später auf dem Polizeirevier im grellen Neonlicht und warten, dass ihm Blut abgenommen wird. Früher war ich hier oft. Ich trieb mich nachts herum, baute Mist und wurde erwischt. Wo wäre ich heute ohne Musik? Wo wäre die Welt ohne? Studien der Neurowissenschaft belegen, dass das Herstellen sozialer Bindungen eine zentrale evolutionäre Funktion des Musikmachens ist. Musik verändert nachweislich die Welt zum Besseren. Pragmatische Erwägungen, wie die Anzahl von Straftaten, die durch Bandproben verringert werden, sind da noch gar nicht berücksichtigt.

Auf dem Revier ist nichts los, dennoch lassen sie uns hübsch warten. Irgendwann nach Mitternacht wird Olli von zwei müde und genervt wirkenden Beamten in den Warteraum gebracht. Bis auf sein Kinn, das etwas angeschwollen ist, sieht er unberührt aus. Die Beamten lassen uns alleine, wir sollen aber noch einen Augenblick warten. Vielleicht wollen sie nur sehen, ob wir flüchten, um uns auf der Flucht zu erschießen. Vielleicht sollte ich weniger Schnaps trinken. Olli berichtet, dass man ihm Blut abgenommen hat und dass Salzmann tatsächlich Anzeige wegen Körperverletzung gestellt hat. Er schaut uns mit wilden Augen an.

»Und die Scheißbullen schnappen sich uns!«

»Leise!«, raunt Rickie und blickt zu der Tür, durch die die Beamten verschwunden sind.

»Scheiß drauf! Das war verflucht noch mal Notwehr!«

Rickie ruckt an seinem Arm. »Schnauze, du Idiot! Echt, wärst du ein Kind, würde ich mit dir zum Psychologen gehen!«

Olli mustert uns kopfschüttelnd, scheint aber etwas runterzukommen. »Es ist unser Abend! Wir haben gewonnen! Wir sollten nicht hier sein, sondern Party machen!«

Rickie versucht ihm zu erklären, dass wir nur hier sind, weil er ein Idiot ist, der nie weiß, wann er die Klappe halten soll, aber er mault so lange herum, bis ein Beamter den Kopf in den Raum steckt, um ihm die Ausnüchterungszelle anzubieten, worüber er sich dann noch mehr aufregt. Gerade als ich überlege, ihn über Nacht hierzulassen, kommt ein etwa dreißigjähriger Uniformierter in den Warteraum. Er outet sich als Sohn von Pamela Rinkens, die einer unserer größten Fans war. Jemand, der die Band von früher kennt und der die super findet? Olli lässt sich etwas besänftigen. Wir plaudern ein bisschen. Der Polizist ist nicht nur Wachdienstleiter und sehr freundlich, sondern auch der Meinung, dass seine Mutter ihn enterbt, wenn er uns einsperrt, daher können wir jetzt gehen, wenn wir versprechen, dass er heute nicht mehr wegen uns ausrücken muss. Wenig später verabschiedet man sich freundlich am Ausgang, sogar Olli ist nett. Der Polizist verspricht, seine Mutter von uns zu grüßen, wir verschweigen ihm dafür, dass einer von der Band als Erzeuger infrage kommt. Und schon stehen wir vor dem Revier. Es ist dunkel und kalt. Ein steifer Wind pfeift über den Parkplatz und bläst mir das Adrenalin aus den Knochen. Vielleicht auch, weil uns plötzlich wieder einfällt, warum wir hier sind. Er ist tot. Ich werde ihn nie wieder live sehen. Es wird nie wieder eine neue Tour geben, auf die ich mich monatelang vorfreuen kann. Und nichts wird je wieder etwas daran ändern. Es ist vorbei.

»Scheiße«, sagt Olli und befühlt sein Kinn. »Ich dachte, er spielt, bis ich sterbe.«

Neben mir atmet Rickie angestrengt. »Dass er ausgerechnet im April stirbt…«

Ich nicke und atme durch. Songs wie »Another Lonely Christmas« oder die Hotelzimmer-Demoversion von »I Can't Love U Anymore« beeinflussen meine Laune auch beim hundertsten Mal Hören so zuverlässig wie eine Droge.

Doch über allem thront »Sometimes It Snows In April.« Ein Lied, das mich bei jedem einzelnen Hören so berührt, dass ich es nur in Ausnahmemomenten abspielen kann.

Rickie kuschelt sich an mich. »Kalt«, bibbert sie.

Ich lege meinen Arm um sie. Von der anderen Seite legt Olli seinen Arm um sie. Gegen den kalten Wind und die Dinge des Lebens wanken wir aneinandergekuschelt Richtung Wärme.

14

Ich werde davon wach, dass irgendwo im Haus jemand kotzt. Es klingt nach Olli, weil er ständig »Scheiße, fuck, scheiße, fuck« sagt. Draußen vor den Fenstern ist es noch dunkel, und während ich Olli zuhöre, fällt mir ein, warum ich in seinem Wohnzimmer auf der Couch liege. Der erste Tag seit gefühlt immer, an dem ich morgens aufwache und Prince ist nicht mehr da. Es fühlt sich genau so unwirklich an wie gestern. Er hat mich immer begleitet, nicht nur in der Musik und in den Shows, sondern auch, wenn ich mich fragte, was er wohl als Nächstes plant, mit welchem Look er mich auf der nächsten Tour überrascht und welchen Sound er machen wird. Heute kenne ich zum ersten Mal die Antwort.

Ich checke mein Handy. Kurz vor sechs. Mona hat gesimst, dass sie an mich denkt und hofft, dass ich okay bin. Ich horche in mich rein. Ich kann mich noch genau an das Gefühl erinnern, das ich gestern hatte, als sie bei mir war, aber ich kann es nirgends in mir finden. Vielleicht stehe ich immer noch unter Schock. Laureen fragt ebenfalls per SMS, wie es mir geht. Tja. Außen am Kopf pocht eine Beule, innen pochen die Schnäpse, doch auf eine seltsame Art fühle ich mich nicht so schlecht, wie ich dachte. Vielleicht habe ich mir das Wiedersehen so schlimm vorgestellt, dass alles unterhalb totaler Zurückweisung Freude auslöst.

Im Badezimmer zahlt Olli weiter für die Schnäpse. Ich lege das Handy weg und schließe noch mal die Augen. Der Sound aus dem Bad erinnert mich an den Übergang auf *The Undertaker*. Auf dem Album sind ein paar unfassbar geile Gitarrenstellen, vielleicht mit die besten von seinen Studioalben. Ist mir ein Rätsel, wie dieses Album verhältnismäßig unbekannt bleiben konnte.

Ein Geräusch neben mir. Ich öffne die Augen. Draußen ist es jetzt ein bisschen heller, ich muss noch mal weggenickt sein. Drüben in der Küche sitzt Rickie am Küchentisch und starrt auf ihr Handy. Sie ist bereits angezogen und gestylt. Ihr Kajal ist verlaufen. Sie hat geweint. Ich rolle mich von der Couch, auf der ich in einem anderen Leben Hunderte Male aufgewacht bin, und gehe in Unterhose in die Küche. Ich nehme mir ihre Tasse und trinke einen tiefen Schluck ungesüßten Kaffee, während sie ihren Blick über meinen Körper gleiten lässt.

»Mach dir nichts draus. Meine Titten hängen mir bald auf dem Bauch.«

»Die sind zu klein zum Hängen.« Ich nicke zum Handy. »Was sagt die Welt?«

»Die Welt …«, beginnt sie und hält mir ihr Handy hin, »ist lila.«

Auf dem Display ist ein Foto von den Niagarafällen, die lila angestrahlt wurden.

»Wow …! Photoshop?«

Sie wischt ein paar Mal, es erscheint der Eiffelturm,

das Melbourne Art Center, der Superdome in New Orleans, Montreals City Hall und weitere Gebäude überall auf der Welt, die in Lila erstrahlen. Heutzutage kann alles Fake sein, aber auf die Fotos folgen die Titelseiten der Zeitungen aus aller Welt, *The Guardian, L.A. Times, Politiken, NY Times, The Sun, Express, USA Today, Daily Mail, El País, Le Monde*. Sie texten allesamt: RIP you sexy motherfucker … nothing compared 2 him … Death of an icon. Schon bald sitzen Rickie, Olli und ich am Küchentisch und klicken uns durch eine lila Welt. In der Sekunde, als ich erfuhr, dass Prince gestorben war, war mir klar, welchen Verlust sein Tod für die Welt bedeuten würde. Mir war nicht klar, dass die Welt es auch wusste. Musiker aus allen Ländern bringen ihre Fassungslosigkeit und Trauer in Tributes, Posts, Tweets und Interviews zum Ausdruck. Sheila E., Stevie Wonder, Paul McCartney, Elton John, Eric Clapton, Annie Lennox, Aretha, Slash, Chaka Khan, Sheryl Crow, Lionel Richie, Madonna, Justin Timberlake, Wyclef, Lenny Kravitz, Mick Jagger, die Liste ist endlos. Manche sind untröstlich, andere schreiben teilweise über anrührende, persönliche Momente, die sie mit Prince erlebt haben, und auch Schauspieler von Russel Crowe über Joan Collins bis Samuel L. Jackson und Whoopy Goldberg, Showmaster von Ellen Degeneres bis Jimmy Fallon und dann natürlich auch Chris Rock und Spike Lee, der ankündigt, eine riesige Abschiedsparty zu organisieren. Sogar Barack Obama bringt seine Trauer wortreich und glaubwürdig zum Ausdruck, gefolgt von Sportlern, Politikern und Leuten aus der Wirtschaft, denen ich einen solchen Musikgeschmack nicht zugetraut hätte. MTV kündigt ein einwöchiges Tribute an, doch vor allem die

Abertausende Fans, die sich seit der Nachricht am Paisley Park treffen, den Zaun schmücken und persönliche Erinnerungen posten, rühren mich. Andere treffen sich in den Straßen und singen seine Songs. Sprayer haben in der kurzen Zeit unglaubliche Streetart entworfen, Grafikdesigner haben wunderschöne RIP-Gifs erstellt, es ist kaum zu glauben, was innerhalb von vierundzwanzig Stunden auf der Welt passiert. Sportvereine beleuchten ihre Stadien lila, Konzerne produzieren RIP-Prince-Plakate, eine Broadwayshow gibt eine spontane Prince-Zugabe, Talkshows werden mit dem großen Verlust anmoderiert, Jimmy Fallon sieht aus, als hätte er die Nacht durchgeheult, und kündigt eine Tributeshow an, und schließlich entdeckt Olli einen ziemlich schrägen Forumhinweis im Netz, und es stimmt tatsächlich: Eines der größten Pornoportale der Welt hat das Prince-Symbol in seinen Namen eingearbeitet, und Google hat sein Emblem angepasst. Es scheint keine Grenzen zu geben – die Welt ist lila.

Als Martin dreißig Minuten später schwer beladen mit Gebäcktüten, Obst und Ersatz-Zahnbürsten in der Küche steht, hocken Rickie, Olli und ich in der Küche immer noch vor den Displays. Als Martin Olli sieht, wirft er ihm einen seltsamen Blick zu, sagt aber nichts zu der bläulich gelben Schwellung auf seinem Kinn und beginnt Frühstück vorzubereiten. Ich schaue mir einen mir bislang unbekannten Livemitschnitt von »Question Of U« an, der elegant übergeht in »The One.« Ein Auftritt wie ein Film. Jede Geste sitzt und unterstützt den Text. Zudem mal wieder ein Gitarrensolo zum Niederknien. Als ich ihn auf dem Clip live sehe, erwischt es mich. Meine

Augen beginnen zu brennen, und ich versuche sofort gegenzusteuern: Er hatte ein fantastisches Leben, er konnte fast sein ganzes Leben lang das tun, was ihm am meisten bedeutete, und er wurde von Millionen Menschen verehrt und geliebt, nicht jeder hat ein solches Glück. Das zu wissen hilft mir gerade nicht.

»Hey«, sagt Rickie, ohne den Blick von Ollis Laptop abzuwenden, »ich habe hier eine Seite mit Remixes.«

»Cool!« Olli beugt sich darüber und will auf das Laptop tippen. Mehr aus Reflex schlage ich ihm die Hand vom Trackpad.

Er mustert mich überrascht. »Was soll das?«

Ich deute auf den Bildschirm, wo das Emblem von Spotify zu sehen ist. »Spotify.«

»Na und?«, sagt er und versucht wieder, auf das Trackpad zu tippen.

Ich schlage seine Hand weg. »Flatrate.«

Er starrt mich wütend an. »Sag mal, spinnst du? Das ist hier mein Haus, ich will jetzt diesen Track hören!«

»Nein, du willst Musiker beklauen.«

»Wo lebst du denn, im Scheißmittelalter? Spotify macht doch jeder!«

»Nein, das macht nicht jeder, denn ich mache es schon mal nicht. Es kann doch nicht richtig sein, die Musik der ganzen Welt für lausige zehn Tacken im Monat zu streamen. Wovon sollen die Musiker leben?«

»Mann, dann sollen sie ihre Rechte nicht rausgeben!«

»Dann kriegt man aber keinen Plattenvertrag!«

»Dann sollen die halt eine eigene Firma gründen!«

»Das sind Künstler, keine Geschäftsleute!«

»Vielleicht gehört das aber dazu, wenn man von dem Beruf leben will!«

»Jungs, können wir jetzt das Lied hören?«, mischt Rickie sich ein. Sie klickt aufs Trackpad, und schon läuft der Song.

Olli starrt mich böse an. »Ach, und sie darf das, oder was? Blödes Arschloch!«

Ich atme tief durch und widerstehe der Verlockung Olli eine reinzuhauen. Stattdessen gehe ich in die Küche und mache mir einen Kaffee. Ich weiß noch, wie die Welt sich über Prince lustig machte, als er sich »Sklave« auf die Wange malte und seinen Namen änderte. Ich fand es zuerst auch überzogen, aber aus heutiger Sicht erscheint er als Vorreiter von Künstlern, die nicht mehr tatenlos zusehen wollen, wie Verwalter sich auf Kosten der Gestalter bereichern – und Plattenfirmen taten eigentlich noch nie etwas anderes. Die Plattenfirmen nahmen den Künstlern gerne mal 80–90 Prozent der Einnahmen weg, mussten dafür aber wenigstens ein bisschen was an PR und Druckkosten leisten. Flatrate-Portale tun nichts, und der Künstler kriegt pro Stream wahnsinnige 0,00004 Dollar. Alle Menschen lieben Musik, dennoch höhlen wir das Urheberrecht aus, und die Flatrate-Portale genießen riesigen Zulauf. Eines der vielen Rätsel des Lebens.

Als der Kaffee durchgelaufen ist, habe ich mich einigermaßen abgeregt. Ich gehe wieder ins Wohnzimmer, wo gerade ein ziemlich guter Remix von »Head« läuft.

»Wer ist das?«, frage ich Rickie.

»Ein DJ aus New York.«

»Das ist gut.«

»Läuft auf Spotify«, sagt Olli gehässig.

»Oh Gott… schaut mal!«, sagt Rickie und zeigt auf den Laptopbildschirm. »Die original Liveaufnahme, die für ›Purple Rain‹ benutzt wurde!«

Wir versammeln uns um Rickie. Sie klickt auf den Rechner, und aus dem Laptop dringt das Purple-Rain-Riff, der Song beginnt in einer abgespeckten Version mit einem langen, ruhigen Wendy-Intro. Die Aufnahme ist körnig. Der Clip wird von Texteinblendungen unterbrochen, laut denen Prince am dritten August 1983 eine Benefizshow im First Avenue spielte und dabei neue Songs ausprobierte, unter anderem den Song, mit dem er sein ganzes Leben lang die meisten seiner Liveshows schließen und der ihn weltberühmt machen wird. Zudem erfahren wir, dass es Wendys allererster Gig für Prince ist.

»Wendys Revolution-Debüt«, sagt Olli ehrfürchtig.

»Musikgeschichte«, flüstert Rickie.

Und dann beginnt er zu singen. Wir rücken noch näher an den Bildschirm. Es klingt tatsächlich wie die Albumaufnahme, nur die Geigen fehlen. Laut einer Texteinblendung wurden sie später per overdub hinzugefügt. Und dann kommt der Hammer: Nach dem zweiten Kehrreim beginnt eine dritte Strophe. Wir schauen uns entgeistert an. Eine dritte Strophe?? Es ist, als würde man seinen Lieblingsfilm zum fünfzigsten Mal sehen und plötzlich feststellen, dass es Szenen gibt, von denen man dreißig Jahre nichts wusste. Wir hören uns die Originalversion von dem Lied meines Lebens an und sind uns einig, dass es gut war, dass die dritte Strophe nicht mit aufs Album kam. Und schon geht es ins legendäre Gitarrensolo. Nach dem letzten Ton setze ich mich mit dem Gefühl, etwas Außergewöhnliches, etwas Historisches erlebt zu haben. Und so geht es danach weiter. Das Internet explodiert mit Clips und Infos. Eine Perle nach der anderen taucht auf. Auf einer Fanseite entdeckt Olli einen Roughmix von »I Love U In Me«, einer meiner Lieblingsbackingsongs. Auf diesem Mix sind die Chöre lauter als auf dem offiziellen Endmix, und man schmilzt einfach dahin. Was hätte ich gegeben, einmal mit ihm arbeiten zu dürfen, einmal meine Stimme auf seine wundervolle legen zu dürfen, so wie ich es zehntausende Male beim Mitsingen getan habe. Es gibt so viele fantastische Sänger auf der Welt, aber seine Stimme enthält etwas, das mich vom ersten Mal berührte. Wenn er singt, haben wir eine Art Verbindung, wie ich sie sonst mit keiner Stimme je hatte. Ich wusste immer, es war unrealistisch, aber erst jetzt merke ich, dass ich wohl doch irgendwie gehofft habe, dass es eines Tages zu einer gemeinsamen Aufnahme kommt. Der Gedanke, dass Prince in Montabaur plötzlich vor der Studiotür steht, um mit mir einen Song zu machen, war immer etwas bizarr. Aber solange er lebte, war es möglich. Nun ist auch diese seltsame Hoffnung gestorben und hinterlässt eine surreale Leere.

Mein Abreisetermin rückt näher. Schließlich schnappe ich meine Tasche und verschwinde im Bad. Als ich geduscht und in frischem Hemd zurückkomme, sind der Wohnzimmertisch und auch die Stühle freigeräumt, und die Bettwäsche ist von der Couch verschwunden. Der Tisch ist gedeckt und voller Gebäck, Käse und Obst, Kaffee duftet. Aus der Küche hört man, wie jemand mit Tassen und Besteck hantiert. Rickie sitzt mit ihrem Handy am Tisch. Ihr Kajal ist jetzt wieder sauber nachgezogen. Ich checke mein Handy. Nichts.

»Hat Stella sich gemeldet?«

»Sie kommt bestimmt gleich«, sagt Rickie und winkt mich näher. »Schau dir das mal an.«

Ich stelle mich neben sie und schaue auf das Display, auf dem so etwas wie eine lila Weltraumgalaxie zu sehen ist. »Das ist nicht echt, oder?«

»Da«, sagt sie und zeigt auf den Text, der danebensteht.

Martin wird in der Küche aufmerksam. »Was ist?«

Er kommt näher, und schon bewundern wir gemeinsam ein Foto, das die NASA gepostet hat. Ein Weltraumnebel, der in mehreren Lilaschattierungen leuchtet, *In honor of Prince, who passed away*.

»Das hätte ihm gefallen«, sagt Martin.

Draußen geht die Haustür auf, und Stella kommt ins Wohnzimmer. Heute trägt sie Jeans, blaues Shirt, blaue Stoffjacke und schwarze Turnschuhe und sieht darin umwerfend aus. Doch bei ihrem Anblick zieht sich etwas in mir automatisch zusammen und wappnet sich gegen Wut und Schuldzuweisungen. Wieder ist davon nichts zu spüren. Sie strahlt uns alle kopfschüttelnd an.

»Euch kann man echt nicht alleine lassen!«

»Man kann schon«, sagt Olli, der die Treppe runterkommt und tatsächlich ein frisches Shirt anhat, »man darf sich nur nicht wundern.« Trotz der Schwellung auf seinem Kinn wirkt er ziemlich zufrieden mit sich und der Welt.

Martin schaut fragend in die Runde. »Was denn?«

»Nee, oder?« Rickie starrt ihn an. »Du weißt es noch nicht?« Als Martin fragend dreinschaut, schüttelt sie ihren Kopf. »Was muss man in diesem Scheißkaff denn noch alles tun, damit über einen geredet wird?«

Martin schaut fragend von einem zum anderen. »Was denn?«

Wir überlassen es Olli, der auf sein Kinn zeigt. »Was glaubst du denn, was war, häh? Kommst hier rein, siehst das und fragst nicht mal, was los war?«

Martin zieht vorsichtig die Schultern hoch. »Naja, ich dachte, Leo hätte dir wieder eine verpasst.«

Rickie prustet los, und Olli starrt erst sie, dann Martin böse an. »Mann, er hat mir überhaupt keine verpasst! Und damals hat er mich kein verfluchtes Mal auch nur berührt!«

»Na gut, entschuldige«, sagt Martin, »wer denn dann?«

Rickie schaut Olli und mich an und beginnt zu lächeln. Stella lächelt, und Olli beginnt zu grinsen, wobei er sein Gesicht schmerzlich verzieht. Er legt vorsichtig zwei Finger auf die Schwellung und schaut zu Martin. »Wer ist das größte Dreckschwein auf der Welt?«

Martin schaut Olli verwirrt an. »Meinst du politisch? Oder in der Rüstungsindustrie?«

»Nein, jemand, den wir alle gut kennen«, sagt Rickie.

Martin braucht nicht lange, dann entgleisen ihm die Gesichtszüge. »Nein!«

»Er lutschte den Asphalt!«, sagt Olli. Seine Augen funkeln vor Energie. »Wir haben es dem Wichser heimgezahlt!«

Ich zwinkere Rickie zu. »Er bekam die Flasche.«

Wir lächeln uns alle an, dann legt Rickie den Kopf in den Nacken und schreit. »Jaaaaaahh!!«

Olli lässt sofort einen Urschrei heraus und beginnt mit zu brüllen. »JAAAAAAHHH!!!!«

Er brüllt immer lauter, und neben mir beginnt Martin zu

brüllen, und schließlich steigt Stella ein. Ich schreie aus vollem Hals mit. »JAAAAAAAAHHH!!!!!!!!«

Wir hüpfen herum und brüllen, was das Zeug hält. Es ist, als würde das Haus abheben und Energiestrahlen durch uns hindurchschießen, wie nach einem geilen Gig auf dem Heimweg im Bandbus. Schließlich landen wir atemlos wieder auf der Erde, und jeder muss sich noch einmal den Handyclip anschauen, den Olli aufgenommen hat. Salzmann orientierungslos und blutend am Boden. Wir stoßen uns die Ellbogen in die Seiten. Salzmann! Auf die Fresse!

Stella amüsiert sich über uns. »Ihr seid wieder zwanzig, ja?«

Rickie nickt. »Tja, Schätzchen, ich schon. Nur mein Körper ist älter geworden.«

»Nicht viel älter«, sage ich.

Rickie zwinkert mir zu. »Mach nur weiter so, Junge, wirst schon sehen, wo das endet.«

Stella rät uns, ein Zimmer zu nehmen. Olli meint, das will er sehen. Wir schäkern, und für einen Moment ist es wie früher. Bis mir wieder einfällt, dass er tot ist, sie mit einem anderen verheiratet und ich bald los muss. Wir packen die Handys beiseite, klappen den Laptop zu und frühstücken. Die anderen haben sich bei Kees' Beerdigung das letzte Mal gesehen, was Martin zu der deprimierenden Aussage verleitet, wir würden uns nur noch treffen, wenn jemand stirbt. Kees liebte Prince und wäre heute untröstlich. Auch er starb viel zu früh, weil er das unfassbare Pech hatte, in der Germanwings-Maschine, Flug 9525, zu sitzen. Damals war ich wochenlang abwechselnd wütend und traurig. Es heißt, dass man sich sowohl für seine Wut als auch für seine Trauer Zeit nehmen soll, aber ich habe es ausprobiert und wäre daran fast gestorben. Wut richtet neuen Schaden an, und zu lange tief trauern kann einen für immer umprogrammieren. Auch deswegen konnte ich damals nicht zu Kees Beerdigung. Auch darum schaue ich nie Videos von der Band oder höre die alten Songs. Auch darum schaue ich mir nie Fotos von Stella und mir an. Diese Zeiten sind für immer vorbei, und vielleicht bin ich deswegen dem Wiedersehen mit Stella so lange ausgewichen. Nach der Trennung hatten wir weder eine gemeinsame Gegenwart noch eine gemeinsame Zukunft, also hätte es sich immer um die Vergangenheit gedreht. Doch die Vergangenheit lässt sich nicht ändern und das Leben sich nicht zurückdrehen. Keine verdammte Sekunde.

Ollis Handy klingelt. Er schaut aufs Display. »Lotte.« Er stellt es laut und legt es zwischen uns auf dem Tisch.

»Na, alle wieder auf freiem Fuß?«, fragt sie und lacht meckernd.

»Was von Salzmann gehört?«, fragt Olli.

»Nein, und jetzt hört mir zu«, sagt sie, »ihr schuldet mir was, also spielt morgen Abend ein Tribute ihm zu Ehren, ihr könnt ja ›Purple Rain‹ weglassen. Zwanzig Minuten ›Head‹, zwanzig Minuten ›DMSR‹ gejammt. Lasst die Leute ihre Trauer raustanzen. Wir nehmen das alte Kulturzentrum, ich kümmere mich um alles, der Laden wird rappelvoll, jeder verdient was, und ich garantiere, nur achthundert reinzulassen«, verspricht Lotte, die dafür bekannt war, aus jeder Halle eine Sardinendose zu machen.

Rickie schüttelt ihren Kopf. »Ich gehe doch jetzt nicht auf die Bühne und spiele seine Musik! Mann, da heule ich mich doch tot!«

»Jetzt warte doch mal«, sagt Olli aufgeregt, seine Augen funkeln vor Aufregung. »Es würde ihm total gefallen, wenn die Leute jetzt Musik machen. In den Staaten geben sie jetzt auch Tributes!«

Rickie schüttelt entschieden den Kopf. »Ohne mich.«

Er gibt ihr einen Klaps auf die Schulter mit seiner gesunden Hand. »Mann, komm schon! Nur ein paar Songs! Wir grooven einfach auf ein paar Themen, wie früher in den Zugaben.«

Sie schaut ihn genervt an. »Ich spiele nicht!«

Ich schnappe mir Ollis Handy und halte es mir an den Mund. »Wir spielen nicht.« Ich unterbreche die Verbindung, lege das Handy auf den Tisch und schaue auf die Uhr. Wenn ich um 14 Uhr nach München fliegen will, muss ich bald los. »Ich muss bald los«, sage ich und spüre Stellas Blick von der Seite.

»Also, ich bleibe noch einen Tag«, sagt Rickie. »Man kann euch Verrückte ja nicht alleine lassen.«

Ich schaue sie überrascht an. »Was wurde aus der Modenshow in Mailand?«

Sie zuckt die Schultern und weicht meinem Blick aus. »Business muss halt mal warten, ich meine, wie lange haben wir uns nicht mehr gesehen?«

»Und wer weiß, wann wir uns wiedersehen«, sagt Stella. »Ich finde, wir sollten heute Abend zusammen kochen«, schlägt sie vor. »Ein Abend, nur die Band, wie früher, was meint ihr?«

»Bandabstimmung!«, ruft Rickie.

Von allen Seiten kommt Zustimmung, und Stella wirft mir einen Blick zu. Es ist, wie es vom allerersten Moment an war. Sie sendet auf Frequenzen, auf denen ich nie wieder empfangen habe, und wie immer möchte irgendetwas tief in mir, dass sie alles bekommt, was sie will. Aber ich kann nicht, Harry bringt mich um, wenn ich nicht mit nach München mitkomme.

»Okay.«

Sie lächelt, und ihre warmen Soulaugen beschenken mich.

»Toll, Leo, wirklich!«, sagt Martin und steht auf. »Möchte jemand vor mir aufs Klo?«

»Ich!«, sagen alle gleichzeitig. Nach Martin wollte noch nie jemand ins Bad. Was es auch immer ist, was seine Darmbakterien da treiben, es ist nichts für zarte Gemüter.

Wir verschwinden nacheinander ins Bad. Danach schnappe ich mir mein Handy und gehe vor die Tür. Rickie folgt, stellt sich zu mir und steckt sich eine Zigarette an, als würde Ollis Haus durch Rauch im Rating heruntergestuft werden können. Es tutet sieben Mal, und in mir steigt bereits die Hoffnung, dass ich die Mailbox erwische, doch dann geht Harry ran.

»Wir müssen München auf nächste Woche verschieben.«

»Wieso denn?«, fragt er überrascht.

»Todesfall in der Familie.«

Neben mir nickt Rickie und stößt Rauch aus der Nase aus. Eine Pause entsteht, in der Harry sich wahrscheinlich daran erinnert, dass ich keine weitere Familie habe. Da er ganz sicher weiß, dass Prince gestorben ist, warte ich auf die Frage.

»Und der Wagen?«

»Steht vorm Haus, ich bringe ihn dir morgen, wenn ich wieder da bin.«

»Wo bist du denn?«

»Um die Ecke bei Freunden.«

Eine weitere Pause entsteht, in der er sich wahrscheinlich erinnert, dass ich keine Freunde um die Ecke habe. Ich lege nach, bevor er nachhaken kann.

»Ich weiß, tut mir leid, es geht nicht anders, ich erkläre dir alles, wenn ich dir den Wagen bringe.«

»Wann?«

»Morgen, später Nachmittag.«

»Gut«, sagt er nach einer Pause. »Fahr bitte vorsichtig und pass auf dich auf.«

»Danke, mach ich«, sage ich mit leichtem Schuldgefühl wegen der Hinfahrt. Ich unterbreche erleichtert und weiß, dass er mir das nur so durchgewunken hat, weil er Bescheid weiß. Mona hat eine SMS geschickt, dass sie an mich denkt, und falls ich reden will, soll ich ihr eine SMS schicken, dann ruft sie mich sofort zurück. Ich lasse das Handy sinken, horche in mich rein und … immer noch nichts. Es ist, als hätte ich gestern nur geträumt. Ich schicke ihr ein Smiley. Kaum habe ich auf Senden gedrückt, versuche ich vergeblich, die SMS zu stoppen. Ein Smiley? Geht es noch oberflächlicher? Während ich mir überlege, was ich ihr texten kann, um den Smiley abzumildern, schnappt Rickie meinen linken Arm, zieht ihn sich über ihre Schultern und kuschelt sich an mich.

»Cool, dass du noch bleibst. Lass uns irgendwas zusammen machen, bevor du fährst. Nur wir beide, ja?«

Ich verpasse ihr einen skeptischen Blick. Sie lacht, zieht noch mal an ihrer Zigarette und schnippt sie in den Garten. Sie schaut der Kippe nach, lässt ihren Blick durch den Garten gleiten und schüttelt ihren Kopf. »Schau dir diesen Müll an. Und Olli ist genauso zugemüllt. Koks … Was kommt als Nächstes?«

Die Frage ist rhetorisch. Wir wissen beide, dass nach Koks meist noch mehr Koks folgt, inklusive Schulden und gesundheitlicher Dauerschäden. Plötzlich wird mir klar, dass wir seine letzten Freunde sind. Maria ist weg, sie bekamen keine Kinder, und seine Eltern sind tot. Wenn wir uns nicht um ihn kümmern, kümmert sich wahrscheinlich keiner.

Rickie drückt mich. »Meinst du, sie hat ihn deswegen verlassen?«

»Die Alternative ist, dass er etwas noch Blöderes angestellt hat. Sie klang am Telefon ziemlich sauer.«

Sie schaut mich überrascht an. »Du hast mit ihr gesprochen?«

Ich nicke. »Klang nicht nach Versöhnung. Was er auch immer getan hat, ich glaube, es ist vorbei, ich meine, schau ihn dir an, vielleicht müssen wir ihm helfen, die Realität zu akzeptieren.«

Rickie zieht ihre Schultern hoch. Unter ihrem Hemd bewegen sich ihre Brüste, wegen der kühlen Außentemperatur zeichnen sich ihre Brustwarzen ab.

»Olli hat schon immer nur seine eigene Realität akzeptiert, darum war er auch vor dreißig Zuschauern genauso gut wie vor dreitausend. Und schau mir nicht auf die Titten.«

»Nenn deine Brüste nicht Titten, du Schlampe.«

Sie grinst mit ihren blauen Augen zu mir hoch, und für einen Moment ist da ein kleiner Funke zwischen uns. Der tauchte früher oft aus dem Nichts auf und verschwand schnell wieder, weil ihn niemand weiter befeuerte.

»Lass uns reingehen«, sagt sie.

Ich halte ihr die Tür auf. »Hast du momentan jemand?«

»Warum? Checkst du mich ab?«

Sie zwinkert mir zu und geht vor mir ins Haus.

»Yay«, sage ich und klatsche ihr auf den Hintern.

Als wir ins Wohnzimmer poltern, räumen Stella und Martin gerade den Tisch ab, an dem Olli sitzt und auf den Laptop starrt. Seine Augen sind blank, als hätte er geweint. Als er uns sieht, klappt er den Laptop laut zu.

»Wir müssen was tun«, sagt er mit belegter Stimme und zeigt mit bebendem Finger auf den Laptop. »Die ganze Welt dankt ihm, all diese Leute am Zaun und in den Straßen, die ganzen Bilder und Tributes, verfluchte Scheiße, irgendwas *müssen* wir tun!«

Rickie schüttelt ihren Kopf. »Ich kann jetzt nicht spielen …«

»Fuck!«, sagt er aufgebracht, »Dann spielen wir halt nicht! Aber irgendwas müssen wir machen! Also, was machen wir?«

Stille kehrt ein. Jeder überlegt für sich, was man tun könnte. Niemand fällt etwas ein, bis Martin sich räuspert.

»Erinnert ihr euch an die Greenpeace-Aktion am Kanal?«

In den Achtzigern und frühen Neunzigern war die Band in der Umweltbewegung aktiv und nahm geschlossen an Aktionen von Greenpeace teil. Einmal kippten wir rote Lebensmittelfarbe in den Mittellandkanal, um auf seine Verschmutzung aufmerksam zu machen.

»Geil!« Olli klatscht eine Hand in die andere. »Wir färben den Kanal lila!«

»Das hat zehn Sekunden gehalten«, erinnert ihn Stella.

»Egal! Wir filmen es und laden den Clip hoch!«

Rickie schaut ihn an. »Das ist ungefähr so, wie wenn du Frauen anbaggerst – 'ne Menge Aufwand für zehn Sekunden. Ich habe 'ne bessere Idee, wir nehmen den Allersee, das ist stehendes Gewässer.«

»Geil!«, sagt Olli wieder. »Wo kriegen wir Farbe her?«

Martin hebt eine Hand. »Rot hätten wir. Wir haben damals die Reste bei mir gelagert.«

Rickie schaut ihn an. »Du hast das Zeug vierundzwanzig Jahre lang aufgehoben?«

»Aber sicher, Rickie, es ist im Lager.«

Rickie mustert ihn, als würde sie gerade etwas Neues an ihm entdecken. »Also gut«, sagt sie. »Dann brauchen wir nur noch Blau.«

»Nein, Lila«, sagt Olli.

Wir schauen ihn alle an. Er schaut von einem zum anderen, als wären wir verblödet.

»Purple Rain!«, sagt er. »Lila!«

»Oh mein Gott«, murmelt Stella neben mir. Sie beginnt zu lachen, Rickie prustet ebenfalls los. Olli mustert die Frauen irritiert, dann schaut er Martin und mich an und wirkt ein bisschen ratlos. Martin räuspert sich.

»Also, Olli, der Farbenlehre nach ergibt Rot und Blau dann oft Lila.«

Martin erlaubt sich nicht das kleinste bisschen Sarkasmus. Ollis Gesicht wird dennoch angestrengt ausdruckslos, wie früher bei der Videoanalyse nach den Gigs, wenn wir ihn bei Fehlern ertappten. Der Mann, der Fehler hasste. Vielleicht war er deswegen so gut.

Ich hebe eine Hand. »Der Allersee hat wie viel, eine Million Kubikmeter Wasser? Wir hatten damals zwei Zentnersäcke Farbe, um den Kanal auf zwanzig bis dreißig Meter für ein paar Sekunden zu färben, was braucht man für eine Million Kubikmeter?«

»Wir besorgen einfach so viel wie möglich«, sagt Olli.

Ich zähle an den Fingern ab. »Am Allersee gibt es den Campingplatz, den Yachtklub, die Kneipe, den Kanuklub, das Wellenbad, Jogger, Spaziergänger, Hundebesitzer. Wie wollen wir das Zeug in den See reinbekommen, ohne gesehen zu werden? Man braucht einen verdammt guten Anwalt, wenn man dabei erwischt wird, wie man das größte stehende Gewässer auf hundert Kilometer in der Runde vergiftet.«

Olli starrt mich böse an. »Niemand redet von Vergiften.«

»Das Zeug in Martins Lager steht da seit wie vielen Jahren? Was, wenn es voller Scheiße ist, die damals noch nicht verboten war? Früher galten andere Umweltschutzgesetze. Mann, damals war die Verklappung von Dünnsäure noch legal.«

Olli schnaubt verächtlich. »Meinst du, die sieben Fische im Allersee zeigen uns an?«

»Wir bringen keine Tiere um«, sagt Rickie bestimmt und beginnt auf ihrem Handy herumzutippen. »Mich kotzt es schon an, dass du immer noch die Ledercouch hast.«

»Die ist von meinen Eltern!«, schnaubt er empört. »Als du früher drauf pennen wolltest, war sie dir gut genug!«

»Olli, wir können bei der Aktion keine Tiere umbringen«, sagt Martin. »Prince ist Vegetarier.« Er spricht von ihm in der Gegenwart. Aus irgendeinem Grund freut mich das.

Olli schaut angestrengt zur Decke. »Okay, also brauchen wir eine große Menge rote und blaue Farbe, biologisch abbaubar und trotzdem bezahlbar.«

»Oder lila«, erinnere ich ihn.

Er starrt mich so wütend an, dass ich mich frage, ob er sich heimlich ein letztes Gramm reingepfiffen hat.

»Ich hab was«, sagt Rickie und schaut auf ihr Handy. »Am St. Patrick's Day färben die Iren in den Staaten viele Flüsse grün. Der Farbstoff wird auf pflanzlicher Basis hergestellt, vom Militär für Seerettungen verwendet und …«, sie hebt ihren Blick vom Display und schaut Stella an, »von Klempnern, um Lecks in Wassersystemen zu lokalisieren.«

Olli und Martin schauen ebenfalls Stella an.

»Und weiter?«, fragt Stella.

Rickie liest weiter vom Handy ab. »Fünfundzwanzig Pfund Farbstoff färben den Chicago River für bis zu drei Tage. Die Farbe gibt es in allen Farben, sie wurde von unabhängigen Chemikern geprüft und wird als sicher für die Umwelt eingestuft.« Rickie hebt ihren Blick und schaut Stella vielsagend an.

Olli klatscht die Hände zusammen. »Perfekt!« Auch er schaut Stella an.

»War ja klar«, sagt sie und lächelt, mehr für sich selbst, »ausgerechnet heute.«

Sie nickt noch ein paar Mal, und wie ich sie kenne, falls ich sie noch kenne, trifft sie gleich eine Entscheidung. »Okay«, sagt sie und nickt uns zu. » Wir zeigen der Welt, dass auch wir in Deutschland um ihn trauern. Ein letzter Dank. Ohne ihn hätten wir nie im Leben so gespielt, wie wir gespielt haben. Aber morgen habe ich hundertzwanzig Gäste. Falls die Farbe auf Lager ist, müssen wir es heute noch durchziehen.« Stella steht auf, wirft mir einen Blick zu und schnappt sich ihre Jacke. Wir verlassen das Haus zusammen und gehen zu ihrem Saab.

»Soll wohl einfach nicht sein, dass wir beide uns mal in Ruhe unterhalten«, sagt sie, während wir durch die Auffahrt gehen.

Ich ziehe meine Schulter hoch, denn mir ist immer noch nicht ganz klar, was wir eigentlich besprechen sollten. Es gibt für mich nur zwei wichtige Dinge, und die sind geklärt: Es geht ihr gut, und sie ist nicht sauer auf mich.

»Wohin fährst du jetzt?«, frage ich sie.

»In die Filiale«, sagt sie und wirft mir einen komischen Blick zu. Sie schließt den Saab auf, öffnet die Tür und stellt sich dahinter, sodass sie sich wieder zwischen uns befindet. »Es wird alles etwas eng. Die Aktion heute Abend, morgen früh die Trauung um acht, danach Empfang und die Party. Falls wir uns heute nicht mehr sprechen können, komme ich morgen vor der Trauung zum Frühstück. Egal was passiert, du bleibst morgen früh noch so lange, bis ich da bin, sag bitte ja.«

»Ja.«

»Danke.« Sie atmet ein und fixiert mich. Es ist, als würden ihre Pupillen sich vergrößern. »Außerdem bist du herzlichst zu der Hochzeitsfeier eingeladen.«

Ich trete automatisch einen Schritt zurück.

Sie nickt. »Ich weiß. Denk trotzdem drüber nach. Ich glaube, es würde dir guttun, meine Familie kennenzulernen.«

Ich schaue sie bloß an. Sie nickt, als wüsste sie, wie ich mich fühle.

»Denkst du mir zuliebe mal darüber nach?«

Als ich nicke, lächelt sie, kommt hinter der Autotür hervor und umarmt mich. Ich schnuppere an ihren Haaren. Irgendwo tief in mir sticht es. Sie drückt mich, löst sich wieder und mustert mich ernst.

»Du weißt gar nicht, wie viel es mir bedeutet, dich zu sehen.«

»Mir auch.«

Sie lächelt ihr schönes, warmes Lächeln, doch ihre Augen schimmern. »Bis nachher.« Dann geht sie schnell zu dem Saab. Schon stehe ich mal wieder da und schaue zu, wie sie mit dem Wagen davonfährt.

Als ich ins Wohnzimmer zurückkomme, herrscht emsiges Treiben. Olli hat eine Decke auf den Boden gelegt und breitet darauf etwas aus, das wie eine Altkleidersammlung aussieht.

»Einsatzkleidung«, erklärt mir Olli. »Oder willst du in dem Aufzug am Allersee herumlaufen?« Er deutet verächtlich auf meinen Anzug.

Ich schaue in die Runde. »Wo fährt Stella jetzt hin?«

Alles verharrt. Man starrt mich an. Olli bewegt sich als Erster und lacht gehässig. »Da leck mich doch einer…«

Martin mustert mich irritiert. »Aber Leo, ihrem Mann gehören doch die meisten Baumärkte in der Gegend.«

»Das wusste ich sogar, obwohl ich in London lebe«, sagt Rickie.

Martin schüttelt seinen Kopf. »Hast du sie überhaupt mal gefragt, wie es ihr geht?«

Ich merke auf. »Geht's ihr nicht gut? Hey, wenn was ist, dann sag es.«

Olli schnaubt verächtlich und schaut Rickie an. »Der Penner ist doch scheißunglaublich, oder? Verpisst sich einfach und vergisst jeden und alles, seine Band, seine Frau, einfach scheißalles!«

»Ich habe mich nicht verpisst, wir hatten diese Möglichkeit diskutiert.«

»Ja, und dann hast du dich verpisst! Von einem verfickten Tag auf den anderen!«

»Mein Gott, die Band hätte auch ohne mich funktioniert, ihr hättet weiterspielen können.«

»Nein, du Arsch, denn ohne dich wollte Stella nicht mehr, und ohne euch waren wir keine Band mehr!« Er funkelt mich wütend an. »Das war *unsere* Band! So was gibt es nur einmal im Leben! Nur *einmal*!«

»Ich weiß. Tut mir leid.«

Er schlägt auf den Tisch, steht auf und funkelt mich wütend an. »Einen Scheiß weißt du! Glaubst du, weil du alle paar Jahre mal anrufst, weißt du irgendwas? Fick dich!«

Er stampft die Treppe hoch in die obere Etage. Man hört ihn dort rumwüten, dann knallt oben eine Tür. Ich schaue Rickie an, sie zuckt die Schultern.

»Ich kann nicht mitreden, ich habe damals nicht mehr viel mitgekriegt. Das Einzige, was mich in diesem Kaff gehalten hat, war die Band. Als du weg warst, bin ich auch losgezogen. Aber ich denke, wir hatten hier eh alles erreicht, wir waren am Limit. Mehr wäre nicht gegangen, wir hätten nach London oder in die Staaten gemusst.«

»Prince hat es von Chanhassen aus geschafft«, sagt Martin.

Sie lacht ungläubig. »Vergleichst du uns allen Ernstes mit

ihm?! Außer Stella war keiner von uns auch nur annähernd in derselben Galaxie unterwegs wie seine Musiker.«

»Du schon«, widerspreche ich ihr.

Sie schaut mich genervt an. »Bist du irre? Echt! Ich hab ja nichts dagegen, hier ein paar Erinnerungen zu sockeln, aber ich habe in Paris und London so viele gute Musiker gesehen …«

»Und ich war mit ihnen auf Tour«, unterbreche ich sie. »Mit dem Niveau, das du zum Schluss hattest, und vor allem deiner Bühnenpräsenz wärst du unter den meistgebuchtesten Live-Gitarristen gewesen. Warum zum Teufel hast du aufgehört zu spielen?«

Ihr Gesicht ist völlig nackt, sie wirkt geschockt. »Warum sagst du so was?«, flüstert sie.

»Weil es die Wahrheit ist?«

Ihr Gesicht verzieht sich zu einer wütenden Maske. »Und was hab ich von deiner beschissenen Wahrheit? Soll ich jetzt die Zeit zurückdrehen oder was?«

Sie steht wutentbrannt auf, schnappt sich ihre Jacke und marschiert ohne ein weiteres Wort aus dem Haus. Ich schaue ihr überrascht nach.

»Leo, rede bitte mit ihr, bevor du fährst.«

Ich schaue zu Martin rüber und breite meine Hände aus. »Das war ein Kompliment?«

»Mit Stella, meine ich. Fahr bitte nicht, ohne dass ihr euch aussprecht.« Er heftet seinen Blick auf die Tischplatte. Jemanden zu kritisieren war noch nie seine Stärke, also …

»Martin, wenn du mir irgendwas sagen willst, dann sag es. Egal was es ist, es ist okay, du kannst es mir sagen, ich will es wissen.«

Er mustert die Tischplatte eine Zeitlang ausgiebig, bevor er spricht. »Dass du damals gehen musstest, das habe ich verstanden. Aber dass du sie nie angerufen hast, sie nie gefragt hast, wie es ihr geht …« Er bricht ab und atmet tief durch.

»Ich habe dich gefragt, wie es ihr geht«, erinnere ich ihn. »Du hast immer gesagt, es geht ihr gut.«

»Du hättest sie selbst fragen sollen.«

»Ich weiß«, sage ich und ziehe die Schultern hoch. »Es ging erst nicht, und dann war es zu spät.«

Er hebt seinen Blick vom Tisch und schaut mich an. »Zu spät? Um sie mal anzurufen?« Er schaut mich aufgebracht an. »Frauen lieben mich nicht. Sie mögen mich und die Hunde, sie wollen mit uns befreundet sein, aber sie lieben mich nicht.«

»Ich liebe dich!«, erklingt Rickies Stimme dumpf von draußen, wo sie vor dem Fenster steht und uns beim Rauchen belauscht.

Martin richtet einen Zeigefinger auf mich. Ein paar Hundehaare lösen sich von seinem Ärmel und fusseln durch die Luft. »Ihr beide habt all die Jahre vor meinen Augen die Beziehung geführt, von der ich mein ganzes Leben lang träume. Zwei Menschen, die sich lieben und die auch noch zusammen Musik machen. Dann prüft euch das Schicksal, und du verlässt sie für immer?«

Ich versuche ruhig zu bleiben. »Prüfung? So nennst du das?«

»Ich rede nicht davon, dass du weggehen musstest, ich spreche von der Zeit danach. Ich meine, du weißt nichts über sie und nichts über ihren Mann. Nicht mal seinen

Beruf! Dieser Mann hat sich um sie gekümmert, ihr vielleicht das Leben gerettet, interessiert es dich? Wie ist sein Name?!« Er zeigt mit einem bebenden Zeigefinger auf mich. »Du kennst nicht mal den Namen von dem Mann, der der Frau deines Lebens das Leben gerettet hat!«

Ich bin sprachlos. Noch nie habe ich ihn so aufgebracht erlebt. Er senkt den Blick, steht auf und geht, ohne ein weiteres Wort. Draußen fällt die Haustür ins Schloss, und ich denke darüber nach, ob er recht hat. Was wäre passiert, wenn ich mich bei Stella gemeldet hätte? Die ewige Frage, bei deren Antwort ich mir immer ganz sicher sein wollte, bevor ich sie beantworte. Und ich war mir nie ganz sicher. Also ging ich auf Nummer sicher.

Olli kommt die Treppe heruntergestampft. »Du hast es echt drauf.«

Er verschwindet in die Küche und knallt die Tür zu. Das Wohnzimmer wirkt plötzlich klein und kalt. Rickie kommt von draußen rein. Sie geht zum Tisch und nimmt meine Hand.

»Komm.«

15

Wir spazieren eingehakt die Straße runter. Hier lag damals unser Proberaum, ein leerstehender Stall auf dem Gelände eines Bauern, den wir mieteten und in zwei Jahren Arbeit zum Proberaum ausbauten. Heute ist die Stelle mit leerstehenden Büros zugebaut. Während wir daran vorbeispazieren, versuche ich daraus irgendein Gleichnis auf mein Leben abzuleiten.

Rickie stupst mich an. »Hattet ihr die ganzen Jahre wirklich gar keinen Kontakt?«

»Indirekt.«

»Und was zum Teufel bedeutet das?«

»Ich habe Martin angerufen und ihm gesagt, dass es mir gut geht, er hat es ihr ausgerichtet, sie hat mir dann über ihn ausgerichtet, dass es ihr gut geht. SMS an Geburtstagen.«

»SMS, wow.« Sie stupst mich an. »Wir könnten da morgen einfach hingehen und alle kennenlernen. Ich meine, interessiert es dich gar nicht, mit wem unsere Schlagzeugerin verheiratet ist?«

»Doch, total«, sage ich.

Sie lacht. Wir schlendern gemächlich die Straße runter

und kommen an einer Baulücke vorbei, an der es mal eine Bäckerei gab. Der Bäcker war der freundlichste Mann meiner Kindheit. Wenn ich Brötchen holte, schaute er mir in die Augen und packte für mich oft noch eine Rumkugel dazu. Wir redeten eigentlich nie miteinander, aber er war wertvoll für mich. Ich fühlte mich bei ihm sicher und kann nicht mal sagen, warum. Vielleicht hatte ich das Gefühl, dass er mich wirklich sieht und das, was er sieht, für ihn kein Problem ist. Eines Tages war die Bäckerei geschlossen, und ich erfuhr, dass er einen Autounfall gehabt hatte. Eine der vielen Gelegenheiten, die das Leben mir bot, zu lernen mit Verlust umzugehen. Jedes Sicherheitsgefühl ist eine Lüge. Ist nur eine Zeitfrage, bis es auffliegt.

Rickie schaut zu mir hoch. »Woran denkst du?«

»Wir können jederzeit sterben.«

Sie zieht eine Grimasse. »Oh Mann, vielen Dank. Und wie kommst du jetzt drauf?«

Ich schaue sie an, bis sie wieder eine Grimasse zieht.

»Scheiße«, stöhnt sie. »Ich hatte es für zehn Sekunden vergessen …«

»Was ist mit dir? Warum fährst du nicht nach Mailand?«

Sie antwortet nicht sofort. Wir gehen ein paar Meter und nähern uns der alten Bowlingbahn, die nicht mehr betrieben wird. Wir sind fast daran vorbei, bevor Rickie die Schultern zuckt.

»Ich bin pleite.«

Ich werfe ihr einen überraschten Blick zu. »Paris, Mailand, eigene Kollektion?«

Sie zieht mich zu einer Steinbank. Wir setzen uns. Sie lehnt sich an mich und schaut in den Himmel. »Ich habe mein ganzes Geld in eine eigene Modelinie gesteckt, und die Entwürfe, Schnitte, den Look – einfach alles hat mir ein chinesischer Konzern geklaut. Und sag jetzt nicht, verklag die doch … Mein Leben ist im Arsch. Ich bin siebenundvierzig, Single, pleite und muss von vorne anfangen.«

Ich lege meinen Arm um sie und drücke sie. »Brauchst du Geld?«

Sie nickt. »Einige hunderttausend, dann könnte ich ihnen einen guten Killer schicken.«

»Hast du jemand, der dir beisteht?«

Sie schnaubt verächtlich. »Du meinst einen Anwalt, der einen chinesischen Konzern einschüchtern kann?«

»Nein, privat.«

Wieder schnaubt sie und lässt ihren Blick durch die Gegend gleiten, während sie ihre Hände knetet. »Bis vor neunzehn Tagen hatte ich eine Affäre. Eine Multimillionärin aus der Branche, die auf mich abging wie nichts. Als sie von meinen Geldproblemen erfuhr, bot sie mir an, meine Schulden zu begleichen, falls ich diese eine Sache für sie mache.«

»Was denn?«

»Eine Sache, von der sie wusste, dass ich das nicht tun kann. Sie wollte meinen Preis herausfinden. Aber ich bin teurer, als sie dachte.« Sie wirft mir einen kurzen Blick zu. »Hab ihre Wohnung demoliert und ihre Scheißvasen!«

Ich weiß nicht, was ich dazu sagen soll, also drücke ich sie kurz. Rickie schaut mich kopfschüttelnd an.

»Die Bitch hat sich total gefreut, wenn sie den Staat um Steuern bescheißen konnte. Die hat eine Yacht und klaut im Restaurant Bewirtungsbelege vom Nebentisch, um

Steuern zu sparen! Und weißt du, was sie getan hat, als ich sie verlassen hab?«

»Geweint?«, sage ich und freue mich, dass sie immer noch so auf Ethik abgeht.

»Sie hat sich einen Porsche gekauft! Am selben Tag! Einen Porsche!«

»Schönes Auto.«

»Sie hatte schon einen! Sie hat mich durch einen Zweitwagen ersetzt!«

»Immerhin ein Porsche.«

»Mann …«, flucht sie. »Was stimmt bloß mit der beschissenen Welt nicht? Die Leute definieren ihren Wert nur noch über Besitz! Kapitalismus ist doch total krank!«

»Amen.«

Sie atmet heftig und knetet ihre Hände wieder. Ich drücke sie. So sitzen wir einen Augenblick da, bevor sie mich wieder anschaut.

»SMS? Echt? Und ich dachte, ich wäre beziehungsgestört. Wie geht's denn jetzt mit euch weiter?«

»Lust auf ein Eis?«

Ich stehe auf und halte ihr meine Hände hin. Sie lässt sich auf die Beine ziehen, wir haken uns wieder ein und schlendern die Straße entlang Richtung Eisdiele.

»Derailing«, sagt sie.

»Was?«

»So nennt man das, was du machst.«

»Was mache ich denn?«

»Wenn dir ein Thema unangenehm wird, lenkst du ab. Hast du schon früher immer gemacht. War schon damals blöd.«

»Stimmt gar nicht. Wie findest du eigentlich das neue Album von den Toten Hosen?«

Sie grinst. »Dir ist schon klar, dass du damit vor allem dich selbst schädigst? Wenn du unangenehmen Themen ausweichst, kannst du sie nicht klären.«

Ich denke ein paar Schritte lang über unangenehme Themen nach, dabei kommen wir an einem Auto vorbei, auf dem ein Heckaufkleber prangt. Als ich hier wohnte, gab es keines ohne. Nun ist es das einzige in der Straße. Interessant, was das Hirn sich zusammendenkt, wenn es sich drücken will.

»Ich hatte Angst, sie zu verlieren.«

Sie mustert mich irritiert. »Du hattest sie verlassen, ihr wart geschieden, was genau wolltest du denn da noch verlieren?«

Ich nicke und frage mich, wie ich ihr erklären soll, dass sich alles aus dieser Zeit heute wie Notwehr anfühlt. Ich habe mir die ganze Zeit eingeredet, dass sie sauer auf mich sein muss, weil ich mich in unserem letzten Jahr wie ein unbeschreibliches Arschloch benommen habe. In all den Jahren klang keine SMS wütend oder nachtragend, dennoch dachte ich, dass sie mich vielleicht sogar hasst. Die einzige Küchenpsychologiethese, die ich dafür finde, ist, dass ich mich vor einem zu frühen Wiedersehen und dem Risiko schützen wollte, dass alles wieder aufbricht.

Wir nähern uns Guiseppes Eisdiele, die immer noch Guiseppes Eisdiele heißt, obwohl Guiseppe früh an einem Herzinfarkt starb und den Laden seinen bildschönen Söhnen Achilles und Benedict vererbte. Die beiden sahen so unglaublich gut aus, der Laden war immer von Mädchen überfüllt, die die Jungs anhimmelten und die Luft anhielten, wenn einer der beiden sie bediente. Sie wurden verehrt wie Rockstars. Rickie löst sich von mir und steuert den Eingang an.

»Ich hole.«

»Reicht dein Geld?«

»Haha«, macht sie und verschwindet in der Eisdiele.

Ich lehne mich an eine Mauer und denke an die unzähligen Sommertage, die wir abends hier verbrachten und über Musik, Liebe und das Leben philosophierten. Geld besaß in diesen Zeiten keinen großen Stellenwert. Wenn wir neue Instrumente brauchten, suchten wir uns Jobs und ließen sie sofort wieder sausen, wenn das Geld für eine neue Gitarre, Bassdrum, ein Mikrofon oder später den Bandbus reichte. Ich denke über diese Zeit nach, dann denke ich über die heutige nach, Fazit: Ich hatte früher ein Leben, heute habe ich ein anderes, und Vergleichen macht unglücklich.

Ich hole mein Handy hervor und tippe eine SMS. *Telefontermin möglich?*

Sekunden später klingelt mein Handy.

»Hi«, sage ich und höre Stimmengewirr im Hintergrund.

»Schön, von Ihnen zu hören«, sagt sie, und ich höre, dass sie dabei lächelt. »Wie geht es Ihnen?«

Als ich ihre Stimme höre, meine ich irgendwo in mir ein kleines schönes Zucken zu spüren, doch es taucht sofort wieder ab, als ich realisiere, dass sie mich siezt. »Gut. Wirklich. Es ist schön, alle wiederzusehen.«

»Das freut mich«, sagt Mona. »Entschuldigen Sie die Geräuschkulisse, ich bin mit Kollegen essen. Gibt es in unserem Fall neue Entwicklungen?«

»Nein, ich wollte nur mal deine Stimme hören. Tut mir leid, dass ich gestern so schnell los musste, aber es war gut herzufahren.«

»Freut mich. Also bleibt es bei dem Termin?«

»Auf jeden Fall.«

»Schön. Hier wird das Essen kalt, wir können ja später wegen der genauen Uhrzeit sprechen. Ich rufe Sie an, wenn ich im Büro bin. Ich freue mich darauf, Sie wiederzusehen.«

»Ich mich auch.«

Sie wünscht mir einen schönen Tag, und wir unterbrechen. Ich stecke das Handy weg. Sie klang geschäftsmäßig und neutral. Klar, vor den Kollegen. Dennoch. Ich horche wieder in mich rein und versuche die gestrige Nähe zu ihr irgendwo zu lokalisieren. Kann ein solches Gefühl einfach wieder verschwinden? Bevor ich weiter drüber nachdenken kann, kommt Rickie mit zwei Waffeln aus der Eisdiele und reicht mir eine.

»Vanille und Stracciatella.«

»Das weißt du noch?«

»Ich weiß so einiges noch.«

Sie streckt ihre Zunge weit raus und schleckt luderhaft an ihrem Eis. Ich grinse, als sie mich an das eine Mal erinnert, als Stella mich nach einem Gig backstage verwöhnte und Rickie heimlich zuschaute.

»Hast du es ihr je gesagt?«

»Nein, das gehört uns.«

»Cool«, sagt sie. »Ich habe immer wieder mal zu der Erinnerung onaniert.«

»Gut zu wissen.«

Sie hakt sich bei mir ein. Eis leckend machen wir uns

langsam auf den Rückweg. Meine Gitarristin. Die vielleicht lebenshungrigste Person, die ich je getroffen habe. Die sich während des Gigs eine Frau oder einen Mann vor der Bühne ausguckte und direkt nach der letzten Zugabe in die Zuschauer sprang, um nichts zu verpassen. Hatte vergessen, wie schön es mit ihr ist.

»Wie geht es denn jetzt bei dir weiter?«

Sie zuckt die Schultern. »Ich hab die Schnauze voll von der Modebranche, nur gestörte Profilneurotiker.« Sie wirft mir einen Blick zu. »Ist dir klar, dass diese Bitch mir den Wagen wahrscheinlich schenkt, wenn ich zu ihr zurückgehe und es ihr ein paar Mal ordentlich besorge?«

»Einen Porsche? Ich komm mit.«

»Pah«, macht sie. »Du kriegst höchstens einen Opel Corsa.«

»He, unter einem Beetle mache ich es nicht.«

Wir dissen uns die Straße lang und necken uns in Sachen Fuhrpark. Schließlich verpasst sie mir einen Schubser, und meine Vanillekugel landet auf dem Bürgersteig. Der Hund eines Passanten freut sich tierisch darüber. So ist das im Leben, man kann allem etwas Positives abgewinnen. Außer wenn Menschen zu früh sterben.

Als wir zum Haus zurückkommen, ist Olli verschwunden. Auf dem Küchentisch liegt eine Notiz. *Wir haben es!* Wir machen uns einen Kaffee, setzen uns an den Küchentisch und checken das Netz. Die weltweiten Reaktionen auf seinen Tod reißen nicht ab. Es ist einfach nicht zu glauben, wie viele Menschen sich als Prince-Fans outen. Zugleich machen die Trauerbekundungen es einem immer wieder bewusst: Er ist nicht mehr da. Er ist wirklich nicht mehr in diesem Leben.

»Was für ein Glück, dass er nicht früher gestorben ist«, sagt Rickie. »Stell dir vor, er wäre in den Club 27 gekommen, dann gäbe es die *Sign Of The Times* nicht.«

Ich nicke. Und keine *Lovesexy*-Tour, keinen »Sexy MF« und keine sagenhaften Aftershowkonzerte.

»Hoffentlich knacken sie seinen Safe«, sage ich. »Ich kaufe alles.« Im selben Moment, in dem ich es sage, erwischt es mich. Beim Surfen habe ich mich treiben lassen und bin auf einer Seite mit Tourneeterminen gelandet. Neben seinem Namen steht *Tourt nicht mehr*. Ich starre auf diese drei Worte. *Tourt nicht mehr*.

»Was?«, fragt Rickie.

»Nichts«, sage ich und lege mein Handy weg.

Rickie legt ihres ebenfalls weg. »Noch einen Kaffee?«

Wenig später sitzen wir auf der Couch und reden über alles und nichts, wie früher, als man noch Sachen tat wie einfach herumsitzen und sich über Gott und die Welt zu unterhalten. Wobei: Über Gott konnte man sich mit ihr noch nie unterhalten. Sie hasst Religion und findet, dass sie als Frau von allen großen Religionen eher als Nutzvieh denn als Mensch eingestuft wird. Ich nutze den Moment für ein bisschen Nächstenliebe und biete an, ihr Geld zu leihen. Zu meiner Überraschung nimmt sie das Angebot an. Sie bedankt sich, und dann fragen wir uns, was wir für Olli tun können. Rickie lässt ihre Fingergelenke knacken, während sie nachdenkt.

»Er braucht irgendwas Besonderes, das ihn wieder zurück in die Spur bringt.«

»Schlaf mit ihm.«

»So besonders nun auch wieder nicht«, sagt sie und schaut sich im Wohnzimmer um, bevor sie mich vielsagend anschaut.

Als vier Stunden später Autoreifen draußen im Kies knirschen, haben wir das Wohnzimmer entmüllt, Kartons zerrissen, die schlimmsten Tüten entsorgt, zwei kaputte Stühle und ein marodes Regal raus zum Müll gestellt, Staub gesaugt und die Fenster geputzt. Wir haben abgewaschen, den Küchenabfluss mit Kochpulver und Essigessenz freibekommen und die Küche geschrubbt. Auch wenn es an Ollis Gesamtsituation nicht viel ändert, so ist es mal wieder erstaunlich, wie anders ein Raum sich anfühlt, wenn er sauber und aufgeräumt ist.

Draußen hupt es.

»Geh du«, sagt Rickie, die auf einem Küchenstuhl steht und die Deckenlampe von einer Armada toter Insekten befreit. In ihren »Einsatzklamotten« sieht sie aus wie eine Vogelscheuche. Ich komme in meinen wahrscheinlich nicht besser weg.

Als ich in die Einfahrt rauskomme, steht Olli neben Martins Transporter, den er rückwärts in der Einfahrt eingeparkt hat. Als er mich in den Klamotten sieht, runzelt er die Stirn.

»Wir fangen erst bei Dunkelheit an.«

»Wir sind bereits im Einsatz.«

Ich deute zu den Mülltonnen rüber, wo wir Mobiliarschrott, Verpackungen, Tüten und Holzteile aufgetürmt haben. Er wirft einen Blick rüber, nimmt das regungslos zur Kenntnis und zeigt auf die Wanderdüne.

»Mach auf.«

Ich schließe den Kofferraum vom Taunus auf. Draußen auf der Straße hört man eine Gruppe Menschen näher kommen.

»Warte!« Olli schließt den Kofferraum wieder, macht ein paar Schritte auf die Straße zu und schaut aus der Ausfahrt.

»Wo ist dein eigener Wagen?«, frage ich ihn.

»Verkauft«, antwortet er, ohne mich anzuschauen. »Hab den Lappen verloren.«

Ich schaue zum Transporter, dann zu Olli und beschließe nicht nachzufragen. Eine Gruppe Jugendlicher zieht aufgeregt über ein Fußballspiel redend an Ollis Einfahrt vorbei. Als sie weg ist, gibt Olli mir ein Zeichen, den Kofferraum wieder zu öffnen, holt einen Zehn-Liter-Kanister aus Martins Transporter und stellt ihn in den Kofferraum der Wanderdüne. Und noch einen. Und noch einen. Und noch einen.

»Äh, wie viele habt ihr geholt?«, frage ich ihn.

»Sechs. Je drei.«

»Das sind dann ungefähr sechzig Kilogramm. Fünfundzwanzig Pfund färben den Chicago River.«

Er zuckt die Schultern. »Es ist für Prince.«

Er lädt die restlichen Kanister um. Rickie kommt aus dem Haus, stellt sich zu uns und steckt sich eine Zigarette an. Sie mustert die Kanister neugierig.

»Ist das nicht ein bisschen viel?«

»Es ist für Prince«, erkläre ich ihr und schließe die Heckklappe der Wanderdüne vorsichtig.

Olli klappt die Transportertüren zu und steigt wortlos hinters Lenkrad. »Ich bringe Martin den Wagen zurück, bin in zwei bis drei Stunden wieder da. Einsatz gegen 21 Uhr.«

»Jawoll.«

»Nur für die Akten«, sagt er und wirft einen Blick rüber zu den Mülltonnen. »Ich hab euch nicht drum gebeten.«

»Gern geschehen, du Arsch.« Rickie mustert ihn kopfschüttelnd. »Echt, was ist nur mit dir passiert?«

Er mustert sie einen Moment, dann schaut er mich an. »Rockstar schon mal nicht.«

Er rollt rückwärts aus der Ausfahrt, dann röhrt der Motor auf, und wir hören, wie er mit quietschenden Reifen die Straße runterdonnert. Ist es schlau, ohne Führerschein so zu fahren, dass man auffällt? Nein. Bin ich der Richtige, um ihm das zu sagen? Tja.

Rickie schnippt ihre Zigarette weg. »Dankbarkeit war nie seine Stärke.«

»Das hast du jetzt wirklich schön gesagt.« Ich denke über seinen Verband nach. »So, wie er drauf ist, auf einer Skala von null bis zehn, wie sicher bist du, dass er sich nichts antut?«

»Er tut sich schon immer was an. Früher sah er dabei nur besser aus und hatte Maria, die auf ihn aufpasste.«

Sie geht zurück ins Haus. Ich bleibe noch einen Moment stehen und denke über Olli nach. Habe ich mir etwas angetan, als ich am Tiefpunkt meines Lebens war? Ja, aber ich tat vor allem anderen etwas an. War das gesünder? Für die anderen nicht. Für mich auf jeden Fall. Ist Olli vielleicht einfach Menschenfreund genug, nur sich selbst etwas anzutun? Ich werfe einen Blick über den zugemüllten Garten und sehe hinter einer Erdaufschüttung einen Griff herausragen. Sieht aus wie der Lenker eines Mofas. Ich trippele ein paar Schritte in den Garten, weiche einem Loch im Boden aus, das irgendwann mal als Grillstelle hergehalten hat, und da, hinter der Aufschüttung, liegt tatsächlich sein altes Mofa im Dreck. Ich mache noch einen Schritt und stehe vor Ollis allerersten fahrbarem Untersatz mit Motor, eine Hercules M5, die hier für immer verrottet. Sie hat sogar noch die teure rote Sitzbank drauf, für die er sich damals Geld von allen geliehen hat. Da liegt das Ding. Olli hängt auf eine Art an der Vergangenheit, die mir Angst machen würde. All die alten Dinge um ihn herum und nichts Neues in Sicht. Vielleicht ist er deswegen so wütend.

16

Der Allersee liegt dunkel und ruhig da. Ein leichter Ostwind riffelt die Wasseroberfläche, für Wellen reicht es nicht. Vor einer halben Stunde ging die Sonne unter. Nichts bewegt sich. Vor zwanzig Minuten ist auf der Westseite ein einsamer Jogger entlanggelaufen, ansonsten ist alles ruhig, bis auf drei verdächtige Gestalten, die an einem frischen Aprilabend auf dem Parkplatz mit verdächtigen Kanistern herumstehen und darauf warten, dass Olli und Martin ein Boot vom Yachtclub organisieren. Es ist so still, dass man einen Hund hört, der am gegenüberliegenden Ufer des Sees bellt. Neben mir steht allen Ernstes Stella und starrt ebenfalls unruhig zum Yachtclub hinüber. Ich stupse sie an.

»Ich glaub's einfach nicht, dass du hier mitmachst. Wenn Olli wieder durchdreht und wir erwischt werden, verpasst du vielleicht die Hochzeit deines Sohns, weil wir im Knast sitzen.«

»Niemand wird erwischt«, sagt Rickie nervös.

Im selben Moment platscht drüben am Yachtclub etwas Großes laut ins Wasser.

»Mann, was machen die denn da?«, flucht sie leise.

Im Licht einer Uferlaterne sieht man zwei Gestalten auf

irgendetwas aufsteigen, das auf dem Wasser treibt. Was das auch immer ist, ein Boot ist es nicht.

»Lass uns abhauen«, sage ich. »Die Bullen sind bestimmt schon unterwegs.«

Rickie flucht nervös. Stella drückt meinen Arm. Genug geärgert.

»Bringen wir es hinter uns «, flüstert sie.

Wir schnappen uns die Kanister und tragen sie runter zum Westufer, dabei werfe ich einen Blick Richtung Plantschgeräusche, aber das Ding hat sich schon aus dem Lichtkegel der Uferlaternen entfernt und kommt auf uns zu.

»Das Licht«, sagt Stella, und schon bin ich in Bewegung.

Laternenlicht entsteht in einer Gasatmosphäre zwischen zwei Elektroden, die so empfindlich sind, dass die Verbindung bei einem harten Ruck abreißt. Die Lampe wird zwar weiterhin mit Strom versorgt, doch die Lichtbrücke muss neu aufgebaut werden, was erst dann wieder möglich ist, wenn die Lampe abgekühlt ist. Das weiß ich so genau, weil ich früher einmal meinen Chemielehrer danach gefragt habe, als es noch Volkssport für Jugendliche war, auf dem Heimweg möglichst viele Laternen auszutreten. Ich verpasse der Laterne, die uns am nächsten ist, einen ordentlichen Tritt. Sie geht aus und spendet uns für zwei bis drei Minuten Dunkelheit. Da ich schon mal dabei bin, laufe ich an den Frauen vorbei zur nächsten Laterne und verpasse ihr ebenfalls einen Tritt. Sie hüllt uns sofort in Dunkel. Hatte ganz vergessen, wie viel Spaß das macht. Ich laufe zu Rickie und Stella zurück, die an unserer Anlegestelle stehen und übers Wasser raus ins Schwarze starren.

»Spaß gehabt?«, fragt Stella.

»Von fast schon therapeutischem Ausmaß«, sage ich und höre, wie seltsam das klingt, aber keiner reagiert drauf.

Wir starren in die Dunkelheit, wo erste Umrisse sichtbar werden. Martin und Olli kommen in irgendeinem Ding auf uns zugepaddelt, kein richtiges Boot, sondern eine … Badeinsel? Sie kommen näher, und Martin streckt ein Paddel in unsere Richtung. Ich packe das Ding und ziehe sie ans Ufer, während ich die Sache beäuge.

»Was ist das?«

»Eine Rettungsinsel. Die ist aus Hartplastik. Unsinkbar«, freut sich Martin.

»Wenn einer ins Wasser fällt, einfach dran festhalten«, fügt Olli hinzu.

Beflügelt von dieser Information, beladen wir das Teil. Stella reicht mir Kanister an, die ich an Olli weiterreiche.

»Sicher, dass das Zeug bio ist?«

»Ich hab die Zusatzstoffe geprüft, davon stirbt nicht mal ein Regenwurm.«

»Sind keine Regenwürmer im Wasser, Olli.«

»Scheiße, jetzt reicht's mir!« Er richtet sich auf, die Rettungsinsel schwankt bedenklich unter seinen Füßen.

»PSSSSST!«, macht Rickie.

Stella überreicht mir den nächsten Kanister und verpasst mir einen Blick. Genug gestichelt. Wenig später sitzen vier Gestalten auf dem Plastikding. Olli und Martin rudern, Stella und ich sollen das Zeug verklappen, sobald wir in der Mitte des Sees sind. Stella sitzt am Bug, ich am Heck, während Olli und Martin paddeln. Rickie bleibt an Land und hält die Fluchtrute frei, zur Not lenkt sie als arme hilflose Blondine ab, wenn jemand vorbeikommen sollte. Martin und Olli patschen ineffizient mit den Paddeln herum, wir bewegen uns dennoch Richtung Seemitte. Glaube ich zumindest, denn man sieht wirklich kaum die Hand vor Augen. Nur weil Stellas Silhouette sich manchmal gegen die Lichter auf der andere Seeseite abzeichnet, erkenne ich, dass sie ihren Kopf dreht und in meine Richtung schaut.

»Ihr hättet euch ruhig mal die Gesichter schwärzen können, ihr leuchtet wie Lampen.«

Ich lächle. »Wird 'ne Mordsgaudi, wenn die Bullen dir nachher befehlen, die Tarnfarbe abzuwischen.«

»PSSSST!«, macht Olli, der schon schnauft.

»Paddelt bitte etwas schneller, ja?«, empfehle ich. Ich kassiere ein paar eiskalte Wasserspritzer und erinnere mich noch mal dran, da auf keinen Fall reinzufallen.

Als wir in der Mitte des Allersees ankommen, schnaufen unsere Ruderer ordentlich. Ich schraube einen Kanister auf und rieche an dem Inhalt. Es riecht nach nichts, aber vor allem sieht man nichts. In der Dunkelheit ist es unmöglich zu erkennen, welche Farbe in welchem Kanister ist.

»Hab ich blau oder rot?«

»Woher zum Teufel soll ich das wissen!«, schnauft Olli.

»Hat jemand Licht?«

»Kein Licht!«

»Und was, wenn ich jetzt nur blau ausschütte?«

»Mann, kipp die Scheiße einfach rein!«, keucht er. »Los jetzt, verdammt!«

Ich kippe den Inhalt eines Kanisters in den Allersee. Das Zeug gluckert ins Wasser. Vorne höre ich Stellas Kanister gluckern. Ich werfe den leeren Kanister hinter mich und schaffe es Ollis Fuß zu treffen. Er flucht. Ich schraube den nächsten Kanister auf und lasse das Zeug ins Wasser gluckern. Und den dritten Kanister. Olli und Martin rühren mit ihren Paddeln im Allersee herum. Sieht ziemlich bescheuert aus, was ich nicht schaffe, für mich zu behalten, was mir einen Schwall Wasser von Olli einbringt. Ich tauche eine Hand ins kalte Wasser und verpasse ihm eine Ladung, worauf er mir wieder eine Ladung mit dem Paddel verpasst.

»Seid bitte leise!«, sagt Martin.

Zu spät, der Krieg wird zu Wasser ausgetragen. Ich verpasse Olli mit hohlen Händen ordentliche Güsse, aber er punktet mit dem Paddel. Er wird immer aggressiver, und das Wasser ist saukalt. Ich überlege mir gerade, ihn über Bord gehen zu lassen, als drüben am Campingplatz ein Außenlicht angeht. Wir verharren und starren zu dem Licht hinüber.

»Na toll«, flüstert Stella. »Nichts wie weg!«

Olli und Martin paddeln, als hätte man sie unter Strom gesetzt. Jeden Moment erwarten wir den Lichtkegel einer Lampe, aber schließlich landen wir am Ufer, wo Rickie uns hibbelig erwartet.

»Habt ihr den Verstand verloren?«, faucht sie, als wir am Ufer anlegen. »Man hört euch bis in die Innenstadt!«

Wir lassen unseren Bootsersatz am Ufer liegen, und als wir zu den Autos laufen, beginne ich zu lachen. Neben mir beginnt Stella zu prusten. Martin springt in den Transporter und entfernt sich schnell vom Tatort. Wir anderen steigen in die Wanderdüne, nachdem Olli und ich unsere nassen Jacken in den Kofferraum geworfen haben. Ich starte den Wagen, drehe die Heizung voll auf und lasse den Taunus langsam vom Parkplatz rollen.

»Was sollte der Scheiß?«, faucht Rickie wieder.

»Olli hat die Nerven verloren.«

»Arschloch!«

»Nein, das Arschloch bist du«, sage ich. »Wir putzen dir dein Haus, und du kannst nicht mal danke sagen. Da sieht man mal, was für ein großartiger Sänger du warst, dass man damals all die Jahre lang deine Scheißmanieren in Kauf genommen hat.«

Er weiß vielleicht nicht so richtig, ob das eine Beleidigung oder ein Kompliment war, jedenfalls bleibt die Reaktion aus, und wir schaffen es ohne Zwischenfälle zurück. Ich lasse Stella an ihrer Straßenecke raus. Autos mit fremden Kennzeichen parken bereits die halbe Straße zu. Es sind wohl schon viele Hochzeitsgäste da, dennoch war sie mit am See.

»Bis morgen«, sagt sie. Doch bevor sie aussteigt, lehnt sie sich rüber und gibt mir einen Kuss auf die Wange. »Nicht vergessen, du hast versprochen darüber nachzudenken.«

Ich nicke und schaue dann zu, wie sie mit schnellen Schritten auf das ehemalige Elternhaus zugeht, wo ich sie in einem anderen Leben ungezählte Male abholte und hinbrachte, bis wir endlich eine eigene Wohnung hatten.

Olli beugt sich zwischen den Sitzen nach vorn. »Das wäre jetzt alles deins, wenn du dich nicht verpisst hättest.«

Bevor ich etwas sagen kann, stöhnt er auf, und sein Kopf verschwindet wieder nach hinten.

»Noch so ein beschissener Spruch, und ich bin weg!«, schnauzt Rickie ihn hinten an. »Merkst du noch was? Es ist absolut Endgrenze! Verstanden!«

»Mann«, mault Olli, und ich sehe im Rückspiegel, wie er

sich mit schmerzhaft verzogenem Gesicht die Seite reibt und auf mich zeigt. »Er teilt doch die ganze Zeit aus!«

Rickie starrt ihn wütend an. »Denkst du, du bist der Einzige, dem das Leben mitspielt? Glaubst du, dein Problem ist größer als meins oder gar seins? Du bist ein gottverdammter Jammerlappen geworden! Krieg endlich den Arsch hoch, bevor du dein Leben endgültig an die Wand fährst!« Sie lehnt sich zwischen den Sitzen vor und schaut mich an. »Und du, hör endlich auf, ihn zu provozieren. Du weißt doch, wie er ist.« Sie lehnt sich wieder zurück. »Mit euch ist noch alles so wie früher, nur ohne Musik ist das echt nicht zu ertragen!«

»Hab ja gesagt, wir sollen spielen«, mault Olli und reibt sich weiterhin die Stelle, wo Rickie ihn erwischt hat. Während die beiden sich auf dem Rücksitz weiter kabbeln, schiebe ich den ersten Gang ein und lasse die Wanderdüne die Straße runterrollen. Olli meint es nicht böse. Er tut nur das, was so viele Menschen tun, die ihr Leben nicht mögen: irgendjemand die Schuld dafür geben. Und ich biete mich wirklich an.

Schließlich parken wir in der Einfahrt und fallen in ein frischgeputztes Haus ein, über dessen Zustand Olli immer noch kein Wort fallen lässt. Wir ziehen die hässlichen Klamotten aus, duschen und hängen dann doch bald wieder auf der Couch vor den Displays. Die einzig wirklich neue Info ist, dass sein Leichnam morgen verbrannt werden soll. Als Beerdigung soll nur eine kleine familiäre Trauerfeier abgehalten werden, aber es soll bald auch etwas für die Fans stattfinden. Youtube explodiert weiterhin mit neuen Clips und Livemitschnitten. Auf einer Liveaufnahme Anfang der Neunziger spielt er auf der *Diamonds-and-Pearls-*

Tour die Gitarre mit einer solchen Intensität, dass es einem den Atem verschlägt. Es ist eine Zugabe, das Publikum liegt ihm bereits zu Füßen, doch er legt immer wieder noch eins drauf, riskiert schwierige Läufe, während er gleichzeitig über die Bühne tänzelt. Er scheint einfach keine Angst vor Fehlern zu haben.

Olli zaubert eine Jägermeisterflasche hervor und füllt drei Gläser. »Auf die Aktion.«

Um den Frieden nicht zu gefährden, trinke ich einen mit. Wir stoßen mit den Gläsern an und kippen das Zeug runter. Olli füllt die Gläser wieder und kippt seinen gleich runter. Wir klicken zum nächsten Clip, in dem Prince mit Maceo Parker und Candy Dulfer jammt und nur Gitarre spielt. Aber was heißt schon »nur«. Technisch gesehen, ist er ein unglaublich guter Gitarrist, aber es ist nicht, wie schnell oder sauber er spielt – sondern was. Sein Spiel berührt mich, und ich kann nicht mal genau sagen warum. Manchmal konnte Gary Moore mich mit seinem Spiel ähnlich berühren. Manchmal konnte Carlos Santana es. Jimi sowieso. Aber es sind nicht viele Gitarristen, die das vermochten. Bei seinem Gesang ist es ähnlich; irgendetwas in seinem Ton geht mir direkt in die Seele. Und zwar fast jedes einzelne Mal. Was das auch immer für eine Verbindung ist. Sie war dreißig Jahre lang zuverlässig da, länger als sonst irgendwas in meinem Leben.

Wir schauen den Clip zu Ende, dann klickt Rickie auf einen Link zu *unserem* Prince-Konzert. Dortmund 1988. *Lovesexy*-Tour.

»Wisst ihr noch?«, fragt sie.

Die Frage ist rhetorisch. Keiner von uns wird diese beiden Nächte jemals vergessen. Am ersten Abend eröffnete Sheila E. die Show mit einem Bassdrum-Beat, auf den schließlich die ganze Halle einstieg, während Prince in einer Limousine auf die Bühne gefahren kam. Am zweiten Abend eröffneten Rickie, Olli und Kees das Konzert mit ebenjenem Groove, den sie vom Vorabend kannten. Vor Konzertbeginn gaben sie den Groove mit ihren Schellenkränzen so lange vor, bis nach und nach immer mehr Menschen im Publikum darauf einstiegen. Als Krönung stieg dann Sheila E. mit der Bassdrum auf den Groove der Halle ein. Auch heute noch sieht Rickie glücklich aus, wenn sie diese Geschichte erzählt. Wir schauen die Show, und sie macht mich zum ich weiß nicht wievielten Mal auf eine schöne Art sprachlos. Bei der *Lovesexy*-Tour war mit seinen Hüften definitiv alles noch in Ordnung. Er bewegt sich so elegant wie ein professioneller Tänzer und hat so viel Kraft in den Beinen, dass er fast vom Boden abhebt, wenn er sich aus dem Spagat hochdrückt. Schweigend verfolgen wir den Gig, manchmal zeigen Rickie oder ich auf den Bildschirm, um den anderen auf etwas aufmerksam zu machen. Neben uns kippt Olli Kurze. Wenn er in dem Tempo weitermacht, ist er gleich hinüber. Rickie wirft mir einen Blick zu, ich zucke die Schultern.

Als das Konzert mit »Alphabet Street« endet und Prince mit Cat und Sheila E. auf der Limousine von der Bühne fahren, während Sheila E. seine Beine festhält, damit er nicht von dem Wagen fällt, schnarcht Olli längst auf der Couch, und Rickie gähnt permanent. Ich wecke Olli, der etwas nuschelt und dann nach oben in sein Schlafzimmer taumelt. Rickie küsst mich und verschwindet ins Gästezimmer. Ich checke mein Handy und sehe, dass Mona versucht hat mich zu erreichen. Als ich ihren Namen auf dem Display lese, zuckt es irgendwo in mir kurz freudig. Es ist zu spät, um zurückzurufen, also sitze ich ein bisschen da. Dann weiß ich, was ich zu tun habe.

17

Ich parke den Wagen vor der Adresse, die Martin mir gegeben hat. In einem Fenster der unteren rechten Wohnung brennt Licht, und ein Fernseher wirft flackernde Bilder an die Wand. Da ich die Situation im Haus nicht kenne, drücke ich nicht die Klingel, sondern wähle ihre Nummer auf dem Handy. Sie geht sofort ran.

»Was willst du? Weißt du überhaupt, wie spät es ist?«

»Schau mal aus dem Fenster.«

Nach drei Sekunden gleitet die Gardine zur Seite. Ein Kopf erscheint, schaut kurz zu mir und verschwindet wieder. Wenig später geht der Türsummer. Ich gehe sechs Stufen hoch, und schon öffnet sich eine Wohnungstür, Maria steht im Rahmen. Ich bleibe vor der Fußmatte stehen, sie mustert mich. Sie hat ordentlich zugenommen und trägt eine Brille, die ihr nicht steht. Zudem trägt sie einen fleckigen Bademantel und Hausschuhe, die langsam durch sind. In Sachen Outfit sind sie sich immer noch nahe. Ich öffne meine Arme. Sie zögert kurz, dann tritt sie vor und umarmt mich.

»Hey, Mary.«

»Hey, Leo.«

Ein warmer, weiblicher Geruch steigt von ihrem Hals auf. Ich schnuppere. »Du riechst gut, was ist das?«

»Bratenfett.«

Ich grinse. Der Humor ist geblieben. Wir lösen uns voneinander. Sie tritt wieder in die Wohnung zurück.

»Egal was du sagst, und egal was du vorhast: Ich lasse mich scheiden.«

Ich schaue sie bloß an und bewege mich nicht.

Schließlich seufzt sie. »Komm rein.«

Ich folge ihr in ein kleines, mit Möbeln zugestelltes Wohnzimmer. Auch hier merkt man, mit wem sie zusammen war. Sie haben denselben schlechten Einrichtungsgeschmack. Das Wohnzimmer ist mit allen möglichen Dingen zugestellt und wird von einem Riesenbildschirm dominiert, auf dem ein küssendes Paar im Standbild eingefroren ist. Sie setzt sich in einen Sessel, zieht den Bademantel enger um sich und schaut mich an.

»Na gut. Sag es.«

»Was denn?«, frage ich und setze mich auf die Lehne eines Sofas, weil es sonst keinen freien Platz gibt.

»Ich weiß, du bist hier, um irgendwas wegen Olli loszuwerden, und ich weiß, du nervst mich, bis ich es mir anhöre, also raus damit.«

»Gut. Ich bitte dich, ignorier ihn nicht ganz. Er kann damit nicht umgehen. Er ist Frontmann. Was auch immer zwischen euch vorgefallen ist, es ist ernst, Mary. Olli stirbt, wenn wir ihm nicht helfen. Er richtet sich zugrunde.«

»Ach ja?« Sie lacht hart und bitter. »Rat mal, warum ich da weg bin. Schau mich an, ich bin fett geworden, alt und fett. Ich bin Alkoholikerin. Und warum? Weil er sich zugrunde richtet und ich das all die Jahre mitgemacht habe, statt ihn zu verlassen.«

Ich hole Luft, um etwas zu erwidern, aber sie winkt ab.

»Ich weiß, niemand hat mich zum Saufen gezwungen, war meine eigene Entscheidung. Aber wenn dein Mann sich jeden Abend vor der Glotze besäuft, dann trinkt man mal mit, um bei ihm zu sein. Irgendwann trinkst du dann auch ohne ihn. Ich hätte viel früher gehen sollen, und nichts und niemand in dieser gottverlassenen Welt bringt mich jemals wieder in dieses gottverdammte Haus!«

Sie ist immer lauter geworden und rudert zum Schluss mit ihren Armen herum, wobei sich der Bademantel etwas öffnet. Sie zieht ihn wieder zusammen und atmet heftig.

»Er stirbt, Maria.«

»Nein! Nein!«, sagt sie und wedelt mit einer Hand in meine Richtung. »Seine Entscheidung, sein Problem! Jeder muss seine Entscheidungen treffen. Niemand zwingt ihn dazu, so zu leben. Der Alkohol, die Pornos, das schlechte Essen, und jetzt auch noch Koks? Er zieht sich das alles rein, egal ob jemand dabei ist oder nicht. Und wenn einer von euch möchte, dass ich dahin zurückgehe, dann schämt euch! Schämt euch, verflucht!«

Ich sehe es ihr an. Es ist definitiv vorbei. Ich zeige ihr meine Handflächen. »Entschuldige bitte.«

Sie winkt ab. »Wofür zum Teufel? Ist nicht deine Schuld!«

»Er hat mich eine Zeitlang angerufen, doch ich war zu beschäftigt. Ich war viel zu lange nicht mehr hier, ich wusste nicht, dass es so schlimm geworden ist. Es tut mir leid, dass er dich so runtergezogen hat. Du musst tun, was gut für dich ist, du hast lange genug für ihn gesorgt.«

Sie blinzelt ein paar Mal, dann nickt sie. »Ja, das habe ich. Ich habe mir nichts vorzuwerfen.«

»Gar nichts«, sage ich. »Er hatte dich schon damals nicht verdient.«

Sie mustert mich argwöhnisch. »Du bist nicht hier, um mich zu irgendeiner Scheiße zu überreden?«

»Es gibt Momente in Beziehungen, da muss man sich selbst retten. Du weißt, dass ich das weiß.«

Sie mustert meine Augen eindringlich und nickt dann langsam. »Ja«, sagt sie dann und schaut zum Fernseher. Niemand bewegt sich, bis auf das küssende Paar auf dem Bildschirm. Aus irgendeinem Grund ruckt das Standbild auf dem Fernseher immer wieder ein Bild weiter. Ich kann die Fernbedienung nirgends entdecken. Vielleicht sitzt sie darauf.

»Weißt du noch, meine Eltern?«, fragt sie. Ihre Hände halten die Lehnen umklammert. Die Knöchel ihrer Hände sind weiß. Sie atmet schwer und langsam.

»Ja«, antworte ich.

»Sie haben mir eingehämmert, dass man sich nicht trennt, und blieben zusammen, obwohl sie sich hassten. Nach außen hin wahrten sie den Anschein, aber ich durfte nie jemand mit nach Hause bringen, weil sie den Anschein nicht lange aufrechterhalten konnten. Sie haben ständig schlecht übereinander geredet, aber erzkatholisch schworen sie mir, dass ich in der Hölle lande, wenn ich meinen Mann verlasse. Noch auf dem Sterbebett meinte Mama, dass ich zu meinem Ehemann halten müsste, sonst würde sie mich aus dem Jenseits verfluchen …« Sie schaut mich verzweifelt an, ihr Kinn bebt. »Ich wollte sie nicht enttäuschen, und jetzt bin ich eine fette, alte Trinkerin.«

Ich rutsche etwas näher und nehme ihre Hand. »Du bist nicht alleine.«

»Scheiße«, faucht sie und zieht an ihrer Hand. »Ich brauch dein Mitleid nicht!«

Ich halte ihre Hand fest. »Du hast immer vermittelt, wenn es Streit gab. Du hast dich so oft zurückgenommen. Du hast Olli akzeptiert, wie er ist, und wer kann das schon. Ohne dich hätte es die Band nie so lange gegeben, und ohne dich hätte ich die Zeit damals noch schlechter überstanden. Wir sind so lange befreundet, und ich schulde dir mehr, als ich dir geben kann.«

Sie hört auf an ihrer Hand zu ziehen und scheint in meinen Augen nach einem Anzeichen zu suchen, dass ich das nicht ernst meine. Schließlich blickt sie zur Seite.

»Ich bringe dich raus«, sagt sie rau.

Ich stehe sofort auf und höre, wie sie sich hinter mir aus dem Sessel kämpft, während ich die Wohnungstür öffne und in den Hausflur gehe, um ihr Raum zu lassen. Sie bleibt drinnen in der Wohnung stehen.

Ich breite meine Arme aus. »Eine Umarmung zum Abschied, trotz Bratenfett?«

Sie schaut mich regungslos an. Ich bleibe bewegungslos stehen. Sie seufzt, tritt vor und bringt es übers Herz, mich noch mal zu umarmen. Ich halte sie fest. Die Trude der Band.

»Wir lieben dich nicht weniger, nur weil du Olli nicht mehr erträgst, also hör auf, Stella und Martin abzuwimmeln, sie wollen dich nicht verlieren. Bestraf sie nicht dafür, dass sie Olli kennen. Und meine Nummer hast du ja jetzt. Ruf mal an.«

Ich gebe sie frei. Sie löst sich von mir und schaut zu Boden.

»Was soll ich denn erzählen? Ich erlebe nichts außer Arbeit, den Treffen mit den Anonymen und Filmegucken.«

»Das ändert sich, wenn du deinen Freunden erlaubst, Kontakt zu haben. Ruf Martin an, er braucht jemanden. Cream hat Krebs.«

»Oh nein!«, sagt sie, und zum ersten Mal, seitdem ich hier bin, wirkt sie wirklich berührt. Sie mustert mich seltsam, dann schüttelt sie ihren Kopf. »Es ist immer noch wie damals. Du redest wenig, aber alle tun, was du sagst.«

»Und ich dachte immer, ich tue, was Stella sagt.«

Auf ihrem Gesicht erscheint ein kleines schönes Lächeln. »Stimmt. Du warst ihr ja so was von verfallen.«

Ich ziehe meine Schultern hoch. »Wann hat ein Straßenköter schon mal die Chance auf eine Königin?«

Sie nickt sofort, und das Lächeln verschwindet von ihrem Gesicht. »Ja, genau, das war es, du hast sie wie eine Königin behandelt, nicht wie eine Prinzessin.« Sie schaut mich ernst an. »Ich werde mich nie wieder respektlos behandeln lassen. Von niemandem.«

»Gut so.«

Wir reden noch ein bisschen, dann gehe ich. Als ich unten am Wagen ankomme, winke ich zum Fenster rüber, aber sie ist nicht zu sehen. Ich steige mit dem Gefühl ein, etwas Gutes viel zu spät gemacht zu haben. Bleibt gut. Bleibt zu spät. Ich will gerade den Motor anlassen, als mein Handy summt. Martin.

»Wo seid ihr? Niemand geht ran.«

»Schlafen alle schon. Lust auf ein Versöhnungsbier?«

»Es ist fast Mitternacht.«

»So jung kommen wir nie mehr zusammen?«

Er zögert. »Aber nur eins, ich will Cream nicht so lange alleine lassen.«

»In zehn Minuten im Esplanade?«

Er zögert wieder kurz. »Was machen wir, wenn Salzmann auftaucht?«

»Wir polieren ihm so was von die Schnauze«, sage ich und unterbreche die Verbindung. Ich bin mir ziemlich sicher, dass Salzmann sich nicht blicken lässt. Er hat auf die Fresse bekommen und die Bullen gerufen. Er ist durch. Und auch falls nicht, dann scheiß drauf. Seitdem ich ihn am Boden gesehen habe, ist sein Nimbus weg.

Zehn Minuten später parkt Martin seinen Transporter vor dem Esplanade. Heute am Freitag steht ein Security an der Tür. Wir gehen rein und schauen uns um: kein Salzmann. Dafür spielt die Hausband wieder, und es ist heute noch voller, circa zweihundert Leute sind da. Der Geschäftsführer muss mit eingeklemmter Krawatte hinter der Theke aushelfen, von Lotte ist nichts zu sehen. Wir ordern gerade Bier, als die Band Pause macht und geschlossen zur Theke kommt, um sich Getränke zu holen. Ich mache der Keyboarderin ein Kompliment für ihre gestrige Performance, für das sie sich routiniert freundlich bedankt. Klar, gut aussehendes Mädchen in einer Kleinstadt, auf der Bühne ein Tier, das reicht wahrscheinlich, um eine gewisse Routine mit Komplimenten zu entwickeln. Als sie erfährt, dass Martin und ich eine Band hatten, ändert sich die Lage, plötzlich gibt sie sich wie auf der Bühne: offensiv und wach. Wir reden über Musik.

Ihre Band covert, um möglichst viel spielen zu können und Geld zu verdienen. Sie proben zweimal die Woche im Jugendzentrum, spielen donnerstags und freitags hier. Samstags jammen sie meist mit anderen Musikern. Sie würden gerne mal ein eigenes Programm haben, aber dafür fehlen ihnen Songs. Als die Band weiterspielen muss, fragt sie, welches Lied ich hören will, und wenig später drückt die Band eine rockige Version von »Baby Love« ab.

»Fünfmal die Woche spielen, nicht schlecht«, sagt Martin neben mir.

Ich nicke. Ich glaube, es gab Jahre, in denen kein einziger Tag verging, an dem wir nicht Musik machten, inklusive Weihnachten und Silvester, Geburtstage sowieso. Wir hatten immer eine Gitarre dabei, sangen permanent oder arrangierten Songs neu. Die besten Zeiten meines Lebens.

Martin wirft mir einen schnellen Blick zu und schaut dann starr nach vorn. »Du, Leo, wegen heute früh, also, das tut mir leid. Ich wollte dich nicht kritisieren.«

Ich lege ihm einen Arm um die Schultern. »Du hast jedes Recht, sauer auf mich zu sein. Ihr alle. Ich hätte mich viel früher melden müssen, aber…« Ich verstumme, weil mir nichts einfällt, was ich dazu noch sagen kann, also lösen wir die Situation auf die Art, die man nur mit Freunden kann. Ich stoße meine Flasche gegen seine. »Auf Prince.«

»Und Keys.«

»Und Purple.«

Wir trinken, und eine Gesprächspause entsteht. Schließlich zeige ich mit der Bierflasche auf den Bassisten. »Sag mal, ich höre den, aber ich spüre gar nichts. Mit deinem alten Ampeg würde er fetter rüberkommen, was?«

Und schon fachsimpeln wir über den Basssound. Die nächste Pause zwischen den Songs nutze ich, um ihn, der sich immer um alle kümmert, endlich mal zu fragen, wie es ihm geht. Er wird »gut« sagen, daher muss ich über Bande spielen.

»Wie läuft es mit deiner IT-Firma?«

»Gut. Die Branche boomt.«

»Und deine Eltern?«

Er zuckt die Schultern. »Sie werden langsam alt, ich grüße sie von dir, ja?«

»Klar. Sind sie jetzt im Altersheim?«

Er schaut mich irritiert an. »Nein, zu Hause.«

Allein der Gedanke, er könne seine Eltern in ein Heim stecken, zeigt, wie lange ich weg war. Mann, wie ich ihn mag.

»Und die Mädels? Nichts am Start?«

»Momentan nicht«, druckst er herum und trinkt einen Schluck. »Und du? Hast du jemanden?«

Ich denke automatisch an Mona, und auf einmal stockt mein Puls. Das Gefühl, das ich vor Wolfsburg hatte, ist plötzlich wieder da. Nicht so intensiv wie in meinem Haus, aber … es ist wieder da! Ich lächle. »Ja, ich glaube, ich habe jemanden getroffen.«

»Ach, wirklich? Wie schön! Kommt doch mal vorbei. Bring sie mit. Mag sie Hunde?«

»Keine Ahnung«, sage ich, nicke dann aber. Sie mag Tiere, weil alles andere nicht zu ihr passen würde. »Doch, ja, ich denke schon. Und du? Führst du ein heimliches Doppelleben, oder hast du wirklich keine Freundin? Was ist bloß mit den Mädels los?«

»Wird schon. Und wie läuft das Studio?«, legt er gleich nach. »Die Zeiten für so ein großes sind bestimmt nicht einfach, oder?«

Ich bin nicht der Einzige hier, der Derailing kann.

»Ich komme klar«, sage ich und verschweige ihm, was ich tun muss, um klarzukommen.

»Hast du ein bisschen Geld über?«

Ich schaue ihn überrascht an. »Für dich?«

Er schaut zur Bühne, wo ein Gitarrensolo beginnt. Der Sänger verhaut den Anfang, weil er wegen seines Herumposierens zu spät zum Effektgerät kommt. »Olli muss bald aus dem Haus raus.«

»Was? Wieso??« Die Nachricht erwischt mich unvorbereitet. »Ich dachte, das gehört ihm.«

Martin zieht seine Schultern hoch. »Er hat eine Hypothek aufgenommen und kann sich die Raten nicht leisten. Er arbeitet ja nicht.«

»Verdammtes Koks, echt!« Maria, Prince, das Haus. Ich bin mir ziemlich sicher, dass er jetzt nicht noch einen Schlag verkraftet. Ich denke darüber nach, während wir zuschauen, wie der Gitarrist versucht, sein Problem wortwörtlich in den Griff zu kriegen. Er liebt sein hundertfach eingeübtes Solo, also versucht er es durchzuziehen, obwohl er von Anfang an zu spät war. Es ist, wie wenn man den Fahrstuhl verpasst, die Treppe hochhetzt, um ihn auf einer der nächsten Etagen zu erwischen. Zwölf Takte versaut er, bis er endlich auf die richtige Eins einsteigt. Wäre Stella auf der Bühne, würde er jetzt Sticks kassieren. Die Band beendet den Song auf einer harten Zwei. Während wir applaudieren, schaue ich Martin an. »Wie viel?«

»Es fehlen fünfhundert im Monat. Stella ist mit zweihundert dabei.«

»Hundert schaffe ich«, sage ich. »Aber bevor du Rickie fragst – sie ist pleite.«

»Ich übernehme den Rest, ich frage dich nur aus Respekt.«

Wir schauen der Band zu und reden nicht mehr viel. Eigentlich erwarte ich, dass er nach dem Bier geht, doch die Band spielt eine schmutzige Rock-Funk-Version von »Born To Be Wild«, und der Groove saugt uns auf die Tanzfläche.

18

Jemand rüttelt an mir und holt mich aus einem Traum, in dem ich nackt auf der Bühne stehe und mich für meine Nacktheit schäme, es gleichzeitig aber irgendwie cool finde, dem Publikum wirklich alles zu zeigen.

»Wach auf!«

Die letzten Bilder des Traums verschwinden in einem Wurmloch und werden durch Ollis Gesicht ersetzt, als ich ein Auge öffne. »Verzieh dich«, stöhne ich und grabe mich wieder in die Decke.

»Es ist halb sechs«, sagt er. »Viertel nach geht die Sonne auf. Ich will es sehen, Martin und Rickie sind dabei.«

Er verschwindet wieder. Ich brauche ein bisschen, bevor mir klar wird, was er meint. Ich öffne die Augen und schaue zum Fenster rüber. Draußen ist es zappenduster, und es sieht eiskalt aus. Der perfekte Morgen, um in einem dünnen Anzug vor Sonnenaufgang draußen frierend herumzustehen. Ich rolle mich gähnend in eine sitzende Position und merke, meine Unterhose ist ein Zelt. In dem Moment kommt Rickie mit einem Kaffee aus der Küche, geschminkt, angezogen und die kurzen, blonden Haare perfekt verstrubbelt. Sie grinst, als sie mich so sitzen sieht.

»In meiner Erinnerung war er größer«, sagt sie und hält mir die Tasse entgegen.

»In meiner auch.«

Sie lacht. Ich trinke einen Schluck und schnurre fast, als mir das heiße Getränk durch die Kehle läuft. »Kommt Stella?«

»Nein, sie hat mit der Hochzeit zu tun.« Nach einem letzten prüfenden Blick geht sie zur Tür. »Komm jetzt.«

»Sag so was nicht zu einem Mann mit 'ner Erektion.«

Zwanzig Minuten später sind wir am Allersee und frieren. Es ist nicht mehr stockduster, aber erkennen kann man auch nichts. Wir stehen rum und warten auf die Sonne, aber die lässt sich Zeit. Wenigstens haben wir heißen Tee dabei und Martins Hunde. Keine Pornodarstellerin wurde je mehr besprungen und abgeschleckt wie wir in den ersten chaotischen Begrüßungsminuten, als Martin die Tür des Transporters öffnete und ein Tsunami aus Fell über alle Anwesenden hereinbrach. Nur ein Collie hält sich zurück und geht mit ihren Kräften sparsam um. Man merkt ihr an, dass es ihr nicht gut geht. Das muss dann wohl Cream sein.

Der Horizont hellt langsam auf, doch der See liegt immer noch dunkel da. Die Hunde beruhigen sich nach und nach, Rickie und Martin bleiben zappelig, und Olli ist komplett hinüber. Er war schon drei Mal unten am Ufer, um zu sehen, ob man etwas sehen kann, aber auch mit der Taschenlampe erkennt man noch nichts. Er rennt hin und her und verbreitet eine Wahnsinnshektik, bis er schließlich in Martins Transporter ein altes Marmeladenglas voller Radmuttern findet, es ausleert, zum Seeufer hinuntergaloppiert, das Glas mit Wasser füllt und nun vor uns hochhält, die eingeschaltete Taschenlampe dahinter. In dem klaren LED-Licht scheint das Wasser aus dem See tatsächlich leicht verfärbt zu sein, und zwar … bläulich.

»Scheiße!!« Olli schüttelt das Glas wild, als könnte er die Wasserfarbe damit beeinflussen.

»Blue rain, bluhue rain«, beginnt Rickie zu singen.

Olli rüttelt das Glas noch einmal hin und her. Das Wasser bleibt blau, was an sich schon mal eine Nachricht ist, weil das Wasser im Allersee normalerweise nicht blau, sondern farblos ist. Ein Teil der Farbe schwimmt also in dem Gewässer. Fragt sich nur, wo der andere Teil abgeblieben ist. Olli flucht, Rickie und Martin diskutieren die Lage, die Hunde merken, dass etwas vor sich geht, und werden wieder lebendiger. Ich starre auf den See, klammere mich an meinen metallenen Teebecher und schlottere vor mich hin. Ich habe mir eine Decke aus Martins Transporter über die Schultern gelegt, dennoch kann es nur eine Frage der Zeit sein, bis ich erfriere. Hier unten am See war ich sonst immer nur in Sommernächten. Als Pubertierender bin ich oft aus dem Jugendheim abgehauen, um hier hinten am Mittellandkanal in den Sandaufschüttungen – die sogenannte Pettingbucht – die Nacht mit frühen Freundinnen zu verbringen. Hände unter der Kleidung war ein Dauerzustand. Es soll sogar einen Jungen geben, der hinten in den Dünen zum Mann wurde. Für einen Moment ist das Gefühl wieder da, als wäre ich fünfzehn und mir gehöre die Welt. Doch ich bin nicht mehr fünfzehn und weiß, dass der Allersee nicht die Welt ist und dass die Welt mir nicht gehört. Diese Welt gehört niemandem, wir gehören der Welt und dürfen eine kosmische Sekunde lang auf diesem Wunder von Planeten mitreisen und Dinge erleben, wie sich mit seiner Ex-Frau zu versöhnen und morgens frierend mit Freunden am See zu stehen. In weniger als zwölf Stunden sehe ich Monas grüne Augen wieder, und so langsam regt sich in mir wilde Vorfreude. Etwas ist in Bewegung gekommen, ohne dass ich sagen kann, was genau passiert ist. Vielleicht das Wiedersehen mit Stella? Vielleicht wirkt sie wieder auf mich ein, wie früher, als ich oft erst rückblickend verstand, dass sie mich mit sanftem Druck in eine bestimmte Richtung gelenkt hatte. Ich fand manchmal nicht einmal heraus, wie genau sie es anstellte, aber sie brauchte nur bei mir zu sein, schon fielen manche Gewohnheiten von mir ab, während andere stärker hervortraten. Es gibt diese Liebeserklärung, die ich sehr mag: Deinetwegen möchte ich ein besserer Mensch sein. Der trifft unser Verhältnis gut. Von dem ersten Moment an wollte ich sie nicht enttäuschen und mir ihren Respekt verdienen. Dieser Wunsch hat mich mehr geformt als alles andere im Leben.

Wir stehen herum und warten darauf, dass der Horizont sich aufhellt, dabei versuchen wir nicht zu erfrieren, während wir die überraschende Feststellung machen, dass ein Haufen Hunde zu Hundehaufen führt. Martin verfrachtet gewissenhaft jeden einzelnen in Tüten, die er entsorgt, und zählt Rickie die Namen der Hunde auf: Cream, Funky, Partyman, Dirty, Kiss, Pop, Cherry, April, Crazy, Sister und Million. Dann warten wir. Die Hunde haben sich wieder beruhigt und liegen beieinander wie ein schöner, großer Fellknäuel voller Pfoten, Seidenohren und Kulleraugen. Sie warten darauf, dass irgendwas passiert. Wir auch. Die Erde dreht sich mit einhundertsiebentausendzweihundertacht Kilometern pro Stunde um die Sonne. Hier ist nicht das Geringste davon zu spüren.

Rickie kommt zu mir, um sich einen Schluck Tee zu schnorren. »Was machen wir, wenn es nicht geklappt hat?«

»Olli sedieren?«

Ein Schrei. Noch einer. Unten am Ufer springt Olli wie irre herum. Sofort platzen die Hunde auseinander und kläffen aufgeregt. Ich kneife die Augen zusammen und starre raus aufs Wasser. »Siehst du was?«

»Nö«, sagt Rickie, marschiert aber runter zum Ufer, wo Olli herumspringt wie ein tasmanischer Teufel auf Speed.

»Hier! Hier!«

Ich nehme die Verfolgung auf, und als wir uns zu ihm gesellen, sieht die Wasseroberfläche in dem neuen Lichtwinkel tatsächlich ein bisschen rötlicher, vielleicht sogar etwas lila aus. Wir bewegen die Köpfe, verändern die Blickwinkel, hocken uns mal hin, stehen wieder auf. Wir zucken herum wie eine Gruppe epileptischer Erdmännchen, um letztlich festzustellen, es ist noch nicht hell genug, um Genaueres zu sagen. Wahnsinn.

Plötzlich wird es etwas heller. Martin legt Olli einen Arm um die Schultern. Olli legt seinen um Rickie, die sich bei mir einhakt, dann stehen wir da wie eine Fußballmannschaft im Mittelkreis beim Elfmeterschießen und warten, dass es Licht wird. Und dann … dann sehen wir es. Im quälend langsam heller werdenden Tageslicht beginnt die Wasseroberfläche farbig zu schimmern. Im Gegenschein der schwachen Sonne sieht es wirklich aus, als hätte das Wasser des Sees eine lila Färbung angenommen. Und mit jedem

Zentimeter, den die Sonne höher steigt, gibt es weniger Vertun: Wir haben den Allersee koloriert. Aber ordentlich. Das ist keine schlappe Wasserfarbe, dieses Zeug leuchtet fast.

»The purple lake…«, sagt Olli andächtig und atmet mit einem Geräusch tief aus. Sein Körper beginnt neben mir stoßweise zu beben. Ich checke seine Augen, aber die sind klar und trocken. Er legt seinen Kopf in den Nacken und schaut zum Himmel hoch. »Das ist für dich!«, ruft er. Dann packt er mich und drückt mich an sich. Danach ist Martin dran, dann Rickie. Olli drückt uns immer wieder, strahlt von einem Ohr zum anderen und ruft permanent »Unglaublich!«, und das ist es auch. Zum ersten Mal, seitdem ich hier bin, erkenne ich meinen alten Sänger wieder. Er trippelt herum, ballt die Faust und stößt sie mehrmals Richtung See, während er Schreie ausstößt. Seine Freude greift um sich, eine wilde Energie beginnt zwischen uns zu brodeln, und dann ist es wieder so weit.

»JAAAAAAAHHHHH!!!«

Wir springen schreiend am Ufer herum und bemühen uns, nicht auf einem der Hunde zu landen, die komplett durchdrehen. Auf dem Campingplatz stecken ein paar Leute den Kopf heraus, um zu sehen, wer da im Lotto gewonnen hat, doch wir beruhigen uns schon bald wieder, sprich: Uns geht die Puste aus. Wahrscheinlich würde keiner von uns auch nur zwei Songs auf dem Niveau von früher durchhalten.

Während wir verschnaufen, steigt die Sonne höher und veranschaulicht uns das Ausmaß der Dinge. In einer Ecke des Sees scheint sich das Zeug nicht so richtig verteilt zu haben, aber der restliche Teil erstrahlt definitiv in Lila. Wir schmecken vorsichtig das Wasser ab, es schmeckt normal und hinterlässt keine Farbrückstände, als wir es auf Ollis Jogginghose testen. Martin und Olli schießen gefühlt tausend Fotos. Olli, um sich zu erinnern, und Martin, um sie später in einigen Foren anonym zu posten. Auch auf dem Campingplatz spricht sich so langsam herum, dass irgendetwas mit dem See ist. Es kommen immer mehr Menschen heraus, um sich die Sache mal genauer anzuschauen. Zwei Jogger halten staunend an, und schon steigen am Ufer erste Selfieaktionen. Einige Campingbewohner nutzen den Aufruhr, um ihre Hunde Gassi zu führen, und wir haben alle Hände voll zu tun, um unsere elf zu bändigen. Wir ziehen sie hoch zum Transporter und laden sie ein, dann bestaunen wir den See noch mal. Der Mensch ist anpassungsfähig, wir können uns in kürzester Zeit an alles gewöhnen, vielleicht sogar an den Anblick eines lila Sees. Aber auch nur vielleicht. Der Anblick ist so seltsam, als würde der Himmel plötzlich nicht mehr blau, sondern rosa erstrahlen. Jedes Mal, wenn ich mich kurz wegdrehe und danach wieder auf den See schaue, ist es aufs Neue ein total verrückter Anblick. Es ist nicht zu fassen. Eine Million Kubikmeter Prince-Gedächtnis-Wasser.

»Unglaublich!«, sagt Olli zum circa zwanzigsten Mal.

»Vielleicht kann sogar die NASA das sehen«, spekuliert Martin.

»Unglaublich!«, sagt Olli.

Es kommen immer mehr Leute zum Ufer und machen Fotos. Nun versammeln sich auch auf der anderen Seeseite Neugierige beim Wellenbad und bestaunen die Sache. Der Campingplatz erwacht endgültig zum Leben. Ein Opa setzt sich mit seinem Campingstuhl ans Ufer und frühstückt, und schon sehe ich, wie ein Streifenwagen angefahren kommt.

»Wir hauen ab.«

Wir verabschieden uns von Martin, der die Hunde wegbringen will, steigen in die Wanderdüne und fahren mit vielsagenden Hey-Ho-Blicken zurück in die Stadt. Olli dreht das Radio an, Rickie checkt das Internet, doch noch weiß die Welt nichts von ihrem Glück. Das ändert sich, als wir nach einem Zwischenstopp bei einem Bäcker in Ollis Haus ankommen. Ich dusche als Letzter. Als ich wieder ins Wohnzimmer komme, ist der Tisch gedeckt, Kaffee duftet, aber niemand kümmert sich darum, Rickie und Olli sitzen um Ollis Laptop herum, und aufgeregtes Gemurmel liegt in der Luft.

»Das musst du sehen!«, sagt Rickie und winkt mich grinsend heran.

»Wir sind dabei!«, strahlt Olli, ohne seine Augen vom Bildschirm zu lösen. »Da! Schau doch! Da!!«

Sein Zeigefinger klackt mehrmals hart gegen das Display, auf dem eine TV-Frühstückssendung läuft, die über den Tod von Prince berichtet – und von einer mysteriösen Verfärbung des Allersees. Im Fernsehen wirkt das Lila noch kräftiger. Olli jubelt. Meine Augen kleben an den Wörtern im Hintergrund. Es ist immer noch absolut und total unwirklich, die beiden Wörter »Prince« und »Tot« nebeneinander zu sehen. Das Foto von ihm stammt aus seiner *Parade*zeit, er trägt den gelben Anzug mit den wattegepolsterten Schultern, die Rickie uns damals eins zu eins nachnähte. Seine Mimik strahlt Spielfreude aus. Es sticht in der Brust, als mir wieder bewusst wird, dass ich ihn nie wieder spielen sehen werde.

»Wir haben's getan! Wir haben geliefert, aber voll!« Olli schaut mich mit seinem breitesten Grinsen an.

»Unglaublich, Olli.«

»Oder?«, sagt er mit großen Augen und schaut wieder auf den Bildschirm.

In der nächsten Stunde frühstücken wir und bestaunen das Tempo, mit dem die Fotos vom Purple Lake um die Welt sausen. Innerhalb von einer Stunde schaffen es die Bilder vom Allersee in die Reihe der weltweiten Monumente-Fotos. Eiffelturm, Niagarafälle, Allersee. Die Stadt Wolfsburg gibt eine Presseerklärung heraus, dass sie nicht die Verantwortung für die Verfärbung des Wassers trägt. Die Wasserqualität wird zurzeit untersucht, man bittet darum, vorerst kein Wasser zu trinken oder im See zu baden, bis die Auswertung vorliegt. Olli ist nicht wiederzukennen. Ständig muss er allen auf die Schulter klopfen, und wenn es Lizenzgebühren auf das Wort »unglaublich« gäbe, wäre er mittlerweile bis in die dritte Generation verschuldet. Martin taucht auf, doch auch um halb acht gibt es von Stella immer noch keine Spur. In dreißig Minuten findet die Trauung statt. Und dann geht plötzlich draußen im Flur die Haustür auf, und schon steht sie im Wohnzimmer und überstrahlt alles. Sie trägt ein umwerfendes gelbes Kleid, dessen Farbe auf das Schönste mit ihrer Haut kontrastiert. Es sticht kurz, als ich sehe, dass sie ihre Haare auf dieselbe Art hochgesteckt hat wie bei unserer Hochzeit.

Rickie wirft einen Blick auf die Uhr. »Gehst du nicht hin, oder hat dein Sohn kalte Füße bekommen?«

Stella bleibt vor uns stehen und lächelt breit. Ihre dunklen Augen schimmern. »Ich musste erst zum See runterfahren und es mit eigenen Augen sehen. Das ist so schön. Jetzt haben wir wieder eine gemeinsame Erinnerung. The Purple Lake gehört uns, für immer. Kommt bitte alle mal her.«

Sie breitet ihre Arme aus. Schon bilden wir einen Klumpen. Ich hatte ganz vergessen, wie schön sich das anfühlt. Früher taten wir das ständig. Durch Rickies offen ausgelebte Bisexualität, Ollis wildem Herumvögeln und Martins geheimnisvollem Alleinsein genoss die Band einen verruchten Ruf – was wir ziemlich cool fanden. Einmal ging ein Gerücht, dass unsere Frauen lesbisch wären. Rickie und Stella konterten das auf dem nächsten Gig mit einem Zungenkuss, der die Temperatur im Saal um ein paar Grad erhöhte. An mir ging es auch nicht spurlos vorbei, Stella und ich hatten noch die halbe Nacht was davon. Aber was die Leute am meisten zu beschäftigen schien, war die Angewohnheit, dass wir uns vor und nach den Gigs backstage innig umarmten, und das lange bevor die Fußballmannschaften aus sportpsychologischen Gründen anfingen, nach dem Spiel einen Kreis zu bilden. Aus irgendeinem Grund trieb das die Gruppensexgerüchte um die Band am effektivsten voran. Hat uns nicht geschadet. There's no biz like showbiz.

Stella löst sich als Erste. »Zu Hause ist Chaos, also kurz und schmerzlos: Ihr seid alle nachher herzlichst zur Party eingeladen, es geht direkt nach der Trauung los.«

Sie schaut dabei nur mich an. Als ich nicht reagiere, geht sie los. Ich folge ihr aus dem Haus heraus in die Einfahrt. Wir bleiben neben dem Taunus stehen. Es ist immer noch frisch.

»Entschuldige bitte«, sagt sie, »ich hab's nicht früher geschafft und muss sofort wieder weg. Hast du darüber nachgedacht?«

»Ich muss los.«

Sie nickt, als hätte sie das erwartet. »Kannst du nicht wenigstens die paar Stunden noch bleiben?«

»Ich hab ein Date.«

»Oh«, macht sie. Für einen Moment wirkt sie verunsichert, dann lächelt sie. »Wie schön. Das musst du mir alles mal erzählen, ja? Aber jetzt dreht es sich um uns. Also, wann sehen wir uns? Ich will eine Abmachung mit dir, keine SMS mehr, nur Anrufe, und wenn wir einen Termin haben, sagt den keiner mehr ab.«

»Okay.«

»Außerdem würde mein Mann dich gerne kennenlernen.«

Ich trete automatisch einen Schritt zurück. »Warum?«

»Ist so 'ne Männersache. Er muss dir einmal in die Augen sehen, Freund oder Feind, Penislänge, Männer halt. Ich könnte es ihm ja sagen, aber er will es selbst herausfinden.«

»Und wenn wir sie verglichen haben, was dann?«

»Dann hat er seinen Frieden, so wie ich meinen gefunden habe und du deinen finden wirst, wenn du endlich aus deinem Versteck hervorkommst und wieder am Leben teilnimmst.« Sie schaut auf die Uhr, dann verpasst sie mir ihren Blick. »Ich möchte wirklich ungern die Trauung verpassen, also wenn du schon mal da bist, bleib doch bitte noch zwei Stunden. Nur ein paar Stunden, geht das wirklich nicht?«

Ich schaue in ihre warmen Soulaugen und kämpfe gegen den Drang an, ihr alles zu versprechen, was sie braucht, um sich gut zu fühlen. Aber. Eine Hochzeit. Ihre Familie. In ihrem Haus. Auf keinen Fall. Es geht einfach nicht.

»Okay«, sage ich und wiegele das überraschte Lächeln auf ihrem Gesicht gleich wieder ab. »Ich treffe mich mit ihm. Nächstes Wochenende. Aber jetzt muss ich los.«

Sie schaut mir in die Augen. Nach einigen Augenblicken nickt sie, als hätte sie irgendetwas darin entdeckt, was sie beruhigt und akzeptiert. Sie beugt sich vor und küsst mich. Ihre Lippen fühlen sich immer noch voll und ganz richtig an. Als sie sich von mir löst, mustert sie mich ernst. »Ich liebe dich auch, das wird sich nie ändern.«

»Danke«, sage ich heiser und weiß nicht, womit ich das verdient habe.

»Übermorgen sollte der größte Stress vorbei sein. Ruf mich dann an, Ja? Keine SMS mehr!« Sie wirft einen Blick auf ihre Uhr, küsst mich noch mal, dann eilt sie auf den Saab zu. Vor dem Wagen bleibt sie stehen und schaut zu mir zurück. In dem gelben Kleid ist sie an diesem kühlen Aprilmorgen wie eine Erscheinung. Wir winken uns ein letztes Mal zu, dann steigt sie ein, startet und fährt zu ihrer Familie. Ich gehe ins Haus zu meiner Band.

Ich trinke einen letzten Kaffee und genieße, dass wir zusammen sind, während die drei sich durch die Portale klicken, immer auf der Suche nach der weiteren Ausbreitung der Allersee-Fotos. Ich checke mein Handy. Mona hat mir den Smiley anscheinend nicht übelgenommen und mir einen Emoji-Kuss gesimst. Die Büchse der Pandora ist geöffnet. Ich schreibe ihr, dass ich mich auf unseren Termin freue, und nehme mir vor, das Thema Zweithandy anzusprechen, damit wir normal kommunizieren können, inklusive schmutziger Anmerkungen. Meine Steuerberaterin simst, dass sie einen Weg finden wird, die Reise abzusetzen, falls ich rüber zum Zaun möchte. Laureen macht sich immer noch Sorgen um mich. Ich rufe sie an und beruhige sie, dass es mir gut geht. Sie erzählt von den Reaktionen auf Prince' Tod in ihrem Umfeld. Als sie seinen Namen ausspricht, ist mein erster Reflex immer noch: Vorfreude auf das nächste Konzert. Dann holt mich die Realität ein. Wir reden ein bisschen, dann packe ich das Handy weg, bleibe einen Moment noch am Tisch sitzen und beobachte, wie alle sich freuen, wenn sie die Allersee-Fotos irgendwo im Netz entdecken. Schließlich wird es Zeit. Ich hole meine Tasche und stelle mich zu ihnen an den Tisch. Olli schaut zu mir hoch und runzelt die Stirn.

»Jetzt schon?« Er klingt enttäuscht und ist auch sonst kaum wiederzuerkennen.

»Komm doch gleich noch mit«, sagt Rickie. »Du weißt, wie sehr Stella sich freuen würde.«

Martin schaut mich bittend an und nickt. »Wir könnten alle zusammen hingehen. Das wäre so schön …«

»Ich muss los. Wir sehen uns aber bald wieder, ja?«

»Ich werde in acht Monaten fünfzig, ich erwarte vollzähliges Erscheinen.«

Olli mit der Arschkarte, an Weihnachten geboren zu sein. Wir versprechen uns, dass wir uns alle spätestens dann wiedersehen. Wir drücken uns, dann schnappe ich meine Tasche. Ollis Handy klingelt, er schaut aufs Display, stellt auf laut und hält es hoch. »Lotte, was gibt's?«

»Jetzt müsst ihr spielen!«, tönt ihre Stimme aus dem Gerät.

»Warum?«, fragt Rickie.

»Weil der Allersee sich aus unbekannten Gründen verfärbt hat und man das als Hommage an Prince auslegen könnte? Und weil die ganze Welt deswegen verrücktspielt?«

Olli grinst breit und hebt seine Hand, wir schlagen alle der Reihe nach ein.

»Und warum müssen wir deswegen spielen?«, frage ich sie.

»Willst du mich verarschen?« Ihre meckernde Lache dringt durch den Handylautsprecher zu uns. »Weil ihr auf Facebook Werbung macht? ›The Real Funkman‹ ist immer noch ein guter Song. Egal, was ihr vorhabt und welche Anfragen kommen: Ihr schuldet mir was, also Livebooking nur über mich. Ich melde mich später noch mal.« Die Verbindung ist tot.

Ich schaue fragend in die Runde. »Wovon zum Teufel redet sie?«

»Keine Ahnung«, sagt Rickie und beginnt schon auf Ollis Laptop herumzutippen.

Olli mustert mich irritiert. »Damals gab es doch gar kein Facebook.«

Ich stelle mich hinter Rickie, damit ich den Bildschirm erkennen kann, und wenig später sehen wir es.

»Ach du Scheiße!«

»Ich glaub's ja nicht…«

»Was ist *das* denn…?!«

Auf dem Bildschirm leuchtet uns eine Facebookseite mit dem Hintergrundbild vom Allersee entgegen. Die Seite nennt sich »Hommage 4 the real funkman«, und eine Tondatei ist eingebunden.

»Klick mal drauf!«, drängt Olli. »Na los!«

Rickie klickt, macht laut, und dann beginnt allen Ernstes einer der vier Songs, die wir für unser erstes Album fertig bekamen, bevor die Band sich auflöste. Der Song ist bisher einhundertsiebzehn Mal geteilt worden und hat eine ganze Reihe an Kommentaren, sekündlich kommen neue dazu sowie Likes. Unter dem Bild steht ein Text in Deutsch und Englisch: »Purple Rain wurde zum See. Auch wir in Europa werden dich nie vergessen. Funkbandit dankt Prince und seinen Musikern für funky Sound, Shows und Liebe. Für immer lila!«

Rickie schaut Olli an. »Warst du das?«

»Mann, ich bin nicht mal auf Facebook«, sagt Olli.

Wir schauen uns fragend an. Dann kommen wir alle gleichzeitig drauf, drehen den Kopf und schauen unseren IT-Experten an.

»Es ist ein Fakeprofil mit Fakeanmeldedaten«, verteidigt Martin sich. »Da gibt es keine Spur zu uns. Man kann das nicht zurückverfolgen, weder über Facebook noch über die IP.«

»Die was?«, sagt Rickie.

»Geil«, sagt Olli und macht lauter. »Hört mal, wie wir abgehen!« Er steckt fast mit seinem Kopf im Laptop.

Ich starre Martin weiter an und versuche, die Ausmaße der Katastrophe zu überblicken. Martin schaut zwischen uns allen hin und her.

»Rickie, Leo, seid bitte nicht sauer…«

Martin verstummt, weil Olli den Laptop auf Anschlag hochfährt und wir den Song zum ersten Mal seit Jahrzehnten gemeinsam anhören. Olli hat recht, man merkt, dass da eine Band was wollte. »The Real Funkman« sollte unsere erste Single werden. Damals, als ein Album noch von Singleauskopplungen abhängig war. Manchmal macht eine Band eine todsichere Nummer. »Funkman« war unsere. Jedes Konzert begann und endete mit dem Lied. Dadurch tanzten die Leute am Anfang schon, und in der Zugabe, wenn wir den Song wiederholten, gingen sie meistens fliegen. Es war ein unglaubliches Gefühl zu wissen, dass wir, egal auf welcher Bühne, immer mit diesem Song rausgehen und das Publikum kriegen konnten. Ein so schönes Gefühl von Sicherheit, wie ich es sonst nur ein einziges Mal in meinem Leben erlebt habe: Wenn ich abends mit Stella einschlief, in der Gewissheit, dass ich morgens wieder mit ihr aufwachen würde.

Als der Song krachend endet, grinst Olli wild in die Runde. »So geil! Unglaublich! Mann, und die Klicks!! Scheiße, guckt doch mal!« Sein Fingernagel klackert wieder begeistert auf den Bildschirm.

Rickie hat nur Augen für Martin. »Sag mal, bist du irre?«

»Nein, wirklich, da passiert nichts«, versichert Martin uns, »ich hab das über einen fremden Rechner und VPN gemacht. Da findet man gar nichts.«

Fast lache ich, als ich unseren IT-Mann betrachte, der eindeutig zu viel Zeit vor dem Computer verbringt. Rickie wirft mir einen Blick zu. Ich zucke die Schultern, also übernimmt sie die Aufgabe, ihm klarzumachen, was das Problem ist.

»Eine Funkband aus Deutschland? Mit unserem Song? Ein lila See in Wolfsburg, wo wir uns gerade alle aufhalten? Huch, schauen Sie mal, Herr Richter, die Band war zur Tatzeit am Tatort? Ungefähr da, wo sie schon mal ein Gewässer gefärbt hat?«

Martins Augen schauen nach oben, als er die Indizienkette durchdenkt, dann verzieht er sein Gesicht zu einer peinlich berührten Grimasse. »Oh…«

»Ja, oh«, sagt Rickie.

»Mann, das ist ja so geil, die fahren voll drauf ab!« Olli klebt am Bildschirm und grinst von einem Ohr zum anderen. Seine Prellung zeichnet sich heute auf seinem Kinn ab, wie ein bläulicher Furunkel, aber seine Begeisterung scheint den Schmerz zu überdecken. »Die stehen voll auf unseren Sound, Alter! Schaut euch die Kommentare an! Und schon hundertsechzig Mal geteilt. Mann, Scheiße, geil! Unser Sound funkt immer noch! Es geht voll ab!!«

Er ist völlig aus dem Häuschen und lässt den Song noch mal laufen, während wir die Reaktionen verfolgen. Ich versuche cool zu bleiben, aber es lässt einen nicht kalt, wenn Menschen aus der ganzen Welt deine Musik gut finden, auch wenn der Sound aus einem anderen Leben stammt. Vor unseren Augen wird der Beitrag immer weiter geteilt. Wenn man die Kritik wegen der Tonqualität abzieht, gibt es nur positives Feedback auf Song und Foto, auch wenn viele erst einmal unterstellen, dass es gephotoshopt ist. Als aber nach und nach Pressemeldungen verlinkt werden, dass es in einer Kleinstadt in Deutschland eine Band geben soll, die Prince zu Ehren eine Million Kubikmeter Wasser gefärbt habe, werden manche Kommentare schon fast ehrfürchtig. The Purple Lake wird gefeiert, und man will mehr über diese Band wissen, doch keiner findet Informationen im Netz. Wenn ich bedenke, wie mittelpunktsüchtig

Olli schon früher war, dann hat es definitiv Vorteile, wenn man gespielt hat, bevor es das Internet gab. Für ihn gäbe es keine Grenzen, was er in den sogenannten sozialen Medien veröffentlichen würde. Das Netz wäre voll mit den allerpeinlichsten Fotos von uns allen und schlimmer noch, alten Kassettenrekorder-Bootlegs, die mit einem einzigen SM58-Saalmikro aufgenommen wurden. Glück gehabt.

Olli verschwindet in den Keller. Als er wieder hochkommt, hat er eine leere CD-Hülle in der Hand. Er legt sie auf den Tisch und hält mir einen Edding hin. »Unterschreib mal. Ich brenne eine CD mit unseren Songs. Wir signieren eine für Stellas Ältesten, der heute heiratet, wie heißt der noch mal?«

»Jonas«, sage ich.

Für einen Moment kommt alles zum Erliegen. Alle Blicke ruhen auf mir. Dann signiert jeder die CD-Hülle, und Olli brennt eine CD, während der Song noch mal durchläuft. Ein Album wäre damals unsere Chance gewesen, über Airplay bekannt zu werden. Wir schraubten ein halbes Jahr an Arrangements und Sounds, und zum Schluss klangen die Aufnahmen fast so, wie wir es uns vorgestellt hatten. Doch das geschah in einer Zeit, als es gerade mal Computer, aber noch kein Internet gab. Die Produktion machten wir mit 4-Spur-Homerecording. Ich benutzte am Anfang noch den Yamaha MT2X mit der furchtbaren dbx-Rauschunterdrückung, und für mich ist es bis heute eines der größten Rätsel der Musikgeschichte, wie die Beatles damals mit vier Spuren solch exzellente Platten produzieren konnten. Kees hatte für seine Keyboards immer die neuesten Sounds, aber diese heute zu hören ist, als würde man einen Formel-1-Wagen von heute mit einem dreißig Jahre alten Rennwagen vergleichen. Technik, Motor und Chassis, alles ist so total veraltet. Aber Fahren konnten die Leute früher auch. Auf Facebook feiern manche unseren *Retrosound*. Tja, wenn man lange genug wartet, wird vielleicht sogar Mono wieder cool. Oldschoolcool.

Die Wolfsburger Allgemeine meldet auf ihrer Facebookseite, dass ein Livestream zum See geschaltet wurde. Wir klicken auf den Link und sehen, dass sich eine größere Menschenmenge am Allersee eingefunden hat. Man macht Selfies und lässt sich von Fremden mit der Familie ablichten. Campingplatzbewohner haben den Grill ausgepackt, Reporter berichten über zwei Leute vom Kajakklub, die rausgepaddelt sind und nun als gelbes Boot in einem lila See ein hübsches Motiv abgeben. So etwas Aufregendes ist in Wolfsburg seit Jahren nicht mehr passiert, und als dann noch einer die Chuzpe hat, bei acht Grad Wassertemperatur in den See zu springen, wird er von allen Anwesenden bejubelt. Dafür hat die Stadt Wolfsburg Strafanzeige gegen Unbekannt erhoben und erbittet sachdienliche Hinweise, auch wegen des Bootes, das aus dem Yachtklub geklaut wurde.

»Geklaut?«, sagt Rickie.

»Boot?«, sage ich.

»Diese Arschlöcher, das liegt da doch noch!«, flucht Olli, der uns verschwiegen hat, dass er am Vorabend ein Tor aufbrechen musste, um an das Ding heranzukommen.

Irgendwann bricht Martin dann auch auf, um zu Hause nach den Hunden zu sehen und sich schick zu machen. Ich bringe ihn zum Transporter und verspreche, mich bald wieder blicken zu lassen. Wir umarmen uns, und ich winke ihm nach. Dann klopfe ich mir Hundehaare von der Kleidung und gehe wieder ins Haus, wo Olli und Rickie sich in Ollis Küche mit Reis eindecken. In einer Küche, die aus Bier und Konservendosen besteht, befinden sich kurioserweise kiloweise Reissäcke, als hätte er nur auf diesen Tag gewartet. Mit Rickies Hilfe schafft Olli es, in seinem Schrank saubere Kleidung zu finden, in der er erst mal als ganz passabel durchgeht. Doch zur Feier des Tages zwängt er sich in ein Jackett, das ich noch von früher kenne, als er ungefähr die Hälfte wog. Wir weisen ihn darauf hin, dass das vielleicht kontraproduktiv ist. Er lacht und klopft uns auf die Schultern. Seit heute Morgen ist er wie ausgewechselt. Manchmal ist es vielleicht einfach das, was einem fehlt: eine einzige gute Aktion. Und eine Million Kubikmeter lila Wasser.

19

Kaum passiere ich Wolfsburgs Stadtgrenze, beginnt es zu nieseln. Als ich die Scheibenwischer anmache, merke ich, dass bei der Wanderdüne wahrscheinlich noch die Originalscheibenwischer drauf sind. Neue Scheibenwischer wären sinnvoll, aber die heutigen Scheibenwischer passen nicht auf die alten Bügelhalterungen vom Taunus. Ich habe Harry einmal wütend erlebt, als unsere ehemalige Putzfrau nicht nur die Mischpult-Einstellungen von einer langen Nachtsession verstellt hatte, sondern dabei auch noch sein legendäres Neve-8078 beschädigte. War nicht schön. Daher verwerfe ich die Idee, irgendetwas an den original Scheibenwischerhalterungen zu verändern. Schon bald krieche ich mit achtzig über die Autobahn und versuche, durch die Schlieren auf der Scheibe etwas zu erkennen. Der Regen nimmt zu. Ich fahre immer langsamer, und irgendwas stört mich. Es fühlt sich an, als hätte ich etwas vergessen. Und dann komme ich drauf. Es fühlt sich einfach falsch an, von hier wegzufahren. Wie damals, als die Band auf dem Heimweg von dem *Lovesexy*-Konzert war und es uns vorkam, als hätten wir etwas Wertvolles gefunden und würden es dort zurücklassen. Damals drehten wir um und fuhren zu dem zweiten Konzert zurück – die beste Entscheidung meines Lebens. Rickie behauptete damals steif und fest, wir würden es alle aufs Konzert schaffen, und sie behielt fast recht. Wir verbrachten die halbe Nacht damit, Pläne zu schmieden. Rickie versuchte Tickets zu fälschen, ich checkte die Westfalenhalle auf Hintertüren und Liefereingänge ab, Stella probierte, jemanden von der Band für Pässe abzupassen, doch die Lösung hatten Olli und Kees, die loszogen und mit sechs Warnwesten zurückkamen. Am nächsten Tag spazierten wir in den Warnwesten einfach in die Halle. Der Plan war, sich dann dort auf den Klos bis zum Abend zu verstecken. Der erste Teil des Plans klappte ganz gut, bis auf Martin, der zu nervös war und sich so trottelig anstellte, dass er aufflog. Danach erwischte es Stella mal wieder wegen ihrer Hautfarbe. Wir weißen Jungs und auch Rickie latschten einfach in die Halle rein, als ob wir dazugehörten, aber eine schwarze Frau in den Achtzigern in Deutschland? Die fiel auf und musste sich ausweisen. Stella flog raus, und ich ging freiwillig mit. Rickie, Kees und Olli versteckten sich auf den Toiletten und genossen Prince ein zweites Mal live in der Halle, während ich draußen im Bulli mit Stella schlief und Martin einen sehr, sehr langen Spaziergang machte. In dieser Nacht hatten wir unbeschreiblich intensiven Sex, als würde die Energie der Bühnenshow direkt aus der Halle in den Bandbus umgeleitet werden.

Der Regen nimmt zu. Die Scheibenwischer verlieren den Kampf, und mir bleibt nichts übrig, als von der Autobahn runterzufahren und auf einem Parkplatz zu warten, bis das Unwetter vorbeigezogen ist. Ich ziehe mein Handy aus der Tasche und verschicke eine SMS. *Terminverschiebung. Bitte*

Telefonat. Dreißig Sekunden später klingelt mein Telefon. Ihr Name erscheint auf dem Display.

»Hey, ich stehe auf einem Autobahnparkplatz bei Hannover. Hier geht gerade ein Wolkenbruch runter. Ich bin mir nicht sicher, ob ich es pünktlich schaffe.«

Sie antwortet nicht. In dem Moment fällt mir ein, dass ihr Mann oder ihr Sohn an ihr Handy können. Scheiße.

»Frau Anwältin? Unser Termin?«

»Mein Mann weiß es.«

Ich halte automatisch die Luft an und starre in den Regen. »Was ist passiert?«

»Ich bin einfach zu verliebt. Jeder merkt es. Er hat mich direkt angesprochen, ob ich jemanden kennengelernt habe. Ich konnte ihn nicht anlügen.«

»Wo ist er jetzt? Bist du in Sicherheit?«

»Ja, natürlich bin ich in Sicherheit!«, sagt sie gereizt. »Er würde mir nie etwas antun!«

»Pass trotzdem auf.«

»Ach was, du kennst ihn nicht. Er will um mich kämpfen. Es tut ihm leid, dass er mich vernachlässigt hat, er sagt, ich bin die Frau seines Lebens, er sagt, er liebt mich.« Ihre Stimme zittert leicht. »Verrückt, oder? Da muss ich erst mit einem anderen Mann schlafen, bevor mein Ehemann mir zum ersten Mal seit Jahren sagt, dass er mich liebt.«

Wir schweigen. Der Regen hämmert aufs Wagenblech. Mein Herz schlägt zu laut. Die Trennscheibe fährt präventiv hoch. Ich sehe sie kommen und kann nichts dagegen tun. In mir macht sich die lähmende Gewissheit breit, dass es wieder so weit ist.

»Bist du noch da?«

Ich nicke, und mir ist bewusst, dass sie das nicht sehen kann, also nicke ich noch mal. Ein Teil von mir weiß, dass ich mich gerade seltsam benehme, ein anderer Teil starrt in den Regen und kämpft gegen das Bedürfnis an, die Tür zu öffnen und loszulaufen.

»Leo?«

»Ja, ich …« Ich zucke die Schultern und kratze mich an der rechten Augenbraue. Dann muss ich gähnen. »Es regnet hier tierisch.«

»Bist du betrunken?«, fragt sie vorsichtig.

»Nein, dein Mann will um dich kämpfen?«

»Ja, aber ich lasse mich scheiden. In den letzten Tagen ist mir klar geworden, dass ich so eine Ehe nicht führen will. Ich will mit dir zusammen sein.«

Ich gähne noch mal ausgiebig. Meine Kiefer knacken. Der Regen trommelt auf das Wagendach wie Trommelfeuer. Nach einigen Atemzügen räuspert sie sich.

»Das wäre ein guter Moment, um mir zu sagen, dass du das auch willst.«

»Können wir später telefonieren?«

Daraufhin sagt sie erst mal nichts. Ich höre ein merkwürdiges Geräusch in meinem Kopf und merke, dass ich mit den Zähnen knirsche. Ich lockere meinen Mund, atme tief durch, gähne noch mal und versuche aus dem Gefühl herauszutreten. Meine Füße sind kalt.

»Entschuldige«, sagt sie schließlich langsam. »Ich wollte dich damit nicht überfallen. Es bleibt bei nachher?«

»Ja«, sage ich und gähne wieder. »Ich rufe dich an, wenn ich weiß, wann ich ankomme.«

Ich unterbreche, lasse das Handy sinken und die Info sacken. Ihr Mann weiß es. Ich schließe die Augen, sitze still da und versuche mich auf das Gefühl zu konzentrieren, das sich in mir ausbreitet. Das Handy summt in meiner Hand. Mona. Ich drücke sie weg, schließe die Augen wieder und tauche meine Welt in Schwarzweiß. Ich trete aus dem Gefühl heraus, stopfe es in einen schwarzen Schlafsack, rolle ihn zusammen, binde einen Knoten rein und werfe ihn weg. Meine Welt wird wieder farbig. Der Schlafsack ist verschwunden. Mit ihm das Gefühl. Fast. Es lauert noch unter der Oberfläche und ist bereit, beim geringsten Anlass wieder vorzustoßen. Ich drücke auf Rückruf.

»Entschuldige, ich musste mich kurz sortieren.«

»Geht's dir gut?«

»Ich muss dir was sagen, es ist wichtig. Ich kann nicht mit Kindern.«

»Was?« Für einen Moment ist Stille in der Leitung, dann lacht sie erleichtert. »Ach das, das lernt man schnell.«

»Nein, ich meine, ich kann nicht mit Kindern zusammen sein.«

Wieder bleibt es kurz still in der Leitung.

»Wie meinst du das?«

»Wie ich es sage.«

»Du wusstest, dass ich einen Sohn habe.«

»Mona, ich ändere mich nicht schlagartig, nur weil dein Leben sich ändert. Bis eben warst du eine Ehefrau mit Familie in einer anderen Stadt. Seit einer Minute willst du dich scheiden lassen, das macht dich zu einer ledigen Frau mit Kind, und daher musst du wissen, dass ich nicht mit Kindern kann.«

Es bleibt kurz still in der Leitung. Als sie wieder spricht, klingt ihre Stimme heiser und gepresst. »So etwas darfst du einer Mutter nie sagen.«

Ich lege den Kopf nach hinten gegen die Nackenstütze. »Ich werde dich nie anlügen.«

Der Regen hämmert weiter aufs Dach. Die Scheiben beschlagen von innen. Ich höre, wie schwer sie atmet.

»Leo, ist das einer deiner Witze? Wenn ja, dann hör bitte sofort auf damit.«

Ich antworte nicht.

»Warum kannst du nicht mit Kindern?«, fragt sie.

»Das ist das Einzige, worüber wir nicht sprechen können.«

Ich höre sie atmen. Das Trommeln auf dem Dach scheint nachzulassen. Ich gähne noch mal.

»Wie soll das gehen? Ich meine, wie soll das mit uns funktionieren, wenn du nicht mit meinem Kind zusammen sein kannst? Was soll das überhaupt bedeuten, du kannst das nicht?« Ihre Stimme wird immer lauter. »Hast du Angst vor der Verantwortung und ich bedeute dir nicht genug, um zu probieren, ob man sich verändern kann?«

»Es liegt nicht an dir.«

»Also treffen wir uns bei dir und bumsen.« Ihre Stimme klingt plötzlich distanziert. »Super, bis später.«

Die Verbindung ist tot. Der Regen hat mittlerweile nachgelassen, der Himmel verlegt sich aufs Tropfen. Ich strecke meine Hand nach dem Zündschlüssel aus, als das Handy wieder klingelt. Ich weiß, dass ich nicht rangehen sollte, aber es macht keinen Unterschied. Es ist vorbei. Und vorbei ist vorbei.

»Ja.«

»Bist du pädophil?«, fragt sie mit einer flachen Stimme.

»Was? Nein, verflucht noch mal!«

»Was dann? Warum kannst du nicht mit Kindern zusammen sein?«

Ich versuche es. Ich versuche es wirklich. Aber es ist so tief in mir begraben, und der Weg zu dieser Kammer ist zugeschüttet, ich weiß, dass ich nie wieder dort hingehen kann. Nie wieder.

»Ich kann nicht darüber reden.«

»Jetzt nicht oder nie?«

Ich antworte nicht. Sie atmet gepresst in den Hörer.

»Das geht so nicht…«, murmelt sie leise. »Das kann ich nicht…«

Ich wappne mich gegen den Schlag, der schon immer kam. Die Trennscheibe schließt den Zugang zu meinen Gefühlen ab. Manche Psychologen nannten das Empathiemangel, andere Selbstschutz.

»Leo, hör mir bitte zu, bitte…« Ihre Stimme ist dünn und hart. »Seitdem wir uns getroffen haben, stehe ich total neben mir. Ich kann mich auf nichts konzentrieren, ich denke die ganze Zeit nur an dich. Aber ich habe ein Kind. Ich habe eine Kanzlei. Ich habe Verantwortung für Menschen, und das hier kann mich aus der Bahn werfen. Ich brauche ein Wiedersehen ohne Einschränkungen, ohne Geheimnisse, ohne Dinge, die mir Angst machen. Ich brauche ein bisschen Sicherheit, sonst kann ich das nicht. Verstehst du das?«

Ich höre ihre Worte und nicke, denn ich verstehe sie nur zu gut. Ich höre zu, wie sie neun Mal ein- und ausatmet, dann ist die Verbindung tot. Der Regen hat aufgehört. Ich öffne die Tür und steige aus dem Wagen. Im selben Moment reißt der Himmel an einer Stelle auf. Ein Sonnenstrahl fällt auf die Straße vor mir und spiegelt sich in einer Pfütze. Wenn ich einen Schritt vorgehe, stehe ich in einem Sonnenstrahl, aber meine Schuhe werden nass. Ist es das wert?

20

Die Straße ist komplett mit geparkten Autos zugestellt. Ich parke den Taunus in zweiter Reihe und werfe einen Blick zum Haus rüber. Das Brautpaar steht unter einem riesigen Schirm neben einem Geschenketisch und begrüßt dort die Gäste, die in einer längeren Schlange anstehen. Auf den ersten Blick sieht Stellas Ältester ihr nicht sehr ähnlich. Er hat ein schmaleres Gesicht und eine Hautfarbe, für die weiße Menschen sich gerne in die Sonne legen. Als ich mir die Braut anschaue, muss ich lächeln. Ihre Augen sind schmal und schräg. Sie ist asiatischer Herkunft und genauso eindeutig hochschwanger. Es trudeln weitere Gäste ein, und der Platz vor dem Haus füllt sich. Kellner sausen mit Tabletts herum. Ich bleibe im Wagen sitzen und schaue unschlüssig zum Haus hinüber, als plötzlich eine Hand laut gegen die Seitenscheibe klatscht. Mein Herz setzt kurz aus. Im nächsten Moment sehe ich das Gesicht meiner Gitarristin an der Scheibe, das mich dämlich angrinst.

»Ich wusste es!«, sagt Rickie dumpf durch das Glas. »Du bist viel zu scharf auf mich, um einfach abzuhauen!«

Ich stelle den Motor ab und steige aus. Rickie umarmt mich und klopft mir auf den Hintern.

»Wo ist Martin?«, frage ich, da ich im selben Moment Olli drüben am Haus stehen sehe. Er winkt, dass wir rüberkommen sollen.

»Er ist noch mit den Hunden.« Sie drückt mir einen Kuss auf den Mund und drückt mich. »Danke, dass du mich nicht mit Olli alleine lässt. Das wird bestimmt mega-peinlich. Er wird jedem erzählen, dass unser Song auf Facebook abgeht. Mann, wenn ich ein Video auf Facebook hochlade, auf dem ich im Kopfstand struller, kriege ich genauso viele Klicks, aber er denkt, jetzt geht's los.«

Ich schließe die Tür ab, und Rickie hakt sich bei mir ein. Als wir auf das Haus zukommen, mustern uns ein paar der Gäste. Ich meine einige Gesichter von früher zu erkennen und nicke in die Runde. Als wir bei Olli anlangen, schlägt er mir auf die Schulter. »Geil! Ich gebe es ihnen jetzt!«

Schon marschiert er zielstrebig an der Menschenschlange vorbei und steuert das Brautpaar an. Als Rickie und ich aufschließen, hat er sich schon vorgedrängelt und streckt dem Brautpaar die CD entgegen. »Hier! Das hab ich mit deiner Mutter gemacht!«, sagt er zum Bräutigam.

»Den Satz hätte ich anders formuliert«, murmelt Rickie neben mir und schaut angestrengt zu Boden.

Das Brautpaar dagegen mustert diesen großen fetten Mann mit der getönten John-Lennon-Brille in dem speckigen, engen Jackett. Der Bräutigam nimmt die CD vorsichtig an sich. »Danke schön.«

»Und Gratulation zur Hochzeit«, schiebt Rickie nach.

»Von uns allen«, entgegne ich.

»Danke«, sagt die Braut und lächelt tapfer, während ihr Neugatte die CD auspackt.

»Vielen Dank, die hören wir gleich morgen, nicht wahr, Schatz?« Er will die CD auf dem Geschenketisch ablegen, doch plötzlich stutzt er und wirft einen zweiten Blick auf die Hülle. Ich sehe, dass Olli ein altes Bandfoto hinten draufgeklebt hat. Fünf weiße Menschen, ein schwarzer, der aus der Menge hervorsticht.

»Das ist Mama!«, sagt er erstaunt und zeigt es der Braut.

»Ich sag doch, deine Mutter! Wir sind Funkbandit! Das ist unsere CD!« Olli hebt die Stimme an. »Unser Song wurde heute auf Facebook schon über achthundertdreißig Mal geteilt!« Olli scheint vor Stolz zu platzen.

Neben mir schaut Rickie wieder zu Boden. »Buddelst du mir bitte ein Loch?«, murmelt sie.

Doch Olli hat, was er wollte, die ungeteilte Aufmerksamkeit aller Gäste. Manche scheinen sich allerdings eher nach dem Sicherheitsdienst umzuschauen, als sich über unseren Erfolg zu freuen.

»Ihr wart Mamas Band?«, fragt der Bräutigam und mustert uns.

Olli strahlt. »Genau! Funkbandit! Das ist meine Band!«

Der Bräutigam lässt seinen Blick über uns gleiten. »Ich habe Livevideos von euch gesehen, die Mama im Schrank stehen hat.« Er mustert Olli. »Du bist der Sänger. Geile Stimme.« Viel hält Olli nicht mehr aus, dann müssen wir ihm Gewichte an die Füße binden. Der Bräutigam mustert mich forschend, dann schaut er Rickie an und nickt. »Du bist die Gitarristin. Coole Show, wirklich.«

»Danke schön«, sagt Rickie lieb.

Er mustert mich wieder. »Entschuldige, ist lange her, der Keyboarder?«

»Der Backgroundsänger«, sagt Rickie.

Kurz flackert das bekannte Erstaunen über sein Gesicht. Es gab einen Backgroundsänger? Für einen Moment bin ich geneigt, ihm zu erzählen, dass ich der erste Ehemann seiner Mutter war und er mein Sohn hätte werden können, wenn das Leben nicht manchmal so beschissen wäre.

»Ich wusste nicht mal, dass es eine CD gibt«, sagt er. »Hat Mama uns nie gesagt.«

»Kannst sie ja mal reinlegen«, schlägt Olli vor. »Die geht aber voll ab!«

Er beginnt die beiden gnadenlos von der Band zuzutexten. Olli … Ein Typ, den ich im richtigen Leben wahrscheinlich nicht mögen würde, aber liebe, weil wir eine Band waren. Das hier ist meine Familie, und mit jeder Stunde, die ich hier bin, erscheint es umso verrückter, dass wir uns so lange nicht gesehen haben. Und neben ihm Rickie, die nicht mehr Gitarre spielt. Noch etwas, das ich auf dem Gewissen habe.

»Wir hätten auf dem Roskildefestival gespielt! Direkt vor George Clinton! Direkt vor ihm!«

Ich ellboge Olli, der mich entrüstet anschaut. »Was denn? Stimmt doch!«

»Lass sie doch mal erst ihre Gäste begrüßen.«

Er dreht sich um, als würde er erst jetzt merken, dass er sich auf einer Hochzeit befindet und nicht bei einem Interview mit dem Rolling Stone. Sänger.

»Ah! Alles klar, also später!«, sagt er.

In dem Moment kommt Stella aus dem Haus. Neben ihr geht ein attraktiver, etwas müde wirkender Mann in einem blauen Anzug. Er trägt ein gelbes Hemd unter der Anzugjacke, was sich farblich schön mit Stellas Kleid verankert, zudem hat er die Augen des Bräutigams. Ich meine, das Gesicht von früher zu kennen. Als Stella uns sieht, bleibt sie schlagartig stehen, dann strahlt sie über das ganze Gesicht und kommt schnell auf uns zu.

»Nein! Wie schön!« Sie schaut nur mich an, als sie uns der Reihe nach umarmt. Dann lässt sie von uns ab und lächelt den attraktiven Mann an, der nun neben uns stehen geblieben ist und ebenfalls nur Augen für mich hat. Stella nimmt seine Hand und schaut erst ihn, dann mich an. »Jakob, das ist Leo. Leo, das ist mein Mann.«

Ich lecke mir die Lippen und spüre, wie Rickie sich bei mir einhakt.

»Hand«, murmelt sie.

Ich strecke meine rechte Hand aus, Stellas Ehemann nimmt sie. Und schon schütteln zwei Männer, die dieselbe Frau lieben, sich die Hände und nicken einander zu. Wir lassen unsere Hände wieder los und mustern uns. Neben uns beginnt das Brautpaar wieder die Gäste zu begrüßen. Stella lehnt sich an ihn und strahlt mich an.

»Es ist so schön, dass du da bist! So eine schöne Überraschung!«

Rickie stupst mich leicht in die rechte Seite, von links legt Olli seine Hand auf meine Schulter. Ich räuspere mich.

»Ja.«

Ich nicke ihrem Mann noch mal zu, der wieder zurücknickt. Ich habe Stella noch nie mit einem anderen gesehen. Es ist seltsam. Als würde es nicht stimmen. Aber es stimmt. Ich sehe es. Die beiden sind ein Paar. Er ist bereits doppelt so lange mit ihr zusammen, wie ich es war.

Stella lächelt mich an. »Ihr kommt zurecht? Ich kümmere mich um die Gäste. Rickie, Olli, helft ihr mir mal?«

Nach einem letzten strahlenden Blick zu mir verschwinden sie und lassen Jakob und mich allein zurück. Er mustert mich. Ich nicke Richtung Brautpaar.

»Gratuliere.«

»Danke«, sagt er. »Hören Sie, es tut mir so leid, wirklich, ich weiß, wie viel er Ihnen bedeutet hat. Ich weiß gar nicht, was ich dazu sagen kann, außer: viel, viel zu früh.«

»Danke.«

Er steckt die Hände in seine Hosentaschen und wirft dem Brautpaar einen Blick zu. »Da meine Frau in den letzten Tagen ja oft drüben bei Olli war, musste ich bei der Orga doppelt ran. Aber als ich das Feuerwerk besorgen sollte, saß ich auf dem Parkplatz im Wagen, habe ›Sometimes It Snows In April‹ im Radio gehört und konnte nicht losfahren.« Er kratzt sich am Kinn und nickt mehrmals. »Wir haben kein Mitternachtsfeuerwerk. Das wird ein Desaster.«

»Mich hat es auf der Hinfahrt erwischt. Hätte den Wagen fast in die Leitplanken gesetzt.«

»Das wäre schade gewesen«, sagt er und blickt zur Wanderdüne hinüber, die sich zwischen den Hochglanzkarossen abhebt wie Lauryn Hill auf dem Wacken-Festival. »Ein Ford Taunus. In einem solchen Modell wurde ich entjungfert.« Er schaut mich an. »Ist in der Rückbank ›Hurra! Hurra!‹ eingeritzt?«

Ich muss lächeln. Wie kann ein Mensch nur so sympathisch sein?

»Ich schaue gleich mal nach, aber dem Eigentümer gehört der Wagen eigentlich, seit er vom Band rollte.«

»Ah, eine treue Seele …«

Ich nicke. Ja. Das ist er. Harry. Eine treue Seele. Und das ist schön. Es will mir nicht einfallen, wann ich ihm das mal gesagt habe.

Wir stehen so ein bisschen herum. Bloß zwei Männer, die einem Hochzeitspaar bei der Begrüßung der Gäste zuschauen. Manchmal winkt er jemandem zu. Ich weiß nicht, was ich sagen soll, aber das seltsame Gefühl von vorhin ist verschwunden. Ich fühle mich weder deplatziert noch unerwünscht.

Schließlich räuspert er sich. »Hören Sie, ich weiß ja nicht, was meine Frau Ihnen erzählt hat, aber der Spruch mit der Penislänge war rhetorisch.«

»Gut zu wissen.«

Er nickt und lässt seinen Blick durch den Vorgarten schweifen. »Kommen Sie mit rein? Ich stelle Ihnen die restliche Bande vor.«

»Ich, ah … ja gut.«

Er führt mich ins Haus, durch einen langen Hausflur, raus in einen großen Garten mit einer Bühne, der von Partyzelten zum Teil überdacht ist. Es sind bereits fünfzig bis sechzig Gäste hier. Serviceleute tragen Bleche mit Häppchen herum, ich schnappe mir etwas, damit meine Hände beschäftigt sind. Zuerst finden wir den mittleren Sohn, Lewis, und ich werde als »alter Freund« seiner Mutter vorgestellt. Anscheinend will Stellas Mann keine Unruhe stiften, falls sich rumspricht, dass der als verschollen geltende Ex-Mann seiner Frau plötzlich auf der Hochzeit ihres Sohnes aufgetaucht ist. Lewis sieht aus wie eine Kopie des Bräutigams, sie könnten Zwillingsbrüder sein. Wir smalltalken kurz, dann geht es weiter, weil Jakob seinen jüngsten Sohn neben der Hochzeitstorte entdeckt. Ich werde als großer Prince-Fan vorgestellt, und schon sprudelt es aus dem Teenager nur so hervor: Er kann einfach nicht fassen, dass Prince wirklich tot sein soll, und jemand hat den Allersee lila gefärbt, er hat es im Internet gesehen und will nachher unbedingt hinfahren, um ein Erinnerungsfoto zu schießen, und wenn er in zwei Jahren volljährig ist, wird er zum Paisley Park reisen. Er war auf fünf Livekonzerten und spielt Bass in einer Band. Wir fachsimpeln über Larry Graham, Rhonda Smith, Nik West und Ida Nielsen, bis er von einer umwerfenden blonden Teenagerin ins Haus gewunken wird. Er sagt, wie sehr er sich gefreut hat, mich kennenzulernen, und verschwindet.

Jakob schaut mich an. »Das waren alle.«

»Tolle Jungs.«

Er nickt. Ich nicke. Dann gucken wir wieder im Garten herum. Einmal reden wir kurz übers Wetter, einmal kurz über das bevorstehende Tribute, das Sheila E. angekündigt hat. Es ist kein richtiges Gespräch, aber die ganze Zeit klären wir, dass zwischen uns alles klar ist. Schließlich wendet er mir sein Gesicht zu und mustert mich. »Darf ich Sie etwas fragen?«

»Natürlich.«

»Meine Frau … welchen Eindruck haben Sie?« Sein Gesicht ist ausdruckslos, aber in seiner Stimme schwingt etwas mit. »Sie sehen sie zum ersten Mal seit zwei Jahrzehnten und kennen sie gut. Ihr erster Eindruck würde mich interessieren.«

Ich suche in seinen Augen nach einem Hinweis, was er meinen könnte. »Sie ruht in sich, sie wirkt zufrieden.« Ich ziehe meine Schultern hoch. »Wie immer.« Als ich es ausspreche, merke ich erst, wie sehr es stimmt. Stella war nie anders, außer am Ende unserer Ehe.

»Zufrieden«, sagt er.

»Ja.«

Er nickt und schaut wieder durch den Garten. »Ich habe die Band früher oft live gesehen. Für mich war sie die beste Schlagzeugerin, die ich je gesehen habe. Sie waren doch viel auf Tour, haben Sie dort viele erlebt, die besser waren?«

»Nicht viele.«

Er nickt wieder, und ich glaube, ich weiß jetzt, was er von mir wissen möchte. Ich frage mich gerade, wie ich es ihm erklären kann, da taucht Stella auf, hakt sich bei ihm ein und lächelt mich kopfschüttelnd an.

»Es ist so verrückt. Du stehst tatsächlich in unserem Garten.« Ihr Blick sucht meine Hände ab. »Hast du nichts zu trinken?«

»Das mache ich«, sagt ihr Mann und geht los.

Kaum ist er weg, hakt sie sich bei mir ein und strahlt, dass man eine Sonnenbrille bräuchte. »Danke«, sagt sie und drückt meinen Arm. »Das bedeutet ihm viel.« Sie wirft einen Blick in den Garten, und als sie mir wieder in die Augen schaut, meine ich, kleine Energieströme darin zu erkennen. »Ich wusste, dass ihr euch mögen würdet, ich wusste es einfach!«

»Ich denke, wenn man eine empirische Studie mit zwei bis drei Millionen Freiwilligen macht, findet man vielleicht einen, der ihn nicht mag.«

»Nicht wahr?«, sagt sie und strahlt wieder. »Also, erzähl mir von diesem Date. Was kam dazwischen?«

Ich stehe auf einer Hochzeit mit meiner Ex-Frau und soll mein Liebesleben mit ihr besprechen, doch zum ersten Mal, seitdem wir so etwas tun, kommt sie darin nicht vor. Sie wartet lächelnd, als wüsste sie, was ich denke. So hat sie mich früher schon oft dazu gebracht, mehr zu erzählen, als ich wollte. Aber ich bin älter geworden, also nutze ich den Moment, um sie zum ersten Mal im Tageslicht richtig anzuschauen. Ihr schönes Gesicht liegt im Sonnenlicht offen und ruhig vor mir. Ich sehe den Zahn der Zeit, neue Falten sowie eine kleine Narbe auf ihrer linken Wange, die sie früher nicht hatte. In den Afro haben sich einige graue Haare geschlichen, aber sie hat immer noch diese entspannte Ausstrahlung. Ihre muskulösen Arme deuten darauf hin, dass sie immer noch spielt. Lange Gesprächspausen kann sie auch immer noch ganz gut aushalten. Noch etwas, was sie mit Mona verbindet. Je länger ich sie anschaue, desto breiter lächelt sie.

»Danke schön«, sagt sie, »aber lenk nicht vom Thema ab. Siehst du sie wieder?«

Ich ziehe die Schultern bedauernd hoch. »Ich glaube nicht.«

»Ach, Leo … Wie lang war deine längste Beziehung nach uns?«

»Ungefähr so lang wie die vor dir. Nicht jeder ist für lange Beziehungen gemacht.«

Sie runzelt die Stirn und holt Luft, doch bevor sie etwas sagen kann, taucht ihr Mann mit zwei Bierflaschen auf. Er drückt mir eine in die Hand, stößt seine Flasche dagegen und nimmt einen Schluck. Stella scheint immer noch keinen Alkohol zu trinken, nicht einmal auf der Hochzeit ihres Sohnes. Etwas, was mich früher ebenfalls davon abhielt, Alkohol anzurühren, obwohl ich, bevor wir uns kennenlernten, permanent zu viel getrunken habe und im besoffenen Kopf Mist baute. Ich weiß nicht, wie man solche Schulden begleicht.

»Hast du Mary eingeladen?«, biete ich noch mal Themenwechsel an.

»Sie hat abgesagt, weil Olli kommt. Aber ich konnte ja nicht die Band ausladen.«

»Ich hab sie gestern besucht. Sie meint es ernst. Es ist vorbei.«

Sie mustert mich überrascht. »Du warst bei ihr? In der neuen Wohnung?«

»Ja.«

»Sie hat dich reingelassen?«

Ihr Mann, der anscheinend im Thema ist, mustert mich genauso neugierig. Ich erzähle ihnen von gestern Abend.

»Auch deswegen hättest du früher zurückkommen sollen«, meint Stella anschließend. »Du bringst immer alles in Schwung. Schon immer. Der Einzige, der das nicht versteht, bist du.«

Sie lächelt entwaffnend und legt mir ihre Handfläche kurz auf die Wange. Ich bewege meinen Kopf und schaffe es so eben, sie nicht zu küssen. Ich schaue ihren Mann an, der das aufmerksam verfolgt. Stella zieht ihre Hand wieder zurück, lächelt mich aber unvermindert an. »Es ist wirklich so schön, dass du da bist.«

Ihr Mann räuspert sich. »Also gut, aber wenn ihr durchbrennen wollt, ich komme mit. Ich bin gleich dahinten, nicht vergessen Bescheid zu geben.«

Er küsst sie auf den Mund, nickt mir zu und geht. Stella sieht meinen Blick und lächelt wieder.

»Ich hatte schon immer Glück mit Männern.«

»Thomas Wilkens?«

Sie verzieht ihr Gesicht, als ich sie an den Jungen erinnere, mit dem sie vor mir zusammen war und der ihr – um es mal so zu formulieren – nicht ganz gerecht wurde.

»Jeder hat mal einen Aussetzer« sagt sie, »sogar Prince.«

Ich schaue sie überrascht an. Sie hat früher nie über andere Frauen gelästert.

»Wen meinst du denn?«

»Na, das *Black Album*.«

»Ach so, das… Da war aber ›When 2 R In Love‹ drauf.«

»Toller Song«, sagt sie, »aber er hat das Album nicht grundlos kurz vor der Veröffentlichung aus dem Verkehr gezogen. Dennoch hat er danach weitergemacht und andere tolle Alben produziert.«

Sie schaut mich vielsagend an. Wir reden wohl nicht mehr über Musik.

Ihr mittlerer Sohn winkt ihr aus dem Haus zu. »Mama, Sekt ist alle!«

Mama.

»In der Garage!«, ruft sie ihm zu. Er verschwindet wieder.

Der Garten füllt sich. Musiker erscheinen, bummeln über die Bühne und justieren Mikrofone, Toms und Verstärkerregler. Unter ihnen ist die Keyboarderin aus dem Esplanade. Im Anzug habe ich sie nicht gleich wiedererkannt. Als sie mich sieht, lächelt sie und winkt zu uns rüber. Ich winke zurück. Stella bufft mich kurz mit der Schulter an, ohne mich anzuschauen.

»Was ist los?«

»Was denn? Was meinst du?«

»Was ich meine?« Sie schaut mich an. »Leo, du bist meine erste große Liebe. Ich werde dich immer lieben, aber wir sind seit mehr als zwei Jahrzehnten geschieden, und seitdem bin ich mit Jakob zusammen. Ich bin glücklich mit ihm.«

Ich wende meinen Blick ab und kratze mich an der rechten Augenbraue. Stella bufft mich wieder leicht.

»Ich habe Familie, schau hin«, sie zeigt auf ihren Jüngsten, der mit seiner blonden Freundin herumalbert. »Ich habe Kinder, sie kriegen bald eigene Kinder, und was hast du seitdem gemacht?«

»Ich komme klar.«

»Du würdest auch in Einzelhaft klarkommen, aber das Leben besteht nicht bloß aus Klarkommen.«

»Ich habe mir ein neues Leben aufgebaut.«

Diese Antwort scheint sie nicht zu befriedigen. Sie mustert mich kopfschüttelnd und legt eine Hand um meine Hüfte. »Ich will dir was zeigen.«

Sie führt mich durch die Hochzeitsgäste aufs Haus zu. Wir werden von allen Seiten begafft, vor allem von ihren Söhnen. Es scheint sich so langsam herumzusprechen, wer ich bin. Der Geist aus Mamas Vergangenheit. Als wir an ihrem Mann vorbeigehen, schaut er sie fragend an. Stella nickt ihm zu und wird keine Sekunde langsamer. Sie führt mich ins Haus, in den langen Hausflur, den ich bereits kenne. Vier Türen gehen ab, eine steht offen und scheint in einen Keller zu führen. Stella bleibt kurz stehen und schließt die Tür. »Kellertür zu wegen den Kindern!«, ruft sie den Gang hinunter, dann zieht sie mich weiter. In allen freien Ecken des Hauses stehen Koffer herum oder liegen Kleiderhaufen, viele der Gäste scheinen hier zu übernachten. Von irgendwo im Haus hört man Kinder jubeln, als wäre ein Tor gefallen. Wir kommen an einer weiteren offenen Tür vorbei. In dem Raum wuseln Servicekräfte herum. Stella führt mich auf eine weiße Tür mit einem verschnörkelten Messinghandgriff zu, könnte zu einem Schlafzimmer führen. Für einen Moment habe ich den irrwitzigen Gedanken, dass sie mich ins Haus bringt, um mit mir zu schlafen. Mir liegt bereits ein Spruch auf der Zunge, aber ich behalte ihn für mich. Sie war schon immer prüder als ich. Als wir uns kennenlernten, war ich erst ihr dritter Freund und viel zu experimentell für ihren Geschmack. Ich wollte alles ausprobieren, doch Stella war immer sie selbst. Es ging nur das, was zu ihrer Persönlichkeit passte. Deswegen war unser Sex zwar leidenschaftlich, aber auch schlicht. Hat mich nie gestört. Was wir hatten, war größer als Sexualität.

Sie öffnet die Tür und gewährt mir den Vortritt. In ihrer Mimik meine ich etwas Altbekanntes wiederzuerkennen. So sah sie immer aus, wenn sie sich etwas in den Kopf gesetzt hatte. Sie führt mich in ein großes gemütliches Wohnzimmer mit Kamin, Sesseln und einem Sofa. In diesem Raum hat eine Großfamilie Platz. Man kann zu zehnt sitzen und die Enkelkinder frei herumkrabbeln lassen, und dann ist immer noch genug Platz für Besucher. Eine Wand ist voller eingerahmter Fotos. Ein richtiges Familienzimmer. Eine offene Tür gibt den Blick frei auf die Küche. Stella schließt die Tür, macht ein paar Schritte und bleibt in einer Ecke stehen. Sie gibt mir ein Handzeichen, dass ich näher kommen soll. Sie lächelt nicht mehr.

»Was wird das?«

»Ich helfe dir«, sagt sie, und ihre dunklen Augen funkeln geradezu.

Ich zögere. Dann gehe ich rüber und bleibe vor ihr stehen. »Und jetzt?«

Sie dreht mich etwas, bis wir zu den Fotos blicken, die sich über die ganze Wand erstrecken. »Das ist mein Leben. Du hast einundzwanzig Jahre verpasst, also, bitte, kannst dir in Ruhe anschauen, was ich so getrieben habe.«

Ich werfe einen Blick auf die Bilder und atme tiefer. Stella im Schnee, Stella am Meer, Stella schwanger, mit Baby, dann schwanger, mit Babys, mit Kleinkindern, die immer größer werden, je näher man dem Kamin kommt. Lachende Menschen, die sich umarmen, Gips tragen, Tore schießen, Pokale stemmen, erschöpft schlafen, ins Meer springen. Ich mustere ihre Hochzeitsfotos und sehe, wie glücklich sie in die Kamera strahlt. Es sticht.

»Ich freue mich so, dass du glücklich geworden bist.« Ich meine das ernst, aber meine Stimme ist flach und kraftlos.

»Schau mal«, sagt sie weich und zeigt nach rechts. In einer Ecke neben dem Kamin hängen Bilder, die älter wirken. Diese merkwürdigen Farben, Kleidung und Frisuren, die müssen aus den Achtzigern, frühen Neunzigern sein. Mein Blick fällt auf ein Foto, das mir bekannt vorkommt. Das bin … *ich*! Ich blinzele. Es hängt da immer noch. Ich trete näher. Es ist ein Live-Foto von der Bühne bei Rock am Ring. Ich stehe hinter Joe Cocker, singe und zeige gleichzeitig grinsend auf etwas, das sich links außerhalb des Ausschnitts befindet. Das Foto ist leicht unscharf, es gehört nicht zu den offiziellen Konzertfotos.

»Wo hast du das denn her?«, frage ich überrascht. »Nein! Warst du etwa da?«

Sie nickt. »Ich habe dich mehrmals live gesehen.«

»Nein!« Ich versuche diese Information zuzuordnen. »Warum hast du denn nichts gesagt?«

Sie zieht ihre Schultern hoch, ohne mich aus den Augen zu lassen. »Was hätte ich sagen sollen?«

»Ich … also, ich hätte mich ja total gefreut, dich zu sehen.«

»Nein, hättest du nicht.« Sie mustert mich wieder mit diesem intensiven Blick und deutet auf das Foto. »Das hängt hier, weil es zu meinem Leben gehört. Du gehörst zu meinem Leben. Meine Vergangenheit gehört zu meinem Leben.«

Irgendetwas in ihrem Ton. Sie schiebt mich einen Meter nach rechts, und bevor ich nachdenken kann, entdecke ich das Foto. Und daneben noch eins. Und noch eins. Drei Stück. Alle strahlen die Liebe aus, die ich einmal hatte. Da hängen sie, die Bilder, die Mona in meinem Haus vermisste, die Fotos aus dem Raum in mir, dessen Weg ich nicht mehr kenne. Ich trete einen Schritt zurück und wende meinen Blick ab. Stella hält mich am Arm fest.

»Du kannst dir noch nicht einmal unsere Fotos anschauen?«

Etwas zuckt tief in mir. Die Trennscheibe beginnt hochzufahren. »Glaubst du, solche Taschenspielertricks verändern was?«, sage ich heiser.

Ich werfe einen Blick zur Tür rüber, doch sie hält mich fest.

»Leo, lauf nicht weg«, sagt sie eindringlich.

Ich bleibe stehen und starre zu Boden. »Lass mich los.«

»Oder was?«, sagt sie. »Wirst du mich wieder schlagen?«

»Nein!« Von einer Sekunde auf die andere wird mein Körper kraftlos. Tränen schießen mir in die Augen. »Nein, Baby«, flüstere ich, »ich werde dich nie wieder schlagen. Es tut mir so leid, was passiert ist…«

Sie legt ihre Hand unter mein Kinn und hebt mein Gesicht an. Ihre Augen sind groß und dunkel. »Schau hin.«

»Nein! Bitte, lass mich gehen, bitte…«, flüstere ich und hefte meinen Blick auf ihren Mund, um diesem Blick zu entkommen.

»Wir haben nichts falsch gemacht. Schau hin. Ich bin bei dir.«

Ich merke, wie mein Hemd am Rücken klebt. Mein Körper zittert. Ich atme stoßweise und fühle, wie schnell mein Herz klopft, aber ich fühle keinen Schmerz. Die Trennscheibe ist längst oben. Vielleicht…

Stella zieht mich zu den Fotos. Ich wehre mich nicht, ich habe keine Kraft, da ist kein Wille, nichts als Leere, derselbe beschissene Zustand wie damals. Sie drückt mein Kinn hoch, und da sind sie, die Beweise, dass ich ein anderes Leben hatte. Eine Familie. Eine schwarze Frau, ein weißer Mann, ein perfektes Mädchen. Mein Mädchen. In diesem anderen Leben, das so warm und so satt und so friedlich war, wie ich es niemals für möglich gehalten hätte. Irgendetwas bewegt sich in meiner Brust. Ein seltsames Geräusch aus meinem Mund. Das Licht flackert. Stellas Gesicht vor meinem. Ihre Augen sind dunkel und ernst.

»Leo.«

»Ich bin okay«, sage ich und merke, dass ich mich mit

beiden Handflächen an die Wand stütze, die sich seltsam weich anfühlt. Stella verschwimmt. Ich brauche einen Moment, um zu verstehen, dass ich auf dem Fußboden knie, die Hände in den Teppich gestemmt. Stella hockt neben mir, eine Hand auf meiner Schulter, schaut sie mir ins Gesicht.

»Atmen, Baby, atmen«, sagt sie eindringlich, die Augen voller Mitgefühl.

Meine Augen, meine Wangen, mein Hals, alles brennt nass.

»Dein Kleid zerknittert«, flüstere ich.

Sie streichelt mich mit ruhigen Bewegungen. »Hab keine Angst, ich bin bei dir …«

Ich drehe mich und lasse mich kraftlos auf den Rücken fallen. Stella setzt sich neben mich und legt meinen Kopf auf ihren Schenkel. Ich sehe durch die Trennscheibe teilnahmslos zu, wie die Gefühle in mir wüten, und schaue in Stellas gütige Augen, in die ich an dem glücklichsten und an dem schlimmsten Tag meines Lebens schaute. Die Scheibe setzt sich in Bewegung und beginnt langsam runterzufahren.

»Nein«, sage ich kraftlos.

»Ich bin bei dir«, flüstert sie wieder.

Sie streichelt mich und beginnt zu summen. Ich schließe meine Augen. Das Trennglas senkt sich weiter. Einen Augenblick lang empfinde ich nichts, dann überrollt mich eine furchtbare Welle von Trauer und Wut. Alte Bilder zerren an mir und stoßen mich herum wie ein Orkan. Damals wehrte ich mich zunächst gegen die Naturgesetze. Ich dachte, Liebe sei stärker. Ich dachte, dass es zu groß war, um so enden zu können. Ich dachte, so viel Leben kann gar nicht enden. Doch eines Tages verstand ich es. Meine Erzeuger haben mir das Weinen ausgetrieben und mir beigebracht, dass Weinen Schmerzen nach sich zieht, deshalb hörte ich als Kind auf zu weinen. Doch als ich zum ersten Mal wirklich verstand, was passiert war, da weinte ich ohne Angst vor Konsequenzen, denn einen größeren Schmerz kann es nicht geben. In meiner Erinnerung ist das letzte Jahr mit Stella ein einziger schmerzhafter, nie endender Marsch durch die Hölle. Wir hatten Trauerbegleitung, aber weder das noch Einzeltherapie oder Paartherapie halfen. Wir redeten und redeten, doch es gab nur eine Sache, die ich wollte, und die konnte mir keine Therapie der Welt zurückbringen. Es folgte eine alles vernichtende Wut, die eine Schneise durch unser Leben schlug. Ich wollte zerstören, was mich zerstörte. Es der verfluchten Welt heimzahlen. Ich ließ meine Band im Stich, ich verletzte meine Frau. Ich schlief bei anderen, und als Stella mir immer und immer wieder verzieh, tat ich schließlich etwas, das ich nicht mal in dieser beschissenen Welt, in der ich damals lebte, für möglich gehalten hatte: Ich schlug den Menschen, den ich am meisten liebte, ich schlug meine Seelengefährtin. Bis heute ist der Gedanke so bizarr, dass ich ihn jedes Mal aufs Neue nicht glauben kann. Aber es ist wahr. Ich war dabei. Ich hörte sie weinen. Ich sah sie bluten. Und nun liege ich in ihren Armen. Sie streichelt mich und summt, wie sie immer summte, während sie unsere Tochter in den Schlaf wiegte.

»Vergiss sie nicht«, sagt sie leise, und ihre dunklen Augen strahlen mehr Liebe aus, als ich je verdient habe. »Sie ist erst tot, wenn wir sie vergessen. Sie ist in dir und in mir. Sie ist in den Blumen, die sie liebte, und in der Musik, zu der sie tanzte. Sie ist überall.«

»Du warst nicht dabei, als sie starb«, flüstere ich rau. »Du hast es nicht gesehen. Ich weiß, dass sie tot ist.«

Sie schüttelt ihren Kopf. »Sie lebt in unseren Erinnerungen, und da ist sie sicher. Da kann ihr nichts passieren. Baby, ich brauche dich, ich brauche jemanden, der sie kannte und so liebte wie ich, mit dem ich über sie sprechen kann. Lass mich bitte nicht mehr damit alleine.«

Ich schaue in diese Augen, denen ich alles anvertrauen würde. Meine Frau. Meine Soulsister. Die Mutter meines Kindes. Meine alte Heimat. Ich liebe sie. Über alles. Aber ich weiß nicht, ob ich jemals darüber sprechen kann.

Sie rüttelt mich leicht. »Wie lange willst du dich noch verstecken? Immer zweite Reihe, immer beobachten, kurz was beitragen, dann schnell wieder in den Schatten zurück. Komm raus ins Licht, Leo, du warst doch schon mal da. Komm wieder raus.«

»Ich bin, wo ich hingehöre«, flüstere ich.

»Nein«, sagt sie bestimmt. »Man hat dir als Kind eingeredet, dass dir nicht mehr zusteht, doch du bist kein Kind mehr. Komm raus und zeig dich.« Ihre Stimme ist immer lauter geworden.

»Sei bitte nicht sauer. Ich konnte damals nicht mehr. Ich hab alles getan, was ich …« Meine Stimme bricht.

»Ich? Sauer auf dich?« Sie beugt sich vor, nimmt meine Hände und drückt sie. Ihr Gesicht kommt meinem ganz nahe. »Ich bin eine schwarze Frau, die in einem weißen Umfeld aufwuchs. Ich wurde Neger und Nigger genannt. Man hat mir tausend Mal in die Haare gefasst, und bis heute lobt man mich für mein gutes Deutsch. Wie oft wurden wir auf dem Heimweg kontrolliert, weil Polizisten mich wegen meiner Hautfarbe für eine Prostituierte hielten. Und weißt du, worauf ich stolz bin? Ich konnte das alles überstehen, ohne bitter zu werden, ich bin stark.«

»Ja, das bist du«, flüstere ich.

Sie beugt sich noch weiter runter. Sie ist so nah, dass ihre Augen vor meinen verschwimmen. »Und du bist viel stärker als ich.«

»Was redest du denn da?«

Ich versuche mich aufzurichten, aber sie drückt mich zu Boden und schaut mir eindringlich in die Augen.

»Deine Eltern haben dich so verprügelt, dass du fast gestorben bist. Die Menschen, denen du vertraut hast, haben dich im Stich gelassen und haben dir so weh getan. Doch als du selbst Vater wurdest…« Ihre Stimme bricht. »Du warst der beste Vater, den man sich wünschen kann. Wenn sie hinterm Haus gespielt hat, hast du alle paar Sekunden mal rausgelauscht. Wenn sie krank war, hast du sie nicht aus den Augen gelassen, und wenn du sie angeschaut hast, hast du immer gelächelt. Du hast immer gelächelt, wenn du sie angeschaut hast…« Tränen laufen ihr über die Nase und tropfen mir ins Gesicht. »Du hast gut auf unser Mädchen aufgepasst, aber gegen das Schicksal kommt keiner an.«

Immer mehr Tränen tropfen auf mich runter, sie landen warm und werden schnell kalt. Ich ziehe sie an mich, diese Frau, die mich fast ein ganzes Jahrzehnt auf eine Art glücklich machte, die ich nicht für möglich gehalten hatte. Die mich befriedet hat. Die wieder glücklich wurde, ohne dass ich weiß, wie so etwas möglich ist.

Die Zimmertür öffnet sich. Stella hebt den Kopf und gibt mein Blickfeld frei. Jakob steckt den Kopf rein. Sein Blick sucht den Raum ab und findet nichts. Er will schon wieder die Tür zuziehen, da entdeckt er uns auf dem Fußboden. Er richtet sich auf und steht still da. »Liebes … Alles in Ordnung?«

Stella wischt sich die Tränen aus dem Gesicht. »Ich liebe dich.«

Seine Augen weiten sich überrascht, dann lächelt er verwirrt, legt seinen Kopf schief und schaut fragend. Stella senkt ihren Blick zu mir.

»Und dich liebe ich auch. Meine beiden Männer …« Sie schließt die Augen fast ganz und atmet gepresst. Zwei weitere Tränen landen auf meinem Gesicht. »Ich würde mich so freuen, wenn ihr euch kennenlernen würdet. Das wäre gut für euch beide.«

Sie schaut wieder zur Tür und hält ein stummes Zwiegespräch mit ihrem Mann. Er nickt, und die Tür schließt sich. Ich drücke sie etwas von mir weg, richte meinen Oberkörper auf und küsse sie. Es ist kein Kuss, ich drücke nur meinen Mund auf ihren und atme dabei ihren Geruch mit geschlossenen Augen ein.

Schließlich löst sie sich von mir. Ihre Augen sind weit geöffnet. »Ich brauche dich. Ich muss manchmal über sie sprechen können. Ich …« Ihre Augen füllen sich wieder. »Manchmal kann ich mich nicht mehr richtig an sie erinnern.«

Ich weiche ihrem Blick aus. »Ich weiß nicht, ob ich das kann«, flüstere ich.

»Doch, das kannst du. Ich weiß es.«

Ich ziehe die Schultern hoch und versuche ein Lächeln. »Du fehlst mir so.«

Sie legt ihre Handfläche auf meine Wange und lächelt wehmütig. »Du mir auch. Wird sich nie ändern.« Sie wischt sich mit den Fingerknöcheln unter ihren Augen lang. Ihre Schminke ist zerlaufen, das schöne Kleid ist zerknittert, ihr Afro hat an ein paar Stellen die Form verloren. »Mein Gott, ich sehe bestimmt total verheult aus.«

Wir stehen auf. Meine Füße machen ein paar unsichere Schritte auf die Fotowand zu. Stella stellt sich nah neben mich, während ich die Bilder mustere. Das Familienselfie. Eine schöne Frau in einem Bikini am Strand, die in die Kamera lächelt, die sie selber am ausgestreckten Arm hält, hinter ihr ein vierjähriges Mädchen, das auf dem Rücken im Sand liegt und mit geschlossenen Augen und weit geöffnetem Mund selbstvergessen lacht, wie es nur Kinder können. Daneben hockt ein Mann, den ich kaum wiedererkenne, so zufrieden wirkt er. Während er die Kleine durchkitzelt, mustert er sie mit einem Blick, aus dem alles Gute dieser Welt herausstrahlt. Das war ich. Das war mein Leben. Ich spüre, wie mir wieder Tränen in die Augen steigen, atme tief durch die Nase ein, lasse die Luft durch den Mund ausströmen und schaue zum nächsten Foto. Unser Zahnfeemorgen. Sheila zieht ihre Unterlippe nach unten und zeigt stolz ihre Zahnlücke, die sie sich beim Sturz von einem Stuhl zuzog. Ich halte den Zahn in die Kamera. Das dritte Foto kenne ich nicht. Ich erinnere mich an den Tag, aber nicht an das Foto. Sheila als Baby, schlafend auf meinem Arm. Ich sitze in meinem Lieblingssessel. Wir schlafen beide. Sie war krank. Auf meinem Arm war sie ruhiger. Ich mustere dieses Mädchen, das verschnoddert und mit verquollenen Augen in meinem Arm schläft.

»Sie war das schönste Mädchen der Welt.«

»Das ist sie«, sagt meine Ex-Frau und nickt ernst. »Wird sie immer bleiben.«

»Darf ich eins haben?«

»Ja, sicher«, sagt sie erfreut. »Nimm alle, es sind Kopien. Ich habe die Originale in einem Safe bei der Bank, für den Fall, dass das Haus abbrennt.«

Ich strecke die Hand aus, hefte vorsichtig eines der Fotos ab und stecke es mir in die Innentasche. Ohne hinzuschauen, weiß ich, dass Stella neben mir lächelt. Wenig später schaue ich im Bad zu, wie sie sich das Gesicht wäscht. Danach bin ich dran. Ich wasche mich mit eiskaltem Wasser. Verheulte rote Augen, aber ruhige rote Augen. So fühle ich mich auch – kraftlos. Als hätte das Weinen die ganze Energie aus meinem Körper herausgespült. Während wir im Bad sind, klopft es an der Tür. Stella ruft »Sekunde« und schminkt sich ruhig weiter. Sie benutzt immer noch dieses Sahara-Zeug in derselben Holzdose, die wie eine kleine Vase aussieht. Ich habe nie verstanden, was da drin war, eine Art Kohlepulver aus Afrika, das sie sich als Kajalersatz unter und teilweise in die Augenränder schmierte. Als sie damit fertig ist, lächelt sie mich an, drückt mir einen Kuss auf den Mund und legt ihre Hand auf die Türklinke.

»Bereit?«

Ich nicke. Ihre Soulaugen mustern mich. Sie nimmt die Hand wieder von der Türklinke und umarmt mich. Fest. Es geht eine unheimliche Kraft von ihr aus. Mein Körper beginnt zu kribbeln. Ich fühle mich wie ein Akku, der in eine

Ladestation gesteckt wird. Wir stehen da und halten uns, und mich befällt ein seltsames Gefühl. Ich kenne es, weiß aber nicht mehr, was es ist. Ich lasse das Kribbeln durch mich hindurchlaufen, und plötzlich weiß ich wieder, woher ich dieses Gefühl kenne. Es ist wie damals in der Küche, das absolut sichere Gefühl, dass es gleich zu spät sein kann. Wenn ich etwas tun will, muss ich es sofort tun. Auf der Stelle. Die Erkenntnis ist wie ein Blitzeinschlag. Ich richte mich gerade auf.

»Ich muss los.«

Stella lehnt sich in meinen Armen zurück, mustert mein Gesicht und nickt dann.

»Ja, das sehe ich. Erzählst du mir alles am Wochenende? Du kommst doch, oder?«

»Ja.«

Wir drücken uns noch mal, dann öffnet sie die Tür, und wir gehen raus, als wäre es das Normalste auf der Welt, dass eine verheulte Gastgeberin mit zerknittertem Kleid und ihrem etwas mitgenommenen Ex aus dem Bad kommt. Die beiden Frauen, die vor dem Bad stehen, grüßen freundlich und werfen sich dann einen Blick zu. Der Flurfunk ist eröffnet.

Als wir in den Garten zurückkommen, ist der merklich voll geworden. Stella wird sofort weggerufen. Sie ermahnt mich noch schnell, nicht zu gehen, ohne mich zu verabschieden, schon ist sie weg. Ich halte nach Rickie Ausschau. Die Coverband spielt noch nicht, die Gäste stehen in lockeren Gruppen herum und reden. Ich fühle mich, als käme ich gerade von einer Weltreise zurück; Grenzen verschiebende Erlebnisse gehabt, Ängste ausgestanden, neues Wissen erlernt. Wenn man von so einer Reise wiederkommt, weiß man, dass der neue Schwung im Alltag nicht für immer anhalten wird. Falls Veränderung kultiviert werden soll, gibt es nur einen richtigen Zeitpunkt dafür: jetzt.

Olli knallt in den Augenblick, bleibt vor mir stehen und wedelt mit seinem Handy herum. »Scheiße! Unglaublich! Guck mal!« Er hält mir das Display so nah vor die Augen, dass ich nichts erkennen kann.

»Wow, cool.«

Ich entdecke Rickie und Martin, die am Büfett anstehen, und gehe zu ihnen rüber.

Olli klebt an mir wie ein Versicherungsvertreter. »Guck doch mal!«

Rickie mustert meine Augen. »Alles in Ordnung?«

»Ich muss los.«

Olli hält mir das Handy wieder vor die Augen. »Du kannst jetzt nicht abhauen! Jimmy Fallon!«

Ich schiebe seine Hand etwas zurück und erkenne auf dem Display eine Facebookseite mit einem lila See. Mein Gehirn versucht, eine Verbindung zwischen dem Allersee und Jimmy Fallon herzustellen. Olli zieht das Handy wieder weg und schaut mich aufgeregt an.

»Wir haben eine Anfrage von seiner Redaktion. Mann, wir sollen bestimmt ›Funkman‹ als Tribute spielen!«

»Und als wir das letzte Mal geprobt haben, stand die Mauer noch«, sagt Rickie.

Olli hibbelt herum und verbreitet nervöse Energie. »Mann, wir haben einen Hit! Unser Song ist heute über siebzigtausend Mal angehört worden! An einem einzigen Tag! Alle wollen wissen, wer wir sind!«

»Vor allem die Polizei«, erinnere ich ihn.

Er winkt ab. »Die Stadt Wolfsburg hat wegen der Wasserqualität Entwarnung gegeben, wir haben nichts zu befürchten. Also, was ist, fliegen wir in die Staaten und funken denen was?«

Niemand reagiert. Er schiebt seinen Kopf vor und starrt Martin an. Das schwächste Glied zuerst. »Vielleicht können wir ja auch zu Ellen Degeneres in die Show, die mag Hunde.«

Niemand sagt was. Olli schaut zwischen uns hin und her.

»Ach, nun kommt schon! Das ist *die* Chance, die wir damals nicht hatten!« Er starrt Martin wieder an. »Na los, was ist, machen wir's, oder was?«

Martin wirft mir einen hilfesuchenden Blick zu. Ich lege Olli eine Hand auf den Arm.

»Ich muss los.«

Olli schüttelt meine Hand ab und starrt mich mit wilden Augen an. »Nein, scheiße, Mann, hau nicht schon wieder mittendrin ab! Du kommst doch eh nie zurück!«

Ich ziehe ihn ein Stück beiseite. Er folgt mir störrisch.

»Hey, wir können das auch zu zweit durchziehen. Jimmys Studioband ist geil. Die spielen ›Funkman‹ locker. Wir beide singen und machen die alten Tanzschritte, kannst du sie noch?«

Etwas abseits von den anderen bleibe ich stehen und starre Olli an. »Und du, kannst du kurz mal die Fresse halten und zuhören? Geht das?«

Er schaut mich genervt an, hält aber die Klappe.

»Es dreht sich jetzt nicht um dich, die Band oder mich. Rickie hat Probleme. Sie ist pleite und obdachlos und schämt sich dafür. Lass sie nicht weg, sie soll mal ein paar Tage bei dir pennen, bis sie wieder stabil ist.«

Sein genervter Gesichtsausdruck wechselt zwischen Überraschung und Irritation hin und her. »Pleite? Ich dachte…« Er wirft einen Blick zu ihr rüber, schaut mich dann wieder an. »Okay. Dafür hilfst du mir jetzt die anderen zu überreden. Wir müssen das machen! Mann, es ist für Prince!«

»Wenn du jetzt nicht sofort damit aufhörst, poliere ich dir die Schnauze. Gleich hier, vor allen Leuten. Alles klar? Und entschuldige dich bei Maria.«

»Fick dich, du Arschloch!«

Der alte Olli ist wieder da. War ja auch zu schön. Für einen Moment ist mir mal wieder danach ihm eine zu scheuern. Stattdessen wende ich mich ab und gehe zu Rickie rüber, um mich zu verabschieden. Sie fasst mir an den Hintern und sagt, dass wir es beim nächsten Wiedersehen endlich hinter uns bringen müssen. Dann lacht sie dreckig. Martin erinnert mich dran, dass ich auch bei ihm immer willkommen bin. Ich drücke sie, drehe eine Runde durch den Garten und verabschiede mich von dem Brautpaar, den anderen beiden Söhnen und zum Schluss von den Gastgebern. Er schüttelt mir mit seinem lakonischen Lächeln die Hand und erwähnt mit keiner Silbe, dass er uns vorhin dabei ertappte, wie ich mit seiner Frau auf dem Teppich seines Wohnzimmers lag. Stattdessen bedankt er sich, dass ich sie ihm dalasse. Stella lacht und schmiegt sich an ihn. Sie lässt ihn nicht mal los, während ich sie zum Abschied auf beide Wangen küsse und ihr noch mal versprechen muss, sie beide am nächsten Wochenende zu besuchen. Als Jakob mir die Hand zum Abschied entgegenstreckt, bitte ich ihn, mich zum Wagen zu begleiten. Stella wirft mir einen fragenden Blick zu. Ich zeige dezent auf meinen Schritt und forme mit meinen Lippen das Wort »Penis.«

Wir gehen durch das Haus, raus auf die Straße und steuern die Wanderdüne an. Als wir neben dem Taunus stehen bleiben, lässt Jakob seine Hand über den Lack des alten Wagens gleiten und wartet. Ich nicke ihm zu.

»Es gibt ein Video von dem wahrscheinlich besten Gig, den Stella je gespielt hat, von dem Jübeker Open Air. Kennen Sie das?«

Er spitzt die Lippen und denkt nach. »Ich habe eigentlich alle Livemitschnitte von ihr gesehen ...«

»Wir trugen an dem Tag unsere gelben Showkostüme, aber Olli hatte eine halbe Stunde lang einen roten Strohhut auf, den ihm ein Fan aus dem Publikum hochgeworfen hatte. Sah ziemlich bescheuert aus.«

Er denkt nach und kneift die Augen etwas zusammen. »Da klingelt irgendwas.«

»Dann haben Sie den Livemitschnitt gesehen. Wissen Sie, ob Sie die VHS-Kassette noch haben?«

Er denkt kurz nach, dann zieht er bedauernd die Schultern hoch. »Ist wirklich lange her. Ich könnte drinnen im Regal nachschauen.«

Ich winke ab.

»Ich muss los, nur kurz: An dem Tag musste Melissa Etherigde eigentlich nach uns auf die Bühne, doch nach unserem dritten Song standen ihre Musiker bereits seitlich neben mir hinter dem P.A.-Turm. Sie alle bestaunten Stella, die an dem Tag alles rausließ. Inklusive Proben habe ich sie bestimmt ein paar tausend Mal spielen sehen, aber an diesem Tag war es etwas Besonderes, sie war voller Energie und so brutal tight. Die Snare knallte, die Bassdrum ließ die Hosenbeine flattern, sie spielte die ganze Show wie überdreht.«

Ein kleines Lächeln huscht über sein Gesicht. »An dem Tag haben Sie ihr den Heiratsantrag gemacht. Im Bandbus, auf der Hinfahrt, vorne im Führerhaus.«

Ich schaue ihn überrascht an. »Das wissen Sie?«

Er macht eine entschuldigende Handbewegung. »Sie hat es mir erzählt, als wir Rosenhochzeit hatten. Sie meinte, dass ihr an dem Tag ein besonderes Konzert gespielt habt.«

Ich nicke. »Zum Glück hatten wir an dem Tag Videokameras dabei. Wir filmten das Konzert, aber auch den anschließenden euphorischen Heimweg im Bandbus, und hielten dann an einer Tankstelle. Klingelt da was bei Ihnen?«

Er denkt kurz nach, dann schüttelt er seinen Kopf und stellt sich besser zurecht, als wüsste er, dass jetzt was kommt. Ich erzähle ihm von der warmen Sommernacht, als wir nach diesem besonderen Gig mit der Band heimfuhren, die nicht wusste, dass ich unserem Drummer an diesem Tag einen Antrag gemacht hatte. Wir machten unterwegs Pause an einer Raststätte. Stella saß auf einem dieser Beton-Picknicktische und trank ausnahmsweise einmal Alkohol. Sie redete über das Leben und ihre Zukunft, und schon damals, direkt nach dem vielleicht besten Gig ihres Lebens, redete sie mehr von Familie als von Musik. Später schämte sie sich dafür und wollte nicht, dass jemand das sieht, aber es ist eine meiner Lieblingsaufnahmen von ihr, wie sie in T-Shirt und Jeans dasitzt und wegen dem Alkohol mit für sie ungewohnt großen Gesten über ihre Träume spricht. Bloß eine körnige VHS-Aufnahme, aber auch beim hundertsten Mal Gucken flog ihr mein Herz zu.

»Sie liebte die Band, aber nicht über alles. Vor allem wollte sie Familie. Sie müssen es mir nicht glauben. Es ist alles auf Band. Wenn Sie die VHS nicht mehr finden, bringe ich Ihnen nächstes Wochenende eine Kopie mit.«

Er wirft einen Blick über den Parkplatz und kratzt sich an der Nase. Es vergehen ein paar Augenblicke, und als er mich wieder anschaut, sind seine Augen nass. »Danke.«

Wir geben uns die Hand, dann steige ich in den Taunus und fahre los. Ich fühle mich unheimlich leicht. Erleichtert. In den letzten Jahrzehnten bestimmte die Vergangenheit mein Handeln. Doch ab sofort dreht es sich nur noch um die Gegenwart. Gegenwart – gegen das Warten.

21

Als ich zum zweiten Mal die Stadtgrenze passiere, fühlt es sich nicht mehr an, als würde ich von etwas wegfahren. Im Gegenteil. Ich fahre auf den Autobahnzubringer, beschleunige den Wagen auf hundert, ignoriere die hupenden Raser, die an mir vorbeiziehen, fummele mein Handy hervor und wähle ihre Nummer. Es klingelt durch bis zur Mailbox. Ich drücke ihre Nummer nochmal. Wieder klingelt es durch bis zur Mailbox. Ich zögere einen Moment. Dann drücke ich wieder ihre Nummer. Beim vierten Klingeln geht sie ran.

»Wird es mir guttun, mit dir zu sprechen?« Ihre Stimme ist kühl und distanziert.

Mein Herz schlägt laut. »Du musst nichts sagen, nur kurz zuhören, ist das in Ordnung?«

Ein paar Sekunden vergehen.

»Ja«, sagt sie dann und klingt, als sei sie sich nicht ganz sicher.

»Ich bin in sechs Stunden in Frankfurt. Wo wohnst du?«

»Du … willst zu mir nach Hause kommen?«

»Ja.«

»Mein Sohn ist hier.« Ihr Tonfall ist provokant.

»Ich möchte dich nur kurz sehen, draußen vor der Tür. Ich muss dir was erzählen, das geht nicht am Telefon. Sag bitte ja.«

Wieder höre ich sie atmen. Dann gibt sie mir ihre Adresse, trichtert mir ein, ihr zu simsen, bevor ich ankomme, dann unterbrechen wir. Ich lege das Handy weg und rolle ein paar Kilometer, bevor ich zum Glück noch rechtzeitig merke, dass ich tanken muss. Während der Wagen an der nächsten Autobahnraststätte von einem faszinierten Tankwart vollgetankt wird, atme ich den vertrauten Geruch von Benzin ein und muss dabei an den Bandsommer denken. Um das Geld für unsere erste eigene Gesangsanlage zusammenzubekommen, jobbte die Band einen Sommer lang als Tankwart. Service an der Zapfsäule: tanken, Öl und Luftdruck prüfen, Scheiben putzen. Niemand machte weniger Trinkgeld als ich. Olli räumte voll ab. Mit seiner lauten Art, seinem muskulösen Oberkörper, den er im Sommer nackt in der Latzhose präsentierte, war er der Trinkgeldkönig an der Zapfsäule. Olli. Ich gehe ein Stück vom Wagen weg, stelle mich vor eine Halle und wähle seine Nummer. Er geht sofort ran. Im Hintergrund lärmt die Band. Klingt eher nach Rockkonzert als nach Hochzeit.

»Jimmy Fallon, du blöder Sack!« raunzt er wütend. »Questlove! So eine Chance gibt es nur einmal im Leben! Wir hätten die Show voll abgeräumt!«

»Jaja, leg nicht auf«, sage ich. »Ich penne nächstes Wochenende bei dir, okay?«

»Mann, fick dich, echt, ich brauche keinen Babysitter! Glaubst du, ich weiß nicht, warum Rickie dableibt? Martin kommt schon seit Monaten mit Essen vorbei und tut, als hätte der Penner zu viel gekocht! Bin ich ein Scheißsozialfall oder was?«

»Ich ziehe ein Musikprojekt hoch und brauche deine Hilfe. Ich will die Hausband aus dem Esplanade produzieren, ich brauche dich, um den Sänger zu pimpen.«

Er scheint einen Moment lang darüber nachzudenken. »Der braucht aber einiges an Gepimpe.«

»Darum frag ich ja. Bist du dabei? Kümmerst du dich um ihn? Ich schicke dir nächste Woche ein paar Songs.«

»Gesangsspuren?«

»Da sind ein paar Angebote drauf, aber du hast freie Hand, ich weiß ja, wie gut du bist.«

»Ich kotze gleich, echt.«

Ein zweiter Tankwart steckt den Kopf aus der Halle, um zu schauen, wer da mit wem spricht. Er sieht mich, nickt freundlich und will sich schon wieder zurückziehen. Als er hinter mir den Taunus entdeckt, lächelt er automatisch.

»Warum darf ich dir nicht sagen, dass ich etwas an dir mag, ohne dass du mich runtermachst? Ich war zehn Jahre mit sehr guten Sängern unterwegs, und du bist immer noch einer meiner Lieblingssänger, warum bedeutet dir das nichts?«

Pause. Hinter ihm spielt die Band etwas, das klingt wie eine Coverversion von »War«, der Antikriegssong, der erst durch Springsteens fette Version so richtig bekannt wurde.

»Alles klar«, sagt Olli, was für ihn wahrscheinlich so etwas wie die Entschuldigung des Jahres ist.

»Gut. Und entschuldige dich bei Maria.«

Die Verbindung ist tot. Anscheinend nerve ich ihn. Aber wenn Menschen sich lange geliebt haben und sich trennen, sollte man nicht zu lange mit einer ersten Entschuldigung warten. Niemand weiß das besser als ich.

Der zweite Tankwart steht neben der Wanderdüne, eine Hand flach auf der Haube und lächelt, als hätte er ein Date. Er fragt, ob er mal unter die Haube gucken darf. Ich nicke, und ab da existiere ich nicht mehr für ihn. Ich drücke auf mein Handy. Lotte geht ran.

»Halt uns zwei Slots auf dem Weihnachtsfestival frei. Wir sind Headliner, Vorband ist deine Hausband.«

»Ach was«, sagt sie überrascht. »Ist das sicher? Weiß die Band schon davon?«

»Soll eine Überraschung werden.«

Ich höre, wie sie tief durchatmet. »Du lässt mich nicht wieder hängen, oder?«

Statt zu antworten, warte ich. Lotte ist wie ein Rüde, der eine Hündin wittert. Immer wenn sie die Chance hatte, ein gutes Konzert zu organisieren und zwischen tanzenden und singenden Menschen herumzuwandern, hat sie das getan. Natürlich wollte sie Profit machen, aber auch die Bands, die nichts abwarfen, durften wiederkommen, wenn sie sie mochte. Ich denke, Livekonzerte sind ihr Beziehungsersatz. Zumindest habe ich sie noch nie glücklich mit einem Kerl gesehen. Aber mit jeder Menge Bands.

»Wir machen 50/50 bei den Einnahmen, wir brauchen aber 2000 Garantie für die Reisekosten.«

»Garantie? Und das aus deinem Mund?« Ihre meckernde Lache dringt durch den Hörer. »Man weiß bei dir ja noch nicht mal, ob du auftauchst! 50/50 und 1000 Garantie.«

»Deal. Du hast freie Hand, aber kein Mitschnitt, kein Merch, keine Bonusarmbänder, keine VIP-VIP-Zonen.«

»Du verletzt meine Gefühle.«

»Nein, ich erinnere mich bloß zu gut.«

»Das ist über zwanzig Jahre her. Menschen ändern sich.«

»Du nicht«, sage ich. »Und das ist schön. Ich schulde dir was.«

»Na, das fällt dir ja wirklich früh ein«, sagt sie und lacht meckernd.

»Besser spät als nie«, sage ich und unterbreche die Verbindung. Wenig später verabschiede ich mich von den Tankwarten, die bis zum Schluss um den Wagen herumschleichen und »Prachtstück« und »Schönheit« murmeln. Als ich losfahre, winkt der eine hinter mir her. Ich winke zurück. Besser spät als nie.

22

Obwohl es nur zweihundert Meter von meiner Haustür weg ist, war ich lange nicht mehr hier drüben. Die Tür hat keine Klingel, nur ein Holzspecht, den man auf den Schwanz schlagen kann, dann klopft der Schnabel an die Tür. Ich schlage, der Specht klopft. Wenig später geht die Tür auf, und Kathrin steht im Hausmantel vor mir. Sie sieht müde aus. Hinter ihr liegt der Hausflur im Dunkeln.

»Hallo, Leo.«

»Hey, Katrin, wie geht's, ist er da?«

Sie nickt.

»Tut mir echt leid mit Prince.«

»Danke.«

Sie schaut an mir vorbei zur Wanderdüne, die hinter mir an der Straße steht. »Hätte nie gedacht, dass er den verleiht. Mir gibt er ihn nicht.«

Sie verschwindet ins Haus, und wenig später kommt Harry zum Vorschein. Er trägt eine rote Fischerhose, ein grünes Hemd und die unvermeidlichen Clogs. Er blinzelt gegen das Tageslicht an, und als er mich sieht, huscht sein Blick sofort an mir vorbei zum Wagen.

»Alles in Ordnung?«

»Ich will, dass wir wieder Musik produzieren.«

Er hatte sich schon in Bewegung gesetzt, um zum Wagen zu gehen, jetzt bleibt er stehen und nickt mir zu. »Gut, gut. Wer kommt denn?«

»Ich bringe eine Amateurband rein für lau. Wir bauen die auf.«

Er schaut mich überrascht an und zieht die Schultern hoch. »Wir können es uns momentan nicht leisten. Wir müssen Geld verdienen.«

Ich zeige zum Studio rüber. »Wenn wir keine Bands machen, was machen wir dann mit einem Tonstudio, in dem das London Symphony Orchestra Platz hätte? Jeder zweite Hit wird heute auf einem Rechner erstellt.«

»Nicht in der Qualität.«

»Welche Qualität? Wir produzieren Porno-Hörbücher.«

»Vorübergehend.«

»Vorübergehend seit Jahren.«

Er zeigt mir seine Handflächen. »Leo, vertrau mir, ich mache das schon ewig. Auf und Abs gab es schon immer. Es ist nur eine Phase. «

»Das ist keine Phase, das ist mein Leben! Kannst du mir garantieren, dass ich noch lebe, wenn die guten Zeiten zurückkommen?«

Er schaut mich vorsichtig an. »Bist du krank?«, fragt er besorgt.

»Muss man gleich krank sein, nur weil man die Schnauze voll hat, Scheiße zu produzieren??« Ich merke, dass ich zu laut bin, und versuche mich wieder einzukriegen. »Ich bin nicht krank, ich kann nur nicht…« Ich fuchtele herum, hole tief Luft und reibe mir den Brustkorb. »Ich will morgens aufwachen und mich auf die Arbeit freuen! Ich will Musik machen! Und ich brauche dafür deine Magie am Pult!«

Er schaut mich beruhigt an. »Gut, gut, ich bin ja dabei, und die Miete?«

»Wir fliegen nach München und wickeln sie um den Finger, aber danach produzieren wir diese Band und zwar auf Risiko, ohne Plattenfirma. Ich will, dass wir ein eigenes Label gründen, mit externen Vertriebswegen, wie Prince es gemacht hat. Alle Zügel in einer Hand.«

Er bläst die Backen auf. »Lohnt sich das? Sind die so gut?«

»Noch nicht. Und jetzt muss ich los. Morgen, wenn du aus dem Fenster guckst, steht der Wagen vor dem Haus. Versprochen.« Ich gehe los, bleibe dann wieder stehen und schaue ihn an. »Harry. Du bist der beste Ton-Ing, den ich jemals getroffen habe, vielleicht bis auf Mack. Ich finde, wir sind ein gutes Team, ich mag es wirklich sehr, mit dir zu arbeiten.«

Er blinzelt ein paar Mal und lächelt dann. »Ich mag dich auch, Leo.«

Ein paar Atemzüge stehen wir da, und mir fällt auf, dass wir uns noch nie umarmt haben. Er nickt. Ich nicke. Dann gehe ich rüber zum Taunus, steige ein, starte den Wagen und rolle vor Harrys wachsamen Augen langsam die Straße hinunter. Ich fahre ein paar hundert Meter und bin schon fast an Trudes Haus vorbei, als ich auf die Bremse steige und den Wagen am Straßenrand abstelle. Ich steige aus, laufe rüber und klingele. Als Trude die Haustür öffnet, dringt der vertraute Essensgeruch zu mir. Im Hintergrund läuft Musik, und eine prägnante Stimme dringt an mein Ohr.

»Was hörst du denn da Schönes?«, frage ich. »Sammy Davis Jr.?«

Sie tritt näher und senkt die Stimme. »Ich habe Besuch. Wir haben gegessen. Gleich gehen wir spazieren.«

Ich starre sie an. »Ihr hört ›All Good Things In Life‹ beim ersten Date?«

Sie wirft einen Blick über ihre Schulter, bevor sie leiser weiterspricht. »Das war deren Lied. Walter und seiner Frau. Er konnte es seit ihrem Tod nicht mehr hören.« Ihre Augen füllen sich mit Tränen. »Wir reden über sie und über Kurt.« Sie ergreift meine linke Hand mit beiden Händen und drückt sie fest und sieht ziemlich glücklich aus. »Er kannte ihn.«

»Das ist schön«, sage ich und strecke meinen Kopf, damit ich einen Blick auf Walter werfen kann, der am Küchentisch sitzt. Ich winke ihm zu. »Walter! Schön, dich zu sehen!«

Er winkt zurück. »Leo, wie geht's?«

»Gut, ich hab's nur eilig. Tolles Lied! Bis bald!«

Ich winke noch mal, er winkt zurück. Trude mustert meinen Anzug.

»Willst du so etwa joggen gehen?«

»Nein.«

Sie mustert mich einen Moment lang irritiert, dann lächelt sie.

23

Eineinhalb Stunden später parke ich die Wanderdüne vor einem roten Reihenhaus im Frankfurter Westend. Ich stelle den Motor ab und ertappe mich dabei, das Lenkrad zu tätscheln wie ein Pferd nach einem langen Ritt. Ich schicke ihr eine SMS, dass ich da bin. Dann steige ich aus und schaue mich um. Auf der Straße ist kein Mensch zu sehen, dafür jede Menge teure Autos und Häuser mit Vorgärten. Von irgendwo dringen leise Beethovenklänge an mein Ohr. Ein Klavierkonzert. Ansonsten tut sich nichts. Ich checke mein Handy und horche in mich rein. Ich bin nicht aufgeregt. Zeit vergeht. Ich schaue zum Haus rüber. Nichts. Ich checke das Handy noch mal. Seit seinem Tod sind auf meinem Handy über zweihundert kondolierende SMS eingegangen. Ob sich genauso viele Menschen beieinander gemeldet haben, als Beethoven starb? Trauerte man damals weltweit zu noch unterschiedlichen Zeiten? Wenn man in Paris erfuhr, dass Beethoven in Wien beerdigt worden war, war sein Tod vielleicht schon Wochen her. Heute trauert die ganze Welt zeitgleich. Nur die Idioten im Big-Brother-Container werden erst später erfahren, dass Prince nicht mehr lebt. Fast beneide ich sie.

Mein Handy summt. SMS. *Klopf leise an die Tür.*

Ich gehe über die Straße, öffne das Gartentor der Hausnummer 70 und betrete einen kleinen Vorgarten. Auf dem Weg zur Haustür liegt ein Kinderrad. Meine Füße bleiben automatisch stehen. Bloß ein Kinderrad vor einer Haustür. Auf der ganzen Welt liegen Kinderräder vor Häusern herum. Ich konzentriere mich auf die grüngestrichene Tür, gehe an dem Rad vorbei, die drei Steinstufen hoch und klopfe leise. Schritte auf der anderen Seite. Doch die Tür bleibt zu. Es gibt keinen Spion. Steht sie dahinter, lauscht in sich rein und fragt sich, ob das hier für sie gut sein wird? Bevor ich mir einreden kann, dass ich das garantieren kann, schwingt die Tür auf, und Mona steht vor mir. Sie trägt Jeans, ein blaues Sweatshirt, weiße Seglerschuhe und hat ihre dichten Haare zu einem Pferdeschwanz zusammengebunden. Ich suche in ihrem Gesicht nach Wiedersehensfreude oder Ablehnung und finde beides nicht.

»Schön, dich zu sehen.«

Sie nickt kaum merklich und scannt meine Augen. Ich lasse sie sehen, was da ist, und lausche an ihr vorbei ins Haus.

»Ich war auf der ganzen Fahrt aufgeregt, aber jetzt bin ich ruhig«, erkläre ich ihr. »Das ist wie früher auf der Bühne, ich brauchte immer erst ein paar Songs, um warm zu werden.«

Sie nickt und sagt immer noch nichts. Ich versuche ein Lächeln.

»Ich war wohl noch nicht ganz über meine Ex hinweg.«

»Ich kann gerade nicht Humor.«

»Entschuldige«, sage ich schnell und merke, dass ich jetzt doch nervös werde. Auf der Fahrt hatte ich es mir einigermaßen zurechtgelegt, jetzt sprudelt es einfach heraus. »Du hast mich gefragt, was das mit uns ist, ob ich an Reinkarnation glaube. Nein, tue ich nicht. Aber ich glaube an Konstellation. Ich glaube, wenn die Richtigen sich treffen, ist alles möglich. Ich habe das schon mal erlebt.«

Sie nickt wieder und wartet immer noch. Ich schaue in diese grünen Augen, und weil ich einfach nicht weiß, wie man so was macht, ziehe ich das Foto hervor und halte es ihr hin.

»Das ist meine Tochter, Sheila.«

Sie schaut mich perplex an und greift automatisch nach dem Foto. »Du hast ein Kind?«

»Sie ist mit vier gestorben.«

Monas Mund klappt auf, ihre Augen weiten sich. »Oh, mein Gott…« Sie legt eine Hand auf ihren Mund und schaut schnell ins Innere des Hauses, dann tritt sie über die Schwelle raus und zieht die Tür hinter sich ran. Sie mustert das Foto mit großen Augen.

»Ich habe Mittagessen gemacht und hatte plötzlich ein seltsames Gefühl. Ich bin aus dem Haus, und das Gartentor stand offen. Sie stand auf der anderen Straßenseite mit dem neuen Fahrrad mit den Stützrädern. Sie hat mich rufen gehört und ist losgefahren.«

In Monas Gesicht steht der Schock, sie löst ihren Blick von dem Foto, macht einen Schritt auf mich zu und umarmt mich fest. »Oh Gott, Leo… Ich weiß nicht, was ich sagen soll«, flüstert sie an meinem Hals. »Ich kann mir nicht mal vorstellen…« Ihre Stimme bricht.

Wir stehen lange umarmt. Schließlich löse ich mich etwas von ihr, bis ich ihre Augen sehen kann.

»Ich will dich unbedingt kennenlernen. Aber ich kann das nicht so machen, wie man das normalerweise macht.«

Sie nickt und fährt sich mit ihren Fingern durch ihre Haare, während sie nachdenkt. »Warte bitte kurz.«

Sie verschwindet im Haus. Ich stehe da und warte. Aus der halboffenen Tür dringt kein Geräusch zu mir, doch da, irgendwo im Haus, ein Geschirrklirren. Auf der Straße fährt ein rotes Auto langsam vorbei. Passt farblich nicht zum Haus. Das Hirn ist seltsam. Schritte. Mona kommt wieder zum Vorschein. Sie trägt ein Tablett, auf dem sich eine Teekanne, zwei große Gläser und eine aufgeschnittene Zitrone befinden. Sie stellt das Tablett auf den Steinstufen ab, wirft mir einen prüfenden Blick zu und verschwindet wieder. Diesmal kommt sie schnell wieder raus, trägt eine Wolljacke, wirft zwei Sitzkissen auf die Stufen und reicht mir eine Decke. Wenig später sitzen wir auf den Stufen vor ihrem Haus und trinken Tee. Ich versuche ihr zu erklären, was damals passierte, wie es geschah, wie wir daran zerbrachen, wie Sheilas Tod jede Begegnung zwischen Stella und mir zu einem Treffen von Schuld und Trauer machte. Zwischendurch lauscht sie durch die halboffene Haustür ins Haus, wie ich es in einem anderen Leben tat. Sie stellt Fragen, ich beantworte jede einzelne, möchte, dass diese Frau alles weiß. Es ist merkwürdig, darüber zu sprechen. Ganz anders, als ich gedacht hatte. Doch irgendwann werde ich unruhig.

»Willst du nicht mal nach ihm sehen?«

»Er spielt mit Lego, da ist er immer leise.«

»Ja, aber man hört ja nichts.«

Sie lächelt verständnisvoll und legt eine Hand auf mein Bein. »Es ist in Ordnung«, sagt sie, »wirklich.«

Ich nicke und befeuchte meine Lippen. Ich versuche es wirklich, aber mein Blick gleitet immer wieder zu dem Türspalt, aus dem nichts zu hören ist. Mona beobachtet mich wissend, doch plötzlich schimmern ihre Augen und sie atmet schwerer. Ihre Lippen beginnen zu zittern und dann … dann erscheint in ihrem Gesicht ein Lächeln, für das es einfach keine Worte gibt. Sie beugt sich vor und küsst mich, dann löst sie sich und streicht sich die Haare aus dem Gesicht.

»Bin gleich wieder da.«

Nach einer halben Minute ist sie zurück, setzt sich und steckt wie selbstverständlich ihre Hand in meine. Ich beichte, wie ich Stella schlug und in diesem Moment verstand, dass wir sterben würden, wenn ich bliebe. Noch in derselben Nacht verließ ich die Stadt und nahm eine Woche später das Angebot an, mit Joe auf Tour zu gehen. Daraus wurde ein Jahrzehnt. Zehn Jahre brauchte ich, bis ich wieder an einem Ort sein konnte, zehn Jahre, bevor ich bereit war, so etwas wie ein Zuhause zu haben. Sie hört sich alles an, dann fragt sie nach uns, wie ich es mir vorstelle. Ich verspreche nichts, außer dass ich alles versuchen werde, damit wir möglichst viel Zeit miteinander verbringen. Dass es mit ihrem Sohn vielleicht schwierig werden kann, ist der Preis. Aber ich will neue Erinnerungen. Mit ihr.

Sie verschwindet mit der leeren Teekanne im Haus. Ich lausche zum Türspalt und höre sie den Jungen fragen, ob er Spaß hat. Irgendwann kommt sie mit neuem Tee zurück. Dann sitzen wir nebeneinander und reden nur noch wenig, aber es fühlt sich gut an. Wie in unserer ersten Nacht auf dem Hotelbett. Von mir aus können wir für immer hier sitzen bleiben. Ich fühle mich wohl mit ihr. Sie befriedet mich.

Irgendwann schaut sie auf die Uhr. »Ich muss Abendessen machen.«

»Okay, ich fahr dann«, sage ich und stehe sofort auf.

Sie lässt sich auf die Beine ziehen, bleibt dicht vor mir stehen und mustert mich prüfend. Der Wind wischt ihr ein paar Haare über das Gesicht. Mit der mir bereits so vertrauten Handbewegung schiebt sie sich hinter die Ohren, ohne mich aus den Augen zu lassen.

»Möchtest du mitessen?«

Ich trete automatisch einen Schritt zurück. Sie tritt vor, nimmt meine Hände und mustert mich eindringlich mit ihrem grünen Blick.

»Es gibt kein zu schnell. Es gibt nur richtig oder falsch, und das hier ist richtig. Ich will heute den ersten Schritt mit dir gehen. Der zweite hat Zeit, aber ich will heute den ersten machen, bevor du wieder fährst. Verstehst du das?«

Ich schaue in diese Augen, schaue zum Türspalt, schaue wieder in ihre Augen, wo nichts als Wärme, Zuversicht und Wille zu sehen ist.

»Ich bin nicht allein.«

Sie schaut überrascht zum Wagen rüber. »Du hast jemanden mitgebracht?«

Ich pfeife einmal. Im Rückfenster erscheint ein Hundekopf. Als sie ihn sieht, lächelt sie überrascht. »Du hast einen Hund?«

Als ich ihre Reaktion sehe, gehe ich zur Wanderdüne rüber und lasse Billy raus, der nicht einzukriegen ist. Er springt uns um die Füße und ist kaum zu beruhigen. Mona streichelt ihn und sagt, dass er ein guter Hund ist und dass er sich jetzt beruhigen soll. Als er sich einkriegt, nimmt sie seine Leine in die eine Hand und meine Hand in die andere.

»Komm«, sagt sie.

Ich folge ihr auf eine Art ins Haus, wie ich einer anderen Frau vor Jahrzehnten in ein anderes Haus gefolgt bin, und es fühlt sich alles richtig an. Vielleicht ist es ja so im Leben. Vielleicht zählt nicht, wer geht, sondern wer da war. Vielleicht muss man akzeptieren, dass die Menschen, die man liebt, jederzeit sterben können. Freunde, Partner, die größten Idole, sogar Kinder. Vielleicht zählt aber nicht, wie lange wir leben oder lieben, sondern wie. Und wenn besondere Menschen von uns gehen, können wir dankbar feststellen: Mit manchen von ihnen hatten wir viel Zeit, mit manchen viel zu wenig. Aber eines hatten wir immer: Glück.

Denn wir lebten, während sie lebten.

DANKE!

… Anjaa
Für Küsse und Jahre.

… meinen Leuten und meinen tollen Ex-Freundinnen
Für Liebe und Freundschaft. Für Inspiration und Wahrhaftiges.

… meinen Bands
Manche bemessen den Wert einer Band daran, wie erfolgreich sie war. Meine Bands waren extrem erfolgreich – für mich. Sie waren mein Familienersatz in stürmischen Zeiten, sie haben mich von der Straße geholt, meinem Leben Sinn gegeben und mich zur Persönlichkeitsentwicklung gezwungen. Von dem ganzen Spaß und den vielen schönen Begegnungen mal ganz abgesehen. Ich werde nie das Gefühl vergessen, mit einer eingespielten Band so zu grooven, dass es sich anfühlt, als sei man eins. Etwas, das ich außerhalb einer Liebesbeziehung nie wieder erlebt habe. Mein Jugend-Gitarrist-Hero simste neulich, fast dreißig Jahre nach unserem letzten gemeinsamen Gig: »Du bist mir immer nahe.« Ich hätte es nicht besser sagen können. Ihr

Lieben, ich werde unsere Shows, unsere Energie, die Probenraumstreits, die Versöhnungen, die wilden Zugaben und die Heimfahrten nie vergessen.

… an alle Musiker da draußen in der Welt

Dieses Buch ist auch für und wegen euch. Ich hoffe, ihr wisst, wie wertvoll ihr seid. Ich glaube, das Zitat von Roy Ayers trifft es gut. Ihr seid alle Botschafter einer besseren Welt. One world!

… allen Backgroundsängern dieser Welt

Ich sehe euch.

… Nicola Bartels

Die Frau, die mich damals bei Verlagsgruppe Lübbe »entdeckte« und der ich nun zu Random House gefolgt bin. Never change a winning team? Schön, dass wir wieder zusammen sind.

… den Lesern meiner bisherigen Bücher

Vor 8 Jahren beschloss ich, nie wieder einen Roman zu schreiben. Seitdem habt ihr immer wieder versucht, mich zu motivieren. Dass es jetzt dieses Buch gibt, liegt auch an euch, und ich möchte mich dafür bedanken. Seid ihr bereit? Los geht's:

Für Komplimente, intelligente Kritik, persönliches Feedback, Schreibtour-Einladungen und schmutzige Angebote – danke! Ihr ahnt ja gar nicht, wie oft und viel ich mich darüber gefreut habe. Ihr seid wie ein hartnäckiges Livepublikum, das im Club noch weiterklatscht, obwohl die Band schon längst im Tourbus sitzt. Und nun habt ihr eure Zugabe. Ich hoffe, dass sich das Warten für euch gelohnt hat.

... allen Prince-Fans
Unglaublich, was ich dank euren Postings, Facebookgruppen, Fanbegegnungen und Tributepartys über ihn erfahren habe und wie viel großartige Musik und Konzertmitschnitte ihr mit mir geteilt habt. Ich wünschte, er hätte die weltweiten Reaktionen auf sein Ableben miterleben können. Ich hoffe sehr, dass meine literarische Hommage an ihn euch gefällt – und dass ihr alle versteckten Fan-Insider findet. Die sind für euch. 4everpurple.

... und dir
Für die potenzielle Option.

»Beziehungswaise hat genau das, woran es anderen Romanen oft fehlt: Charme, Humor, Niveau und Tiefgang.«

Stern

560 Seiten. ISBN 978-3-7341-0585-2

Mann liebt Frau. Frau liebt Mann. Seit sieben Jahren. Viel Liebe, kein Sex. Sie stehen auf einer Hochzeit und schon wieder ist es nicht ihre … Lasse und Tess sind das perfekte Paar, aber ihnen ist die Leidenschaft abhandengekommen. Selbst ein perfekter gemeinsamer Urlaub ändert daran nichts, sie lieben sich, aber wenn sie abends ins Bett gehen, sind sie gute Freunde. Ab wann ist eine Beziehung zu Ende, vor allem, wenn man sich noch liebt? Gibt es einen Weg, die Leidenschaft zurückzuholen? Aus Liebe zu Tess, versucht Lasse es herauszufinden.